嚴秀萍　著

童話中的反動思維

以狼和女巫形象之遞嬗為討論核心

序

　　閱讀是兒童學習認知基礎概念的重要方式，而童書是兒童閱讀行為的重要媒介。在以往的童話故事中，狼和女巫往往被視為負面的角色，極端邪惡、意欲迫害善良的形象讓人厭惡和唾棄，所以他們在故事的結局一定得死！究竟狼和女巫這樣角色刻板化的形塑是否有其緣由？現今，在多元文化社會的刺激下，現代童書興起了一股反動思維，順應此股思維的風潮，狼和女巫的既成形象能否有翻身、轉化，而被賦予另一個較正面或較多元形象的機會？

　　童話的取材與寫作在時代演變和觀點轉換的過程中，各有其不同的面貌。而童話中角色形象的塑造及轉化的過程，正是反動思維內蘊及流變的過程。本書藉由理論架構的鋪陳，據此提出完整的反動思維面向，並從童話發展的歷史脈絡中，縱向討論不同時代童話中狼和女巫形象的塑造及角色搬演的情形，剖析童話中反動思維的興起及演變。綜觀童話中狼和女巫形象的遞嬗，從扭曲、平反到轉化，是有跡可尋的，因應新世紀多元化的潮流，狼和女巫已逐漸脫離邪惡的刻板形象，轉化為善良的形象，演變出眾聲喧嘩的後現代情境，所以童話創作者要能吸納當代思維進行創造性寫作，才能形成童話多元發展的動力。

　　東海岸是我心目中最美的海，它典藏了我最青春洋溢的歡笑，也開啟了我最積極求智的渴望。十餘年來，書桌前充滿海味兒的七星潭礫石總是帶著一波波的海潮聲呼喚著我，再次踏上東岸的土地

成了我追憶青春，圓一個未完成夢想的行動儀式，也如願完成了童話世界的角色解密與歷史探尋的論文寫作。

在這一段論述與耙梳的過程中，首先要感謝父母這段期間的體諒與包容，讓我無憂無慮的在後山秘密花園裡追尋夢想，沉浸在書堆中咀嚼文字的芳醇。在論文寫作的那一年，他們看到我總是煞有其事的整天端坐在電腦螢幕前打字，一桌子越堆越多的書籍，什麼也沒多問，卻用行動默默的支持著我。其次要感謝的是指導教授周慶華老師，容許我在語文教育的沃土上呼吸異界的空氣，給予我極大的支持，還無償出借與論文相關的三十餘冊書籍讓我帶回臺中參閱；當羸弱的我一邊書寫論文一邊狂咳不止時，老師不僅一節一節細心的批改，調理我的思路，還隨著論文回郵附上中藥叮嚀我調理身體，對待學生親如子女呀！就當論文順利產出，即將進入口試之際，偏偏遇上莫拉克颱風的攪局，在諸位老師克服萬難的鼎力相助下，感謝簡光明老師繞行近整個臺灣島，千里迢迢來為我指導論文，並與王萬象老師在午夜子時陪我挑燈夜戰口試論文，提供我許多寶貴的意見，讓我的論文得以修正得更加完整。此外，還要感謝這一路來曾經陪伴我、與我相扶助的東大同窗與小鹿夥伴們，有了你們的支持與協助，我的研究所生涯才能如期畫下完美的句點。

原初以送給自己任教十年禮物的單純起點來重拾書本，在一千多個日子的摸索與淬礪之後，見思在文字的薰陶下漸能日趨飽滿，在老師的推薦之下，終致能將本書付梓，都是多虧師長們的栽培與成全，心中真是百感交集。冀望未來，如果我還能有足夠的時間與勁力，願再為語文教育與兒童文學的發展貢獻一分心力，演繹一段未盡完成的夢想。

嚴秀萍　謹誌　2009.08

目　次

第一章

緒論

第 一 節　緣 起

印度詩哲泰戈爾（Rabindranath Tagore）曾說：「小時候使我獲益最深的，就是家裡瀰漫著文學與藝術的氣氛。」（淩健，2007）這句話對於我來說也相當的貼切。自幼我在家庭環境的耳濡目染下，對於充滿文字幻想的故事情有獨鍾，熱愛閱讀的我更是學校圖書館的常客，在那充滿奇幻的小天地裡，一篇篇橫亙古今、跨越東西文化的故事情節，以及如詩般的童話語言，在我幼小的心靈建立起童話的幻想國度，陪伴著我度過單純童稚的幼年時光，也無形中豐富了我的生活及心靈世界，成了我成長過程中不可或缺的重要部分。

童話故事中逗趣、歡樂、溫馨、感人的情節，對我有一股奇特的吸引力，總會超越時空成為回憶裡最美的片段。回味這數十年來留在我腦海中的童話故事，其中有為數不少的作品都深受西方的影響，無論從主題、情節、人物或時空背景，都不難發現西方文化的影子。在主題的呈現上，不脫「善與惡、美與醜、勤勞與懶惰的對比」、「善有善報，惡有惡報，反派角色不得好死」的二元對立模式；結局不外乎「王子擄獲公主芳心，從此過著幸福快樂的日子」的刻

板模式。在情節的安排上，多為「靠著神仙、小精靈來解決問題」的奇遇模式、「以愛為解除魔咒」的魔法模式，故事的結構方式變化不多。在人物的刻畫上，則充斥者「國王、王后、王子、公主、神仙、精靈、妖怪、女巫、會說人話的動物」，角色間具有相當刻板化的情形。

及至自己擔任國小教師後，想在班級內推動兒童閱讀的活動，所以有機會大量接觸已蔚為閱讀潮流的兒童繪本，來自世界各國奇特的圖畫與各式稀奇古怪的故事，確實讓喜歡新鮮事物的我著迷不已！長年隱匿在自己心中某個幽微角落的小小孩又再手舞足蹈起來，樂此不疲的展開瘋狂的買書行徑，我就像《永遠吃不飽的貓》一樣，書櫃裡永遠就是少了一本書！每次添購了新書，便迫不及待的想帶到班級和學生分享，獨樂樂不如眾樂樂，看到孩子臉上洋溢滿足幸福的笑容是我教書生涯最大的快樂。

每個人都有童年，也都擁有或曾經擁有赤子之心。即便人生適合閱讀繪本的童年歲月早已消逝，所幸我們都還有二讀（陪伴孩子閱讀）和三讀（為自己閱讀）繪本的機會。在帶領班級讀書會的過程中，我發現孩子的閱讀興趣已不能滿足於千篇一律的經典童話，讓孩子更感興趣的是全新元素的各式童話題材，或是製造差異的童話改寫，在似曾相識的童話基模下展開奇異的閱讀之旅。再次踏入日漸成熟的兒童文學領域，才發現在古典童話及現代童話的交織下，童話故事的奇幻世界裡已有迥然不同的發展。譬如《三隻小豬的真實故事》〔薛斯卡（Jon Scieszka），2001〕顛覆傳統〈三隻小豬〉善惡分明的二元對立；《青蛙變變變》（郝廣才，2000）解構古典童話〈青蛙王子〉「魔法式」與「宿命論」的愛情觀；《11個小紅帽》（林世仁，1998）瓦解了傳統〈小紅帽〉裡小紅帽和大野狼

的故事內容；《芭芭雅嘎奶奶》〔波拉蔻（Patricia Polacco），2002〕則透露出為女巫平反的意味，宣揚女巫不是萬惡不赦的代表。由此觀之，童話故事的取材與寫作會在時代演變和觀點轉換的過程中，擁有脫胎換骨的嶄新風貌。在作者刻意的顛覆之下，我們不得不放棄耳熟能詳的童話期待和預先知悉的童話結果；在意外的驚喜中，讓讀者歷經一場新鮮趣味的閱讀經驗，這其實也就是論者所謂「讓讀者獲得運用基模的雙重樂趣」〔諾德曼（Perry Nodelman），2002：239〕。

在改寫與創作童話故事的作品中，我對故事情節裡一直處於反派邪惡角色的狼和女巫特別感興趣，其原因來自於每每在跟孩子說故事時，孩子總是會對於狼和女巫的角色表現出恐懼或嫌惡的表情，甚至是在我那涉世未深的四歲姪女身上，從未見過真實的狼或女巫，何以會對這兩個角色感到恐懼不已？閱讀是兒童學習認知基礎概念的重要方式，而童書是兒童閱讀行為的重要媒介，所以童書作者常透過童書寫作將摻雜道德規訓的教育意涵傳達給兒童。在以往的童話故事中，狼往往被視為負面的角色，背負醜惡、狡猾、兇殘的形象，因此不會給狼好的結局，藉以發揮恐嚇兒童的作用；而女巫那種極端邪惡、意欲迫害善良的形象，更是童話故事裡的大反派角色，讓人厭惡和唾棄，故事的結局巫婆一定得死！狼和女巫的邪惡形象是如何形塑在孩子的心靈深處？這樣角色刻板印象的形塑是否有其緣由？

這些疑問引發我決定以狼和女巫的角色作為本書的討論核心，一來是因為這兩個角色有其相同之處：他們的角色特質都具有濃厚的童話幻想性，都是古典童話中凸出的反派角色，都擁有恐懼邪惡的原型意象，故事的結局都必定是慘烈死亡，並且在現代童話

中，狼和女巫的形象似乎也不約而同出現了相似的轉化現象。二來是因為這兩個角色各擁有其獨特性和代表性：狼是擬人化的獸，在象徵意義上為男性的代表；女巫則是魔幻化的人，分屬於女性的代表。如果以人類中心的觀點來看，生物野性強烈的狼被妖魔化，也許容易被人所理解，但是同為人類的女巫，又何以會落得和狼同樣難堪的境地？是不是女性的地位在這些童話創作者的心中，在某種程度上是被視為類同於動物的等級？這讓我感到相當的困惑與好奇，於是我將「童話中狼和女巫形象之遞嬗」確立為本書的討論核心，藉由系統性的歷史回溯，探求童話中狼與女巫形象塑造的過程，並推演其形象變異與轉化的情況。

近年來，在多元文化社會的刺激下，現代的童書突破了以往「文以載道」的侷限，打破了既有的道德觀與價值觀，興起了一股「反動思維」，順應此股思維的風潮，狼和女巫的既成形象能否有翻身、轉化，而被賦予另一個較正面或較多元形象的機會？這種形象的轉變又會帶來什麼樣的影響？如果將多元價值觀的現代童話應用於教學中，能否透過多元的價值澄清方式，引發學生更大的思考與討論空間？童話的創作者能否吸納當代思維與議題，在童話的「意涵」和「形式」上進行創造性寫作，形成童話多元發展的動力，則是當代童話作家與應用童話作為教學設計的教師值得深入研究與探討的課題。因此，本研究擬以童話中狼和女巫形象的塑造及轉化為討論核心，希望能夠透過對歷史文化及文本內容的探討，剖析童話中反動思維的興起與演變，以作為日後童話創作發展及童話閱讀教學的參考與建議。

第二節　理論建構與研究方法

一、研究性質

　　本書擬採用理論建構的方式探究「童話中狼和女巫形象之遞嬗」，自童話故事中挑選代表性作品，探討其歷史演變下所隱藏的反動思維及其影響。周慶華《語文研究法》一書在「理論建構撰寫體例」部分，指出

> 理論建構，講究創新。大致上從概念的設定開始，經由命題的建立到命題的演繹及其相關條件的配置等程序而完成一套具體系而有創意的論說。（周慶華，2004b：329）

　　據此，茲將本書的「概念設定」、「命題建立」、「命題演繹」所涉及的觀念和相關問題逐一說明如下：首先，就書名「童話中的反動思維──以狼和女巫形象之遞嬗為討論核心」來看，內容意涵理應涉及「童話、反動思維、狼、女巫」的概念，因此形成概念一；接下來，就反動思維的分類來作歸整，形成概念二「正向式反動思維、反向式反動思維、正反向兼具式反動思維」。

　　待概念一和概念二設定清楚後，接著要就理論建構的方法建立命題以作為所要研究的問題。從童話創作的歷程來看，童話的角色形象是作家在創作時有意識和潛意識或無意識中被塑造出來的，此為命題一；新時代會有新思想的產生，現代童話中的角色形象被塑造後不得不出現了轉化的現象，此為命題二；綜合命題一與命題二

的論點，並與概念一和概念二作結合，便是從童話中狼和女巫形象塑造及轉化的過程，檢驗童話中的反動思維，於是形成命題三。

　　經由命題一、命題二和命題三的研究和探討，最後希冀本書所建構成的理論可以作為異國童話作品跨文化交流的參鏡，此為演繹一；可以提供童話的創作者和接受者作為文學創作與接受向度的採擇，此為演繹二；可以回饋給語文教育工作與接受者，以增添語文教育的深度，此為演繹三。

　　綜合上述論點，將書中「概念設定」、「命題建立」、「命題演繹」的發展進程與架構整理出來圖示，並將所要探討的問題具體說明如下：

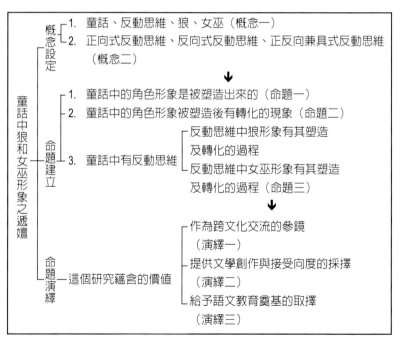

圖 1-2-1　本研究的理論建構示意圖

　　童話中狼和女巫的角色形象是如何塑造出來的？從童話發展的進程看來，狼和女巫形象產生了什麼樣的轉化？社會文化背景如何形塑反動思維？不同的反動思維反映出什麼樣的社會文化內涵？反動思維又會為未來的童話創作帶來什麼樣的影響？這些問題都是本書所想要探討的層面。

二、研究目的

　　人身處於社會環境中，所思所為無不受整體社會環境所支配，而形成自以為真理的意識型態，而本書所要討論的「反動思維」便是意識型態眾多形貌的其中一種。它支配了我們看待社會、文化、政治、宗教、性別、倫常等事物的態度，而且還會因為認知的差異，而形成不同向度的「反動思維」。而這種「反動思維」的意識型態常會隨著作者的立書論作而傳遞給讀者，即使是童書的作者也不例外。

　　回顧中外的童話故事，我們不難發現古典童話中的狼和女巫總是扮演讓人厭惡與恐懼的角色，這種原型意象，經由童話擴張於我們的生活中，變成邪惡的指稱詞，究竟童話是如何在歷史中塑造狼和女巫的角色形象？狼和女巫形象又如何反映當時的社會思想？我希望能透過研究從童話的表象探索出其深層的意涵。而隨著時代的轉變，現代童話中狼和女巫的角色形象有了轉化，開始呈現出複雜多變的面貌，他們不再侷限於單一的負面形象，重新以嶄新的詮釋方式面對讀者。到底是什麼樣的時代思維促成了狼和女巫形象的轉化？這種形象的轉變會造成何種影響，值得深入研究及探討。我們能否藉由解構童話的反動思維來反映出不同時期的社會文化內涵？反動思維又會為未來的童話創作帶來什麼樣的影響？生於現

代的我們，是如何看待從前既有的觀念和想法？這些問題都是邁入
多元化社會時非常值得探討的問題。

　　所以本書首先要釐清反動面向，以建構出涵蓋不同向度的反動
思維理論，此為研究目的之一。再經由理論建構模式的析理，從文
獻回顧去發掘及尋找狼和女巫形成的背景，對不同時期狼和女巫形
象發展的時代背景進行分析，以期能析理出狼和女巫形象塑造的歷
史淵源，及其在跨越古典童話與現代童話間角色搬演的情形，進而
剖析出隱身童話故事裡的反動思維。從古典童話出發，一窺蓬勃而
多元發展的童話創作生態，探求反動思維下現代童話的詼諧與趣
味，此為研究目的之二。研究目的之三，希望此研究能作為童話跨
文化交流的參鏡，並藉由跨文化系統的論述，擴展童話寫作的面向
與深度，以期能將研究成果回饋給童話的創作者，創作出富有時代
新意的童話；也希望能回饋給童話的接受者，以推展不同向度的童
話作品的接受形態；更希望能回饋給童話的教學者，以提升多元創
新思考的教學趣味，為童話的發展提供不同面向的思考，以多元角
色形象符應多變社會的需要，讓童話的發展更完善健全。

三、研究方法

　　周慶華（2004b：20）認為研究者應該先有方法的意識或自覺，
接著才去從事語文研究的工作，語文研究與語文研究法的包蘊關係
是「相互」的。在研究目的確立與研究的問題意識形成後，所採行
的研究方法才有所依循。因本研究為理論建構，非實證研究，所以
特將研究中會運用到的方法整理出來，以利讀者對於本研究的研究
方法有更深入的瞭解。本書整體框架共分為八個章節論述，依據研

究內容，文中所涉及的相關研究方法，包括「現象主義方法」、「語用學方法」、「詮釋學方法」、「發生學方法」及「社會學方法」等。茲將各研究方法概述於下：

「現象主義方法」是探討本身所能經驗的語文現象的方法（周慶華，2004b：94），它不同於現象學方法。現象主義的現象觀是指「凡是一切出現者，一切顯示於意識者，無論它的方式如何」（趙雅博，1990：311；周慶華，2004b：95）。由此觀之，凡是顯現於意識中，或為意識所及的對象都稱為「現象」，所以「文學現象」理應包含了文學作品中的人、事、物，及其交互作用下所產生的意識活動。在本書中，我將採用「現象主義方法」的「現象觀」處理第二章的「文獻探討」，從他人著作有關於童話、角色形象、童話創作等的相關研究論述中，就個人所經驗覺知的部分進行分析整理，以便從相關文獻中去瞭解反動思維的意涵、童話與反動思維的關係、童話中狼和女巫角色形象塑造及轉化的情況，以俾本研究的進行知所「突進的方向」。

一般所說的「語用」，就是「語言表述」，而「語言表述」是同義複詞。也就是說，語言就是表述，表述就是語言，包含了說出來的話或寫下來的話。生活中的言說和書寫是為了與人溝通，文學作品的寫作與閱讀更是語言交互影響的行為，讀者不僅僅是要理解它字面上的詞義而已，更要理解作者想要傳達的意義。賈古柏（Jacob L.Meg）將「語用學」定義為：「對社會條件下，人際交往的語言施用的研究。」而語言的施用者是社會的成員，隨時隨地須遵守所屬社會的規則與習慣，反映了該社會的「價值系統」，所以語用學可稱為是從語言立場探索「文化」的知識系統。（引自鄧元忠，2004：228）周慶華（2006：19）更指出作者表述的內容和表述的方式深受心理、社會、歷史文化、權力意志、意識型態等約束，其中權力

意志最具有優先性。本書第三章「反動思維的類型」就是要從各項文本中探討作者寫作的意識型態及思維運作的模式，運用「語用學方法」探討作者在施用語言的同時，權力意志運作下的社會文化意涵，並構設反動思維的三種類型：正向式的反動思維、反向式的反動思維及正反向兼具式的反動思維。

本書第四章探討童話與反動思維的關連，第五章討論反動思維中狼形象的塑造及轉化情況，第六章討論反動思維中女巫形象的塑造及轉化情況，都會論及文本表面意義和內在含意的相互關連性，因此在這些章節中，必須利用到「詮釋學方法」來進行研究。所謂「詮釋學方法」，是解析語文現象或以語文形式存在的事物所蘊含的意義。不論是語言的表面意義，還是語言的深層意蘊，都可以構成詮釋的對象，而詮釋所要瞭解或獲得的對象，包含語文現象或以語文形式存在的事物所蘊含的主題、情感、意圖、世界觀、存在處境、個人潛意識和集體潛意識等幾個向度。（周慶華，2004b：101-110）而這在故事的詮釋方面，所有組成故事的成分及其相關的創作經驗等，都可以成為詮釋的對象；甚至故事所具有的認知、規範和審美等功能，也不妨一併涵蓋在內而給予妥適的解說。（周慶華，2002：273-274）因此，研究者在面對文本時，會依照自己的認知與理解的前經驗，來從事童話文本的詮釋，並以「反動思維」的語言符號本身和文本所蘊含的主題、情感、意圖、世界觀、存在處境、個人潛意識和集體潛意識等幾個向度進行詮釋。因此，將「詮釋學方法」運用在本研究，就可以藉由童話文本表面意義的解析，以達成童話文本深層意蘊的理解。

此外，「發生學方法」，是透過分析語文現象或以語文形式存在的事物的發生及其發展過程，來認識該語文現象或以語文形式存在

的事物的規律性的方法。(周慶華，2004b：51-52)如：《童年的消逝》〔波斯曼（Neil Postman），1994〕一書中對「童年」概念進行歷史探源，說明童年概念的起源和發展過程，找出童年概念生發演變的規律性，就是使用發生學方法所得出的結果。在本研究第四章第三節「童話中的反動思維的興起及其演變」就需藉助發生學方法加以論述，從歷史源流中探討反動思維在童話史中的起源與進展，以尋找出反動思維的現存性與規律性。

本書的第七章「相關研究成果的應用推廣」，就是希望藉由童話中的反動思維的理論建構，能提升童話應用推廣的層面，因此必須利用「社會學方法」來進行論述。周慶華（2004b：87-89）指出社會學方法乃是特指研究語文現象或以語文形式存在的事物所內蘊的社會背景的方法，它已不是用傳統社會學「觀察」、「調查」、「實驗」等方式來進行研究，而是靠「解析」來作取證的依據。大體上，它有兩個層面：一個是解析語文現象或以語文形式存在的事物是如何的被社會現實所促成；一個是解析語文現象或以語文形式存在的事物是如何的反應了社會現實。所以本書將採用此方法，以反映當前社會背景下的童話精神，並以社會現實環境為考量作為跨文化交流、文學創作與教育推廣的參考。

目前探討「童話」的研究，多以西方童話為研究範疇，較少論及東西方童話的文化差異；將中國古代童話一筆抹煞是甚為不當的，有鑑於此，本書將採用「文化學方法」析理出不同文化系統間的差異，瞭解不同文化背景對童話寫作的影響，作為未來童話跨文化交流的參鏡。所謂「文化學方法」，是評估語文現象或以語文形式存在的事物所具有的文化特徵（價值）的方法。(周慶華，2004b：120）沈清松（1986：24）提出「文化」的定義為：文化是一個歷

史性的生活團體（也就是它的成員在時間中共同成長發展的團體）表現它的創造力的歷程和結果的總體，當中包含了終極信仰、觀念系統、規範系統、表現系統和行動系統等。據此，周慶華（2005：225-226）更進一步提出：現存世界的三大文化系統為「創造觀型文化」、「氣化觀型文化」和「緣起觀型文化」；而依文化本身的創發表現，再細分為終極信仰、觀念系統、規範系統、表現系統和行動系統五個次系統，表列各自的特徵如下圖：

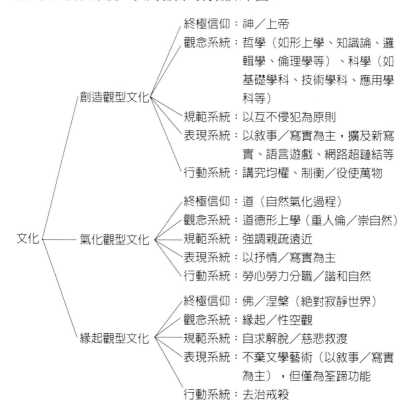

圖 1-2-2　文化的五個次系統圖（資料來源：周慶華，2005：226）

　　綜上所述，本書的架構與方法，是藉由童話文本詮釋出狼和女巫形象塑造及轉化現象下的社會文化意涵，進而探求出反動思維在童話發展歷史中的起源與進展，將研究成果作為童話應用推廣的參考，並作成研究的結論。當代學術研究的方法眾多，不勝枚舉，每一種研究的方法都有其特性與限制處，本書所採用的研究方法僅為策略運作，並沒有所謂的絕對性。因此，在研究方法的擇用上，會作權宜性的調度應用，以期研究能更臻於完善。

第三節　相關概念的界定與侷限

一、名詞界說

　　綜合前節所述，本書以「童話中的反動思維——以狼和女巫形象之遞嬗為討論核心」為題，試圖以古典童話為藍本對照現代童話，兩相評析之後，探討不同時期狼和女巫形象的塑造及轉化的情況，剖析童話中反動思維的興起及其演變。於此可以概括出本書所要討論的範圍有：反動思維的類型（第三章）；童話與反動思維（第四章）；反動思維中狼形象的塑造及轉化（第五章）；反動思維中女巫形象的塑造及轉化（第六章）；最後再談到相關研究成果的應用推廣（第七章）。其中各個章節多與「童話」和「反動思維」有密切的相關，所以接下來我必須要為「童話」和「反動思維」作名詞界定。

（一）關於童話

國內為「童話」定義的學者眾多，但各家看法難有定準（在第四章第一節中，會再作更詳盡的陳述），這是由於西方童話最初出現時（十八世紀），並非專門為兒童而寫，以至於後期轉變成為兒童創作時，對於童話的定義並無普遍性的共識，僅能歸結出其擬人且帶奇幻色彩的特徵。（周慶華，2004a：134）陳正治在《童話寫作研究》一書中，曾整理蘇尚耀、朱傳譽、林文寶、蔣風、林良、林守為、嚴友梅、林鍾隆、洪迅濤及張美妮等十位評論家對於童話的說法，提出：

> 童話的構成要素，在欣賞對象上屬於「兒童」；在文體上屬於「故事」；在特質上屬於「想像或幻想」和「趣味」；在內容上重視「意義」；有它的特定範圍。（陳正治，1990:4-5）

陳正治綜合各家所提出的說法，可說是對童話較寬廣的認定，而針對「欣賞對象為兒童」一點來說，我認為這個範圍並不像一般人所想的那麼幼稚和狹隘，如愛情、戰爭和死亡這樣的主題並不一定要被童話排除，因為兒童可以憑藉著想像力來明瞭許多就字面上看來兒童不可能瞭解的真相。因此本書將以陳正治的說法為基準，提出「童話」的操作型定義為：一種以幻想為表現特徵，為存有童心的兒童或大人所能理解感受的故事。以圈劃出本書的研究範圍，收納進為兒童而寫及非專門為兒童而寫的部分，使研究能更清楚掌握不同時空下童話的歷史進程。

（二）關於反動思維

　　本書還有另一個探討主題便是「反動思維」，不過回顧相關書刊與論文資料後，我發現「反動」一詞散見於各領域、各文類，但學術上對於「反動」的界定和論述仍相當有限，未能成為專有學說。我試著探求「反動」詞彙的釋義：「反動」是由英文 Reactionary 翻譯而來，拆解其字根，得到 action 與 reaction 兩個有意義的詞彙。如果依牛頓第三運動定律來看，「每一個作用力（action），都會產生一個相等力量的反作用力（reaction）。」〔赫緒曼（Albert O. Hirschman），2002：26〕也正說明了行動（action）與反動（reaction）必然相對存在的道理。

　　進一步查詢相關詞語典後，得出幾組相關詞彙：Reactionary 反動的（形容詞用法）及反動分子（名詞用法）、Reactionary movement 反動（運動），並將其釋義羅列於下：

　　《關鍵詞：文化與社會的詞彙》中對 Reactionary 的釋義：

　　【Reactionary 保守的、反動的】

　　這個字現在被廣泛的使用，用來描述右派的看法與立場。Reaction（反應、反作用、反動）從十七世紀開始出現在英文裡，主要是用在物理方面的意涵，指的是一種行動 action 對另一種行動的抗拒或回應。更廣泛而言，Reactionary 指的是受前一個行動影響而產生的行動，或針對前一個行動而產生的回應，尤其是在化學與生理學方面。

　　十九世紀初期，這個字的政治用法首先出現在法文裡，具有較準確的政治意涵：它是被用來描述反對或抗拒革命的看法

與行動。它具有強烈的「希望重新回復到革命前的狀態」之意涵。這個字被引入英文裡，其字義就是源自這種特殊的意義脈絡，但是它同時具有早期的與普遍的意涵：「派系鬥爭的持續存在」與後來通用的「反對革命」之意涵。〔威廉士（Raymond Williams），2003：317〕

《政治學辭典》中對 Reactionary 的釋義：

【Reactionary 反動分子】

指一個人贊成回復到以前更為保守的系統，因此擁有實質上為退步的政治、社會或經濟變遷。反動分子相信大多數社會問題之形成，都是由於民主過程寵愛毫無財產的大眾，因此反動分子往往偏愛寡頭政治。儘管這個名詞不夠明確，反動分子仍可算是政治的右派分子，甚至比保守派還要極端，並且更可能採取好鬥的戰術以達到他們的目的。（林嘉誠等編，1990：310）

《社會學辭典》中對 Reactionary　movement 的釋義：

【Reactionary movement 反動】

一個集體努力，企圖恢復曾存在於過去的文化特點與社會秩序。通常，右派的政治運動是反動的，而左派則為前進的。惟這種派別並不如當初所顯現的那樣單純，所有的社會運動一般皆具保守與前進的兩面。例如：前進派運動被認為倡言博愛、自由、平等等價值，而反動派不具有這些價值；但事

實上，所有社會運動都接納這些價值以求取得合法性。〔卡尼爾（Peter J. O'Connell），1991：705〕

綜合來說，「反動」一詞多指保守的、右派的想法或行動，企圖恢復曾存在於過去的文化特點與社會秩序，反對政治、社會或經濟變遷。但是社會運動一般都兼具保守與前進兩面性；就反動的積極面來看，「反動」也可指涉反抗社會僵化與偏差的主流思維、對社會的強權與不公義提出抗議與批判的質疑，並力求突破霸權束縛的行為，此種「反動」是與主導性規範系統的衝突，在某些場合下也被賦予「反政府」的意義。由此看來，「反動」一詞應該含有兩個互為對立面的意義，一方面既是堅決反對政治、社會或經濟變遷的保守派，一方面又是積極訴求政治、社會或經濟變遷的基進派，不應單獨只以「反動」一詞來概括兩種不同向度的概念，因此，本書進一步在第三章提出「反動思維」的三個向度為「正向式的反動思維」、「反向式的反動思維」及「正反向兼具式的反動思維」來作為我論述的架構。

二、研究範圍

依據林文寶（1998）對於童話的區分是「在安徒生以前，為兒童寫的民間故事為『古典童話』；在安徒生以後，為兒童寫的創作故事為『現代童話』」。然而，對安徒生來說，格林的作品可以稱為古典；對我們現今而言，格林和安徒生的作品都稱得上古典了。可見古典與現代的分野，是相對存在的；因此本書所定義的「古典童話」和「現代童話」，跟林文寶的分法有些微差異。

本書的「古典童話」是以童話界廣為流傳的「格林童話」和「安徒生童話」為主要研究對象。理由為「格林童話」是自《聖經》以來最暢銷的德文作品，也是德國家庭必備的讀物；安徒生是世界上最有成就的童話作家，是世界上最有影響力的童話作家。（洪汛濤，1989：256）

周惠玲在《夢穀子，在天空之海──兒童文學童話選集 1988～1998》一書「編者的話」〈種在天空之海的夢穀子〉中曾說：

> 筆者在編選這本童話選集時，並不嚴苛於閱讀年齡的限制，也不限定於敘述的文體類型，甚至可以說，筆者是以搜羅各種文體為樂，即使作品具有反童話的性格，也將之視為對未來童話創作領域的冒險和嘗試。希望藉此，能呈現更寬廣的文化視野。（周惠玲，2000:15）

周惠玲的編輯觀正是將陳舊定義的童話觀念作邊界上的擴大，以納入更多故事的可能，此想法深得我的認同。因此，本書對「現代童話」的定義有較寬廣的認定，泛指十九世紀以來當代存有童心的兒童或大人所能理解感受的幻想性故事。為免遺珠之憾，特將九〇年代以來異軍突起的圖畫書（或稱繪本）納進研究範圍，以期能充分展現出現代人在現代社會中所面對的多元童話文本，簡言之，本書所指的「童話」涵蓋以兒童為主要閱讀對象的童話故事、幻想故事及圖畫書，在選材上則是以西方童話為主要研究範圍。為了跟西方童話作交流的參照，本書特選列中國童話為參照對象。中國古書中，少有專為兒童創作或適合兒童心理及閱讀需求的童話故事，但中國古籍裡有不少神話、傳說、民間故事等作品，在本書中都將它們納入研究的範疇予以討論。

　　是以，本書是透過「古典童話」和「現代童話」的歷史脈絡來看，縱向討論不同時代童話中狼和女巫形象的塑造及演變，試圖探尋出童話中反動思維的興起及演變；同時也進行橫向研究，探討不同文化系統下童話文本的共相與殊相，以作為跨文化交流的參鏡。

三、研究限制

　　中西童話發展了幾個世紀，衍變至今，作家眾多，作品浩繁，本書無法全面周延的涵括所有作品，僅能在有限的時間、精力下，盡量蒐集完整可用的參考文本，以期達成最大的研究範圍。其中童話多由西方傳入，語言、文化的隔閡在所難免，且受限於研究者外文能力淺薄，僅能就國內童話及其相關理論的中譯本進行研究，其文句、情節多少都經過潤飾與修改，因此以其為分析文本，或許會跟作家原意有些出入，以致論述恐有不足之處。未來有心研究童話的研究者，可以廣泛參照原文作品之後，再進行相關研究，必能獲得更直接的童話訊息。

　　再者，在解讀與詮釋童話文本時，難免要帶進個人的先備經驗和價值意識，無法避免流於某種程度的主觀。正如姚一葦在《藝術批評》中所說：

> 藝術品不是單義的，而是多義的。尤其是一個歷史的產品，經過了不同時代、不同的觀念、不同的信仰、不同的知識、不同性質的人來觀賞，當然就會得出不同的意義，這就涉及到欣賞者本身的不同。（姚一葦，1996：142）

　　因此，本書所做的反動思維分類、狼和女巫形象的塑造及轉化的探討，每一個概念的描述、詮釋，都存在著相對的主觀性，加以個人對西方的歷史、文化與思潮見識有限，以管窺天總有所缺漏，以致研究上仍有其限制及難題存在。

第二章

文獻探討

第一節　反動思維

　　由於本書的第三、四、五、六章內容都緊扣研究主題「童話中的反動思維」來作討論，所以本節首先要對「反動思維」的相關論述作一整理，以了解前人對於「反動思維」的看法。

一、反動的論述

　　以「反動」為題的專書不多，其中最直接相關的書籍就是赫緒曼（2002）的《反動的修辭》，書中指出：近代世界民主體制的基本面貌形塑於法國大革命以來兩百年的歷史進展，他分析法國大革命所揭示的公民理念、普遍選舉權的民主化及福利國家的社會福利三項重大的反動論述，歸納出這兩百年來的反動論述總是不脫「悖謬論」、「無效論」與「危害論」三種論證結構。但事實上，不管是哪一種反動論述都是充滿破綻，而可以輕易擊破的。該書僅以政治方面來論說，所謂的反動是以反進步的姿態出現，趨向於保守派的反動。

二、反動的面向

　　吳乃德（2001）〈反動論述和社會科學——臺灣威權主義時期的反民主論〉一文寫道在臺灣民主化的過程中，威權統治集團鼓勵反動的意識型態，以致在公共論述中出現大量護衛威權體制、攻擊民主改革的反動論述。該文章也是僅以政治方面來論說，所謂的反動是以反民主的姿態出現，趨向於保守派的反動。

　　在歷史的脈絡裡，我們不難發現反動思維的影子，林雅鈴（2003）的碩士論文《日本皇民化政策與臺灣文學的反動精神》的研究是從臺灣文學作品中對於皇民化時期的紀錄，去瞭解當時文學作品對皇民化政策的回應和態度。該研究結果發現，在日本殖民統治的恐懼威脅下，臺灣人民不能有太強烈的反抗行動，知識分子在日本政府的監督下，只能將反抗意識隱藏在文學作品之中，透過文學作品的書寫傳達出對於殖民政府的反動精神。整體來說，該研究也是以政治方面來論說，所謂的反動是以反殖民的姿態出現，趨向於基進派的反動。

　　摩爾（Barrington Moore）（1991）在《民主與獨裁的社會起源：現在世界誕生時的貴族與農民》中特闢〈革命和反動的意象〉一章加以說明革命和反動的形成及其意象。該章內容以貴族和農民的歷史發展為主軸，上層的土地貴族為保住政治權力，容易形成「反動」的社會理論。當自由、平等、博愛的基進主義入侵農村之後，農民的不滿經常以「反動」的形式表現出來，而形成了革命。該書明確呈現兩股反動力量的形成與對峙。貴族和農民所處的角色為相對位

置，兩個群體所表現出來的思想與行動自然大相逕庭，證明保守派和基進派之間勢必存著反動思維的運作。

社會中的反動思維還顯現在宗教與政治的結合，蘇其康（2006）在〈反動與反撲：英國文藝復興時期文壇和講道壇的交戰〉一文中論及 1570 年代至 1580 年代之間的英國，新教在國內已形成宗教界的主流力量，在講道壇和政壇聯手之下，將劇場視為邪惡的象徵，整個文藝界受到了相當程度的壓抑和干擾，所以文壇中便有人出來回應反駁，促成了英國首批正式文學批評和理論的出現。該書所指陳的內容雖發生於藝文界，實則卻與宗教與政治相關，是反政治干擾的反動，趨向於基進派的反動。

反動思維應用在文學領域方面，賴松輝（2006）在〈「文學進化論」、「反動進化論」與臺灣新舊文學的演進〉中認為臺灣新舊文學形成反動對立的文學特質：重形式技巧、墮落的、遊戲的特質歸於舊文學，類比為西方古典主義；重視作者情感表現、進化的特質歸於新文學，類比為浪漫主義。此文所指的臺灣文學的反動現象，是指反改變的反動，趨向於保守派的反動。

此外，我們發現文學作品中也會透露著反動思維。試以兩篇期刊文章對於中國經典小說《西遊記》的評論為例：傅繼俊（1982）在〈我對《西遊記》的一些看法〉一文中，認為《西遊記》的玉帝、如來是「統治階層」的化身和縮影，而孫悟空馴化皈依則是投降變節於統治階層的叛徒，所呈現的主題內容是「反動的」。此處所指的反動與政治有關，是指反叛亂的反動，趨向於保守派的反動。另一篇丁黎（1982）發表的〈從神魔關係論《西遊記》的主題思想〉中直指「《西遊記》是一部鎮壓和瓦解人民反抗之『經』。」他認為路上的妖魔是反動的農民，《西遊記》裡對於妖魔為非作歹的惡毒

毀謗，是封建統治階層對人民的打壓。文中所提的反動仍是對著政治而來，卻是指反壓迫的反動，趨向於基進派的反動。同樣一本《西遊記》經過不同人的詮釋，得出的結論雖然都是反動，卻是兩股完全相反的反動力量。

人類的歷史可說是一部抗爭史，過去的歷史是如此，現在的社會也是如此。南方朔（1995）《「反」的政治社會學》一書中提到不論是資本主義下的和平運動、生態運動、婦女革命和學生運動；或是共產主義下不斷湧現的不滿及自由化呼聲；甚或是帝國主義下第三世界國家人民的民主抗爭，都是一段段人類追求公平、正義的「支配／反支配」抗爭史。處在這樣一個新抗爭的社會，我們被迫要重新面對新時代的思潮及需求，以「行動／反動」的力量對社會作進一步的反思。

綜合以上文獻所述，我們不難發現在政治學與社會學的範疇中，對於「反動」一詞的釋義，多停留在「保守的、右派的」的思維裡，但是「反動」一詞應用在廣泛的學術研究裡，卻是「保守的／基進的、右派的／左派的」同時並存，且藉由具體的歷史事件或文學作品去詮釋表達其所內蘊的「反動思維」意象。除此之外，「反動」一詞初始源自物理學，後來廣泛轉化進社會科學中，與宗教、政治、階層、殖民等有關；不過隨著時代的演進，「反動」一詞的語用範圍變得更加寬廣，可以運用在文學、文化、性別、生態等議題上，泛指對社會主流思維的反抗與批判的思想和行為。而本書便是以此種反動論述兼及上述反動思維的觀點分析童話中狼和女巫形象的塑造及轉化的現象，並探討其中所蘊含的意義和價值。

第二節　童話與反動思維

　　由於童話閱讀的對象設定為兒童，所以一般人對於童話的認知都停留在遠離現實的純真想像世界裡，童話的結局不外乎是喜劇圓滿的收場，它所呈現出的就是童話單純良善的一面。然而，這樣一個單純為兒童而寫的童話故事，當中的內容會不會涉及前節中所討論的「反動思維」？這樣的一個問題實在非常值得深入研究。

　　古典童話的內容常內蘊著作者的人生經驗、宗教信仰、生活習慣、教育觀念、歷史社會等知識，透過吸引人的人物刻畫、故事主題及充滿幻想的情節，將社會的主流價值傳授給下一代。然而，這樣幾百年來在內容結構上幾乎無太大變化的童話，隨著時代變遷，在二十世紀瞬息萬變的社會現實下，不免要面臨著極大的挑戰與顛覆，童話中主流價值的建立與反省的過程，便是童話與反動思維密切關連的所在。茲將探討童話中反動思維的相關文獻整理如下：

一、穩固父權階層

　　童話故事裡的內容常不經意的流露出當時社會的時空背景。葉品君（2006）《灰姑娘的前世今生——論童話與文化的互動》碩士論文指出〈灰姑娘〉裡的灰姑娘要飛上枝頭當鳳凰，要跨越的難關不僅是男人與女人間的貴賤之分，還有社會階層的鴻溝。虛構的童話故事裡，往往反映出現實生活男尊女卑的關係。該論文能針對古典與現代童話的〈灰姑娘〉來探討兩性問題，合於反動面向的討論，但是它只針對兩性問題來討論，缺乏其他面向的探索，殊為可惜。

在李盈穎（2006）的碩士論文《公主徹夜未眠──論〈義大利童話〉中的公主》中也提到相同的論點。公主的婚姻都是由國王支配，甚至成為國家「利益交涉」的籌碼，即使她們貴為公主。從當時的婚嫁制度中，仍不難看出婚嫁是女性自「父權」移轉至「夫權」的過程。該論文能挑選公主角色集中論述兩性問題，合於反動面向的討論，但是其僅就《義大利童話》來作討論，無法觸及《義大利童話》的歷史背景，論述自有所不足。

二、進行社會教化

童話除了提供兒童娛樂外，還肩負著教化與教育兒童的功能。古佳艷（1995）在〈法律與格林兄弟的《兒童與家庭故事集》〉一文中指出，《兒童與家庭故事集》的兩百多篇故事中，幾乎都包含了濃厚的法律涵意。吳其南（1996）在《德國兒童文學縱橫》一書中，認為《格林童話》藉由懲惡揚善的觀念，來刻畫古代人民對理想美好生活的嚮往。由這些論述我們可以發現古典童話頗能呈現出早期社會最基本的道德價值觀。童話故事除了能反映當時的社會生活，當然也就會涉及到當時社會規範中的禁忌和規範。季雯華（2006）在碩士論文《〈貝洛童話〉中的禁令與象徵》中指出童話故事的情節總是權威與服從、邪惡和正義相抗衡，然而故事的結局總是服從權威、邪不勝正，違反禁令的行為必受到制裁與懲罰，就是要藉以教導兒童正確的道德觀。此三篇研究都足以說明童話具有道德教化目的，也能針對當時的社會背景作探究，但這些研究在內容上都只偏重於古典童話的探討，對於現代童話的部分則是隻字未提。

三、反映社會現實

　　這種形況，到了現代童話，開始有批判現實社會的反動思維出現。姑且以臺灣的作品為例。周芳姿（2005）在碩士論文《張嘉驊童話研究》中指出，張嘉驊（1996）的《怪物童話》是將童話純真世界的眼光移轉到對社會的關懷上，以童話之名而行批判之實。如：作者透過〈飛魚〉交換議員豬腦袋，諷刺國會議員「動不動就罵人」、「套交情」、「官商勾結」的情形，呈現不良民意代表惡行惡狀的縮影。徐錦成（2007）在博士論文《鄭清文童話研究——臺灣文學史的思考》中述說鄭清文童話常影射臺灣的政治現況——尤其是臺灣與中國大陸對立的部分。以〈泥鰍和溪哥仔〉為例，故事裡以溪哥仔的不知內省、貪求享樂，和泥鰍的隨遇而安、逆境求存，暗喻臺灣特殊政治的現況。自政治解嚴後，本土意識高漲，意識型態上「去中國化」傾向的臺灣童話也愈加常見。從上面兩篇論文可以看出臺灣童話開始出現反動的意識，表現出來的多是政治的面向，但是這樣單篇童話的探究，無法看出整體歷史社會的交互關係，很難形成一個完整的架構來討論。

四、顛覆童話主流價值

　　在以有益兒童身心為導向，強調真、善、美的童話主流價值中，張嘉驊的童話也有不同的表現。周芳姿（2005）在《張嘉驊童話研究》的碩士論文中提到，以兒童為閱讀對象的童話，在用字遣詞上自然會被要求文雅，以作為兒童言語的典範，然而張嘉驊的童話中

卻摒除了這層考量。雖然他所使用的這些詞彙難登文學的大雅之堂，卻成為一種語言遊戲博君一笑。整篇論文僅以張嘉驊的童話為討論核心，以單一作者來呈現現代童話顛覆反動的特質似乎仍嫌不足，單點論述無法形成一個完整的系統。

五、重塑女性形象

隨著現今社會各種新思潮的興起，使得古典童話的部分內容已不再適用於現代社會，其中最為女性主義者所詬病的就是女性角色呈現方式。女性的角色已由中古世紀的附屬地位，進步到現代女性獨立的角色，其中的轉變確實需要列入故事傳承的考量當中。

沃克（Barbara G. Walker）（1996）《醜女與野獸：女性主義顛覆書寫》一書顛覆了西方傳統童話，從女性主義的觀點重新解讀與建構富有想像和嘲諷意味的女性童話。書中的創作推翻古典童話情節，批判性質濃厚，給予西方古典童話一個深刻的反思空間。奧蘭絲妲（Catherine Orenstein）（2003）在《百變小紅帽───一則童話的性、道德和演變》一書中整理各家說法分析小紅帽和大野狼歷年來在不同的童話版本中的形象和關係，並觀察女性的角色地位在歷史上的變化：從符合歐美社會所興起中產階層的道德觀和倫理觀，到逐漸成為獨立自主的新女性形象。以上二者均以古典童話為起點，反思女性主義在現代社會的可能，在形象轉化上有深刻的描寫。

在傳統價值觀與思考模式逐漸受到衝擊的今日，臺灣童話的創作也吹起了顛覆之風，陳如苓（2005）的碩士論文《臺灣童話女作家之男／女形象及兩性關係研究》針對 1990 至 2004 年在臺出版的童話女作家的作品進行研究，發現她們作品中的性別角色會隨著女

性主義風潮、性別平等意識的興起而有所改變，作家們開始從不同的角度來思考性別角色的問題，企圖重新建構性別平等觀。該篇論文僅就某一特定時期的臺灣童話女作家的作品來分析兩性關係，不管是在取材上或是討論方向上都有很大的侷限性。

　　由於童話對閱讀者有著深遠的影響，也是兒童學習認知基礎概念的重要媒介，童話對涉世未深、心智未成熟的兒童來說作用尤大，所以有必要針對童話的內容作一深刻的檢討與反省。從上述的文獻分析當中，可以看出古典童話對當時的中世紀歐洲社會秩序，有著隱而未見卻著力相當深的社會反動（反改變）力量；而身處於當代社會的童話作家，對古典童話正進行著深刻的檢討和反思，也有著相當豐沛的社會反動（反不改變）力量。此外，或者還有另一種尚未被發掘的兩個面向兼具（既反改變也反不改變）的反動力量潛藏在童話故事中。這三種類型的反動力量所蘊含的反動思維都頗為可觀，有待更進一步的挖掘與探究。

　　但是以上的相關研究以單篇文獻居多，或散落在書中及各學位論文的字裡行間，而未能構成一個有關童話反動思維整體而深入的探究。他們研究的範疇多受女性主義影響，而偏重於童話中的性別意識討論，其他的社會層面問題僅為點綴性的討論；或這些研究所列舉的顛覆性童話，多為語言形式上或題材內容上的創新，非全為反動思維而來創作；或研究對象多為童話中的女性角色群體，較少針對單一角色形象來作討論；或研究多斷分為古典童話和現代童話兩個區塊；或僅針對單一作家或單一地區的童話作討論，較少探討不同代際間角色塑造與轉化的社會與文化意涵。而本書則是希望藉由古典童話和現代童話的系統性觀照，探討蘊含在各種不同層面裡

的童話反動思維，冀望能從前輩的研究當中吸取對問題的精闢見解，讓本書有更詳盡的理論鋪展。

第三節　狼形象的塑造及轉化

　　童話是帶有奇幻色彩的虛構故事，藉由故事中的人物來推進情節的發展，讓兒童沉醉在奇異幻想的世界裡。童話的幻想賦予狼人的思想、情感和生命，讓牠們能夠和人一樣的思考、行動，因此牠們可以同時具備「人性」和「物性」，從而產生種種新奇有趣的故事。

一、動物與童話

　　以兒童為主要閱讀對象的童話故事中，常以動物角色為故事的重心來鋪陳，是因為兒童對動物的喜愛和認同是出於天性。以兒童所喜愛的動物為素材，能使兒童對作品的世界，產生親切感和共鳴，而促進對作品的理解。所以「動物故事成了教育兒童，並且最容易被他們接受和傳播的口頭藝術形式之一。林良認為「兒童文學作家選用動物來當主角，除了他自己愛動物和兒童也愛動物之外，還有『教育』上的理由」（林良，1989：86），因為在故事中以動物來代替人類悲慘、殘忍的行為，可以降低兒童在閱讀時產生的移情作用，減輕對兒童心理的衝擊，而透過兒童有興趣的、熟悉的動物，能幫助他們較安心的認識自身及所處的周圍環境。

　　所謂動物童話就是讓動物進入人類的生活，讓動物開口說話，動物的生活型態和行為動作只是點綴或趣味，而不是寫作重心，對於動物的習性和內心世界的思考也著墨較少，有別於以動物為主角，完全按動物特徵、深入動物內心世界來寫作的動物小說。也就是因為動物童話與動物小說的文類及敘寫方式有極大的差異，所以有關動物小說類的相關文獻，如：沈石溪、椋鳩十、西頓（Ernest Thompson Seton）、吉卜林（Rudyard Kipling）等動物小說的探究，即便它是以狼為研究範圍，仍然不適合列入本研究直接相關文獻中，僅能就其動物性來作參考。

二、動物的象徵意義

　　童話作家塑造出的動物角色往往是真實的動物屬性和人類行為的巧妙結合，具有特定的象徵意義，如廖雅蘋（2004）的碩士論文《少年小說中人和動物關係探究》中提到動物象徵廣泛的存在我們的生活中。這些動物角色背後的文化意涵也隨著歷史流轉，活在我們的集體潛意識裡。該論文是以少年小說為討論對象，僅有動物的象徵義部份可供參考。而以寓言為研究對象的論文應該就更貼切我的研究題目了，如楊之怡（2007）的碩士論文《〈伊索寓言〉研究》就曾對《伊索寓言》中的故事進行研究，發現動物角色占所有角色最大的比例，其中358則寓言裡，狼的角色占了29則，故事中出現的狼都與羊脫離不了關係，被視為「天性愛欺負弱小的動物」，人們對於專吃綿羊的狼感到害怕和痛恨，這個壞印象使得狼被引申為社會上惡習難改的大壞蛋。但是該篇論文是對《伊索寓言》的通篇研究，動物只是其中的一部分，而對於動物群像中的狼的討

論也只有短短的篇幅，不僅未能看出當時社會的梗概，也缺少象徵意義緣由的探討。

在童話的世界中，動物形象普遍存在著刻板印象的問題，譚達先在《中國動物故事研究》中將傳統動物典型分類，而狼則被列屬於兇殘強暴的典型。（譚達先，1988：82）然而，童話中的動物並不是都只能有一個固定的、傳統的典型形象。蔡勝德（1989）在〈格林童話的動物類型及其意義〉一文中就曾分析《格林童話》中的動物形象，結果發現故事中的狼有時是狡猾的，有時是無知的，甚至有時還是忠心的。上述兩位學者都為動物類型作研究，一中一西各有參考價值，不過文中僅就一般人的認知來分類，並未追究其緣由。

三、童話中的狼形象

雖然以上的分析結果指出《格林童話》中的狼形象以「無知的」的篇數居多，可作為一般人對於狼「邪惡的」形象的陳冤依據，但是在多數的童話故事中，狼仍舊被視為負面的角色，背負醜惡的形象，進而發揮恐嚇兒童的作用。關於狼的經典童話故事很多，狼一直被世人視為嗜血成性、讓人毛骨悚然的邪惡動物，而且這種偏見與刻板印象中外皆然。

張礫芬（2005）的碩士論文《漢聲版〈中國童話〉中動物的故事研究》曾研究 1982 年漢聲雜誌社出版的《中國童話》1－12 冊，研究指出以狼為角色的故事有三篇，歸結出：狼的物性為蠻橫兇暴、食肉，而故事賦予狼的人性為狡猾、欺負弱小。研究雖有指出中國童話的狼形象，但是只有寥寥數行，參考價值不高。

　　鄭雅文（2001）的碩士論文《沈石溪動物小說中狼的探究》也指出文學中的狼大多扮演壞蛋、反面人物的角色，如：明代馬中錫的〈中山狼傳〉寫狼的忘恩負義、〈小紅帽〉中吃掉小紅帽和外婆的大野狼、〈狼來了〉是講小孩子說謊而自食後果的故事，而在月圓時嗥叫的狼人則是代表野蠻人，是未進化的標誌。該論文的研究範圍主要為動物小說，與本研究的童話在文體的敘寫上有極大的差異，參考功能有限。

　　劉炳彪（2003）也在〈慾望和野心的分野──從《狼王夢》出發，談中西作家對狼的寫作角度與看法〉一文中歸納出真實的狼性為聰明、狡猾、暴力、兇殘、貪婪，但童話作家在故事中似乎都把狼性扭曲了。該文章研究的文體遍及寓言、童話和小說，時代則跨越中西，所舉之例均為經典，但礙於篇幅小，論述未能完整探討其歷史淵源及演變。

　　洪明瑩（2006）也曾在〈變好或變壞？──從童書中狼的形象探討兒童文學對新思想的接納與發展〉一文指出狼形象的典型：人類對狼的生物特性有負面印象，使其在人類文化中，被視為一種不良的符徵，並在故事中發揮既有符旨的效力，同時這些負面形象的典型可以讓以後的童話作品繼續沿用或反轉。文中還舉多篇現代有關於狼的繪本，類歸幾種形象反轉的類型，然而文中沒有深究其轉變的緣由，列舉書目不足，也尚未能做到完全的轉化對照。

四、狼的男性象徵

　　童話故事中如果以動物為主角時，以心理分析的觀點來看，這些動物都可以作為自我的象徵、男性生命力的具體象徵，因為動物

代表一種原始本能，是人性中非理性的一面，而「狼」在童話中較多時候是象徵「不良的男性」，因為狼的天性貪得無厭，胃口常是瘋狂的、激烈的，導致人類將這慾望聯想成是對性慾的飢渴。如：〈小紅帽〉中的大野狼就代表著男性潛意識裡的侵略性。「佩羅筆下的狼奪去少女的貞操，在他之後的幾世紀，法國藝術和文化，都將狼形象定義為對女人垂涎欲滴，而色狼更成為通俗視覺語言的一部分。」（奧蘭絲妲，2003：220）佛洛伊德曾對〈小紅帽〉作過如下分析：「紅絨做的小帽」是女性月經的象徵，也象徵著小紅帽是個成熟的女性，媽媽對小紅帽的告誡是對女兒的性教誨；而狡猾無比的大野狼則是男性的象徵，為了滿足性慾，而不斷引誘小紅帽失去貞操。佛洛姆（Erich Fromm）論及此篇童話時，認為男性被描繪成一頭大野狼，將性行為比喻成男性吞食女性的行為，而最後在大野狼肚子裡面放石頭是在嘲笑男性的不孕。（佛洛姆，1999：226-232）

五、狼形象的解構

直到二十世紀，〈小紅帽〉才有機會改頭換面，奧蘭絲妲（2003）在《百變小紅帽──一則童話的性、道德和演變》一書中敘述到近代小紅帽的形象越來越淫猥，而象徵邪惡和情慾的狼則漸漸轉化為男性英勇的象徵，甚至是男人味的本源。甚且出現各種為狼平反、將牠女性化（身著褶邊和蕾絲邊女裝）或改寫為懷孕（懷著小紅帽的野狼帶著母親般的笑容沈睡）的修訂版，在在都反映出了不同時代的想法和風潮。一如女性主義者所主張的，女人可以做男人的事，男人也可以做女人的事，狼也出現女性化的一面。該書從《貝洛童話》一路探究到新時代的小紅帽和大野狼的轉變，研究範圍從

童話到電影、戲劇、廣告、卡通、海報等都是取材的來源，所以並未完全聚焦在童話的發展上。

探尋自古典童話到現代童話當中的狼形象及其寓意，可以看出狼形象是如何被人類中心主義所扭曲，從歷史的角度平反狼形象的塑造，進而轉化狼形象，是有軌跡可尋的，但是以上的文獻不是單點的呈現古典童話的狼形象，就是一味的探討狼形象在當今動物小說裡、在電影裡、在現代童話裡的演變，較缺乏以歷史因素中的社會與文化意涵來作更進一步的析辨；而本書就是要以歷史的角度辯證狼形象在塑造與轉化過程中的反動思維。

第四節　女巫形象的塑造及轉化

在古典童話中，尤以女巫最讓讀者有著深刻的恐懼，她是許多幼童的惡夢，她有著恐怖的長相，擅長欺騙兒童，而且還會吃小孩。女巫在童話中的形象總是奇醜無比，佝僂矮小、目光銳利、鷹勾鼻、血盆大口、黑衣黑裙、壞心腸，具有毀滅摧毀的力量。童話故事裡的女巫形象，無一不是以恐怖狠毒著稱，何以童話中的女巫總是被形塑成邪惡的角色？而且故事最終總是難逃一死？

一、女巫的歷史

大多數的學者認為女巫擁有一種神奇的力量，她可以運用此神秘力量達成自我及他人的慾求。因此女巫在原始時期扮演著智慧的

傳授者和女祭司的角色。女巫懂得控制超自然的神秘力量，這些能力就被認為是魔法或巫術，甚而被人扭曲的認為是藉著魔鬼和邪靈的幫助來施行魔法，能施害於人，甚至引發了十六至十八世紀歐洲歷史上的悲劇──獵殺女巫狂潮。相關的研究有：

巴斯托（Anne Llewellyn Barstow）（1999）《獵殺女巫：以女性觀點重現的歐洲女巫史》一書中透過真實案例來還原女巫的真實面貌，並記錄下獵殺女巫狂潮的歷史片段，書中以女性主義觀點控訴獵巫行動是父權社會對女人進行控制的手段之一，將具有摧毀力量的女性以暴力手段控制、汙名化。該書是研究女巫歷史的極佳入門書，頗有研究上的參考價值，然而其內容只對中世紀的獵巫時期進行探討，並未關照到現代女巫的轉變。

薩維奇（Candace Savage）（2005）《女巫：魔幻女靈的狂野之旅》一書也是以女性的角度，透過豐富的圖像史料，縱跨不同世紀將案例、傳說、史實、童話融合成一個完整的系統。該書詳盡描寫獵巫者如何以各種匪夷所思的荒謬手法揪出女巫，並將她們屈打成招，提供許多獵巫時期人民的想法。該書從中古穿越到現代，能清楚呈現女巫形象轉變的歷程，不過書中內容對於童話只是略微帶過，欠缺清楚的研究。

二、童話中的女巫形象

女巫在兒童文學中數百年來的形象，應緣起於這宗歷史事件的悲劇，由獵巫行動所建構出的女巫形象，演變為人們集體潛意識中對女巫的原型基礎，還被吸納到兒童文學領域中，增添童話故事的

可看性及精采度，女巫成為兒童的夢魘，也成為古典童話裡惡名昭彰的反派角色。

　　一個童話故事要成功，要能達成它的心理任務，女巫就非死不可，因為女巫就是罪惡的化身。凱許登（2001）在《巫婆一定得死》中以心理學的角度剖析古典童話中女巫非死不可的原因。他認為隱身在童話故事背後的罪惡，是兒童心中容易存在的原罪，這些罪惡分別是虛榮、貪吃、嫉妒、欺騙、色慾、貪婪、懶惰七大類。女巫背負著這些罪惡，致使結局總逃脫不了死亡的下場，隨著女巫的毀滅，孩子的心理衝突也就在閱讀童話的過程當中得到合理的抒發，並獲致心靈與道德上的成長。該書對於古典童話的女巫研究提供了很好的心理學研究指標，但對於現代童話的描述則是付之闕如。

　　王儷錦（2006）的碩士論文《〈義大利童話〉中反派角色形象研究》中曾特闢一節來討論女巫在女性反派角色的地位，論及女巫在《義大利童話》中是惡的代表，是與善對立的邪惡力量，她的外貌都是被極度醜化的。並認為《義大利童話》中的女巫形象，可能是受到中古世紀因獵殺女巫所產生對女巫汙名化的影響。該論文僅就《義大利童話》來研究，探討篇幅相當有限，將醜陋女巫形象全歸因於獵巫行動，欠缺當時社會整體的考量。

三、女巫形象的解構

　　隨著時代的進步及科學的發達，人們逐漸對大自然的神秘現象得知解答，人們不再把災禍病毒歸咎於女巫身上，女巫角色逐漸擺脫傳統刻板的負面評價，許多作家利用文學空間塑造了更多元化的

女巫形象。現代的童話作家便以女巫作為解構與顛覆的對象，意欲重新找回女人對於身體和靈魂的控制權。

羅婷以（2001）在碩士論文《西洋圖畫書中的女巫形象研究》中指出圖畫書在二十世紀以後大放異彩，圖畫書中的女巫不再是極端邪惡、意欲迫害善良的形象，女巫的形象已成為作家隨意操控的角色，與一般角色沒什麼不同，人們對於女巫的詮釋已經「全面開放」。該論文著重於圖畫書的研究，所論頗多是圖畫的象徵意義，少著重於文字的探究，也缺乏相關的歷史敘述以供佐證。

鐘秀敏（2004）碩士論文《惡與善：〈綠野仙蹤〉、〈女巫〉及〈和平女巫〉中的女巫形象》中以二十世紀幻想小說中的三本童話著作來進行女巫邪惡與善良形象的比較，研究指出原先在傳統女巫身上看到的邪惡和神秘，經過歲月的流轉，女巫擺脫惡女形象，善良的元素逐漸脫穎而出。該論文有對惡女巫形成的社會文化背景做探討，是觀察女巫形像歷時轉變的參考，但在現代童話的部分僅以三書作為討論範疇，立論似乎有些不足。

黃靖芬（2006）碩士論文《走出想像界──幻想小說中的女巫形象研究》以現代幻想小說為主幹，並以歷史文獻為輔，探討二十世紀過渡到二十一世紀的文化轉型期中女巫形貌的改變，文中指出許多現代社會裡文學藝術中的女巫形象，為研究現代童話的女巫形象提供了不少的助益，但是全文關切的焦點是幻想小說，而非童話。

張國薇（2007）碩士論文《女巫少女──瑪格麗特·梅罕四部小說中女巫心靈之探究》從容格的心理學出發探究女巫的特質，再以文本分析的方式探究女巫少女心靈變化和成長。文中著重於傳統女巫與現代女巫的心靈探究，藉以反映現代少女的成長歷程，與本

研究的探究方向有些許的不同,以心理學詮釋女巫倒是提供了一個很好的觀點。

　　童話中女巫邪惡的刻板印象的塑造,有其歷史緣由,這齣西洋史上的悲劇,發生的原因十分複雜,與宗教、經濟、社會、歷史、性別等多重因素有關,但是相關的研究不是偏重在歷史史料的補綴,就是以女性主義的觀點詮釋歷史事件;而其對於兒童文學的影響在近年雖有相關研究出現,但多著墨於二十世紀以後圖畫書或奇幻小說的女巫形象探究,對於古典童話中的女巫形象多簡單帶過,對於相關宗教、經濟、社會、歷史、性別等歷史背景的說明仍有需加填補的空間,而在女巫形象塑造與轉化間反動的論述觀點更是付之闕如;所以本書就是要以歷史的角度辯證女巫形象在塑造與轉化過程中相關的反動思維。

第三章

反動思維的類型

　　本書既以「反動思維」的視角切入童話發展的進程，自然有必要以「反動思維」作為深入思考的基礎起點。

　　在論述「反動思維」的類型之前，首先必須對「反動」的意涵作一整理歸納。如第一章第三節中所述，「反動」一詞在十七世紀開始出現於英文裡，主要是用在物理方面的意涵，直至十九世紀初期，這個字的政治用法才出現在法文裡，具有較準確的政治意涵。在社會學、政治學與文化學的辭典中，對於「反動」的闡述多有：「右派的」、「保守的」、「退步的」、「反對或抗拒革命」、「希望回復革命前的狀態（文化特點與社會秩序）」、「反對民主、偏愛寡頭政治」等概念性指涉（林嘉誠等編，1990：310；卡尼爾，1991：705；威廉士，2003：317），並且與「左派」、「自由」、「進步」、「前進」的概念相對。依照這樣的觀點推知，此處所指陳的「反動思維」為反對改革、希望重新恢復到原來的狀態、支持一種特定的（右派的）社會制度；而具有這樣「反動思維」的「反動人士」（反動分子）可說是政治上的右派分子，相信大多數社會問題的肇因，都是由於民主過程寵愛無產階級而造成社會脫序，因此往往「偏愛寡頭政治」（林嘉誠等，1990：310），多為社會中擁有既定政治、經濟、文化等資源與利益者，對社會具有主導性規範，反對逆於正常歷史進程的革命行動，認為革命是歷史倒退的行為。此種「反動思維」的論

述尤以赫緒曼（2002）在《反動的修辭》一書中所提及「悖謬論」、「無效論」與「危害論」的三種論證結構，足以闡釋說明。

然而，在第二章中，以我所收集到的相關反動論述與文獻為例，文獻中所述的行動與思維雖都指陳為「反動」，但卻在某種程度上與上述所整理的反動意涵與思維有所牴觸，如：林雅鈴（2003）碩士論文《日本皇民化政策與臺灣文學的反動精神》裡的「反動人士」為在日本殖民統治恐懼威脅下的知識分子，非為社會中擁有既定政治、經濟的利益者，也非對社會具有主導性規範，文中的「反動思維」是透過文學作品的書寫傳達出反抗殖民政府的意識，並非「反對改革、希望重新恢復到原來的狀態、支持一種特定的（右派的）社會制度」。因此，「反動思維」的意涵與類型應非只有如本章第二段所述的單一面向，此例的「反動思維」是指涉反抗社會僵化與偏差的主流思維、對社會的強權與不公義提出抗議與批判的質疑，並力求突破霸權束縛的行為；而具有此番「反動思維」的「反動人士」可說是政治上保守卻偏左派的分子，相信大多數社會問題的肇因，都是由於上階層或統治階層的社會制度設計或管理不良所致，思想與主導性規範系統有部分衝突，具有理想性和反政府性格，以非基進的批判言論和改革行動回復或回歸原有（應有）的生活及權利，與本章第二段所述「反動思維」的意涵大相逕庭。倘若將本章第二段所述的「反動思維」命名為「正向式的反動思維」，則本段所述的「反動思維」則可謂是「反向式的反動思維」。

據此「正向式的反動思維」和「反向式的反動思維」的類型區分開來，則許多文獻中「正向式」和「反向式」並陳的反動論述就得以區辨與說明。如：摩爾（1991）《民主與獨裁的社會起源：現在世界誕生時的貴族與農民》中的土地貴族抗拒社會變革與革

命為「正向式的反動思維」，農民不滿社會制度為當權者效勞為「反向式的反動思維」；蘇其康（2006）〈反動與反撲：英國文藝復興時期文壇和講道壇的交戰〉中宗教與政治的主流力量壓制劇場發展為「正向式的反動思維」，文藝界的回應和反駁為「反向式的反動思維」。

除了「正向式的反動思維」和「反向式的反動思維」的類型外，其他的「反動思維」類型有帶兼具性的就暫且歸為「正反向兼具式的反動思維」，所以本書將「反動思維」的類型分「正向式的反動思維」、「反向式的反動思維」及「正反向兼具式的反動思維」三類型作為論述的架構。

第一節　正向式的反動思維

所謂「正向式的反動思維」，意指極右派、極保守的思想和行動，反對或抗拒基進革命的看法與行動，贊成保存或回復到以前更為保守的、更為傳統的生活習慣、社會秩序和文化傳統。具有「正向式的反動思維」的「反動人士」（文後以正向式的反動思維者稱呼）可說是政治上的右派分子，相信大多數社會問題的肇因，都是由於民主過程寵愛無產階級而造成社會脫序，因此往往偏愛寡頭政治，多為社會中擁有既定政治、經濟、文化等資源與利益者，對社會具有主導性規範，反對逆於正常歷史進程的革命行動，認為革命是歷史倒退的行為。

　　「正向式的反動思維者」常是基於維護與保存傳統社會、宗教和道德的價值，強調為了社會秩序和公共利益，必須在政治上保持相對穩定，進而主張國家權威的目的是維持社會機制的順利運作，並積極發揮政府管理權力的角色，所以被視為維護封建階層制度和封建傳統的保守主義者，他們多為社會中的既得利益階層，具有控制主流社會的權勢，他們的立場在於維護現有的制度，反對或抗拒任何改變他們既得利益的變革與行動。以 1789 年前後震撼歐洲的法國大革命來說，當時的保守反動勢力（多為君主和貴族）便是力圖保存受法國大革命自由思潮衝擊下的貴族社會，他們捍衛傳統的封建社會的等級制度，對於個人擁有自由與平等的理想抱持懷疑的態度，主張要有一個足以約束暴民情緒的強權政府，以便維護他們既有的階層權利，及回復原有穩定的傳統社會秩序，反對在政府和社會制度上的基進變革。

　　「正向式的反動思維」在當時的歐洲社會中已逐漸顯現出來，英裔愛爾蘭的政治家柏克（Edmund Burke）（1996）更以《法國大革命反思》一書反對法國大革命，他認為大革命已經演變為一場顛覆傳統和正當權威的暴力叛亂，這個運動的急進性質，將導致一個壓制性的軍事獨裁，將摧毀英國憲政傳統的基礎，將會帶來無法收拾的動亂。他認為每個人的理性其實是相當有限的，因此個人最好依靠國家的既有傳統，因為傳統經歷了數個世代的智慧和考驗，「理性」則可能只是個人的偏見，不但未經時間考驗，最多也只是一個世代的智慧，如果讓人類自行其是，人類將由於專橫與慾望而慘遭災難，同時摧毀自己與他人。文明的進步不是必然的，而是一種飄忽不定的成就，這種成就有賴社會秩序的維持，社會傳統是壓制個人非理性衝動，使人類超越個體限制的力量，是文明進步唯一的可

能。強大而具有權威的政府是不可或缺的管制者，政府的架構應該遵循國家長久以來的既定發展模式，以及如家庭和教會等重要的社會傳統權威，來穩定道德秩序與社會紀律。

　　柏克不贊成法國大革命對人性和政府的看法，身為國會議員的他主張代議制政府，極力維護既有的選舉制度，反對議會改革，反對擴大一般民眾擁有選舉權和被選舉權，因為人的理性是有限的，如果群眾有了選舉權，會把票投給迎合他們情緒和慾望的候選人，而非為社會長遠利益著想的國會代表，他認為民主會嚴重威脅代議政府的健全運作。在投票權有限的情況下，只有「真正天然的貴族」（true natural aristocracy）具備能力、經驗和意願，能夠為整個社會的利益進行明智的統治。在柏克的時代，最能獲得這種機遇的人便是來自世襲貴族的貴族子弟，因為他們享有土地財富，所以有閒暇接受教育，獲得必要的知識和能力，在政治上發揮領導的作用；並且世襲貴族因為擁有土地形式的財產，會把自己的利益和財產視為一體，在無形中會更強化他們對保護著他們身家財產的社會和國家忠誠。（彭懷恩，2005：106-108）

　　他也不贊成法國大革命對自由的看法，他認為那是誤入歧途。按柏克（1996）的看法，自由不是個好東西，如果人們沒有法律和傳統的約束，其破壞力是驚人的，自由只有在它遵守秩序的條件下才是值得擁有的。他不認為政府是自由的一大障礙，相反的政府能防止人們為所欲為，讓有秩序的自由成為可能，沒有政府的約束，自由就會危害社會和平和生活秩序。社會需要有權力的政府來控制人民的思想和情緒，它必須植根於人民的傳統和習慣中，並且必須讓人民學會對它服從、尊重，甚至敬畏。他認為無限制的自由和創新的基進革命，必將會以災難動亂告終。法國大革命企圖根除社會

和政府的既有秩序，拋棄了舊有的社會秩序，拋棄了經過時間考驗的生活習慣，以全新的、未經檢驗的社會模式來取代，這種劇烈而危險的實驗將把社會帶向毀滅。他認為寧可在已經熟悉的習慣和傳統中緩慢而謹慎的社會改革，也不要貿然的進行基進創新的大革命，因為「人們已經把習慣當成了我們的第二天性」（引自彭懷恩，2005：114），與其在追求理想的過程中，冒著失去社會和平的風險，不如珍惜現有和平穩定的社會。

　　保守主義之父柏克對於人性、政治、社會和文化的觀點，適足以闡釋「正向式的反動思維」大部分的內涵，而我再依此觀點整理出以下幾項「正向式的反動思維」應有的幾個層面。

一、在人性方面：
　認為人性並不完善，須以法律規範個人自由

　　每一種政治意識型態都是以對人性的認知為基礎，「正向式的反動思維」對人性的基本信念是「性惡論」：人性是不完善的，人類的理性是有限的。人類的本性並不是每個人都聰明善良，相反的，是與生俱來的邪惡、嫉妒、貪婪、暴力、懶惰和自私，因為人們在情感和慾望當前時，理性往往是軟弱而無能的。舉例來說，當我們明明知道某樣東西不好、或某樣行為會傷害別人時，卻往往依循自己最大的利益或慾望來行動，總想超越自己舊有的限制，追求更多的權力和財富。

　　「正向式的反動思維者」對人性採悲觀主義，相信「缺憾性」是人類固有的特性，此信念與基督教的「原罪說」一脈相承〔彭懷恩，2005：101；史庫頓（Roger Scruton），2006：357〕：舊約《聖

經‧創世紀》中亞當（Adam）和夏娃（Eve）在伊甸園裡抵擋不住誘惑而想要取得更多的東西，明知自己不該擁有，卻因為虛榮和貪婪，而冒著毀滅原有一切的風險，去追求更多的東西。希望人性能除去道德和智慧的不完善，是愚蠢而危險的，因為人類理性的不足，使得我們無法看清和避開人類和社會可能遭遇的危機和問題；也由於人類智慧的不完善，即使再聰明的人也永遠無法預知行為和政策的全部後果，所以以理性為指導的政治活動無法達到人類理想的烏托邦，任何雄心勃勃的改革或基進革命，都不可能克服人性本身的弱點，在這樣性惡的基礎下，社會應由法律來規範，而不是由良心或是道德來規範，抱持美好願景的大膽嘗試和創新，常常會造成更大的傷害。

二、在政治方面：
捍衛封建的階層制度，主張強權專制政府

人與人在能力、性格、秉賦，乃至於野心等方面都有截然不同的表現，無論是在家庭、學校和社會中，人與人之間必然存在差異，它不僅出現在政治層面上、所得收入上、種族差異上、社會地位上，是多至不勝枚舉的普遍現象。這樣「社會不均」的現象造成「社會階層」的產生：階層一般意指具有不同身分、地位、權力與意識型態的社會群體，不同的社會層級是經由社會階層化的過程而形成，它將社會區分為若干高低不同的階層，愈接近權力核心者，愈能充分利用有利的資源而獲得更高的報酬，擁有權力與利益的人便能位居社會的高階層；反之，不具有權力與利益的人便位居社會的低階層，接受高階層的指揮與隸屬。這種由於社會資源與財產所得無可

避免的分化，演變到最後卻逐漸轉化為命令權威與服從義務的支配，不同階層之間存在著壓迫與被壓迫的不平等關係。在古代的歐洲社會中，封建王朝與封建貴族屬於社會的高階層，掌控社會的政治、經濟等資源，可視為「支配階層」，一般農村的農民則相對為社會的低階層，被視為「被支配階層」，二者間具有權力與支配的相對關係。在這樣的支配關係下，便衍生出類似官僚化國家機構對從屬者具有支配式權威，而從屬者也會具有威權主義下的服從性格。〔韋伯（Max Weber），1993：4〕

支配階層在政治上處於統治的優勢地位，憑藉國家政權的力量壓迫被支配階層，維護自己的經濟地位和物質利益，兩階層在社會生產體系中處於對立的地位。為了維繫社會階層的穩定，階層的傳遞便形成兩種模式：一是透過國家機器的律法制訂，使社會階層結構合法化，並使它維持長久不變；一是利用世襲的貴族制讓其後代可獲得較豐富的資源，而繼續處在高階層裡，使得階層得以世代相傳。（石淑慧，2001）「正向式的反動思維者」因不相信人類的理性，傾向於保持傳統的習慣及結構，更基於社會秩序穩定的需求，而反對社會階層間的對立或衝突，贊成傳統封建社會的階層制度和代議制度，由享有土地財富世襲與接受正規教育的「真正天然的貴族」來為整個國家社會的利益進行統治，讓「支配階層」與「被支配階層」間的權力關係更為鞏固；如果社會各階層間的關係是和諧的，支配者對被支配者顯示出一定的責任心，被支配者對支配者懷有一定的忠誠，那麼社會秩序就會處於良好穩定的狀態之中。

「正向式的反動思維者」認為人的理性並不是無限的，人類永遠不可能知道一切事物的後果，如果任由人類自行其是，人類將被非理性引導而至追求邪惡的目的上，為了追求自己的財富、權力，

同時毀滅自己和他人。為了壓制個人自私和非理性的衝動，就必須要有政府強而有力的制度和法律規範來加以約束和控制人們的非理性，政府能防止人們為所欲為，讓有秩序的自由成為可能，沒有政府的約束，自由就會危害社會和平和生活秩序，由政府的權威來執行與管制是社會機制中不可或缺的一環。

　　「正向式的反動思維者」主張強權政府，以操控人民的情緒和思想，藉以維持社會秩序的穩定發展，在政府的角色及作用上，他們希望擁有霍布斯（Thomas Hobbes）在《利維坦》中所呈現的強大國家，在他筆下的「人類處於相互交戰的混亂狀態，人類為結束彼此的傾軋廝殺，也為保護自己免於戰爭暴力的死亡，而與統治者訂定契約，將自己所擁有的自然權利交付給威權的政府，組成強大的『利維坦』」（史庫頓，2006：361），讓它來維持社會內部平和與進行國家外部防禦，擁有改變人民信仰和理念的權威，既是法律的提供者，也是人們道德規範的約束者。人類社會如果缺乏一個強權的政府，不完善的人性必會導致社會危亂，所以社會必須由擁有絕對威權的國家來統治，並且對它服從、尊重，使其有足夠的權力去捍衛人身安全和維護社會秩序。

三、在宗教方面：
認同君權神授，反抗是異端的行為

　　在中世紀，宗教與政治的關係是密不可分的，早期教會沒有地位，需要依附王權而生，所以極力宣揚國王的神聖性；中期以後，隨著教會的勢力增強，十一稅的徵收更使得教會的經濟實力加強，於是開始了教權與王權爭權的時期。但是沒有一位國王是會廢掉基

督教的，因為他們都知道宗教的統一可以幫助國家統一；大眾如果都有同樣的信仰，人民的思想必受宗教的影響，所以只要控制了宗教，便可以控制了人民。也正因為基督教有著如此重要的功用，所以國王都會給予教會很多特權，於是中世紀可說是一個以宗教為主導的時代。

西元 390 年，狄奧多西一世（Theodosius Ⅰ）將基督教立為羅馬國教，並同時宣布其他的異教崇拜是非法的，「在羅馬帝國官方的支持下，四世紀社會出現普遍皈依基督教的現象。」（李秋零等，2000：41）基督教成為統治者統一國家的手段，所以中世紀的基督教地位非常高。基督教在得到統治者的扶持後，勢力如日中天，甚至可以控制國王，以及宣稱上帝授予教會王權和神權，然後再由教會賜予國王王權，教會成了王權的仲介者；王權既由教權授予，自然也能由教會收回王權。

在封建社會中，不僅精神生活深受宗教影響，實際的生活秩序也靠宗教來維繫。「正向式的反動思維者」受基督教的影響，贊成現存的政治社會制度。教會極力鼓吹「君權神授」、「君權至上」的保守反動觀點，國王和貴族是上帝委派在地上的代表，甚至認為農奴制也是《聖經》允許的。紫羽（2008）於發表的文章中提到教會將社會等級和三位一體理論相融合，禱告、打仗、勞動成為社會中不可少的部分，並演化整個社會成為有機一體：教士是眼睛，為人指示道路，代表著意識型態；貴族為手臂，而民眾則是人體的下身，誰也不能錯位。

在平民百姓的思想中，宗教代表一切，它的地位比貴族或國王更重要，因為平民在日常生活中不得不受宗教的限制。人自出生後接受教會洗禮、在向教會租來的土地上耕作、每天祈禱、每星期天

作禮拜、結婚時需要教會的祝福、犯罪時由教會審議、死後由教會主持喪禮，從出生到死亡都和教會有關。因此，在中世紀，基督教對平民百姓來說十分重要，因為他們一出生就和教會有了密不可分的關係。由於居民信仰極為虔誠，將塵世萬事都寄託於神，求神拯救，在此種神聖的意願下，便產生史無前例的嚴謹秩序與規範，統一社會樣態，確立基督教社會。

　　「正向式的反動思維」也在這樣宗教文化的社會薰陶下備受影響。「正向式的反動思維者」相信人性的不完美，而且人先天帶有「原罪」，惟有超越人類平庸的智慧，虔敬承受神的超然力量，才能維繫道德於不墜，進而使人類返本歸真，重回天國。他們認為如果人民在信仰方面混亂不堪，不知什麼是對的，什麼是錯的，會製造社會秩序的不安；無論如何，鐵的教規畢竟比迫在眉睫的混亂更為需要。上帝是世界秩序的立法者，而上帝的傳教士則是闡述神聖法律的權威，只有他們才能裁決什麼是許可的和什麼是禁止的。他們還設立宗教法庭，以武力鏟除異己，誰膽敢向他們的統治挑戰，誰否定教士獨裁統治的合法性，那麼他就是反對上帝，就會被歸為「異端」，他的下場除了悔改外，就是死罪一條，將立即付出血的代價。相應於此，國王正需要一套如此的道德理論體系來鞏固它的政權，雙方日漸融合，形成政教合一的穩固統治。

　　以基督教作為統治者的宗教工具後，當人民反抗統治階級時，便被教會解讀為對神學的反抗，而教會對這些異端則採取「寧可殺錯，不可放過」的手段，以武力鏟除異己。被類歸為異教徒而逐出教會這對當時的人來說，比將他們殺死更為可怕，因為他們都相信教會可以帶領自己進入天堂，如果被逐出教會，死後就是會下地獄。這種死後世界比現實世界更為重要的想法深深影響著「正向式

的反動思維者」，因為他們害怕被逐出教會，而喪失進入天堂的機會。因此，他們認為對教會和政府的反抗鬥爭是一時衝動高過理智的不理性行為，人應該接受上帝的旨意和安排，只要生活安穩，即使是統治的國王無能，教會裡的神職人員不守教規，對他們來說都不太重要，不會為了這些事情而起來反抗；反抗只是徒增社會秩序的動盪，為現實的基督教社會所不容，會帶來無盡的厄運。

四、在社會方面：
以父權制支配個體，穩定道德與社會秩序

在人類家庭的發展史上，父權制是一個普遍存在的事實。史美舍（Neil J. Smelser）（1995）指出從人類社會學的角度來看，父權制是指以「父親權力」為原則，控制所有家族成員並支配一切的社會體制，或是由群體內年長的男性獨掌家庭和公共政治權威的社會體制。

在家庭裡，父權制的支配規範受到現實生存條件，以及對於傳統神聖化的信仰，讓被支配者自然形成恭順的依附者（妻子因丈夫體力及智能上優越於己，而成為依附者；子女因經濟條件需要扶助，而成為依附者；已成年的兒子受習慣、教育遺留下來的觀念影響，仍為依附者），支配者可以依憑己見、自由的行使權力，所有從屬於某一男性權力下的人（不管是妻子，還是兒女）都視為他的財產，可以任意買賣、典當或出租。由此看來，對傳統的恭順與對支配者的恭順，是構成父權制的兩大基本要素。（韋伯，1993：75-78）

「正向式的反動思維者」為求社會控制的穩定力量，多會從社會的最小單位──家庭的基本功能來著眼，而成為父權社會的擁護

者。在傳統社會中，通常只有男性有外出工作的權力，因此握有家中經濟大權，女性不需外出工作，生活所需全都得依賴家中男性給予，形成女性依賴家庭生存，只要一離開家便無法生存的窘境。因此，在家庭中，父權的觀念讓女性學會服從男人，不管這「男人」是自己的父親、丈夫，或兒子，男性的權力不斷的被複製、再現，始終具有支配女性的權力。傳統家庭制度中充滿了性別專制，以便將女性安插在父權的秩序中，女性先為父親的財產，後來又在婚姻的規範下成為丈夫的財產，終身都為男性的附屬品，於是女人的一生都逃脫不掉家庭的規範。

性別的自我認同深受整個社會的文化、制度、習俗、價值所影響，「正向式的反動思維者」受到父權社會文化的影響，有著「男尊女卑」的觀念。在父權家庭中，男性是有產出的有產階層者，而成為家庭的主人；女性是無產出的無產階層者，而等同於家庭的女僕，只得聽命於男性，利用家務勞動來展現自己的價值，成為較低的階層。米利特（Kate Millet）也直指「女性在父權制下變成需要依附、不能自立的性別階層。」（米利特，2003：279）這種「男尊女卑」、「男主女從」的觀念便在家庭無形的教養中成形，並透過社會教化的學習，漸漸形成普遍的集體意識；男性在階層上高女性一級，而女性為了生存而成為男性的附庸，成為次等的、弱勢的階層。

在父權制度中，「正向式的反動思維者」主觀的認為男性才是女性的主人，女性只是次等的性別（第二性），漠視了女性的個別發展與思想，視家中女性是自己私人的財產，有權為女性決定、安排一切，女性成了男性眼中只需服從、沒有思想的物品。男性透過經濟的掌控、男尊女卑的觀念及父權的規範來主宰女性的思想，充當女性生活、思想的引導者，教化、規範著女性的行為。由於傳統

社會習慣上會鼓勵女性多生子嗣，以壯大家族勢力，父權制對女性的控制使女性甘願為下一代犧牲奉獻，透過男性「母職神聖的象徵」塑造下，生育下一代成了女性必然的職責，結婚與生殖成為女性被設定的人生角色。因為男性自視為父權血脈的繼承者，所以父權制社會對於不婚及不生育的女性多有所懲罰：不婚女子會被稱為「老處女」，用以戲謔、同情她們晚年的孤寂，或唾棄她們的自私，所以父權體制誘使女性走進婚姻，然後當個溫順服侍男性的女僕，因為父權文化的刻板偏見迫使女性別無選擇，只好馴化自己的身體接受男性的控制。此外，男性將女性的貞操視為財產，通姦以及非處女就代表他人對於家族財產權的侵犯，對於有辱門風的「私生子」更是給予無法抹去的汙名烙印。社會期待的女性最佳形象為順從、聽話、乖巧、樣貌美麗、身材婀娜多姿，在文化潛移默化下更教導女性成為愛人者，獻身於家庭和婚姻，服從男性的傳統文化；為了生存，女性在男性面前只能呈現男性所想要的女性形象，將自己的意識壓抑下來，只能透過父權制所賦予她們的身分、性別特質、角色、地位等形象來界定自我，內化為女性自身行為的準則。

五、在傳統方面：
肯定傳統的價值，革新帶來社會動亂

「正向式的反動思維者」認為人類社會的文明非由人類的理性力量結合起來形成，而是由傳統的道德和習慣所累積形成，文明的成就又依賴社會秩序的維持得以保存下來，所以文明是持續社會化的結果。即使一個人的能力不足以解決整個大社會的生存問題，只能在有限的經驗內作成小而有用的試驗，但是人類是社會的動物，

這些小經驗透過時間的累積與歷練，使得人類的思想不斷改進而漸臻完善，因此社會傳統是使得人類得以超越個體限制的力量，是文明進步的基礎。社會發展是倚靠文明進化的力量，而非倚靠基進革命來變遷；文明必須依賴穩定的社會秩序作持續性的維持，社會與文化相輔相成，是人類生活的重要傳統，個人最好依靠既有的傳統，因為傳統經歷了數個世代的智慧和考驗，比「理性」的抽象思考和演繹思考更值得信賴，正如一艘航行在廣闊無垠、深不可測的海洋中的船，一位經驗豐富的船長比一個理想的航海計畫更為可貴。

　　「正向式的反動思維者」對於政治和社會生活傳統的籲求總是積極和執著的，他們認為個人的理性是愚蠢的、偏見的，因為單單個人的理智是少之又少，但是藉由傳統的制約，使得人類社會整體的總和是理智的，所以傳統的經驗值得珍愛，持續得越久、流傳得越廣就越發可貴，因為它凝聚了世世代代累積下來的智慧。打破舊習慣與學習新習慣，在本質上都是一個痛苦的過程，革新的痛苦可能遠超過它所帶來的快樂，固守舊有的、熟悉的習慣，總比承受大大的痛苦要好得多了，因此即便是在必須面對變革的時候，也理應對傳統有所保全和維護。

　　「正向式的反動思維者」把社會秩序看成一切政治和社會價值體系的基礎，這種「秩序的外部表象是國家的法律及規範，它的內在實質是國家的公民道德和習俗準則，而其核心是國家權威的維護。」（史庫頓，2006：378）因此，他們在維護舊秩序的同時，其實也正是肯定舊秩序中律法、道德與權威的價值，並據此提倡推崇傳統是維護社會秩序的行為。

　　綜合上述論點，「正向式的反動思維」是基於人性不完美的觀點，為了維護與保存傳統社會和道德的價值，強調社會秩序和公共

利益，進而主張國家權威管理，捍衛封建階層制度和傳統父權社會教化的保守派思想；他們多為社會中具有控制主流社會的權勢，他們的立場在於維護現有的制度，反對或抗拒基進革命的看法與行動，贊成保存或回復到以前更為保守的、更為傳統的生活習慣、社會秩序和文化傳統。

第二節　反向式的反動思維

　　承前節內容所述，「正向式的反動思維」是一種保守的想法和行動，反對或抗拒基進革命的看法與行動，並且捍衛傳統的生活習慣、社會秩序和文化傳統。而本節所要探討的「反向式的反動思維」，正是相對於「正向式的反動思維」所產生的想法和行動；一如牛頓第三運動定律所述，每一個作用力，都會產生一個相等力量的反作用力，「正向式的反動思維」和「反向式的反動思維」必然相對存在。

　　為了更瞭解「反向式的反動思維」的意涵，需要先回顧一下中世紀歐洲的歷史、社會環境，探究其成為中世紀歐洲社會反作用的時代背景。十七、八世紀時的歐洲，在政治方面，政教合一，倡導君權神授，國家為君主專制極權，大臣的進退生死全視國君一人的喜怒，一般的農民沒有參政權；在社會方面，人民生活既無保障又苦不堪言，封建社會下階層的劃分與權力的懸殊差異仍明顯存在；在經濟方面，人民賦稅繁重，尤以地稅、鹽稅、教稅為甚，特權階級（貴族與教士）卻可豁免賦稅，不平的聲浪四起。如此的景況，讓許多有識之士對社會現狀產生不滿，「反向式的反動思維」便因此而成形。

　　這樣對社會現狀不滿而產生的思維，直到社會、經濟和文化的變革打亂中世紀秩序之後，才漸漸匯聚固著。這些變革中有許多是直接與十四、五世紀的文藝復興有關，文藝復興帶來新的世界觀，發展成後來的人文主義，其內涵總括為三點：（一）把生命目標和生活的重點放在今世生活，欣賞一切真善美；（二）重視人權，以人今生的得救或滅亡為重要課題，不注重來世的天堂地獄；（三）重視人的成就，肯定人的自我發展。（區志強，2008）人文主義學者認為，透過語言與文學方法，重回到《聖經》原來的意義，擺脫中世紀神學的束縛，回到滿有活力的早期教會生活及耶穌教訓，人們不必靠教皇或教會對《聖經》的闡釋而認識上帝。

　　同時還有從 1347 年到 1351 年在歐洲肆虐的黑死病，造成社會上三分之一的人死亡，致使傳統封建社會結構有所鬆動，為活下來的社會低階層人們開創了新的機會。十三世紀後，工商業發達，創造了新的中產階級，這些人成為大多數平民的核心，他們組織完善的公會來操控貿易，商業發達衍生了同盟會、大商業公司、銀行體系，形成平民百姓貧富差距漸大。1492 年哥倫布（Columbus）本想找到亞洲新的貿易通道，結果發現新大陸，使得整個地理概念由歐陸擴展到全世界。很多人從封閉獨斷的歐洲文化跳出來，迎向世界文化，不再盲從教皇和教會的權威。再加上印刷術的發明，使知識和消息的傳播速度加快，造成知識壟斷和思想控制的傳統權威遭受到前所未有的挑戰。

　　在促成中世紀秩序衰落的歷史事件中，尤以撼動基督教社會的宗教改革運動為最。文藝復興的人文學者把古希臘視為光明時代，而視中世紀為黑暗時期，對其經院哲學尤其反感。同樣地，宗教改革家也把改革前數百年視為教會歷史中最迷信、最腐敗、最濫權的

時期。在當時人們高度虔信宗教的社會下，教會深深地支配了信徒的日常生活，更進而左右國家事務，對王權產生莫大的威脅。在追求權力的驅使下，教會和國家都企圖加強自己的優勢以控制對方。為了有效統治其「教皇國」，教會組織愈趨複雜和龐大；此外，透過徵收十一稅和信徒的捐獻，教會控制了西歐大部分的土地和財富，儼然一個大財團，教會就是在這種情況下變得專制獨大，並同時產生出各種無可避免的流弊。由於要處理繁多的教會事務和管理龐大的土地財產，教士的靈性逐漸消失，甚至還沾染上官僚歪風，教士在神聖化世俗的目標尚未達到前，自己就先被世俗化了。

在中世紀，基督教對平民百姓來說十分重要，因為在傳統封建制度的生活下與黑死病的肆虐中，這時的人民亟需從宗教中獲得安全感，信徒背誦聖經、主禱文、向神認罪、朝聖及參加教會活動遊行，可見當時人心對宗教的熱切需要；而他們對於宗教的情操日深，對教會的期望也愈來愈高。基督徒一向認為人是由靈魂和肉體結合而成，肉體只是人的暫時寄居之所，只有死後的靈魂會進入天國，所以基督徒都鄙視肉體所經驗到的俗世。在這種觀念影響下，信徒對教會的世俗化深感不滿，批評的聲浪四起。從教會的角度看，這些信徒的行為冒犯了教會是上帝在地上的代言人的地位，及其在世俗社會的統治權威，迫使他們決定加強對信徒的控制以捍衛其既得利益。就這樣雙方的嫌隙變得愈來愈深，衝突也愈演愈烈。

在這動盪的時期裡，具有批判和理性主義思想的德國人文主義者率先起來反對日益暴露出來的腐敗現象。1517 年路德（Martin Luther）將他對贖罪券的九十五條看法，釘在威登堡教堂大門上，而開始了宗教改革運動。「他認為長久以來教會的某些措施都無法從《聖經》中找到依據（例如：某些聖禮、教士獨身制及教皇永無

誤論等）不合於《聖經》」（陳思賢，2004：46）。他呼籲德國諸侯起來改革教會，並且拒絕納貢給教皇，主張廢掉教士獨身及聖禮制度。他認為信仰耶穌和《聖經》是世人獲得救贖的依靠，追求正確的信仰比奉獻事功和聖禮儀式重要；因此他鼓吹讀原始《聖經》，主張信仰是人和上帝的直接關係，教會不應強調教士、主教和教皇的權威。他相信所有信徒都可以是教士，人人都可以從《聖經》中吸取信仰要旨，強調個人良知比統一和正統更重要。於是各種各樣對《聖經》的詮釋和一大批新的教派便湧現出來，路德就這樣掃除了教會多年來作為上帝中間人的特殊角色和地位，同時動搖了羅馬教會神權統治的基礎。「新教的出現不但大為衝擊教皇的傳統權威，也藉由瓦解在教義一元性的禁錮，激發出若干科學與思想上的變革。」（同上，38）路德的改革立場受到封建底層百姓的歡迎，在經過黑死病及大饑饉後，農民們在貧富不均、土地兼併劇烈、經濟逐漸轉型的社會裡，常是飢貧交迫，痛恨貴族階層的特權與剝削，所以「路德的宗教解放思想很快便與社會解放合流，帶動了社會改革的需要與期待。」（同上，50）

在歷經十七世紀一系列的宗教戰爭之後，人們才逐漸體認到企圖以武力迫使人們改信宗教只是徒增流血和衝突，人們應該容忍不同的宗教信仰。英國哲學家洛克（John Locke）在《論容忍函》一書中說，宗教信仰屬於私人領域，不是政府應該干預的範疇，只要該宗教不對公共秩序造成威脅，政府就應當予以寬容，政府強迫人民信奉某一宗教是錯誤的，這樣的言論，在當時已是相當基進的了。（引自彭懷恩，2005：39）此外，洛克也提出革命性的政治論證，在自然的狀態下，每一個人都是生而自由平等，沒有天生的等級，都擁有「生命、自由、財產」的自然權利，主張「天賦人權」

是上帝直接賦予人類，天生具有的權利，不必假手於國王。人們經由社會契約的協定而自願成立政府，由政府來制訂、解釋並執行法律，天賦權利的行使與保障是設立政府的主要目的，政府的權威只能建立在被統治者擁護的基礎之上；如果政府侵犯或剝奪到人民的這些權利，那麼民眾就有權利來推翻這個政府，建立一個新政府來取代它。洛克以契約論來說明人民與政府的關係：政府的形成與解散，最後都決定於全體人民的手中。洛克所主張的「天賦人權」對當時十七、八世紀「君權神授」思想的絕對王權統治而言，造成相當大程度統治基礎的動搖。而洛克反政府權力的「政府論」強調限制政府權力，不惜推翻政府，以使個人的自然權利得以維護保障，更是對絕對王權統治的極大挑戰。洛克的政治思想對後來的政治發展起到了極大的作用，在美洲引發了一場轟轟烈烈的革命浪潮、法國後來的啟蒙運動及法國大革命也深受洛克思想的影響。

其後，盧梭（Jean Jacques Rousseau）也主張統治者和被統治者間的社會契約。人們願意放棄個人自由並被他人統治的原因，是因為個人的權利在有政府的社會比在無政府的社會能夠得到更多的保護。不過，盧梭指出這樣的契約有著明顯的缺陷：社會中最富有和最有權力的人享有最多的社會資源，使不平等成為人類社會一個永恆的特點。政府不應只是保護少數人的財富和權利，而是應捍衛每一個人的自由、平等和公正。政府如果沒有對每一個人的權利、自由和平等負責，便是破壞了當初所協定的社會契約。國家是經由人們協定同意，或是經由「國民的意志」而產生的，應該「主權在民」讓人民自決，讓國家在不受既有社會秩序的綑綁下存在。這項主張喚醒廣大人民對於社會中許多不平等、不合理制度的反省批判，甚至加以反對興革，以致他的言論為當時政府所不容。1789 年法國所通過的人權宣言中，人權

與國民權包括自由、平等、保有財產與議定法律，其中最重要的一條，便是確定法國的最高主權屬於人民全體，而不是國王，且國民對於政府的暴政，有起而反抗的權利。這些事實與盧梭的政治思想脫離不了關係，盧梭的言論思想，對當時的社會制度提出總反動的批評，奠定近代全民政治平等的民主憲政基礎。

法國大革命推翻了君權神授說的君主制度、貴族階級世襲制度，以及天主教國教制度，並欲建立一套新的社會秩序，以立憲政府代替專制君主制，以機會均等代替貴族特權，以寬容取代強迫信教。中世紀的基督教世界一直到文藝復興、路德的宗教改革，教皇的地位才被動搖；十八世紀理性主義興盛，牛頓的物理學取代了教皇對自然科學的解釋權；同時自由主義興起，自由主義者不但不聽教皇的指揮，還以民主制度取代國王的專制，他們注重個人在道德觀和生活方式上的權利，包括性自由、信仰自由、認知自由等議題，並保護個人免受政府侵犯其私人生活。這種開明、進步、批判的信念便是相對於「正向式的反動思維」的「反向式的反動思維」，它打破舊有的規定，改變原有社會的整體處境，如固有的文明、價值、文化等結構；或以更新更好的體系來取代原有不公平的制度；或將目光放遠，致力於未來得以實踐的長期目標，為社會帶來了一股正面的循環力量。我依此歷史脈絡整理出以下幾項「反向式的反動思維」應有的幾個層面。

一、在人性方面：
相信人性良善，擁有自由平等的天賦人權

對人性的看法是每一種政治意識型態的依據來源，「反向式的反動思維」立基於「對人性良善的進步觀」的基礎上，相信人是有

理性的,即使人有情緒和慾望,但是同時也有能力透過理性來控制情緒和慾望,人的自由意志對慾望與良心具有主宰權。他們認為大多數人是有理性的,知道什麼符合自己的利益,會採取促進自己利益的行動,所以大多數的人是有能力按照自己的願望自由生活,只要他不妨礙別人,應擁有絕對的個人自由;個人的自由行動能夠達成最完美的社會,強調「自由」為人類必要的權利。

「反向式的反動思維者」認為在自然的狀態下,每個人都是自由而平等的,擁有「生命、自由、財產」的自然權利,主張「天賦人權」是上帝直接賦予人類,天生具有的權利,人人都有權去從事他所喜歡的事,並不受他人的干擾;同樣地,他也必須尊重他人的權利與自由,不去干涉他人的事。人生而平等,每一個人都應當有平等的機會去享有自由,具有同樣的尊嚴與價值,不應出現他人的自由比自己的自由更重要的情形,每個人都應有均等的機會去追求自我發展並發揮自我的潛能獲致成功。他們相信人本身有良善的能力,這種追求善與幸福的力量會促進整體政治社群無限的進步。

二、在政治方面:
反對封建的階層制度,主張民主代議憲政

在封建制度下,整個社群關係是一個具有等級、身分和效忠的支配關係,並把社會區分成兩大階層:教士與貴族為上等階層,勞工及佃農為下等階層。隨著封建階層的世襲化,一些出身貴族的人便自認為自己出生下來就比平民階層的人優越,認為自己有資格對平民行使支配權威,也享有平民所沒有的特權和自由,如:貴族免繳大部分賦稅,能擔任政府、軍隊和教會中的高職。因此,大部分貴族都急切的

要保存他們作為貴族享有的特權，成為反動勢力，讓身為承擔稅負的中產階級和農民欽羨與憎惡，於是逼出了「反向式的反動思維」。

「反向式的反動思維者」相信每一個人生而自由平等，沒有天生的等級，主張終結封建制度，排斥既有的傳統和權力。個人為社會和法律的基礎，社會和制度的存在是為了達成個人的目標，而不是偏袒擁有較高社會階層者。政府不應只是保護少數人的財富和權利，而是應捍衛每一個人的自由、平等和公正。主張限制政府的角色，認為應該限制政府的功能只是提供司法、治安和國防以抵禦他國入侵而已；政府的權力和個人自由間應該有著一個平衡點，強調統治者與被統治者的關係為社會契約，在契約下人民制定法律並同意加以遵守，以法律保護個人的尊嚴和自由，並以法律限制君王權力。他們對於法治的看法，則是堅持司法獨立，在政治獨立的立場下保衛個人免於政府的專制統治；在刑罰制度上，則通常反對非人道的懲罰，包括死刑在內。

「反向式的反動思維者」否定君權神授說，反對君主專制，只有在人民支持下建立的政府才具有合法的統治力量，應該採納君主立憲制；人們擁有選擇君王的權力，主張「生命、自由、財產」的「天賦人權」是上帝賦予人類的權利，「主權在民」是讓每一位公民對政府的治理具有發言權，並且有機會參與政府的運作，或是擔任某些地方性或一般性的公共事務，讓每一個人都能夠為自己的權利與利益作辯護，同時也使他人的權利獲得保障。為了避免專制政權的產生，因此在民主制的憲法裡建立了分權制衡的系統，用以監督與限制政府，設立政府的主要目的是要保障人民的天賦權利；如果政府侵犯或剝奪人民的權利，那麼民眾就有權利來推翻這個政府，建立一個新政府來取代它，以使個人的自然權利得以維護保障。

三、在宗教方面：
主張政教分離，信仰是個人的自由

　　在中世紀歐洲，教會和國家被視為捍衛基督教的兩大基石，教會是為上帝拯救人類的靈魂而工作，他們堅持傳播基督教正統的信仰，對於不接受基督教的人則運用權威強迫人民信奉教會的教義。而國家的統治者不管是出於本身的宗教信仰，或是為了維持統治地區的規範與秩序，通常也願意鎮壓那些被教會視為異教徒或不信教的人。基督教成為國教後，中世紀的十字軍東征，恐怖的宗教裁判所都是以上帝的名義進行的，甚至基督教被統治者利用，藉著宗教的名義，為其統治神聖化，以達到控制人民的目的。正如法蘭克國王查理曼（Charlemagne）大帝在給教皇的信中所說：「我的天職是用武力保衛教會，使它不受異教徒的攻擊蹂躪，在教會內部確保教會的純正信仰。而神聖的教父，你的職責則是用祈禱支持我的武力。」（引自黃心川等，1979：22-23）

　　在宗教與政治的聯手下，從此歐洲整個中世紀都籠罩在基督教的恐怖黑暗神權統治中，它獨攬了教義的解釋權和一切聖事的代理權，也禁止其他教派的存在，以防止其獨家地位受到威脅。教會由於占據了此有利地位，同時擁有大片的土地和稅收，成了舊秩序反動的守護者，卻也成為改革派「反向式的反動思者」眼中的最大障礙。以啟蒙運動的思想家伏爾泰（Voltaire）為例，「他認為理性能引導人更好的認識世界，走向更自由、更符合理性的社會，但首先人們必須以理性戰勝迷信。」（引自彭懷恩，2005：48）他一生中最大的攻擊對象是當時盛行於西歐的宗教狂熱和宗教壟斷，他一輩子都在控訴法國教會以教殺人，鎮壓異端的反動性。他認為宗教的

狂熱和壟斷是西方世界罪惡的源泉，所以他對當時歐洲的君主專制、基督教的壟斷，以及教會對異議分子的鎮壓進行了毫不妥協的批判和攻擊。

「反向式的反動思維者」認為宗教信仰屬於私人領域，如果將依據宗教思想或價值觀來推行公共政策，會對沒信仰的公民不尊重，這便違反了自由與正義的原則。宗教的不寬容更是不公義的典範，任何宗教只要不對公共秩序造成威脅，政府就應當予以寬容；政府強迫人民信奉某一宗教是錯誤的，主張採行政教分離。宗教不是政府應該幹預的範疇，政府對於宗教的態度應有三項原則：（一）自由原則，政府應容許各種宗教有被信仰的自由；（二）平等原則，政府應對所有宗教一視同仁；（三）中立原則，政府應對宗教保持中立，不偏袒任何宗教，不干涉宗教活動的進行。

在中世紀，大部分人的思維都在教理、法律和風俗的堅強統一體支配之下，因而人們的信念想法和道德觀念受到教會的控制極大，何者為真？何者為善？不是憑個人的思考斷定，而是由宗教會議的集體智慧來斷定。「反向式的反動思維者」則捍衛思想的自由，認為任何基督徒都可閱讀並解釋《聖經》，因為這權柄是由上帝而來，信仰是人和神的直接關係，教會不應強調教士、主教和教皇的權威。他們也認為人們應該避免自身的暴力（甚至是集體的暴力）壓迫到任何個體或是意見的自由，因為無論意見本身的價值為何，都有可能是真理，強調真理比統一更重要。主張破除宗教迷信，尊重真理與理性，對於社會現狀要保持批判的精神，認為強有力的個體與多元差異的思想，是人類社會與歷史得以進步的根源。

四、在社會方面：
尊重個體自由意志，不強調特定價值觀

　　既然在政治的領域中，君權神授的觀點遭到否定，那麼在家庭制度當中，女性也有權利不接受男性家長的絕對權威安排。「反向式的反動思維者」注重個人在道德觀和生活方式上的權利，認為種族或性別的歧視在道德上是錯誤的，應該對所有族群一視同仁，反對任何特定的價值，認為不應該由社會來判定個人的價值觀念。人存在世界上的目的與意義，必須由個人決定，而非依賴他人的權威與意見；在這個社會裡，「愛、同情、分享與溫暖」的陰性價值，和「控制、結構、佔有與地位」的陽性價值應受到同等珍視。

　　「反向式的反動思維者」否定「男尊女卑」、「男主女從」的觀念，男女權力的不平等是立足點的不平等，主張「男女平權」，女性的本性和男性一樣，具有全人類共同擁有的本質——理性，男女兩性要有平等的權利，享有一樣的天賦人權。他們認為女性受壓迫肇因於三個製造社會衝突、扭曲人性的制度：宗教、婚姻家庭及私有財產制。他們認為父權制度是壓迫女性的根源，在父權社會中，社會都以男性的角度和目光來衡量世界和女性，婦女受舊社會結構壓迫導致人性的迷失、衝突、競爭及自私自利，這些制度誇大男女的生理差異，以確保男性擁有支配角色，使女性淪為附屬角色。社會經由性別角色刻板化的過程，迫使婦女接受她們的次等地位，其實女性真正的本性應該像男性一樣主動、勇敢，但受制於社會對女性「永恆的陰柔」的理念而無法顯現；為了生存，女性在男性面前只能呈現男性所想要的女性形象，將自己的意識與本性壓抑下來，

所以主張去除兩性間的性別刻板概念，男、女性都具備全部的男性
與女性特質。

　　傳統社會中，公共領域的發言是男性的特權，女性的活動空間
僅限於私領域的家室，女性的成就並不在於才能、事業的展現上，
而是視其對家庭、妻職、母職的奉獻程度上。「反向式的反動思維
者」認為女性生存的目的必須以自我實現及發展自我潛能為優先，
不應該只是為了符合社會上對於性別角色期待，只能當一個賢慧的
母親或稱職的妻子；鼓勵女性極力爭取物質資源與行政權力等力
量，打破男女在工作場所的二元結構關係。「理性」的產生，需要
透過「教育」的途徑來達成。唯有如此，女性和男性一樣有接受教
育的權利，才不會再次淪落為父權體制下男性家長的附屬品。女性
可以藉由接受教育學習一技之長，去爭取工作權，進而經濟獨立。
唯有經濟層面不再需要依附在男性的羽翼下，才有可能進一步地去
追求自我的實現。其次，法律必須承認男女平等，女性也應擁有財
產權，而非附屬於丈夫所有，只要有正確的法律與政治制度，兩性
關係才會平等。他們也認為國家和社會不該干涉公民間的私人性關
係、自由言論、個人價值觀和政治組織，反對政府干涉文學、藝術、
學術、性、墮胎及生育控制等領域。

五、在傳統方面：
從舊有習俗中解放，革新促進社會進步

　　中世紀的傳統社會主張對神的信仰是維持人類道德標準的規
範，所以基督徒把愛神視為人生的最高美德；宗教有助於規範人的
行為，達成勸善止惡的目的。然而歷史證明，有時對神的絕對信仰

不但不能導人向善，甚至是十分危險的，因為信徒往往藉著神的名義做出剷除異己的駭人行為。

受文藝復興的人文主義影響，人們開始把生命目標和生活的重點放在今世生活，重視人的成就，肯定人的自我發展，不再受制於宗教來世的天堂地獄觀。「反向式的反動思維者」認為應該破除迷信，倫理觀不須以上帝為唯一的中心而否定了一切以人為本的人性、人道及人權，要使人能夠按照人的本質生活，實現真正的自由、平等和博愛；《聖經》中奴隸剝削、女性及種族歧視、專制極權等的觀念，也有待重新檢視。如《聖經‧馬太福音》中，耶穌對奴隸制度的默認，及《聖經‧路加福音》中主張休妻是犯了姦淫罪，這些道德準則於現今已顯得格格不入；現在的社會應當沒有人會認為奴隸制度是合理的制度，也沒有人會認為夫妻因個性不合而離婚便犯了姦淫罪，而娶那被休的婦女便是犯了姦淫罪。

習俗的壓迫會阻礙人類的前進，「反向式的反動思維者」的精神就是要去抵抗這種強加於人民的企圖，因此他們常會與反對者結合，總是與習俗專制處於敵對狀態，因為他們認為個人要從社會習俗的專制下解放出來。個人的行為與思考不能被社會既有的習俗與傳統所左右，因為倘若是被既有的東西所牽制則難有開創性；開創性是促進人類幸福與社會進步的重要關鍵，一個社會如果缺乏開創性就會使文明停滯不前。人類在政治社群中必須保有活力與不斷地創新，所以他們能夠接受變遷革新的必然發生，相信有最大的破壞才有最大的建設。

綜合以上所述，「反向式的反動思維」是基於人性理性良善的觀點，強調自由平等為天賦人權。否定君權神授說，反對君主專制，政府與人民的關係為社會契約關係，應捍衛每一個人的自由平等，

政府的形成與解散，都決定於全體人民的手中，甚至不惜推翻政府以使人民的自然權利受到保障。排斥既有的傳統和權力，反對單一宗教獨霸擅權，反對具有等級關係的封建制度，反對父權體制下種族或性別的歧視。追求自由平等，尊重真理與理性，對社會現狀具有批判的精神；認為個人要從社會習俗的束縛下解放出來以發展自我，多元創新的思想才是社會進步的根源。「反向式的反動思維者」在社會中多不具有控制主流社會的權勢，偶爾也會有反政府的某種偏見。基本上，他們反對社會現有的制度與習俗，接受變遷革新或基進革命的看法與行動，是一種「反主流、反特權、反傳統、反束縛」意識型態的思維。

第三節　正反向兼具式的反動思維

承前兩節所述，「正向式的反動思維」是一種保守的想法和行動，反對或抗拒基進革命的看法與行動，並且捍衛傳統的生活習慣、社會秩序和文化傳統。「反向式的反動思維」，是相對於「正向式的反動思維」所產生的自由基進的想法和行動，排斥既有的傳統和權力，追求自由平等，對社會現狀具有批判的精神，反對社會現有的制度與習俗，接受變遷革新或基進革命的看法與行動。茲以表格將兩種「反動思維」的內涵加以比較如下：

表 3-3-1　正向式的反動思維與反向式的反動思維的內涵比較表

	正向式的反動思維	反向式的反動思維
屬性	極右派、極保守	極左派、極基進
擁護者	操控主流社會的權貴階級	反抗主流霸權的自由主義者
人性觀	人性並不完善， 須以法律規範個人自由	人性良善， 擁有自由平等的天賦人權
政治觀	捍衛封建的階層制度， 主張強權專制政府	反對封建的階層制度， 主張民主代議憲政
宗教觀	認同君權神授， 反抗是異端的行為	主張政教分離， 信仰是個人的自由
社會觀	以父權制支配個體， 穩定道德與社會秩序	尊重個體自由意志， 不強調特定價值觀
傳統觀	肯定傳統的價值， 革新帶來社會動亂	從舊有習俗中解放， 革新促進社會進步

　　這兩種「反動思維」的鼓吹者都對社會和政治世界的現狀和理想提出自成一格的看法，希望啟發人們採取行動去保護或者改變他們的生活方式。為了使更多的人接受他們的觀點，他們還對複雜的事件和環境提出簡化的解釋，有意識的喚起民眾信仰其思想，並向它的追隨者提出一套社會和政治行動的準則和綱領，幫助人們對社會政策和環境進行評估、判斷和評價。這樣烏托邦式的思想與表徵，讓兩相對立的思維產生了「黨同伐異」的效應，某一「反動思維」的追隨者評估為好的東西，而信仰另一「反動思維」的追隨者卻可能對此完全憎惡；他們認為自己的目標是基於群體、基於公益，對於否定其理念者抱持拒斥的態度，批評他們為自私的、無知的群眾。於是「正向式的反動思維者」與「反向式的反動思維者」產生對抗：自由民對抗暴君，中產階級對抗貴族，無產階級對抗資

本家，女性主義者對抗男性霸權，民族主義者對抗帝國主義者，將社會上、政治上的思維差異視為是非黑白的問題。值此兩種「反動思維」對立的態勢下，是否還有居處於中間，或者正反向式反動思維兼具的思維產生？

本章將「反動思維」的思維體系區分為「正向式的反動思維」和「反向式的反動思維」外，其他非具有極端性或帶有兼具性的就歸為「正反向兼具式的反動思維」。無論是哪種思維體系都控制了所有的社會參與者，影響我們了解自己在社會裡的定位或處境，了解自己與周圍世界的關係，並影響我們看待世界的方式，可謂意識型態的具體呈現。意識型態無所不在，它滲透文學、穿越文學，柯理格（Murray Krieger）更直接了當的指出：「文學作品的首要目的在於說服和教導，無論是宰制的或是被壓抑的意識型態，都透過文學作品投射出價值，而這個價值是文化中的任何個人所應該抱持、應該傳揚的。」（柯理格，1995：31）也如埃斯卡皮（Robert Escarpit）所說：「所有作家都受困於意識型態和群眾的世界觀，作家也許接納、改造、否定這種意識型態，就是無法迴避。」（埃斯卡皮，1990：71-72）作者用自己的方法去選取訊息、感知社會、反映社會，再透過這些自我抉擇，去認識社會、形塑自我，形成自我思維的「偏見」；作家也透過這些自主的空間，形塑文本，生成所信仰的思維體系。作者將自己的思維以文字為媒介，蘊入文本內容中，作者可能無察覺地把社會中普遍認同的意識型態注入作品中，也可能刻意地在作品中抒發與主流社會價值、意識型態不一致的聲音。也就是說，不管任何形式的文學文本，它們都呈現出一種文化的價值觀與假設，就是以文本重現作者思維中所價值的世界，及作者所假設的人類存在形式，並且把讀者按嵌在此種價值觀與假設之中，使讀者

在不知不覺中接受了其中的價值觀，帶領讀者朝「正向式的反動思維」和「反向式的反動思維」的思維體系和行動綱領靠攏。至於兩對立極端的中間模糊地帶，則總括為第三類的「正反向兼具式的反動思維」：也許是正向與反向思維並陳的模式；也許是中立於正反二元對立的模式；也許是思維立場模糊不清的模式。茲將其可能的型態圖解說明如下：

一、並陳型正反向兼具式的反動思維

每個文學文本或隱或現的都帶有價值取向，儘管其表面看起來無關政治，其實都有作者所認同的價值信念，作者在創作的同時就是對種種價值與思維的抉擇。文學文本可能是支援或強調某些特定時空普遍的、主流的社會價值的「正向式的反動思維」；文學文本也可能是顛覆或違抗某些特定時空普遍的、主流的社會價值的「反向式的反動思維」；文學文本還可能是擁護某些普遍的、主流的社會價值，同時也對另外某些社會價值進行某種形式的抗議，而形成了「正反向兼具式的反動思維」。

換句話說，此種「並陳型正反向兼具式的反動思維」的維護並非全然的維護，顛覆並非全然的顛覆，因為作者即使再如何清醒地意識到思維的運作，意識的盲點仍然存在。「巴赫汀（Mikhail Bakhtin）稱非官方的、民間的、日常生活的意識型態或價值系統為『行為意識型態』。行為意識型態中包括了與官方意識型態相一致的部分，也包括了相對立的部分」（劉康，1995：125）；蔡琰也提出「意識型態經常是交集呈現的思想與行為準則，並且與價值的意識觀念不可截然二分。」（蔡琰，1996：20），因此作者深受行為意識型態影響難

以撇清，一個作家的作品可能在對某些主流社會價值進行質疑、嘲諷與顛覆時，它也可能同時維護、支持另一些主流價值。如：郭鎧莉在碩士論文《羅德‧達爾童書中的顛覆與教訓意涵》中，指出達爾（Roald Dahl）的創作就是既「左傾」又「右傾」。「顛覆讓人覺得刺激、不安定，附和居領導地位的價值卻讓人感覺放心，於是達爾的作品讓人又愛又恨」（郭鎧莉，2000：124）。像這樣在文本中呈現「正向式的反動思維」和「反向式的反動思維」範疇交集的情況（如圖 3-3-1），則稱為「並陳型正反向兼具式的反動思維」。

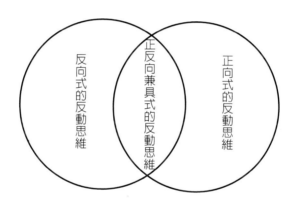

圖 3-3-1　並陳型正反向兼具式的反動思維

二、中立型正反向兼具式的反動思維

　　「正向式的反動思維」和「反向式的反動思維」是兩個立場完全相對的思維。以政治光譜來看，如果軸線的右端是代表最極端的「正向式的反動思維」，而左端是代表最極端的「反向式的反動思維」，那麼不同政治傾向的人在政治光譜上的位置也不相同，極端

的左和極端的右看似對立的兩極，其實二者都有其偏執的一面，都是需要被反省的。而「中立型正反向兼具式的反動思維」則是不偏向左或右的二元選擇（如圖 3-3-2），於不偏不倚之中呈現出中間中立的觀點，採取不支持不批判的中庸之道，擺脫二元思維的僵化束縛；在文本中沒有自己特定支持或強調的觀點，僅客觀的呈現社會多元化樣貌；他們認為意識型態不可能是文學的唯一特性，文學作品中並不全然是對現實的評價，也並不都表現出一定的階級性，文學在很多時刻是一種文化的傳遞、情感的傳遞。

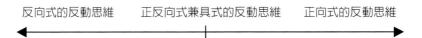

圖 3-3-2　中立型正反向兼具式的反動思維

　　曼海姆（Karl Mannheim）（2006）認為意識型態在某種意義上說就是一種集體無意識。擁有某種意識型態的群體往往會忽視某些社會事實，或者使這個群體的人們無法透徹地把握自己的生存狀況，但是忽視這些社會事實的人自己卻並不了解這一點。意識型態這個概念在一定程度上，就是表現了人們集體無意識的特點。因此，在生活中我們並不是總能意識到操控著我們的思維的意識型態，也就是我們並不是能馬上察覺一些我們認為理所當然的想法是受意識型態所影響。也就是說，意識型態在看不見的時候功效最大，我們往往會單純的將意識型態的假設當作是唯一的、合理的想法，而無法體察出自己已經或多或少的涉入「正向式的反動思維」或「反向式的反動思維」的思維向度之中，難以保持真正的超然中立立場，而且任何的思維與行動絕不可能不帶有意識型態的向度或涵義，所以「中立型正反向兼具式的反動思維」應較難以純中立的型態存在。

三、模糊型正反向兼具式的反動思維

紀登斯（Anthony Giddens）（2000）曾在《超越左派右派》一書中對保守主義和社會主義的發展歷程進行回顧和分析，他得出的結論是：左和右，基進和保守，由於其片面性，無可避免的走向它們各自的反面，並不是兩相對立的觀點不存在了，而是發生歷史性的變化，過去的左派有可能因為對過去留戀而對現實不滿，轉而趨向右傾；而過去的右派也可能因為對現實中改革成效的不彰，轉而趨向左傾，而呈現出向歷史中心靠攏的現象，左和右的區分已經失去了意義，保守主義已經趨向基進，社會主義已經趨向保守，因此在今天的社會條件下，右派和左派的舊思維已經不存在。

西方社會長久以來都存在著二元困境，這種困境的源頭不僅在古希臘、羅馬文化中，還存在基督教信仰中；在啟蒙時代後，這種二元的困境更為顯著，善－惡、人－自然、科學－宗教、國家－社會、保守－激進、民主－獨裁、政治－經濟，已從個人層面擴展至社會生活的各個層面，從馬克思（Karl Marx）、韋伯（Max Weber）、涂爾幹（Emile Durkheim）一直到戰後的許多社會理論家，都徘徊在「二元論」中，把其中的一元推向極致，誇大其分析社會和解決問題的能力。（紀登斯，2000：楊雪冬序 xvi）紀登斯則是試圖擺脫這種二元困境，重新建構了一個超脫左派右派的「第三條路」，就是在資本主義和社會主義取得平衡點，調和左右兩派觀點，建立比較具有包容性的國家與社會，追求民主社會的基本價值。

處於新世紀的開端，所有國家的政治都在轉型，左派、右派不再壁壘分明，傳統兩極政治的特性已經消失，思維模式不再拘泥於

「正向式的反動思維」和「反向式的反動思維」對立的框架中。二者之間的界線模糊，讓「模糊型正反向兼具式的反動思維」能穿梭其間取得平衡與調和，在政治光譜上可以定位在「中間偏右」或「中間偏左」，思維範疇沒有固定的界線（如圖 3-3-3）。

反向式的反動思維　　　正反向式兼具式的反動思維　　　正向式的反動思維

圖 3-3-3　模糊型正反向兼具式的反動思維

　　「模糊型正反向兼具式的反動思維」立基於劇變的社會，是從「正向式的反動思維」和「反向式的反動思維」間演繹出來的修正路線，它具有不斷修正的彈性空間，並不限定在左右之間找尋中間路線，也或許是提出一條迫切需要但被忽視已久的政治路線。所以不同的國家、社會或人民可以依自身經濟、政治、性別、種族等條件不斷賦予「模糊型正反向兼具式的反動思維」新的內涵，以因應現代複雜而令人困惑的世界。

　　以上三種正反向兼具式的反動思維為一體的三面，雖然在判定上容易跟「不反動思維」混淆而造成分類的徒然，但因為它仍是在反動思維光譜上的（「不反動思維」則不在此一光譜上），以致從理論上為它保留一個位置以備「不時之需」也就有其必要性。換句話說，在反動思維的光譜上凡是不居兩端的，就得有中間地帶來讓它們歸屬，從而使各種可能的反動思維都能得到安置。

第四章

童話與反動思維

第一節　童話的童話性

在兒童文學領域裡，童話是一種文學類型的指稱詞，藉以區隔童詩、兒歌、少年小說、民間故事、寓言等不同的文類。就童話來說，所謂的童話性，指的是童話最具有代表性的內涵，並以此與其他兒童文學文類相區隔的特質。在論及童話性之前，首先要確認童話的指涉範疇，再據以解析童話的童話性，歸結出童話的特性。

一、童話的定義

何謂「童話」？在國外並沒有和童話相同的詞，較接近童話的英文名詞為 Fairy tales，fairy tales 一詞被認為最先是由 d'Aulnoy 女士所提出（Zipes，2001：858），直譯為神仙故事或精靈故事。《大英百科全書》對於 fairy tale 的解釋為「並非專寫神仙的故事，而是帶有奇異色彩和事件的神奇故事。」（大英百科線上，2009a）《牛津兒童文學事典》在介紹 fairy tales 時，稱現代童話 modern fairy tales 為 fantasy。（Carpenter and Rrichard，1985：179）以西洋兒童文學的分類來說，較早期流傳有關精靈、巫婆之類的故事，稱為古

典童話;而現代所創作的童話,大體上均歸為現代幻想故事(modern fantasy),而不再使用 fairy tales 的名稱。(洪文瓊,1994:18)也就是說,童話的範疇包括 fairy tales 和 fantasy,涵蓋了早期將口傳故事整理、改寫的「古典童話」,和現代新創作的「現代童話」。由此得之,不論是古典童話,還是現代童話,其內容均有奇異、幻想的共同特性,也難怪美國兒童讀物研究學者狄奧雷(Qllic Depew)總的給童話下了一個界說:「童話是傳奇性和完美性的幻想世界。」(張清榮,1991:201)

至於中國的「童話」語詞來源,雖然大部分的人都相信它是源自日本(陳正志,1990:2;林文寶,1998:12),但是大陸童話作家洪汛濤認為中國是最早使用「童話」這個名詞的,他在《童話學》一書中,曾寫了一大段考證,說明「童話」一詞完全是中國式的名詞。(洪汛濤,1989:25-30)在中文裡,「童話」的文類並未像西洋兒童文學一樣,發展出對應於 fairy tales 和 fantasy 的專門用語,處於尚未分化的階段,不論是精靈故事,還是現代幻想故事,都統稱為「童話」的文類,僅就其年代及其特徵,再細分為古典童話和現代童話。大陸版《童話辭典》對於童話的定義是:

> 兒童文學特有的體裁,供少年兒童閱讀的幻想性敘事文學,具備人物、事件、環境三要素,利用魔法和寶物,運用神化、擬人、擬物、變形、怪誕、誇張、象徵等手法,去塑造超自然的形象,具有異常和神奇的審美特徵,故事性強,富於兒童情趣。(張美妮主編,1989:1)

國內學者對於童話的定義不盡相同,茲列舉幾家看法如下:林守為:「童話是依據兒童的生活和心理,憑藉作者的想像和技巧,

通過多變的情節，美麗的描寫，以及奇妙的造境來寫的富有興味與意義的遊戲故事。」（林守為，1988：47）洪文瓊：「童話是純粹以娛悅孩子心靈為主的幻想性歡樂故事，失卻幻想性與趣味性，那就失卻了童話的本質。」（洪文瓊，1989：19）陳正治：「童話是專為兒童編寫，以趣味為主的幻想性故事。」（陳正治，1990：7）蔡尚志：「童話，是一種專為兒童創作，以神奇詭異的幻想來反應現實生活，融現實與幻想於一爐，飽含著想像與情趣的故事性敘事作品。」（蔡尚志，1996：284）林文寶：「所謂童話，用現代的觀點來說，即是專指為兒童設計的一種超越時空的想像性故事。」（林文寶，1998：15）周慶華：「童話的定義並無普遍性的共識，僅能歸結出其擬人且帶奇幻色彩的特徵。」（周慶華，2004a：134）

雖然童話至今尚未有明白的定義與解釋，但是綜合歸納以上看法後，可以化約出三個方向：兒童、故事和幻想。更細緻的來說，「兒童」是指童話的主要對象為兒童；「故事」是指童話在體裁上屬於散文故事體；「幻想」是指童話用以脫離現實的最佳工具，特別是多位學者都有提到「幻想」的特質。針對童話的主要對象為兒童這一點，黃迺毓等人曾在解答「童書不是專為孩子寫的嗎？為什麼也適合大人看？」這個問題時，是這樣說明的：

> 童書，照字面的意思就是「兒童看的書」，在一般人的觀念裡，兒童就是小孩子，跟大人是不同「族」的。小孩是「尚未變成大人」的人，所以一旦長大成人，就不像小孩子了，這樣的二分法使我們在面對孩子的時候，不由自主的站在對立的態度……但是不管一個人再怎麼長大，怎麼成熟，他都有一個部分永遠不長大，我們稱這個部分為「童心」，兒童

> 書可以滋養大人的童心！童心使得每個人都有柔軟的一
> 面……如果童心窒息了，人就快樂不起來……（黃迺毓等，
> 1994：21-22）

所以好的童書的標準之一就是老少咸宜，不同年齡的人看了會得到不同的樂趣或啟示。圖畫作家李奧尼（Leo Lionni）創作時就不在意讀者的年齡層，他認為一本好的兒童讀物應該能引起所有尚未喪失童心的人的共鳴。他說：「我真的不全然是為孩子創作的。我做這些書，是為了我自己和我的朋友們心裡面恆常不變，仍然是孩子的那個部分而做的。」（引自楊月燕，2009）日本童話作家也說：「童話不單是寫給兒童，也是寫給未失童子之心的所有人類。」（引自傅林統，1999：257）兒童文學大師路易斯（C. S. Lewis）更說：「童話若只是單給小孩欣賞的，必然不是好書。」（引自許義宗，1983：戴維揚序 5）以此看來，童話的對象不應僅侷限於兒童，存有童心的成人不應被排除在外。也就是說，童話的對象應為存有童心的人，只是它大抵的對象主要是兒童。至此，本書要再給予童話一個更明確的定義：一種以幻想為表現特徵，為存有童心的兒童或大人所能理解感受的故事。

二、童話的童話性

什麼是「童話性」？所謂「童話性」是指童話最具代表性的內涵，無論是童話故事中所呈現出來童話特有的題材擇取、童話特有的角色刻畫或是童話特有的敘寫技巧，都可以稱之為「童話性」。一言以蔽之，就是童話的特質。童話與一般文學作品一樣，具有文

學共通特質的恆久性、個別性與普遍性（洪炎秋，1979：28），但是童話作品在思想、情緒、技巧上具有它獨有的特質。也就是說，童話除了應該具有一般文學屬性的「文學性」外，它還具有童話特有的「童話性」。茲將一般童話故事所具有的童話性列舉說明如下：

（一）出神入化的幻想性

「幻想」（Fantasic）一詞發源於是希臘古文，依照詞義來說，是「使之變成眼睛看得見」，依照辭典的解釋又說：「是將知覺的對象，用心靈去解釋。」或者說：「是將未經出現在現實的事情，變換成具象的作用。」（傅林統，1996：69）《大英百科全書》對於 fantasy 的解釋則為「扭曲現實或與現實脫離的心象或想像的敘事。」（大英百科線上，2009b）

廣義的說，多數的文學作品都有不同程度的幻想成分，不過不直接描繪現實生活本身，而是藉助幻想去塑造超越現實卻又具有現實生活象徵的故事，間接的反映生活，這就是童話區別於其他文學形式的特點，所以說幻想是童話不可或缺的靈魂，它是童話最基本的特徵。

幻想是人類的天性，當人類處於蒙昧階段時，幻想是人類對自然探索和理解的心理反應，當人類告別蠻荒走向文明時，幻想就成為人類藝術創作的靈感來源。由於兒童的思想心智尚未成熟、生活經驗缺乏、行為能力的不足，在日常生活中，他們確實有許多慾望無法實現，而且他們的理性思維偏弱，現實感比較缺乏，所以兒童更容易沈溺於幻想的情境中，凡是兒童的體力和智力所不能完成的，他們就飛越現實，用幻想打破現實生活中的侷限和羈絆，以求得暫時虛幻性的愉快、滿足、美好的感覺。兒童的幻想是自由自在、

無拘無束的，他們往往從單純的情感出發，較少受知識經驗、社會觀念、現實規範等理性因素的制約，因此特別顯得隨心所欲、大膽自由。童話故事中神奇夢幻的情節，能帶領兒童到達一個遙遠又富於想像的時空，營造詭異神秘的氣氛和情境，產生撲朔迷離的藝術效果，並在他們的腦際激發出想像的火花，所以最能滿足兒童愛好幻想的心理特質。

　　幻想在童話中的體現，是透過童話作家對於情境、人物或事件的摹寫所營造出來的，在情境的構設上，童話作家可以改變現實世界的一部分，形塑出親切熟悉的情境，如：懷特（Elwyn Brooks White）（2003）《夏綠蒂的網》以典型農村的傳統農場為背景；也可以創造出一個超越現實的全新世界，形塑出奇異夢幻的情境，如：包姆（Lyman Frank Baum）（1998）《綠野仙蹤》以虛構的奧芝國為背景。在人物的形象上，童話作家可以寫現實生活中一般的人物，使兒童感到親切和興趣，產生同情和共鳴的心理，如：吐溫（Mark Twain）（2001）《湯姆歷險記》裡充滿機智，勇於犯難的湯姆；也可以把有生命的動植物或無生命的物品加以擬人化，符應兒童「鳥言獸語」的心理想像，如：葛拉罕姆（Kenneth Grahame）（2001）《柳林中的風聲》描述地鼠、河鼠、蟾蜍、獾四隻動物的冒險歷程。在事件的安排上，童話作家可以寫現實生活裡一般常見的事件，貼近生活，讓兒童容易融入事件裡，如：麥羅斯基（Robert McCloskey）（1995）《讓路給小鴨子》裡交通警察指揮交通，是跟兒童現實生活有關，此為一般的生活事件；也可以寫超出現實生活荒誕奇異的事件，讓兒童展開一段如夢似幻的旅程，如：拉格洛芙（Selma Lagerlof）（2006）《騎鵝歷險記》裡尼爾斯因戲弄小矮人，而被施了魔法變成一個小矮人，然後騎著白鵝，跟隨北移的大雁展開一波

又一波驚險的奇遇……一切的故事完全超乎尋常的思考。除此之外，當然還有更多的童話作品是情境、人物、事件的合理組合，加上真實與虛幻間高度融通的交錯演出，如：畢格爾（Gottfried August Burger）（1993）《吹牛男爵歷險記》中的主角敏豪森男爵真有其人，他也確實在俄國軍隊服務過，和土耳人打過仗，而他拜訪月球、火山之旅、跟鯨魚的搏鬥的怪異荒誕故事卻是幻想的、吹牛的。特拉弗斯（P.L.Travers）（2004）《隨風而來的瑪麗阿姨》以班克斯先生雇請瑪麗阿姨當保姆作開端，保姆乘著風抵達家門深獲孩子喜愛，接著會使用法術的保姆變出許多有趣的事情，故事穿梭在現實與想像之間。《神奇魔指》（達爾，2003）由小女孩討厭葛家打獵的現實環境背景開始，然後進入葛家人變成鳥人的幻境，最後又回到現實環境裡，兩個世界的虛實對映，不但提升了童話作品的藝術性，也凸顯出童話作品中特有的奇幻特質。

　　童話的世界，就是幻想的世界。在文字幻化出的情境中，既可以上天達地、翻石覆雨、懲惡揚善，實現自己的英雄夢；也可以調皮搗蛋、為所欲為，甚至解構權威，彌補自己在現實中弱小、無力的缺陷，釋放內心積壓的消極體驗，在自己營造的幻想世界裡滿足在現實中被壓抑的慾望，它實現人類對外在束縛的掙脫與征服，人類在幻想中解放了自己，體會到擺脫拘束的自由與歡愉。

　　童話透過幻想把不同的時空連結在一起，這樣無窮無盡的時空，給予角色人物無限變化的空間，使兒童獲得想像上的滿足與美感趣味的成全。在兒童的成長過程中，童話起著十分重要的作用，因為童話的幻想不僅融進了兒童的心理特質，童話的擬人也契合了兒童的泛靈思想，所以兒童能夠自然地親近古今中外的童話文本，所以說童話中的幻想性是促進兒童心理成長的重要動力。

（二）詼諧趣味的遊戲性

兒童之所以喜歡童話，除了出神入化引人入勝的幻想性之外，無非是故事中含有濃厚的遊戲性情節，它帶有自由、voisin）（2002）《傻鵝皮杜妮》那種「胡說八道」的想像力和樂趣，為正經八百的讀者宣洩內心的想法，所以令人愛不釋手，讀過它的人很少不會為其中的幽默荒誕感到發笑和有趣的。

林良主張兒童文學創作不能完全排斥遊戲，兒童文學是要在遊戲中啟發兒童。（林良，1989：109）林守為認為兒童時期是遊戲時期，兒童生活是遊戲的生活，閱讀對於兒童而言，是一種遊戲而已。（林守為，1988：11）林鍾隆也說兒童並不想在童話中得到什麼意義，而是在享受閱讀時遊戲的快樂和趣味。（林鍾隆，2005：110）所以，作家在創作故事時，要特別安排富有遊戲興味的事件，使故事熱鬧、有趣、幽默、誇張、懸疑、荒誕、胡鬧的氣氛，如杜佛辛（Roger Du 更能滿足兒童的需要。（蔡尚志，1989：24）林文寶在《兒童文學》一書中，更進一步把一般視為「趣味性」的兒童文學質素，深化為「遊戲性」的內在動力。（林文寶，1996：18-34）

我們不得不承認人類在天性中有「遊戲」的需要，朱光潛曾經說過：「遊戲和幻想的目的都在拿意造世界來彌補現實世界的缺陷。」（朱光潛，1991：203）遊戲是源自對於現實生活的不滿足或對於美感生活的追求，是人類對理想世界想像與描繪的本能。在兒童的世界裡，遊戲對兒童來說是重要的、有趣的，當兒童在心裡興起一種想法或意境時，通常都會將其視以為真，將它說出便成一則故事，將它畫出便成一幅圖畫，將它舞出便成一支舞蹈，所以當兒童在從事閱讀、繪畫和舞蹈時，便將它們視為遊戲的一部分，沈浸

在其中的兒童總是樂在其中，渾然忘我；在現實世界之外的理想世界邀遊，他們在遊戲中享受到生命真正的樂趣，藉著遊戲獲得心理上的快樂與滿足，所以含有遊戲性質的童話，最能滿足他們遊戲精神的慾望，也最容易受兒童喜愛，這些童話故事的內容有時更可以作為他們進行模仿遊戲、扮演遊戲的靈感泉源。

　　諾德曼在《閱讀兒童文學的樂趣》中指出：「閱讀文學的主要樂趣就是文學能把我們自己抽離而想像我們是別人；我們假定那個別人就是我們認同並想像自己扮演的角色。」（諾德曼，2002：34）也就是說，文學具有想像扮演的遊戲成分，基本上兒童欣賞童話，也是這種扮演遊戲的體現。在現實生活中，兒童既要面對他認識得很膚淺的、也無力改變的物理世界，又要面對著由成人的意志和興趣所組成的社會世界，他們幼兒的行為常常受到來自成人世界的限制，他們的願望和情感常常被壓抑，得不到有效的滿足，他只能充當生活中的被動者。但是只要他跨進了童話虛擬的世界裡，他們會不由自主的對遊戲躍躍欲試，一旦啟動遊戲活動開始的按鈕，世界瞬間扭轉，兒童成為遊戲情境中的主動者，飛翔在一片想像的天空之上，與童話中的人物作一番角色遊戲的體驗，和愛麗絲一起在奇幻國度裡遊歷，和尼爾斯一起騎上白鵝展開奇遇，和吉姆帶著寶藏圖到金銀島尋寶，在小飛俠的帶領下對抗虎克船長，和桃樂絲一起戰勝惡女巫，一起戳破國王新衣的謊言，陪著小王子遊歷各個星球感受他的喜怒哀樂……兒童透過這種想像的遊戲，喚醒沉睡在心靈深處的潛能和盼望，「而每一次的參與，也代表著每一種新經驗的產生，因為文本每每將參與者統攝在自身的結構裡，並以不斷更新的方式自行調節每一次的遊戲行為」（張嘉驊，1998：7），讓每一次的閱讀產生不同的遊戲趣味，這便是童話經久不衰、歷久彌新的魅力了。

　　童話，是運用想像構成的一種神秘性的遊戲故事，一場作家和讀者一起玩的幻想遊戲。對童話作家而言，在創作時也正在進行一場場方興未艾的遊戲，因為在作家深沈心理結構中大都保留著一份童年快樂的遊戲精神。（林明憲，2002：57）所以作家在創作時，會在過往的童年記憶與想像中搜尋，再和兒童特有的稚氣、荒唐、可笑、大膽的氣息相融合，表現在童話作品中就是特別能吸引兒童詼諧趣味的遊戲性。如：《讓路給小鴨子》（麥羅斯基，1995）裡小鴨子在人車擁擠的馬路中穿梭，一個個慌亂緊張、險象環生的場面，像極了兒童平日在玩的躲貓貓遊戲，既緊張刺激又熱鬧有趣呢！卡洛爾（Lewis Carroll）（2002）《愛麗絲夢遊奇境》裡的愛麗絲在奇幻國度吃下各種奇怪的食物，變得忽大忽小，就是個逸趣橫生的想像遊戲。故事的敘述要如何增強兒童的興趣？故事中的緊張與緩和、期望與實現的安排起著重要的作用。（王林，2001：120）而一個遊戲性極高的故事，通常都暗含著一條迷人的、趣味的「趣味線」，吸引讀者去追蹤，直到故事作了一個有力的結束。（林良，1989：115）如：在〈皇帝的新裝〉（安徒生，1999）裡安排了一條皇帝喜歡穿新衣服的「趣味線」，而後安排兩個冒充織工的騙子，再寫皇帝在愚昧的臣子慫恿下裸體遊行，直到天真的小孩叫出：「他什麼衣服也沒穿呀！」故事才作了一個趣味的結束。

　　黃秋芳整理各派的遊戲理論後，提出「兒童文學的遊戲性，是一種建構與拆解的活力，同時也是創意與樂趣的演現」（黃秋芳，2004：77）的結語。由此觀之，除了純然的趣味之外，童話的語言遊戲現象也是遊戲性的具體表徵。張嘉驊說：「童話以虛構為手段，以故事編造及講述為表現方式，基本上就具有語言遊戲的性質。」（張嘉驊，1998：4）他更進一步指出目前臺灣童話所呈現的語言

遊戲現象有二：一是「對古典童話的顛覆改造」，如：〈蛀牙風波〉（孫晴峰，1999）以「白衣牙醫」診斷愛吃糖果的公主是因蛀牙而痛得昏倒，顛覆〈白雪公主〉「白馬王子」親吻白雪公主的經典劇情；〈人魚小孩的初戀故事〉（賴曉珍，1992）重新詮釋了〈人魚公主〉淒美愛情故事的經典劇情；《11 個小紅帽》（林世仁，1998）雖是完全建基在〈小紅帽〉的故事，但是它的情節設計成互動開放的模式，讓讀者可以發展自己的故事。其二是「語言運用的擴張性」，語言遊戲落在實際的操作展現，最常見的就是遊戲語言（張嘉驊，2000：14），透過文字特殊的排列、組合，造成一種語義上的、語音上的、視覺上等的趣味，為兒童創造了一個想像與遊戲的空間，如：〈馬虎國的建築大工程〉裡的「御婦有術」（周姚萍，1993：74）是「御夫有術」的詞義代換；〈烏龜大夢〉（李淑真，1998）中的「老烏龜」除了是動物名，還具有貶語的意思；〈黏土叭搭〉中名為「叭搭」的黏土是語音形象鮮明的擬聲詞；〈飢餓的 0〉（黃瑋琳，1995）裡圖像式的「0」各式變形的模樣，充滿視覺上的趣味。這些遊戲性的語言，採用幽默、諷刺甚至胡鬧的表現形態，成功的捕捉住兒童的注意力，使兒童沈浸在歡笑的氛圍中，大大縮短了作品與讀者之間的距離感，使其進入一個虛構的童話世界盡情遊戲。

（三）深刻鮮明的意象性

　　一篇完全沒有「遊戲性」的童話是吸引不了兒童閱讀興趣的，但是一個平凡無奇、不具有魔法的〈賣火柴的小女孩〉故事還是讓兒童不忍釋卷的往下逐讀，為什麼？理由無它，便是該作品注入真誠的感情，飽含人文關懷的氣息，才能得到兒童的注意和喜愛。可見，童話所以吸引人，除了表層可見的趣味，應該還具有深層動人

的情感，這樣寓意深遠的哲理，通常藉由故事中鮮明具體的情境人物傳達，然後在讀者的心中刻畫出鮮明的意象，讓人回味再三。

何謂「意象」？「意」是人內在的情感與思想，屬於內在的、抽象的、主觀的、難以測知的；而「象」是外在的景物，屬於物質的、具象的、客觀的、可直接以感官觸及。「意」與「象」之間密不可分的關聯性則在於「意」須以「象」作為傳達的媒介，如：文學以文字形成意象，音樂以音符形成意象，美術用色彩形成意象，雕塑則藉木石的形態形成意象。簡而言之，將心中之情思轉化為具體的物象，這就是意象的概念。

最早使用「意象」概念一詞的是南朝的劉勰，他在《文心雕龍·神思》中說到：

> 故思理為妙，神與物遊。神居胸臆，而志氣統其關鍵；物沿耳目，而辭令管其樞機。樞機方通，則物無隱貌；關鍵將塞，則神有遯心。是以陶鈞文思，貴在虛靜，疏瀹五藏，澡雪精神，積學以儲寶，酌理以富才，研閱以窮照，馴致以繹辭。然後使玄解之宰，尋聲律而定墨，獨照之匠，闚意象而運斤，此蓋馭文之首術，謀篇之大端。（劉勰，1970：493）

劉勰所謂的「神與物遊」，「神」就是「意」，就是主觀的情感；「物」就是「象」，就是客觀的形象。他認為文人如要成功地馭文謀篇，首先就是要在創作過程中產生意象，讓內在心情和外在物境交通融會成「意象」，也就是說文章是藉著意象傳達作者內心的情志。陳正治曾對意象作敘述：

什麼是意象？意是意念、感情，也就是指情意；象是客觀的景象。意是抽象的，象是具體的。意象就是融入了主觀情意的具體景象。兒童詩的作者，採用意象的語言寫作，可被描述的情意，可見、可聞、可嗅、可嚐、可觸。因此應用意象語言寫作，當比採用評論式的語言生動。（陳正治，2002：171-172）

張錯在《西洋文學術語手冊》中對意象的解釋為：「凡是文字在閱讀中引起圖畫般的形象思維，都叫意象。在閱讀中，意象經常互補、重疊、牽引、暗示作者要表達的主題。」（張錯，2005：134）。為什麼意象要用圖像來表達？因為作者把胸中的抽象情意以具體圖像勾勒出來以後，讀者便會如同欣賞一幅畫般投入意境中，在意境中緩緩感動。在體悟中，由於讀者的背景與穎悟能力不同，所以對作者的情意可能產生不完全相同的解讀與詮釋，更能增添作品的深層意涵，這也就是文學能成為高貴藝術品的所在。黃永武也對意象提出了詳盡的說明：

意象是作者的意識與外界的物象相交會，經過觀察、審思與美的釀造成為有意境的景象。然後透過文字，利用視覺意象或其他感官意象的傳達，將完美的意境與物象清晰地重現出來，讓讀者如同親見親受一般，這種寫作的技巧，稱之為意象的浮現。（黃永武，1976：3）

黃永武指出了文學藝術的再現性意象，這是忠實於客觀事物原本狀態的描述性意象。作者不對知覺形象作太多的改造，只是再進一步作些描繪和渲染，情緒性地、生動地再現客觀事物。如果它展

現的是物象，那麼它的物態物貌、聲色情狀會具體鮮明，栩栩如生；如果它展現的是生活場景、事件情境，就會逼真自然，接近原本狀態。（祝德純，2003）再現性意象直接傳遞了作者的情感資訊，表現出作者的心靈對現實生活最直接的反應。

意象的呈現固然以曾經看過、聽過的印象為基礎，但經由作家的精心營造，也可以將意象轉變成一種新的形式和內容，周伯乃就提出了這樣的說法：

> 現代作家，尤其是現代詩人，特別重視意象的呈現。意象原是心理學上的一個名詞，是指人類的意識的活動，對過去經驗的喚起的一種心象再現，而現代詩人將外界的事物納入心靈，把原有的形式擊碎，然後再經過理性的剪裁、組織，拼湊成一種全新的式樣，一種前輩詩人所未曾有過的新形式，這便是創造性的想像，因此，我們也可以說，意象之形成是來自於想像的。（周伯乃，1985：75）

至此，可以歸納出在文學創作時，「意象」的意涵並不是只有單方面的再現，而是有以下這兩種表現形式：1.再現性意象：將記憶裡外在可視、可聽、可感的事物重新呈現，讓讀者如同親見親受。2.創造性意象：將記憶裡外在可視、可聽、可感的事物予以改造、重組，以契合作者所想要表達的情思。由此推之，本研究所要探討的童話，具備了以上兩種形式的意象，它既有童話作家平時觀察和舊日回憶裡事物重現的再現性意象，也有童話作家發揮創意摹塑超乎現實事物的創造性意象，所以童話具備了活潑而豐富的意象性。

在文學藝術創作的過程中，意象的獲得和醞釀，是創作運思過程中重要的一個環節，意象是來自於表象，而意象的最後目的是創

造鮮明而豐富的情境。在童話的創作過程中也是如此,每一篇童話故事的內容中必定蘊藏了童話作家的生活經驗、情感特性、審美理想及思維角度,這些主觀的情意內容,屬於精神的感受,心理的靈覺,所展示的是一種抽象的概念,不容易表達也不容易說出,需要透過一種外在的、客觀的現實物象作為橋樑,以具體的「象」表達抽象的「意」,使客觀物象和主觀情意間相互統一、交融,使讀者「如聞其聲,如見其人,如歷其境,如處其事」,藉以烘托氣氛,創造情境,深化內涵。

　　童話具有鮮明而豐富的意象性,作家藉由鮮明具體的「象」表達出豐富抽象的「意」,通過移情的方式,將感情凝聚在角色人物之中,「為了表現某種性格或說明某個事理,作者從生活中找出某些人、物、現象,甚至某種社會觀念的性格、性質和特徵,集中到童話人物的身上」(林明憲,2002:37),賦予他們感性的色彩,來牽動小讀者的情緒,引起他們的共鳴。如:安徒生在〈醜小鴨〉(安徒生,1999)中以「醜小鴨」受盡欺凌後蛻變成天鵝的遭遇,闡述懷抱希望的生命真諦;在〈海的女兒〉(安徒生,1999)中以「小人魚」犧牲自己來成全王子的淒美故事,演繹一段為愛煎熬犧牲的動人情感;巴利(James Matthew Barrie)(1998)在《小飛俠》中以一個長不大的孩子「彼得潘」喚醒世人心靈深處最誠摯的童心;科洛迪(Carlo Collodi)(2002)在《木偶奇遇記》中以調皮搗蛋的木偶「皮諾丘」遭逢的厄運,道出改過自新的彌足珍貴;王爾德(Oscar Wilde)(2001)在《快樂王子》中以「快樂王子」悲憫而無私的胸懷諷刺現實社會中人類的自私與貪婪。

　　童話是自現實生活中取材，透過作家的心眼洞穿其中的精微處，再以文學的藝術手法處理後，呈現出來的作品會比現實情境更逼真，更深刻，這是因為：

> 在社會生活中，本來就存在著各種各樣的現象，人們生活於其中，由於習以為常，往往看得很平淡，不易覺察其意義。但是，當它一經作家集中、概括，把其中的矛盾和衝突典型化，寫成文學作品以後，就能給人強烈的印象，使人覺得更突出、更真實。（以群，1988：193）

　　童話是超現實的，幻想世界在現實生活中並不存在，但是在這些虛構的世界裡卻處處滲透著現實生活的哲理和思想情感，是人生的縮寫，是具體而微的人生世界。童話在表達真實生活時，是透過想像的「虛」，來表現現實的「實」，塑造幻想形象以影射、概括現實中的人事關係，「虛的，具有遊戲效果，能夠取悅兒童；實的，卻是作家所要傳達的意涵，具有啟示性的效果。」（洪志明，1999：135）在虛實交融下得出一個深刻鮮明的意象，幻想與現實鎔鑄成一個象徵的實體。在兒童獲得想像性的快樂的同時，作家透過種種意象，把現實生活中的遭遇、感受、渴望，深深的埋藏在他們的心中。童話故事是對理想世界的描繪，也是人生閱歷豐富的童話作家注入深刻情感的結晶，裡頭含有多少的觀察，多少的血淚，多少的領悟，故事中雋永耐讀且深刻鮮明的意象烙印在每個讀者的心裡，使讀者在感人的意境中發現真理，發現人類靈魂中最誠實、最美麗、最善良的事物，從而使人們的感情得到淨化與昇華。

（四）正義除惡的圓滿性

　　童話是個美麗的理想國，但是即使在幻想而有趣的童話中，故事裡的人物和情節，總是樹立出社會的行為準則，社會上的是非善惡標準，自然而然深入孩童的心中。作品裡間接隱藏著作者的思維價值，試圖以此影響、引導、啟發和陶冶兒童的身心，使他們認識生活的正面意義，感受人生的美好，迎向人生的正途。所以儘管童話的內容千變萬化，但都體現出正義圓滿的一面，就是正義必定戰勝邪惡，好人必定出頭，這樣正義圓滿的法則在童話世界中顯然的行使著、建立著。

　　童話中的人物通常有正面人物和反面人物之分，形成「善」和「惡」兩端，如果不是絕對的美善，便是極端的邪惡，少有灰色地帶，因為兒童的經驗和知識不足，社會現實面的複雜會讓兒童不易分辨，所以這樣極端的形象，可以讓善與惡、美與醜、勤勞和懶惰作強烈對比，以建立兒童的心智基礎，讓他們認同善、排拒惡。故事情節的安排多是「善」和「惡」兩方在言行、思想上製造衝突，以塑造人物的性格，濃化故事的戲劇性和趣味性，最後再以報應式的結局顯現「正義必然當道，圓滿必然降臨」的行為價值，具有潛移默化的教育意義。如：〈放鵝女〉（格林兄弟，2001）中的主角原是公主，被身邊陰險的侍女迫害，淪為看守鵝群的女孩而受盡屈辱，老國王識破侍女的偽造身分後，將侍女裝進釘滿尖釘子的木桶裏，由兩匹白馬拉著桶，在大街上拖行至死，最後年輕的國王和真正的公主以圓滿的婚禮作為故事結局。

　　一般來說，童話故事的典型情節可分為四個部分的旅程：1.「跨越」：主角進入奇幻情境；2.「遭遇」：遇上難以解決的問題；

3.「征服」：向難題展開搏鬥並克服它；4.「歡慶」：家庭團聚或舉辦盛大婚禮，從此幸福快樂。（凱許登，2001：57-65）追根究底來說，所有的童話故事中主角們的奇幻旅程都是達成勝利、獲得歡慶的旅程，如：傑克砍斷豆莖讓巨人摔死、小女孩用熱水燙死虎姑婆、漢賽爾與格蕾特爾燒死巫婆、王子的吻破除了睡美人所受的詛咒、山羊媽媽從惡狼肚裡救出七隻小羊……這些例子都說明童話故事的結局安排具有圓滿性。不過童話故事裡也有結局較為悲傷，唯美中透著哀愁，令人感動落淚的故事，像是〈賣火柴的小女孩〉（安徒生，1999）裡命運坎坷得令人心酸的小女孩，至死也沒遇到伸出援手的人，但慈悲的作者卻不忘在她生命即將終結的時刻，安排她經歷最溫馨的人生憧憬，故事末了，還以升天堂作為她永恆的安慰作結束。《快樂王子》（王爾德，2001）中快樂王子請託燕子把他身上的寶石及鍍金分送給苦難的人，最後快樂王子變得破損不堪而被拿去焚燒，而燕子也在寒冷中死去，但作者卻在最後安排天使帶回快樂王子的鉛心和燕子的屍體，作為這個城市裡最珍貴的禮物獻給上帝。王爾德藉由唯美主義處理童話中的死亡，他讓死亡不再恐怖、絕望或悲傷，因為唯美或良善，反而讓人感到死亡是美的昇華。（孫藝泉，2009）這樣的故事結局固然悲戚，但是以童話作家的信仰觀來看，死亡後能到達永生的天堂，也算是一種美好的結局吧！

除了道德層面的圓滿性，童話還具有心靈層面的圓滿性。心理分析學家班特海（Bruno Bettelheim）在其著作《魔法的種種用途》中提到，看似簡單的童話故事其實具有很深的寓意，童話為兒童提供了可以對抗心魔的安全處所，深具影響心靈的力量。（奧蘭絲姐，2003：34）卡斯特（Verena Kast）曾用心裡分析的觀點來解釋童話，「由於童話在敘述過程中用的是象徵式、圖像式的語言，從這個角

度來看，童話的性質接近夢，接近一般潛意識」（卡斯特，2004：14）。那些聽起來感人的童話內容，道出了人類百年來長久累積濃縮的經驗與傳統，或多或少都浮現出人們潛意識中的慾望、夢想和焦慮，在與童話交流的過程中，我們會發現童話人物所面臨和亟欲克服的問題，正是我們所必須面對的問題，而這些我們個人的問題，也往往是人類生存共同的問題，也無怪乎卡斯特會說「童話的歷程為典型的人類發展歷程」（同上，15）。大多數的童話都在比喻人生，呈現出人一生所必須經歷的種種試煉階段〔羅森（Arthur Rowshan），1999：13〕，它提供兒童一些生活中相似或沒有過的經驗，可以暫時拋開現實生活的桎梏，將自己投射到故事情境內，藉由故事主角的遭遇來凸顯隱藏在人生中的一些難題。換句話說，兒童是透過想像來與潛意識裡的衝突正面迎擊，隨著故事主角一起經歷人生的苦難與試煉，進而將自己的潛能激發出來，達成上天所交賦的重責大任，這過程本身充滿了勇氣和希望，難題終必獲得解決，最後兒童在童話圓滿的結局中習得脫困的靈感與人生的智慧。

　　人的心靈裡有積極勇敢、開朗熱誠的光明面；相反的，也會有消極懦弱、狡詐墮落的陰暗面。所以童話故事設有正面人物和反面人物以投射出兩極端的人性面。正面人物挫折後成功的設計是使兒童的心靈受到感召而獲得認同和效尤；反面人物出現後消除的設計是使兒童的罪惡得到警惕而得以控制和釋放，讓兒童心靈的兩面在故事中都得到關照，既能解除心理困擾，又能健全人格發展。由此，「童話故事是兼具心理認同與社會涵化的雙重編碼意義」（凱許登，2001：林耀盛導讀 14）。不被社會同儕接納是許多兒童潛意識裡的恐懼，童話作家就讓歷經種種磨難的醜小鴨有翻身成為天鵝的機會，以釋放兒童內心的焦慮，學會處理內心負面情緒的方法；兒

童常會輕視自己擁有的東西，而羨慕別人的能力，童話作家就讓老鼠遍尋好女婿後，最後還是把女兒嫁給老鼠，藉由故事和兒童的潛意識對話，讓他們了解只有肯定自己的能力才是對自己最好的方法；外面的世界對好奇的兒童充滿吸引力，想要擺脫家庭尋求冒險的慾望蠢蠢欲動，童話作家就讓小木偶在經歷了種種奇遇之後，終於改過自新回到老木匠家，讓兒童感受家人的愛與溫暖，重新思考家的價值；生活中總有許多困難是兒童的能力所不能解決的，面對魔咒般無法面對的現實，兒童在潛意識裡會有莫名的恐懼和焦慮，童話作家就讓美女愛上了內心善良的野獸，來破解野獸身上的詛咒，讓兒童了解面對無情的遭遇時，愛是堅持到底的支柱，也是解除痛苦的良藥。

　　從心理學觀點看，童話故事中的許多情節就常映照出孩子內心慾望的對抗。《巫婆一定得死——童話如何形塑我們的性格》（凱許登，2001）一書中曾歸納童話故事所觸及的主題內涵，得出虛榮、貪吃、嫉妒、色慾、欺騙、貪婪和懶惰等七項，稱為「童年的七大罪」，這七大罪所隱含更深層的意義是：他們會激起童年時期最大的恐懼「被拋棄」，兒童經常幻想自己因為某項「罪惡的」特質，而被狠心拋棄，內心飽受威脅。作者認為每個童話故事其實都是在處理兒童身上的一項罪惡，如：〈白雪公主〉是關於「虛榮」的故事、〈漢賽爾與格蕾特爾〉是關於「貪吃」的故事、〈仙德麗拉〉是關於「嫉妒」的故事。兒童在聆聽故事時，會不自覺的把自己內心對立的兩面分別投射到故事不同角色身上，如：〈白雪公主〉的邪惡皇后是「虛榮」的代表，白雪公主則是兒童心中渴望「克服虛榮」的代表，而打敗皇后就代表自身的正面力量戰勝了「虛榮」的衝動。

　　人們心中有許多恐懼需要解放，也有很多渴望想要達成，如果這些渴望和恐懼鬱結在心中，便會妨礙一個人的成長，只有在潛意識中解放這種鬱結的情緒，它們才不會成為一個人成長的障礙。有些內心衝突的心理狀態難以用言語表達，但是透過童話象徵式、圖像式的語言，便會隱隱觸動到我們的內心，兒童經由對故事角色的認同與關切，去尋求生命的意義，在混亂中找到秩序，在潛意識裡不知不覺地經歷過內在的灰暗世界，學會如何在現實社會中快樂地生活下去。童話故事流傳千年卻持久不衰的魅力，就在於它能幫助兒童處理成長過程中必須面對的內心衝突，幫助他們解決心理上的緊張，讓兒童閱讀童話故事如同走過一趟心靈之旅，情緒得以抒發，生活更趨圓滿。

第二節　童話中的反動思維

　　每一篇文學作品都內蘊著寫作者的思維，不管作者的目的是要強調一個嚴肅的觀念，或是描述一個平凡的經驗，或只是一個趣味的發想，都是作者精心構設的內容，用以表現或傳達出作者個人的思想、情感、信仰或價值觀，這些思維會自然而然的由作者的潛意識中流露出來，透過作品的內容呈現出某種傾向的意識型態。童話是文學作品的一環，自然也內蘊了童話作家的思維，呈現出某種傾向的意識型態。

　　不過，童話雖是文學之一，但是它與一般的文學還是有些不同，因為童話是以兒童為主要讀者，是給兒童看的，是給兒童聽的，

因此在故事內容的選擇上會有所限制，對兒童有益、發揚倫理、啟迪人生、美化人生的思維被多數人視為正確的故事主題；相反的，反映時代思潮、揭露社會黑暗面、諷刺當局時政、表現人生醜態、否定人生價值的思維被視為戕害兒童的故事主題，或是就算童話可以表現人生的黑暗面，但是不能只停留在黑暗面的揭露，作者可以在略寫黑暗面之後，將黑暗逆轉為光明，改以積極面陳述，使其符合兒童心智成長的需要，此為社會大眾對於童話主題的普遍認知。趙友培對於正確的主題提出了如下的辨析：

（一）要看作家對於人生所持的見解：凡是樂觀、進取，或是以服務創造為目的的，就是正確的立場；凡是悲觀、落伍，或以奪取佔有為目的的，就是不正確的立場。

（二）要看作家對於政治所持的見解：凡是反對暴力極權，為自由正義而奮鬥，是非分明，絕不動搖妥協的，就是正確的立場；凡是阿諛獨裁專政，為惡魔傀儡作幫兇，顛倒黑白，不惜殺身投靠的，就是不正確的立場。

（三）要看作家對於文藝所持的見解：凡是至至誠誠、清清白白，為人生而文藝，以文藝來充實人生、光大人生、美化人生的，就是正確的立場；凡是鬼鬼祟祟、遮遮掩掩，以文藝為欺騙的工具，為麻醉的商品，來摧殘人生、毒害人生、腐蝕人生的，就是不正確的立場。（趙友培，1977：59-60）

　　趙友培所提的觀點具體清晰，對童話的寫作也提供了明確的方向，但是細觀之，他的觀點充滿了「是非」二元對立的思維，非是即非，僅僅肯定樂觀的、民主的價值觀，並未就當時的時代背景、思維的根源來作進一步的了解和闡釋。我以為童話的思維沒有絕對的「正確」與「不正確」的區別，只有「正向」與「反向」的傾向不同，或者是說，作者在自認為「正確」的範疇內寫作，卻在字裡行間流露出潛意識裡「正向」與「反向」的思維向度，這都是本研究所想要探討的問題。童話的內容應該允許思維多元呈現，童話可以呈現光明面，也可以呈現黑暗面；可以呈現理想人生，也可以呈現真實人生；可以呈現封建專制，也可以呈現自由民主；可以呈現父權結構，也可以呈現男女平權；可以呈現保守傳統，也可以呈現顛覆創新。基於在本書的第三章中，我將「反動思維」的類型分「正向式的反動思維」、「反向式的反動思維」及「正反向兼具式的反動思維」三類型，所以本節的內容就以此架構來作論述，將童話中的反動思維試列舉如下；至於反動思維中狼和女巫形象的塑造與轉化，在本節中只簡略書寫，待第五章及第六章時再詳加討論。

一、童話中「正向式的反動思維」的呈現

（一）在人性方面：認為人性不完善，革命會帶來毀滅

　　「正向式的反動思維」對人性採悲觀主義，相信人性是不完善的，有與生俱來的邪惡、嫉妒、貪婪、暴力、懶惰和自私的缺憾性，人類的理性是有限的，以理性為指導的政治活動無法達到人類理想

的烏托邦，任何雄心勃勃的改革都不可能克服人性的弱點，只會造
成更大的傷害。

以人性不完善為立基點的童話相當多，如：〈藍鬍子〉〔貝洛
（Charles Perrault），2002〕裡冷酷殘忍的殺人魔、〈白雪公主〉（格
林兄弟，2001）裡愛美善嫉的繼母皇后、〈小克勞斯和大克勞斯〉
（安徒生，1999）裡為了財產不惜互相設計陷害的小克勞斯和大克
勞斯、《自私的巨人》（王爾德，2005）裡不願與小孩分享花園的巨
人、《木偶奇遇記》（科洛迪，2002）裡愛說謊的小木偶、《騎鵝歷
險記》（拉格洛芙，2006）裡喜歡惡作劇的尼爾斯、《壞心的夫妻消
失了》（達爾，1997）裡殘忍對待動物的夫妻……為數眾多，不勝
枚舉。而安徒生更在〈天國花園〉（安徒生，1999）中仿造出亞當
與夏娃的伊甸園，故事中的王子百思不解為什麼夏娃要摘下智慧之
樹的果子？為什麼亞當要吃禁果？並且堅信換作是自己的話，絕對
不會做出違禁的事。而後他因緣際會的來到天國花園，也答應仙女
分離時絕不跟隨她而去，更不會親吻仙女，然而王子終究難以抵抗
誘惑，也像亞當一樣犯了錯，讓天國沉陷到地底下去。這樣的故事
更可以說明人類的理性是有限的，即使有了前車之鑑，信誓旦旦的
承諾自己的理性，但是最終仍究跨不過人性永恆的弱點。

〈小紅帽〉（格林兄弟，2001）是格林童話中家喻戶曉的故事，
故事藉由邪惡狡猾的大野狼和小紅帽易受誘惑的人性，引伸出道德
教化的意涵外，古佳艷曾在〈法律與格林兄弟的《兒童與家庭故事
集》〉一文中，引用耶格（Jager）的評論給〈小紅帽〉政治上的意
涵：「耶格是第一個從政治史與文學史觀點閱讀〈小紅帽〉故事的
批評家，他首先從1790到1810年間的其他文學作品中和當時的語
言用法裡找尋例子，說明『狼』的確經常被用來隱喻侵略德國的法

國，然後藉著另一個小紅帽故事的重要版本——提克（Ludwig Tieck）的政治悲劇《小紅帽之死》——的分析，指出格林的小紅帽故事很可能不只以貝侯的版本為藍本，還參考了提克的這一齣悲劇，因為獵人的角色以及小紅帽的紅帽子都是提克創造出來的，不同的是提克的獵人太晚扣板機，小紅帽還是死在大野狼的魔掌下。耶格認為提克要說的是：年少無邪的德國受到了法國邪惡的蠱惑，終被法國所吞噬，而象徵德國專制政體的獵人（森林中的警察、守護國王財產防止盜獵的人）最後還是沒能救得了她；或者更簡單的說，『那些——不管是因為追逐流行或出於青年人的疏忽——認同革命大過火的人終將被革命所毀滅』。」（古佳艷，1995：48）從這樣的推論看來，〈小紅帽〉的故事隱喻著「革命帶來毀滅」的「正向式的反動思維」。

（二）在政治方面：捍衛封建的階層制度，力保階層世代相傳不墜

　　「正向式的反動思維者」不相信人類的理性，傾向於保持傳統的習慣及社會結構，贊成傳統封建社會的階層制度。在古典童話中所反映出來的社會現實便是階層制度的存在，根據古佳艷的研究：格林故事集的男主角往往出身寒微，單純得近乎笨拙，而且不見得具有什麼才能，但是只要他對弱者有同情心，一切事情都可迎刃而解；格林的女主角通常有美麗的容貌，而且出身比較高貴（灰姑娘雖然表面上看起來身份低下，事實上她比兩個姊姊還要血統純正），但精於照料家事則是她的首要美德（〈白雪公主〉中的好皇后生前每天作針線活，而白雪公主在森林裡則須把小矮人的生活細節照顧好；〈六個僕人〉裏的公主甚至還得養豬）。我們在這樣的不協

調組合裡看到的是封建社會的階級制度，農村社會的生活細節，以及中產階級的價值觀。（古佳艷，1995：49）

「正向式的反動思維者」認為國家交由享有土地財富世襲與接受正規教育的貴族統治國家，支配者對被支配者顯示出一定的責任心，被支配者對支配者懷有一定的忠誠，那麼社會秩序就會穩定和諧。如：〈忠實的約翰尼斯〉（格林兄弟，2001）的故事寫一個生命垂危的老國王托囑忠心的僕人照顧兒子，後來年輕的國王追求心愛的金屋公主，在過程中遭遇三次死劫，都靠忠誠的約翰尼斯化解，但他卻因為被國王誤會而被判絞刑，在行刑前，約翰尼斯說出在海上聽到三隻烏鴉的談話而變成一尊石像。國王為了使他復活，毅然做出巨大的犧牲——親手砍下自己雙胞胎兒子的頭，將他們的血塗在石像上，讓約翰尼斯活了過來，約翰尼斯也回報國王，將兩個王子復活，讓故事有個圓滿的結局。

為了維繫社會階層的穩定，階層的傳遞便透過國家律法的制訂，使社會階層結構合法化，並利用世襲的貴族制讓其後代繼續處在高階層裡，使得階層得以世代相傳。如：〈豌豆上的公主〉（安徒生，1999）中王子一心期待與真正的公主門當戶對的聯婚，雖然他曾經遇到很多公主，但他總能發現某些不對勁的地方。在一個暴風雨的夜晚，一位渾身被雨水淋得溼透，鞋子也沾滿爛泥巴的女孩急急地敲打城門，她模樣狼狽，卻自稱公主，王后半信半疑，決定試試真假。王后在床上疊了二十床墊子和二十床鴨絨被，再別有玄機地隱藏了一顆豌豆在睡舖底層。第二天一早，女孩告訴大家她一夜無法入睡，所有人都相信她是真正的公主，王子便與她完婚了。故事末了，安徒生還特別強調這是一個真實的故事，而那粒證明公主

身分的豌豆重要得被送進了博物館去，誇張又荒唐的呈現當時「門當戶對」的貴族制度。

　　此外，王文玲對格林童話中的女性角色研究的結果可作為佐證，她在〈公主的婚姻歸宿〉中發現：格林童話中共有四十五位公主，其中有二十位嫁給了貴族，他們大部分都是國王或王子，少數是伯爵等其他貴族。細究之，等待救贖的二十四位公主裡，有二十一位嫁給了拯救自己的人，而這些救星有十位是貴族（國王、王子、伯爵），另外十一人為平民、退役士兵等，而另一個值得玩味的現象，是這十一位平民在娶了公主之後，有六位後來繼承了公主所在的王國領土，成了國王。也就是說，在二十一位嫁給拯救自己的人的公主裡，有十六位還是維持住自己的尊榮與王室地位。（王文玲，2004：64）足見格林童話的故事，在敘寫國王、王后、王子、公主等角色故事的同時，也傳達出捍衛封建社會階層制度的「正向式的反動思維」。

（三）在宗教方面：信奉上帝是唯一的選擇，反抗必得懲罰

　　中世紀的基督教地位非常高，在平民百姓的思想中，宗教代表一切，在封建社會中，不僅精神生活深受宗教影響，實際的生活秩序也靠宗教來維繫。「正向式的反動思維」也在這樣宗教文化的社會薰陶下備受影響。清晰描繪當時人民生活的童話有〈老上帝還沒有滅亡〉（安徒生，1999），文中「國內的生活費用很高，糧食的供應又不足；稅捐在不斷地加重，屋子裡的資產在一年一年地減少。最後，這裡已經沒有什麼東西了，只剩下窮困和悲哀」（安徒生，1999【四之二】：413），但在這樣愁苦的生活中，悲哀的夫妻仍然堅信老上帝還活著，信仰上帝是人們生活的精神支柱。

　　基督教在得到統治者的扶持後，勢力如日中天，甚至可以控制國王，王權既由教權授予，自然也能由教會收回王權，上帝的力量是絕對凌駕在世俗的政權之上的，如〈惡毒的王子〉（安徒生，1999）即為明證。故事中惡毒傲慢的王子在征服了全世界之後，下令要把自己的雕像豎立在所有的廣場上和宮殿裡，甚至還想豎立在教堂神龕面前。不過祭司們說：「你的確是威力不小，不過上帝的威力比你的要大得多。我們不敢做這樣的事情。」（安徒生，1999【四之二】：144）讓惡毒的王子氣得揚言要征服上帝，他率領大軍向象徵上帝的太陽進攻，上帝派遣天使阻擋了他的攻勢，用天使的一滴血燒了他的艦船。不過，惡毒的王子仍不死心，籌備了七年，再度向上帝進攻，這一次，上帝只不過派遣一小群的蚊蚋出發，一隻小蚊蚋的毒就讓他發瘋了。

　　「正向式的反動思維者」相信人性的不完美，唯有虔敬承受神的超然力量，才能維繫道德於不墜。他們認為如果人民在信仰方面混亂不堪，會製造社會秩序的不安，人應該接受上帝的旨意和安排。反對上帝，就會被歸為「異端」，他的下場除了悔改外，就是死罪一條。如：〈聖母的孩子〉（格林兄弟，2001）中被聖母瑪利亞收養的女孩因為說謊被逐出天堂，並失去了聲音。其後，每當她生完一個孩子，聖母就出現要她承認錯誤，但她始終沒說實話，所以聖母先後帶走她的三個新生兒。因為孩子先後消失，大臣們議論紛紛說她是吃人的妖精，將被判火刑，當火熊熊燒起時，她才真誠悔改，於是聖母原諒了她，並將三個小孩都還給她，賜給她幸福快樂的生活。還有〈紅鞋〉（安徒生，1999）中，上帝派天使懲罰信仰不專、愛慕虛榮，為了追求享樂而背棄養育之恩的珈倫，讓她腳上的紅鞋不聽使喚地跳起舞來，直到珈倫受不了折磨，請劊子手砍斷

她的雙腿為止。經歷折磨和苦難，斷絕了雜念和思想淨化以後，珈倫深深地懺悔，並且堅信上帝，終於獲得救贖，靈魂飛進了天國。再如〈踩著麵包走的女孩〉（安徒生，1999）中，傲慢虛榮的英格兒因為怕弄髒衣服和鞋子，便把麵包扔進泥巴裡，踩在麵包上要走過泥巴水坑，這時她的身體卻跟麵包一起沉陷到地獄裡，成為一尊石像，在漫長歲月中飽受折磨。英格兒聽到曾經對她像慈愛的父母一樣的主人說：「她不珍愛上帝的禮物，把它們踩在腳下，她是不容易走進寬恕的門的。」（安徒生，1999【四之三】：240）起先，英格兒受到人們唾棄，但是她不知悔悟，內心還充滿著憤怒和憎恨。後來，她因為得到一位小女孩的同情和憐憫，漸漸被感化、醒悟了，當這位小女孩變成老太婆，在她臨終之前依然為英格兒流淚祈禱，讓英格兒在神聖的淚水當中獲得救贖，化成一隻鳥兒四處尋找麥粒和麵包屑，奉獻給其他同類，最後終於得到超昇，飛向了天國。在這個故事當中，上帝化身為一種強大的信仰和道德力量，獎勵善良，懲罰罪惡，違背教會和政府的反抗鬥爭，不僅要受盡折難，也喪失進入天堂的機會，絕對為「正向式的反動思維者」所不容。

（四）在社會方面：擁護父權制，女性成為被支配的角色

「正向式的反動思維者」為求社會控制的穩定力量，而成為父權社會的擁護者，有著「男尊女卑」的觀念，認為男性具有支配女性的權力，女性應學會服從男人。在這樣的父權氛圍下，性別角色出現了刻板化現象，童話中的王子擁有權利、地位、財富，具有勇敢、機智、英俊的完美形象，解救公主的事蹟更非他莫屬，如〈白雪公主〉、〈睡美人〉、〈灰姑娘〉，即便是他們解救公主的動機不同，不過他們的英勇形象卻早已烙印在大家的腦海裡。

此外，社會也普遍期待女性成為順從、乖巧、美麗、柔弱的形象，婚姻是女性唯一的歸宿。如〈白雪公主〉、〈灰姑娘〉、〈睡美人〉、〈放鵝女〉、〈拇指姑娘〉、〈海的女兒〉等。一如張湘君在〈「女人你的名字不是弱者」現代版古典西洋童話裡女性的新形象〉所提及：

> 古典西洋童話中通常會出現這樣的幾個人物：邪惡的巫婆，狠心的後母，美麗善良的女主角，英俊勇敢的王子。女主角是睡美人、灰姑娘、白雪公主等，她們無助、依賴、害怕，被禁錮於高塔、宮殿、花園、洞穴、被靠在石頭上，深陷囹圄，沉睡不醒，等待救援。而男主角，通常是王子，他主動、積極、強壯、獨斷、勇敢，與巨人搏鬥、屠殺林龍、浪跡天涯、終救美人歸。（張湘君，1992：72）

童話故事在很多地方出現共通性，有絕大部分的原因是社會化的結果，當社會普遍的價值觀念和性別意識相近時，會造成作者們寫出來的性別分配和角色特質在某方面都呈現很高的相似性，而且不只是作者，連讀者也是在同一個社會情境下生活，思想就不知不覺被支配了。此外，父權制下女性的婚姻觀多是被動的，因為她們對於自己的婚姻沒有主導權，女性先為父親的財產，後來又成為丈夫的財產，終身都為男性的附屬品，即使貴為公主也不例外，多數公主的婚姻仍舊是由國王代為決定。如〈尖下巴國王〉（格林兄弟，2001）裡的老國王因為女兒不把所有的求婚者放在眼裡，惱怒的將她嫁給窗外衣衫襤褸的乞丐，即使公主再怎麼反抗與爭吵也只好遵從父命。

由於傳統社會中父權制的控制，使生育子女成了女性必然的職責，再透過「母職神聖」的塑造，盛讚女性為子女犧牲奉獻的美德，

強化性別道德意識。如〈母親的故事〉（安徒生，1999）的主角是一位傾盡生命為孩子犧牲的母親。她為了照顧病危的孩子，三天三夜不曾闔眼，不過是睡了片刻，死神就趁機將她的孩子帶走。可憐的母親到處打聽死神的去向，「夜之神」要求她把從前唱給孩子聽過的歌再唱一次，她唱的歌很多，但她流的淚更多。後來她又向荊棘問路，荊棘開出的條件是把它抱得緊緊，好使它能夠感到溫暖，荊棘刺進她的胸膛，血一滴滴流出來。接著為了要渡過結了薄冰的湖，湖又要求她將自己明亮的眼珠哭出來交給它。然後她遇到照顧溫室的老太婆，老太婆要求她用美麗的黑髮跟自己交換白髮。貧窮的母親除了孩子和自己的生命之外，已經一無所有，她追到天涯海角也要找到死神，情願用自己的生命來換回孩子的生命，堪稱女性身為人母的犧牲典範。

相對於母親仁慈偉大的情操，童話中後母的形象則有天壤之別。張兆煒（1993）曾對童話故事中的後母角色做過調查研究，竟然驚訝地發現他所取材的二十篇童話故事中，對於後母角色的描寫全是負面的！童話故事中，遭到後母虐待的多為前妻的女兒，公主清純美麗、後母殘忍惡毒，甚至是連後母所生的女兒都還要加以醜化，這種人物之間的善、惡，美、醜之間的對比非常明顯。如：〈白雪公主〉（格林兄弟，2001）中的白雪公主皮膚潔白如雪，面頰鮮紅如血，頭髮烏黑如烏檀木，但是美艷又高傲的後母王后卻不能容忍她比自己美麗，一心想除掉她；〈野天鵝〉（安徒生，1999）中的艾麗莎是那樣地完美，連玫瑰花和《聖詩集》都禁不住要讚美她，但是惡毒的後母王后卻對她的美感到憎恨，對她下了毒咒；〈灰姑娘〉（格林兄弟，2001）中的後母帶來了兩個女兒，她們的心又狠又黑，要灰姑娘從早到晚在廚房幹活，晚上也只能躺在灶邊的爐灰

裡，常想法子欺辱她、嘲弄她。〈森林裡的小矮人〉（格林兄弟，2001）裡前妻的女兒既美麗又可愛，而後母的親生女兒卻是難看又令人討厭。前妻的女兒因為心地善良，得到森林裡的三個小矮人送的三樣禮物：一天比一天美麗、每說一句話嘴裡就掉出一枚金幣，以及將來成為國王的妻子；後母的女兒因為壞心腸，得到森林裡的三個小矮人送的三樣禮物：一天比一天難看、每說一句話嘴裡就蹦出一隻蟾蜍，以及有朝一日不得好死。「正向式的反動思維」的童話便是這樣藉由女性的正面形象與負面形象的兩相對比，意欲達成教化女性的遂行目的。

（五）在傳統方面： 肯定舊秩序中的律法、道德與權威的價值

童話中常用的「對比」手法，兩個或三個人出發去尋找某樣東西，往往途中會出現一位需要幫助的人，那些自私的、不願意幫助別人的人常得到不好的下場；而好心幫助他人的人則是得到心中想望的東西，達成自己的願望。如〈金鵝〉（格林兄弟，2001）裡的大兒子和二兒子因為自私不願與矮老頭分享食物，受到斧頭砍傷胳膊和腿的懲罰；小兒子因為好心，而得到矮老頭金鵝的回饋，他帶著金鵝和身後黏著的一行人逗得嚴肅的公主哈哈大笑，最後在矮老頭的幫助下順利娶得公主。這樣一正一反的對比，體現出早期社會最基本的價值觀，社會中的榮譽、財富、地位是屬於正直、善良、勤勞的人們。

「正向式的反動思維者」在維護舊秩序的同時，其實也正是肯定舊秩序中的律法、道德與權威的價值，並據此提倡推崇傳統是維護社會秩序的行為。如：小紅帽和祖母在獲救後，大野狼的肚子被裝滿石塊，溺水而死；灰姑娘的兩個姊姊，在她結婚之後，慘遭眼

睛被啄瞎的命運；白雪公主的後母在白雪公主的婚宴上，穿著燒紅的鐵鞋跳舞至死；珈倫因為愛慕虛榮，讓她穿著紅鞋跳舞至懇求劊子手砍斷雙腿為止；英格兒怕把衣服和鞋子弄髒，而把麵包踩在腳下，就讓她的身體跟著麵包一起沉陷到地獄裡。童話故事中，除了善有善報、惡有惡報的教化意義之外，還會提到惡人所受到的嚴厲懲罰，這足以說明童話故事裡強烈地宣示著律法、道德與權威的價值，是不容世人違反和顛覆的。

　　「正向式的反動思維者」認為社會傳統是使得人類得以超越個體限制的力量，是文明進步的基礎。傳統是世世代代累積下來的智慧，值得珍愛，而打破舊習慣與學習新習慣，是一個痛苦的過程，所以舊有的、熟悉的傳統應該要加以保全和維護。這樣的思維就反映在〈窮人和富人〉（格林兄弟，2001）中，富人的生活已經很富裕了，卻因為貪心而向上帝懇求三個願望，沒想到這三個願望讓「他除了得到麻煩、勞累、一頓痛罵和失去一匹馬外，什麼也沒有得到。」（格林兄弟，2001【四之二】：294）倒不若什麼想要改變的願望都別許，依照過去一般享受社會傳統的果實，快快活活、安分老實地過生活，才是符合「正向式的反動思維」的生活願景。

二、童話中「反向式的反動思維」的呈現

（一）在人性方面：相信人性良善理性，擁有自由平等的天賦人權

　　「反向式的反動思維者」相信人性是良善的、理性的，他們相信人本身有良善的能力，這種追求善與幸福的力量會促進整體政治社群無限的進步。如：《讓路給小鴨子》（麥羅斯基，1995）是個溫

馨動人的童話，合乎真善美的要求，全書的「人物」都是好人，鴨媽媽是個賢妻良母；鴨爸爸為孩子的生活奔波；坐在船上看小鴨子的孩子們會丟花生米給牠們吃；指揮交通的警察慈祥又富人情味；警察局的同事派警車支援；小鴨子安全進入公園後回過頭來向警察們說謝謝，這個故事將人類的善心表露無遺，警察先生把鴨子當人看，視鴨命如人命，以愛為出發點關愛所有生命，讓人感受社會的良善與美好。

「反向式的反動思維者」認為大多數人是有理性的，能按照自己的願望自由生活，只要他不妨礙別人，應擁有絕對的個人自由。而且他們主張人生而平等，每個人都應有均等的機會去追求自我發展並發揮自我的潛能獲致成功。以〈醜小鴨〉（安徒生，1999）來說，醜小鴨因為長得醜，被大家排擠欺負，忍不住逃離了那個讓牠傷心的地方。逃出來的醜小鴨，經歷過許多波折，仍然勇敢追求自己想要的生活，不放棄希望，結果牠成功地蛻變成一隻高貴的天鵝。在結尾處，安徒生用這樣的句子「只要你曾經在天鵝蛋裡待過，就算是生在養鴨場裡也沒有什麼關係」（安徒生，1999【四之一】：41），即使出生如何卑微，生活遭遇如何辛酸，只要懷抱希望努力下去，每個人總有均等的機會可以熬出頭，迎向生命嶄新的一頁。

（二）在政治方面：流露出對封建階層的諷刺，宣揚自由民主的理念

「反向式的反動思維者」相信每一個人生而自由平等，主張終結封建制度，排斥既有的傳統和權力。他們反對君主專制，主張「主權在民」，讓每一位公民對政治具有發言權，如果政府侵犯或剝奪人民的權利，那麼民眾就有權來推翻政府，使個人的自然權利受到保障。

〈皇帝的新裝〉（安徒生，1999）的故事則顯現出統治階層的愚昧，諂媚奉迎的朝臣為了保住自己的名望與權位，個個枉顧真實睜眼說瞎話；貪戀讒言美譽的皇帝為了虛榮蒙蔽住自己的心眼，赤身露體做出荒謬可笑的蠢事。安徒生以誇張的手法呈現皇帝愚蠢剛愎的性格，再借赤裸遊街將故事的趣味拉至最高點，直到一位小孩說出了「他什麼衣服也沒有穿呀！」毫不留情的戳破謊言，大家才明白自己被愚弄了，至於皇帝的反應，故事是這樣寫的：

> 皇帝有點兒發抖，因為他似乎覺得老百姓所講的話是真的。
> 不過他自己心裡卻這樣想：「我必須把這遊行大典舉行完畢。」
> 因此他擺出一副更驕傲的神氣，他的內臣們跟在他後面走，
> 手中拖著一個不存在的後裾。（安徒生，1999【四之一】：18-19）

皇帝發現自己可笑的虛榮心被戳破時，卻仍不願坦然面對，還得裝模作樣的維護自己那可憐的自尊，看來真是荒謬可笑，也徹底的暴露出皇帝的愚蠢和宮中人士的無能。安徒生以這可笑的騙局，犀利的刻畫出權力集體催眠的假象蒙蔽人心的現實，也諷刺當時以皇帝為首的統治階層的虛榮、浪費、愚蠢與不知自省。

諷刺統治階層的童話還有〈快樂王子〉（王爾德，2000），故事描述一個豎立在街道上的快樂王子銅像，由於同情人間悲苦，他央求一隻錯過南飛的燕子將身上值錢的寶石分送給苦難的人，並請小燕子到城市的上空飛一圈，好告訴他城市裡的人都做些什麼。燕子看到的情景是這樣的：

> 小燕子在這座城市的上空盤旋飛翔，他看見有錢人在自己的
> 豪宅中盡情享樂，乞丐們只能蜷縮在他們的大門口挨餓受

凍；他又飛進陰暗的小巷子，看見那些面黃肌瘦的孩子們，
無精打采的望著污穢骯髒的街道；他也看到拱橋下有兩個小
男孩，他們緊緊擁抱在一起互相取暖。「好餓呀！」他們說。
「不要睡在這裡，」負責看守的人對他們大聲咆哮，兩個小
男孩只好無奈的站了起來，走進蕭瑟沁冷的冬雨裡。（王爾
德，2000：20）

文中道盡了當時階級社會下貧富生活的極大差距，人性的自私
與貪婪。隨後燕子飛了回來，把所見的一切告訴給了王子，王子便
叫燕子將他身上的金片叼下來送給窮人；最後，燕子在寒冷中死在
銅像腳旁，快樂王子也因為變得破損不堪，殘容穢形，原本金光閃
閃的身體覆滿了塵污，原本清澄的雙眼只剩凹陷的洞窟，快樂王子
不再是市民們的榮耀，他醜陋的外表已成為市民們的恥辱，於是他
們決定銷毀快樂王子。故事末了還以市長與市參議員們的對話諷刺
現實中人類的忘恩負義、攀權附貴，著實是一個世態炎涼的社會寫
照。王子悲天憫人的胸懷與官員世俗功利的形象兩相對比，不只形
塑出淒美的氣氛，更讓人悟出美麗與醜陋的真諦。十九世紀末的英
國正處於維多利亞時代，一個充滿偏見、自滿、拘謹與注重禮教的
社會，而「他覺得最有趣的就是能夠娛樂工人階級，激怒中產階級
以及迷惑貴族階級」〔賀蘭（Vyvan Holland），1999：79-80〕，所以
王爾德的童話揭露現實社會的不公不義，常不時流露出對迂腐社會
階層的諷刺與對弱勢的關懷，是對社會嚴正的控訴與批判。

再如德國後裔的蘇斯博士在遭逢二次世界大戰後，他的作品就
顯現出更多對政治與社會的批判，例如《烏龜大王亞特爾》（蘇斯，
2005）所描寫的獨裁者嘴臉與下場，就是針對希特勒專制獨裁的不

齒而來，以「反獨裁、反暴政」的故事明志。這個故事是敘述池塘裡的烏龜大王亞特爾覺得他的王國太小了，想要把王位加高，以看得更遠，顯示自己統治的王國有多大。於是他命令九隻烏龜高高地疊成一個新的王位，然後坐在上面欣賞自己統治王國的景觀。不過他還對此不滿，繼續命令烏龜加高王位。

> 「陛下，求求你……我不喜歡抱怨，但是待在下面，我們都感到很疼。我知道您在上面，看到了美妙的景色。但是我們在下面的烏龜，也應該有權利啊。我們這些烏龜不能再忍受了。我們的殼快要裂開了！此外，我們還需要食物，我們快餓死了！」莫克呻吟道。
>
> 「閉上你的嘴！」莊嚴的烏龜大王亞特爾怒吼道。「你沒有權利與世界上最偉大的烏龜說話。我是從天上來統治一切的！我俯視大地！我俯視海洋！沒有東西比我更高了，沒有這樣的東西！」（蘇斯，2005）

烏龜大王流露出猖狂囂張的神態，自認為君權神授，所向無敵，睥睨屈居於他統治權下的小烏龜，也漠視他們的權利。蠻橫狂妄的大王又命令五千六百零七隻烏龜疊高到天上去，讓他享受威權統治者的狂想，不料一隻被壓在最底層不堪負荷的小烏龜打了一個噎，他的噎搖動了王位，烏龜大王從高高的王位上重重的摔下，跌進池塘成了「爛泥大王亞特爾」，整個烏龜王國全盤瓦解，底下的烏龜終於都獲得自由。

烏龜大王為了滿足自己的統治野心，護衛自己的階層地位，漠視底層人民的痛苦，終於王位塌了，他的王國也垮了。這個故事正是藉由烏龜大王荒謬的想法和作法象徵獨裁君王的暴政必亡，也藉

由最底層烏龜的打嗝震倒王位象徵主權在民的力量，反抗君主專制，宣揚自由民主、人生而平等的「反向式的反動思維」昭然若揭。

（三）在宗教方面：打破教會壓制與宗教迷信，尊重真理與理性

　　歐洲整個中世紀都籠罩在基督教的黑暗神權統治中，教會占盡了權勢，成了舊秩序反動的守護者，卻也成為改革派「反向式的反動思維」眼中的最大障礙。在〈波爾格龍的主教和他的親族〉（安徒生，1999）中就清楚的描繪出中世紀教皇包庇主教，法律無用武之地的景況。波爾格龍的主教非常有權勢，他擁有廣大的土地，地窖裡儲藏貴重的酒，廚房裡儲藏豐富的佳餚，所有人在他面前都要低下頭來。但是他還是覬覦死去親族遺留給寡婦的土地，他寫信給教皇，得到一封教皇指責寡婦的訓令：

> 「她和她所有的一切應該得到上帝的詛咒。她應該從教會和教徒中被驅逐出去。誰也不應該給她幫助，像避開瘟疫和痲瘋病一樣！」
> 「凡是不屈服的人必須粉碎他，」波爾格龍的主教說。（安徒生，1999【四之三】：309）
> 「妳這個地獄裡的孩子！我的意志必須實現！」波爾格龍的主教說。「現在我要用教皇的手壓在妳的頭上，叫妳走進法庭和滅亡！」（安徒生，1999【四之三】：310）

　　於是寡婦只好離開自己的國境，在途中她遇到自己流浪在外的兒子，他決定要在法庭控告主教的惡行。最後年輕人不敵主教的權勢，憤而將主教及他的武士全都刺死，結束一場慾望的爭鬥，回復平靜的生活。安徒生在故事中除了對於教皇和主教提出強烈的批

評，文末還以「你，可怕的古時的幻影！墜到墳墓裡去吧，墜到黑夜和遺忘中去吧！」（安徒生，1999【四之三】：314）「讓那些過去的、野蠻的、黑暗的時代的故事被擦掉吧！」（安徒生，1999【四之三】：315）道盡自己對於神權時代的唾棄！

「反向式的反動思維者」認為理性能引導人走向更好的世界，所以主張破除宗教迷信，尊重真理與理性。〈野天鵝〉（安徒生，1999）中艾麗莎忍耐肉體上的折磨，採集墓地裡的蕁麻織出十一件披甲拯救哥哥，但在這件工作完成之前，她都不能開口說話，否則從嘴裡說出來的話，將會變成利刃，刺向哥哥的心臟。但艾麗莎這樣的行徑卻被大主教認為是個巫婆，裁判她火刑處死，行刑前，坐在囚車裡的她仍然繼續編織蕁麻，圍觀的民眾咒罵著她：

> 「瞧這個巫婆吧！看她又在喃喃唸著什麼東西！她手中並沒有《聖詩集》；不，她還在忙著弄她那可憎的妖物，把它從她手上奪過來，撕成一千塊碎片吧！」（安徒生，1999【四之一】：312）

僅僅靠著大主教的片面之詞，民眾也迷信的將她所有作為作了曲解，還好十一隻天鵝及時出現恢復王子原形，艾麗莎終於可以開口說出真相，取得了群眾的理解，「眾人看清了這件事情，就不禁在她面前彎下腰來，好像在一位聖徒面前一樣。」（安徒生，1999【四之一】：312）最後她擊敗邪惡與誹謗，贏得了幸福。故事中以一個柔弱女子的決心和毅力，戰勝了比她強大、有權勢的主教，也粉碎了宗教狂熱者編織的迷信謊言。「反向式的反動思維」認為宗教壟斷及對異議分子的鎮壓行動違反人權，任何宗教只要不對公共秩序造成威脅，政府就應當予以寬容。

（四）在社會方面：人道關懷主義，平反特定角色形象的刻板概念

　　傳統父權社會觀念認為「生」既是由女性完成，則「養」當然也是女性的職責，這樣的觀點被「反向式的反動思維者」認為有重新思考的必要，《超人爸媽》（管家琪，2008）在「超人爸爸」和「超人媽媽」的選拔活動裡，藉由海馬和企鵝兩種動物天性的巧妙安排，糾正讀者的「偏見」──「生」和「養」絕不是女人的天職，也點明為人父母者於「生」之外，「養」的功夫其實更加可貴，提供讀者一個關於「爸爸」和「媽媽」的定義及分工的思考空間。此外，「男主外，女主內」的家庭觀念，讓家事順理成章變成女人的職責，《朱家故事》〔布朗（Anthony Browne），1991〕這本書一開始，朱家也是一個扮演傳統性別角色的家庭。朱太太每天都要操勞家事，而朱先生和兩個兒子則都不曾動手幫忙。直到有一天，她用離家出走來表達抗議，其他人才了解到朱太太的重要，最後他們跪在地上哀求她留下，並且改正過去懶散依賴的習性，全家人開心的一起做家事。書中提到家事分工的重要性，而且不是以性別或是家庭角色來分工，而是依個人的專長來分工，比如朱太太修理車子，而朱先生和兒子們也可以學習幫忙煮飯、洗碗、鋪床、燙衣。《媽媽就要回家嘍！》〔班克斯（Kate Banks），2004〕更是打破男女在工作場所的二元結構關係，直接將傳統「男主內，女主外」的觀念做了一個翻轉，媽媽在外面工作準備要回家了，而這時爸爸正準備做晚餐的披薩，還要一邊餵著小寶寶，一邊大聲叫兩個兒子和小狗、小貓不要吵。最後男孩們當小幫手，把碗盤、餐具擺上桌，父子三人微笑的擠在窗前等待媽媽回家的擁抱。這個故事反應出父母親在扮演照顧家庭的角色上有了更彈性的空間，不論主內還是主外

都是同樣的辛苦。從這些童話看來，女性的意識已逐漸抬頭，男性享受女性的無償勞動不再是理所當然，而這樣的思維正衝擊著以男性為主導的父權體系，也宣告著「男尊女卑」、「男主女從」觀念的過時，「男女平權」時代的來臨！

　　古典童話裡傳遞的多是男尊女卑、男強女弱等兩極化的性別角色和觀念，大大阻礙女性自覺的建立。「反向式的反動思維者」認為女性真正的本性應該像男性一樣主動、勇敢、獨立、善謀，所以主張去除兩性間的性別刻板概念。這種觀念漸漸在許多童話故事中出現，如：《紙袋公主》〔繆斯克（Robert Munsch），2001〕裡原來穿著得體的依莉莎公主在噴火龍燒掉她的城堡後，毅然穿著紙袋遮蔽身體，依靠自己的力量去拯救被俘的王子。不料只重相貌的王子卻在得救後，嫌棄她穿得太邋遢，她立刻看出王子華麗外表下的內心，並馬上決定不和王子結婚。這則顛覆王子與公主美好結局的故事，不以柔順來包裝公主，不以勇敢聰穎來形容王子，更貼近我們的生活，讓人有耳目一新的感覺！《頑皮公主不出嫁》〔柯爾（Babette Cole），1999〕的史瑪蒂公主卸下象徵道德束縛的沈重長裙，跳脫古典童話中豐胸細腰的女性化裝束，身穿寬鬆 T 恤外搭吊帶牛仔褲、親自為寵物洗澡，常常是一身髒兮兮，房間充斥著尚未整理的髒襪子、食物的殘渣，一反公主「去生活化、不食人間煙火」的聖潔形象。面對父母親的逼婚及眾多的追求者，刁鑽的公主讓求婚者知難而退，不敢再來打擾她，顛覆了女人一定得走入婚姻的迷思。

　　其他形塑女性新形象的童話有：《長襪子皮皮冒險故事》〔林格倫（Astrid Lindgren），1993〕創造了野性、狂放、邋遢、怪誕、滑稽、不被體制拘束的「長襪子皮皮」女孩形象，作者顛倒了女性、兒童在社會中的被照顧角色，讓皮皮具備強大力量可以保護自己與

他人，以及充裕的經濟能力讓她可以隨心所欲，獨立生活，統領一個完全屬於自己的世界，無視社會加諸於女性和孩童的價值判斷和體制要求。《蓮霧國的小女巫》（管家琪，2000a）的小蓮自始至終都相當機智、勇敢、果決，不怕蟑螂、蜥蜴等動物，才十歲就擔任一個小國的領導者，最後她靠自己的機智與能力離開蓮霧島，選擇自己想要的生活，賦予女性一個積極的形象。而一改過去男性英俊、主動、英勇、堅強、權威角色形象的童話有：《灰王子》（柯爾，2003）的王子沒有英俊的臉蛋，只有滿臉的雀斑，沒有挺拔的體格，瘦得像皮包骨，全身邋遢，還膽小害羞；他沒有高壯的白馬或拉風的敞篷車，只有一隻貓陪伴，還得窩在廚房裡料理三餐、打掃和洗衣服。《威廉的洋娃娃》〔佐羅托（Charlotte Zolotow），1998〕描寫有一位小男孩威廉，他想要有一個洋娃娃，可是大家都嘲笑他「羞羞臉」、「娘娘腔」。威廉的爸爸教威廉打籃球、組電動火車，但就是不給威廉買洋娃娃。直到有一天，奶奶來了，不但實現他長久以來的心願，並且讓他了解玩洋娃娃的男孩其實沒有什麼不好。《阿倫王子歷險記》〔包斯（Burny Bos），1994〕裡的青蛙阿倫自認為是王子，幻想要去解救公主，他在尋找傳統中等待被解救的公主的路途上，他幫助了迷路的小鳥露西，並成為好朋友一起結伴同行。隨著小鳥的長大，青蛙和小鳥的男女外在形象漸漸顛覆傳統，小鸛鳥已經變成了大鸛鳥，阿倫的英雄氣概也轉成了害怕，兩個好朋友之間的性別模式漸漸轉變成女強男弱。後來，阿倫知道了自己的渺小，也決定不再編織自己的英雄夢，最後還是他的好友──鸛小姐露西來救他脫離困境順利回家，公主解救王子的結局幫兒童打開兩性世界的新視野，讓他們有機會去了解兩性角色的多元性，隨著時

代的改變，男生和女生有相同的教育機會及權利，不再將自己侷限在性別的框框裡，才能適應現代社會的需求。

　　「反向式的反動思維」除了不強調特定的性別價值觀外，也開始興起對古典童話中既成角色刻板印象的重新思考，為傳統故事中的反面人物進行平反。如〈夜雪公主〉（沃克，1996）讓後母不再是個與白雪公主爭美的邪惡女人，反而是個美麗而有智慧的後母，識破以美麗來離間母女的狩獵長野心，還重金請七個小矮人暗中保護公主，讓公主順利逃脫魔掌，使她對後母的救命之恩念念不忘，一改後母的負面形象。在《小紅》（孫晴峰，2008）裡，小男孩堅持買走一半白、一半紅的皺紋紙小紅，做成一朵又白又紅的康乃馨。原來男孩想用小紅一半的白色，代表對生母的懷念；另一半的紅色，就獻給也一樣愛他的後母。故事中肯定了後母對子女的愛，也暗示固執於生母、後母的區分是一種無謂的偏見。〈山羊巫師的魔藥〉（王家珍，1995）中的山羊巫師總是受挫的一方，沒有邪惡的魔法，沒有無辜的受害者，這樣的巫師形象，一點也不像我們在一般童話故事中看到的壞巫師，山羊巫師不但不可怕，反而處處流露出滑稽的趣味。《飛天小魔女》〔普羅伊斯拉（Otfried Preussler），1994〕裡的小魔女只要路見不平必定運用魔法偷偷的協助，以智慧化解了一件件危機，做了一樁又一樁的好事，顯示出眾人認定邪惡的女巫世界也有天真善良的女巫。高大異常的巨人，在童話中常將他們形塑成可怕、貪婪且又愚昧的怪物，除了擁有驚人力氣與食量外，並且有攻擊、食人的行為，但在《吹夢巨人》（達爾，1900）中的巨人不僅善良不吃人，而且每天晚上用他巨大的耳朵辛勤的工作，將聽到的一個個美夢蒐集起來，再把美夢吹進熟睡孩子的腦中，讓他們在夜晚有個好夢，全書透過好巨人與小女孩蘇菲之間的

互動，塑造了一個溫馨的故事。一般人都以為颱風是狂野刁蠻的，但是《捉拿古奇颱風》（管家琪，2007）卻把她塑造成可愛純真的女孩，不想進入「颱風大學破壞系」念書學習破壞環境的技能。蜘蛛雖為益蟲，但因為其可怕的毒牙和不討喜的外型，甚少成為童話的主角，而《夏綠蒂的網》（懷特，2003）卻將牠塑造成溫情而智慧的夏綠蒂，發揮結網的本事，奇蹟似地解救小豬韋伯的性命，在協助小豬擺脫命運糾纏的同時，也提升了自己的生命境界，牠再也不是一隻只懂得設陷阱、捕蟲子的平凡蜘蛛了。《狐狸孵蛋》（孫晴峰，2001）中的狐狸既不壞又不作惡，雖好吃卻溫和善良，而且還會孵蛋，照顧小鴨子。這個充滿顛覆趣味的童話改寫了傳統童話中，狐狸狡猾貪婪的樣板個性，賦予讀者一個新的價值觀。《醜狼杜美力》（陳佩萱，2006）裡恐怖得讓人看見便拚命逃跑的野狼，在演出電影的惡角而聲名大噪後，幾經轉型，才讓大家注意到他心地善良又熱心助人的本質，為他成立「醜狼杜美力影友會」，村裡的居民也頒發「美麗心心獎」給他，故事一反野狼邪惡噬血的形象，還讓他成為家喻戶曉、令人崇拜的大明星。

「反向式的反動思維者」相信人類的理性，將自由平等的觀念延伸至社會其他層面，童話作家開始以人道關懷的角度去看待這個我們所生存的環境，如：《聽那鯨魚在唱歌》〔雪登（Dyan Sheldon），1995〕裡小女孩莉莉的奶奶告訴她，只要真心愛鯨魚，送鯨魚一份愛的禮物，鯨魚就會回送她某種東西當作報酬，傳達出萬物都是平等的，只要真心付出關愛，不同「類」的生靈，仍然可以交流彼此的情感。《夏綠蒂的網》（懷特，2003）以愛護動物為主旨，說明豬跟人一樣有生存權。故事的小豬誕生時，就面對了死亡威脅，小女孩芬兒從父親的手裡救了一隻過於孱弱，而要遭到撲殺的小豬韋

伯。逐漸長大的韋伯，仍然逃不過被宰殺製成培根的命運，夏綠蒂為了拯救韋伯，善用她織網的能力織出許多字，說服農莊主人韋伯是一隻獨特且了不起的豬，最後小豬不僅沒被宰殺，還參加比賽得獎，變成一隻特別的小豬英雄。《狐狸爸爸萬歲》（達爾，1995a）描敘三個農夫對狐狸一家人展開凌厲的追捕，陷入絕境的狐狸家族在驚險的逃亡生涯中表現出溫馨、人情味的一面，使得狐狸擺脫了傳統投機自私的刻板化印象，作者從動物的眼光反觀一向處於優勢、霸道的人類，發出「對動物趕盡殺絕的劊子手竟是衣冠楚楚的人類」的反思。隨著社會議題的改變，童話也出現了反對戰爭、關懷不同族群的議題，《鐵絲網上的小花》〔英諾桑提（Roberto Innocenti），1994〕故事是說在二次大戰時，有個叫白蘭琪的女孩，偶然發現城外有一處集中營，裡面有許多穿著條紋衣服，身上掛著六角黃星星的人（猶太人），雖然她不知道這群孩子的身分，善良的她從此每天從家裡偷拿食物，送去集中營給關在裡頭的孩子吃，最後在煙霧瀰漫中，砰！槍聲響起，女孩的母親永遠也等不回她的女兒了。戰火中，女孩仍然願意冒險去幫助素不相識的人，對應於戰爭的血腥和殘酷，更讓人感佩那永不磨滅的人性光輝。透過「反向式的反動思維」的童話書寫，讓兒童有機會看見不同的生命風景，走進這些故事角色的人生故事，將其內化為成長的養分和反思的力量。

（五）在傳統方面：從古典童話中解放，用改寫與顛覆手法追求創新

　　在現代社會中，傳統的價值觀與思考模式受到強烈的衝擊，在交相調適下，人們除了上述能以多元民主、平權開放的態度來面對

傳統，人們還會以質疑與顛覆的態度來面對傳統，表現出「解放傳統，追求創新」的「反向式的反動思維」精神。

　　古典童話的改寫與顛覆，就是從古典童話故事中汲取養分，把童話原有的人物形象、情節模式、結局、主題意識、敘述觀點等加以改寫、扭曲、折射、變形，甚至完全加以顛覆、解構，達到使人驚奇錯愕的創新手法。像這樣利用古典童話的部分元素另外發展全新故事的改寫童話，在近代的童話作品中屢見不鮮。如：〈女皇的新衣〉（沃克，1996）把〈皇帝的新裝〉裡重要的角色都換成女性，女皇、裁縫姊妹、說真話的小女孩、女孩的母親，故事情節如〈皇帝的新裝〉般的進行，卻將最後的結局改成女皇賞識兩個裁縫的聰明，讓她們安然的留在皇宮裡為女皇設計禮服，表現出女性的恭自反省與寬容大度更能贏得臣民的忠心。在《灰王子》（柯爾，2003）中傳統「灰姑娘」的角色被改成瘦小的「灰王子」，壞心的後母姊姊們變成三個高大強壯的哥哥們，原本聰明能幹的仙女現在卻少了根筋、魔法又不太靈光，故事結局變成灰王子邊跑邊掉褲子的逃去，公主發布命令要尋找能穿得下那件褲子的人……在故事中，男女性別的置換，呈現了反諷的幽默。威斯納藉《三隻小豬》的經典童話，創作出《豬頭三兄弟》〔威斯納（David Wiesner），2002〕的顛覆童話，三隻小豬一樣是小豬三兄弟，一樣蓋自己的小房子，大野狼還是來敲門。但是這次大野狼不是從煙囪裡掉進滾燙的湯裡，而是把三隻小豬吹出故事外，進入了另一個故事的空間，遇見鵝媽媽歌謠的小貓和跳月的牛，以及屠龍故事的龍，最後三隻小豬帶著龍和小貓一起回到原來的故事中，以龍擊退了野狼的惡勢力，完全顛覆了故事的發展與可能。《三隻小豬的真實故事》（薛斯卡，2001）則是保留了《三隻小豬》原本的結構和角色，靈活的轉變敘述觀點、

角度，呈現出完全不同的是非對錯和因果關係，故事以大野狼的角度來重新看待整個故事，替大野狼平反了冤屈，也讓讀者在似曾相識的情境中，一再有意料之外的驚奇。

　　臺灣童話的創作也吹起了顛覆之風，《白雪公主在家嗎？》（方素珍，1994）援用了古典童話〈白雪公主〉中的人物：七個小矮人與魔鏡，並且透過這些人物的對話，挪揄了古典童話故事中女性注重外貌的成分，也對古典童話賦予符合時代意義的新價值：聰明勝於美貌。如：〈白雪公主在嗎？〉（同上）裡小珍珠以「穿睡衣也很美麗」的自信，反詰「公主一定要穿篷篷裙」的刻板觀念，表現出另一種新的女性形象觀，不一定要具有某些特質才是公主、不一定要穿華麗的衣服才叫美麗，只要肯定自己，又何需要外人來評論？在〈小矮人又來啦〉（同上）小珍珠又以「漂亮有什麼用，腦袋瓜兒才重要」嘲貶了虛有其表的美貌。反映出作者的顛覆思想，企圖打破女人對於美貌的迷思，要女人跳脫出美貌的箝制，強調女人以美貌至上的時代已經過去，現代需要的是聰明才智。〈蛀牙風波〉（孫晴峰，1999）一篇顛覆的仍是白雪公主受後母皇后迫害，躲進森林裡與小矮人相遇的一連串經歷，但故事中的某些形象已有所更動，白雪公主變成因愛吃糖果的女孩，白馬王子變成白衣牙醫，他拒絕親吻因蛀牙痛到昏倒的公主，讓整個文本結構顛覆得趣味十足。〈新潮皇后與魔鏡〉（孫晴峰，1999）中的皇后是個新時代女性，她穿牛仔褲、戴眼鏡、愛玩電腦、愛說笑話，顛覆傳統童話中後母總是善妒、壞心的形象，為原本的故事製造了雙贏的結局，讓女人的戰爭畫下了句點。

　　為古典童話故事加上意料之外的後續發展，也會為讀者帶來無限的驚喜與想像。如：〈快樂王子〉（張嘉驊，1997）裡的快樂王子

在將身上貴重的財寶送完之後，繼續請小燕子送出一把鼻涕讓小男孩把不小心砍倒的櫻桃樹黏起來，送出一泡尿給遠方的人救火，送出一包大便給受丈夫虐待的婦人丟在丈夫臉上洩憤，甚至，他還送出了自己的頭，幫動物園園長辨別斑馬和駱駝。〈白雪公主〉（倉橋由美子，1999）中的某些情節已和原來經典的故事有所不同，白雪公主受後母皇后迫害，咬下蘋果沒有昏睡，卻是讓雪白的肌膚頓時變成泥巴色，最後在小矮人家安度一生，而原本答應為她報仇的王子，進城後卻愛上皇后，共謀殺害國王與皇后完婚，完全顛覆「善有善報，惡有惡報」的結局。《11 個小紅帽》（林世仁，1998）發展出十一個以「小紅帽」為主角的不同故事，故事中的小紅帽不一定都要淪為大野狼的食物，祖母也不一定時時都處於劣勢、大野狼也沒有每次都趾高氣昂、甚至小紅帽還可以欺負大野狼的小孩！《當東方故事遇到西方童話》（管家琪，2000b）集合東西方的童話故事，在每個故事之後，還寫出包含故事原來結局之外的另兩、三種不同的結局，此外讀者也可以自行創作一個屬於自己的精采結局，讓讀者參與童話故事的發展。凡此種種自經典童話而來的衍生寫作，非但充分展現作者的自我意識以及自由想像，同時也反映出當代反抗傳統、追求新思想的渴望，與「反向式的反動思維」解放傳統，追求創新的精神不謀而合。

三、童話中「正反向兼具式的反動思維」的呈現

　　童話作家在創作童話時，常會無意識的將自己的思想內蘊在其中，這些思想當中，有可能在某些部分是屬於擁護某些普遍的、主流的社會價值的「正向式的反動思維」，也有可能在某些部分是對

某些社會價值進行批判、抗議的「反向式的反動思維」，而形成了「正反向兼具式的反動思維」。

　　也就是說，一個作家的作品可能在對某些主流社會價值進行質疑、嘲諷與顛覆時，它也可能同時維護、支持另一些主流價值。以〈豬倌〉（安徒生，1999）為例，英俊的王子盼望找個外貌和他相匹配的公主結婚，為此甚至送上自己最珍愛的玫瑰和夜鶯，但公主卻不領情。王子於是化身為豬倌接近公主，經歷一連串事件的試驗後，他才猛然發現，在美麗的外貌下，公主不過是個愚蠢的人，王子認清了公主，終於拂袖而去，留下獨自哭泣懊悔的公主。故事中，王子盼望與門當戶對的公主結婚，以及當國王撞見公主親吻豬倌八十六次時震怒的將他們逐出王國，就顯示出封建社會下統治階級對於權貴身分積極捍衛，以及失去男性權威（國王和王子）支持的女性會落得如此悲戚懊悔的下場，均顯現出故事中所隱含的「正向式的反動思維」；而故事最終，王子感慨公主竟為了玩具和陌生的豬倌親吻，而漠視玫瑰與夜鶯的價值，所以決定放棄追求公主，這樣的結局一反傳統童話「王子從此和公主過著快快樂樂的生活」的論調，並藉此反諷上層統治階級的貪婪愚昧，可謂故事中所隱含的「反向式的反動思維」。〈野天鵝〉（安徒生，1999）中刻畫惡毒的後母王后對艾麗莎的美感到憎恨，而對她下了毒咒，對後母刻板印象的處理是為「正向式的反動思維」，而艾麗莎織披甲拯救哥哥的行徑被大主教認為是個巫婆，裁判她火刑處死，是將異端的行為視為對宗教的反抗，也是「正向式的反動思維」的呈現；最後艾麗莎終於可以開口說出真相，戰勝了坐擁權勢的主教，獲得幸福，這是破除宗教迷信的「反向式的反動思維」。〈波爾格龍的主教和他的親族〉（安徒生，1999）中主教夥同教皇指責寡婦應得上帝的詛咒，而被

驅逐出教會和離開自己的國境，違背教會的意思必遭懲罰，屬於「正向式的反動思維」；最後寡婦的兒子決定要在法庭控告主教的惡行，並不惜刺死主教以示對於權勢的反抗，則是屬於「反向式的反動思維」。〈女皇的新衣〉中裁縫女相信「人都會犯罪，在整個國家裡，沒有一個人沒有見不得人的事」（沃克，1996:271），且故事中的人物，包含女皇也回想起過去種種不道德的事，寫出了人性本惡的普遍價值，是為「正向式的反動思維」；而故事裡重要的角色都換成女性，且將最後的結局改成肯定女性的恭自反省與寬容大度，表現出為女性爭取平權的「反向式的反動思維」。《瑪蒂達》（達爾，2008）裡聰明的瑪迪達喜歡閱讀大量的書籍，瑪迪達的聰明常招致父母及川契布爾校長惡意的貶損，為了抵抗，她意外的發現自己竟然有股超能力，這不僅使她免於受到迫害，還拯救了她的學校和溫柔甜美的老師哈妮小姐。故事中瑪蒂達父母奇特的管教方式，以及校長對學生的一連串霸凌動作，暗指現實世界中成人宰制兒童思想與行為的手段，成人與兒童的權力關係是支配者與被支配者的不對等關係，屬於「正向式的反動思維」；每次遭受壓制時，瑪蒂達便用她的特異功能想辦法反抗，歷經「強力膠」、「染髮劑」和「鬧鬼」三次事件後，最後讓校長倉皇出走，顛覆舊有社會對於兒童的認知觀點，並且大大的抨擊傳統教育的僵化與乏味教條，自然是屬於「反向式的反動思維」。

　　像這樣在同一個童話中，同時出現「正向式的反動思維」與「反向式的反動思維」敘述觀點的作品，便具有「正反向兼具式的反動思維」。至於每個「正反向兼具式的反動思維」童話的思維光譜是傾向「正向式的反動思維」的向度居多，或是傾向「反向式的反動思維」的向度居多，抑或是僅客觀的呈現社會多元化樣貌，屬於中

立觀點的思維，則要詳加分析每個故事的情節架構才能看出其中的端倪。當童話的寫作不再拘泥於「正向式的反動思維」和「反向式的反動思維」對立的框架中，讀者的擇取與詮釋便有了更大的自由空間，才能充分享受多元價值的閱讀樂趣。

第三節　童話中的反動思維的興起及其演變

　　上一節所探討的內容是將童話中的反動思維就「正向式的反動思維」、「反向式的反動思維」及「正反向兼具式的反動思維」三類型來作分項整理，所列舉的童話僅依討論的向度及項目作主題式的敘述，並未依照時間順序作鋪陳，以致該節敘述的時間軸會在數世紀間來回游走，所以本節所要探討內容的焦點，便是補足童話發展中歷史與社會變遷的重要議題，從其中發展的脈絡窺探童話中的反動思維的興起及其演變。

　　每個時代的文學風格都與當時的社會背景息息相關，朱光潛說過：「藝術家同時也是一種社會的動物，他有意、無意之間總不免受社會環境影響，藝術的動機自然需從內心出發，但是外力可以刺激它、鼓勵它，也可以箝制它、壓抑它。」（朱光潛 1991：189）由於每個童話作家的生活背景、知識體驗、閱歷體驗、價值觀、人生觀、兒童觀各有差異，不同國別、性別、年齡的作家對事情的看法也會不一致，因此每個童話作家所傳達的思維哲理也就大相逕庭，形成大異其趣、繽紛多元的童話世界。從現存的歷史資料看來，

各國兒童文學的源頭不外乎口傳、古籍和歷代啟蒙教材，幾乎跟遠古的民間口頭文學同時產生，但那只是兒童文學的最原始形態，也可說並未完全具備兒童文學的特點與作品雛型。兒童文學的起源肇始於教育兒童的需要，因此只有當社會文明、科技發展到一定階段，隨著社會的發展，兒童教育觀念的改變，兒童文學的編寫態度也才會隨著改變，兒童文學才能從邊緣的課程中跳脫出來，成為一門獨立的學科。所以在討論以兒童為主要閱讀對象的童話的發展時，實在有必要將當時的社會觀點、文化思潮與兒童教育發展進程作一綜合性探討。

一、宗教信仰中反動思維的興起及其演變

在一窺其風貌之前，我們得先回顧人類社會發展的歷史。首先，在遠古時期，由於人類對於大自然的無知，恐懼大自然的威脅，尊崇大自然的神蹟，相信世界冥冥中存在著某些超能力，因此憑藉著想像力描繪出神魔環伺的神話世界。等到民智漸開以後，人們開始相信世間的造化是造物者的安排，唯有信仰才能驅凶避禍躲過疾病戰亂的威脅，唯有信仰的潔淨靈魂才能擺脫塵世進入永生的天國，神權的力量與政治力量的結合，就形成了掌控人民思想與生活的宗教世界。基督教的原罪教義從聖奧古斯丁（Saint Augustine）於四世紀提出，原罪始於亞當與夏娃，沒有人可以擺脫它，原罪會透過懷胎一代代的傳遞下去，就算只在這世上活一天的兒童也無法倖免，再加上兒童的理性微弱常難以控制慾望，也對於成人的世界無所經驗與難以抵抗，以致原罪深植於兒童的觀點為人所接受，而且這種對於兒童有罪的立場到十二世紀都還是主流〔黑伍德（Colin

Heywood），2004：50〕，他們將兒童視為等待拯救或將入地獄的靈魂，因此他們讓兒童學習閱讀，期使他們能脫離地獄之火的折磨，而《聖經》便成為上層社會的父母鈎鑄子女品格、培養子女文學修養的依憑，使得《聖經》以宗教及文學的優勢，在當時的兒童讀物中扮演著重要的角色，其他虛構的寓言、無益的幻想、荒淫的故事和情歌，都只會危害年輕人的心靈，均為兒童不宜閱讀的內容。受制於宗教信仰的影響，直到十八世紀中葉為止，童話的世界也是充斥著這樣「正向式的反動思維」，童話作家以教導兒童理性及改善兒童心智為寫作宗旨，極少是為娛樂兒童而寫，書中都含有嚴肅的教訓目的，除了讚美神的恩典，也傳遞唯有仰賴宗教的洗滌與淨化，兒童的原罪才能獲得救贖的思想，作家們將童話故事當成是救贖兒童的方法之一。如貝洛在每一則童話的後面，都不忘再加上一小段訓詞，對閱讀的兒童進行說教。再以格林童話和安徒生童話為例，裡頭就有相當多的故事便是以宗教感化為敘寫主軸，藉由故事主角因犯錯而遭遇到的苦難，引導出棄惡悔改、尊奉教義是救贖唯一的道路，故事中還時常有上帝、天使、惡魔的現身，以及地獄、人世、天堂的對比參照，描繪出革除原罪後進入永生天國的美麗願景。

在印刷術尚未發達以前，書籍是極為稀有的珍寶，所以為娛樂兒童而寫書，不只是在經濟上不許可，在道德心理上也讓人難以接受。所以在過去宗教主政的情勢下，宗教徒嚴厲控制所有的兒童讀物，只准刊載有關宗教教義內容的禮儀書和道德書出版，對於精神崇尚自由的兒童來說，這樣說教式的誡令讀物就顯得沈重而無趣了。1492 年哥倫布發現新大陸後，很多人從封閉獨斷的歐洲文化跳出來，開始迎向世界文化，使得人們的價值觀較往昔的傳統社會更獨立，也更自由，不再盲從教皇和教會的權威，十六世紀的宗教

改革也使得社會上對於騎士精神及理想修院生活產生論辯，造成人們對既有權威的質疑與批判。1744 年紐伯瑞（John Newbery）發現當時市井小販兜售的「廉價小冊」受人爭誦，兒童也對那浪漫幻想的故事產生濃厚興趣，因而斷定純為娛樂寫作的書籍才是真正受兒童喜愛的。於是他首創風氣，為兒童出版了強調愛與趣味而不強調道德說教的「袖珍好書」，與以宗教道德為唯一規範的童書相較，它的文學價值與趣味性就更濃了。（葉詠琍，1982：24-25）盧梭是以兒童天生純真來強力反對基督教傳統原罪的傑出人物，所作《愛彌兒》（盧梭，1989）於 1762 年出版，強調兒童與成人在心智及精神上絕大的差異，他特別強調人性中善良的一面，認為人之所以為惡，完全是社會、政治不良的結果，主張兒童一出生就擁有一切純真高貴的素質，但受制於社會制度的偏見與權威的限制之中，唯有透過教育才能改善一切可能產生的偏差。他也提出兒童需要「自然學習」的教育理念，以輕鬆、愉快的方式將理性彰顯出來，而非使用刻板的誡令使其承受社會的磨難和痛苦。盧梭思想的影響所及，兒童文學的面貌和精神逐漸改觀，加上老式原旨派教會的日漸式微，兒童生下來就有罪的想法也逐步消失，隨著新式的學習與理性神學的抬頭，帶來了兒童在無罪的狀態中開始一生的新興觀念。〔湯森（John Rowe Townsend），2003：19〕「反向式的反動思維」的興起讓相信孩子要像動物一樣馴服的人越來越少，逐漸顯現出較正面的兒童形象，童話才開始關注到兒童的特質與興趣，擺脫了傳統教諭訓誨、道德說教的束縛。

　　不過要等待童話的幻想世界蓬勃發展，卻是經歷一段漫長的歷史，因為在啟蒙時代的十八世紀裡，童話故事一直被排拒在印刷廠之外，王權貴族視童話故事為粗鄙的農村產物；清教徒因為它們不

真實、輕佻，又沒有道德意義；對理性時代的人來說，它既粗俗又沒有理性，就連盧梭也不認為童話有何益處，因為任何與荒謬、想像沾上邊的事物，都不符合十八世紀的思考模式（湯森，2003：39），所以童話通往幻想的道路受到了阻斷，得不到浪漫和荒誕性的滋養。直到十八世紀到十九世紀的前半期，浪漫主義思潮在歐洲各國興起、成熟，對於另類世界的想像成為工業社會苦悶生活的出口，萬物有靈說更使得作家對自然精靈懷有莫大的興趣，仙女、精靈和矮人成為童話故事的主角，人類心靈中最高形式的想像，在浪漫主義中受到高度的評價，被理性壓抑許久的想像力才開始受到重視，而且浪漫主義文學家們還偏愛童年時代，認為兒童純真無忌，想像最不受思想和評論的限制（韋葦，1995：63-64），所以幻想性的童話故事終於慢慢浮現，雖然教化式的童話故事並未消失，但其他種類的書也漸漸增多了。安徒生童話中雖仍有濃厚的宗教意味，但他所創作的童話深受浪漫主義的影響，除了重視情感的流露外，他也將迷人的想像和生活的真象巧妙結合，在童話中歌頌人性正面光輝，和諷喻社會權達的醜態，因此他的童話深具思想性和啟發性，提高了童話的思想層次，是擺脫刻板化說教、是幻想童話的一大躍進。而後 1865 年出版的《愛麗絲夢遊奇境》（卡洛爾，2002），書中沒有道德的說教，以豐富的想像力、幽默童趣的情節，創造出一個迷人的奇幻世界，為童話的幻想性開闢了嶄新的途徑。1904 年出版的《小飛俠》（巴利，1998）也以純幻想的筆調，寫出了兒童海闊天空的夢想，至此二十世紀現代童話的幻想特質於焉成形。童話轉以符合兒童特質的幻想性和遊戲性作為創作素材的來源，更以深入淺出的意象性和圓滿性滋潤了多年來被教條僵化了的小小心靈。《綠野仙蹤》（包姆，1998）的作家包姆也主張兒童故事應該單

純地作為欣賞享受之用，並且渴望自己的作品成為驚嘆愉悅醞於其內，苦惱悲痛拒於其外的現代化童話，他以為「取悅兒童是一件甜蜜又動人的事，不但溫暖了我們的心，它本身也帶來了回報。」（Gardner and Nye，1994：42）顯現出現代童話只取愉悅歡欣，弱化悲痛夢魘的發展趨向，對於兒童無罪的「反向式的反動思維」，也讓童話作家的創作空間變得無限寬廣。

二、社會政治中反動思維的興起及其演變

當人們逐漸發現集體面對大自然變化與防止敵人侵略威脅的力量後，便興起建立國家的想法，產生君王、貴族的階層制度，形成君主專政的國家體制。當時的人認為人的本性是由階級與性別來決定，一個貴族的男孩或女孩就算不幸流落民間或為農人所收養，他真正的貴族本性還是會顯露出來；相反的，一個出生不好的人，就算把他當作貴族子弟來養育，終究還是會顯露出不好的本性，就像取下豹皮縫在驢子身上，驢子也無法像豹跳躍一樣，本性不好再怎麼教養都起不了什麼作用。（黑伍德，2004：53）所以童話中王子即使受魔法詛咒，也是成為高貴的野天鵝，公主即使落難必須穿著驢皮，也難掩她優雅出眾的氣質。這種「正向式的反動思維」的說法對於貴族世襲制提供了合理的支持，也讓許多世襲貴族的婚姻觀出現門當戶對的思維。因此，許多早期的童話中多安排了王子突破難關順利與公主完婚的情節，也出現王子千方百計要取真正公主的「豌豆測試」情節，凸顯出貴族階層意欲把持既有階層利益的心計。

　　根據歷史學家的研究，歐洲各國在十六世紀以前，根本沒有童年的觀念（葉詠琍，1982），甚至可以說從上古時代到十八世紀這近兩千年以來，西方的兒童只被當作不完整的成人，是成人世界中的邊緣角色。希臘羅馬文明對兒童也不重視，他們給予兒童的訓練都只是為日後成人的生活作準備。（湯森，2003：10）1960年代，阿里葉（Philippe Aries）在《童年的世紀》一書中主張「在中古社會中，童年的觀念並不存在」。（引自黑伍德，2004：13）因為在這個時代的環境下，大部分的人都生活在悲慘、生活僅供餬口的狀態下，而且還遭受到黑死病、饑荒或外來蠻族侵略的威脅，所以沒有多餘的閒暇將心思放在娛悅兒童的幻想故事上。而且當時兒童的死亡率很高，兒童往往還未成年就得面對死亡，父母不願將精神放在脆弱而短暫的兒童身上。一般來說，兒童成長至不需要母親或奶媽照料還可存活的年紀大概是五到七歲，到了這個歲數，他們便要參與成人的生活、工作，在自家附近、農田或工作坊做點簡單的工作，以習得一技之長擁有謀生能力，所以當時的兒童被視為「階級制度運作下的學徒」，而且這些年輕人對於自己未來的人生並沒有太多選擇的機會，大部分的人都是接踵父母的階層及角色，無可抗拒的接受階層制度的世代傳承，以及傳統父權社會中的規約習俗。根據十七世紀法國教士貝忽爾（Pierre de Berulle）的說法，「童年是除了死亡之外，人性中最墮落與最悲慘的階級」。（同上，21）

　　爾後隨著整個社會環境與經濟條件的變遷，人們對於童年概念出現了重要的轉捩點。十到十三世紀的「農業革命」改善了農民的耕作技術，讓人們除了農忙，還餘下更多的時間和心力去關注其他的事物。十四世紀中葉黑死病肆虐，造成社會上三分之一的人死亡，致使傳統封建社會結構有所鬆動，為活下來的社會低階層人們

開創了新的機會。而後歐洲人口爆增了一倍，加上地中海地區免於海盜的襲擊，促使商業貿易開始繁盛，達到前所未有的規模，一個以教士、戰士與農民為主要階層的社會，開始加入新興的類別，如：商人、會計師、律師等，創造了新的中產階層，這些人成為大多數平民的核心，他們組織完善的公會來操控貿易活動，加上科學技術的發達，也帶動了人類生活品質的大幅提昇，社會逐漸的趨向都市化、商品化、經濟化，這樣的結果讓父母不必再為了生存費盡力氣，轉而有更多的時間與心思經營親子關係，父母也開始減少生育，如此便可以投注更多的精神與資源在子女的撫育與教養上。他們追求現代化的新思潮，不再相信人的本性是由階級來決定，他們相信兒童像是軟蠟，可以塑造出各式的模樣，兒童的善惡、有用無用是依靠教育來決定的，童年是人生中最易接受教導的階段，所以他們重視兒童的教育，甚至提出兒童本位的教育觀，兒童離開工作坊接受較多的家庭照護與正規的知識學習，社會也提供兒童更多的福祉保障，逐漸脫離人性中最墮落與最悲慘的階級，並且賦予兒童足以改變社會政治環境的使命，一顆對未來蓄勢待發的希望種子。考文尼（Peter Coveney）就曾描述兒童是一種大自然的象徵，能反抗社會上來自四面八方違背人性、強施的暴力（Coveney，1967：31），所以兒童清新、天真的特質最能用以非難腐敗的成人世界。兒童是純真的，不應分擔分辨善惡的重責，當他們率性而為時，所做無非是好的，他們也許會闖禍，但是絕不帶有惡意，兒童的形象從「人性中最墮落與最悲慘的階級」躍升為「一種具有深度智慧、細緻美學觀，以及能不斷地深切察覺到道德真理的生物」。（黑伍德，2004：41）到了十九世紀末，早年童話中嚴肅的道德勸誡口吻已經漸漸消失，童話作家開始沈浸於浪漫主義的潮流中，開始出現大量放棄傳

道、純為娛樂的奇幻冒險故事，童話世界變成一個可以挑戰、逃離現實中充滿特權、規範的世界。

　　十九世紀的西方社會是個大變遷的時代，工業革命使得農業機械化，減少人力於農務工作的結果，使得多餘出來的農村人口大量向都市移動，加上科技的進步，也大幅改變人們的交通與生活的方式，致使原本傳統的社會型態面臨了巨大的變化。在工業化、商業化的都市裡，年輕人開始擁有一些職業選擇的空間，不必全然繼承父母的階層角色，有時父母還需面對一個他們全然陌生的童年概念。再加上印刷技術的發達，圖書的製作更趨容易，對於知識傳播的大眾化厥功至偉，使得教育普及到一般百姓身上，打破了教育是貴族獨享的權利，造成知識壟斷和思想控制的傳統權威遭受到前所未有的挑戰，使得人們必須重新面對自己，加上天賦人權的思想注入，政治平權的觀念因而產生，君權神授的思想受到強烈的質疑，自由民主的呼聲逐漸為人所接受，「反向式的反動思維」逐漸形成，喚醒了人民對於社會不平等、不合理制度的反省批判，甚至主張人民對於政府的暴政有起而反抗、推翻的權利，造成統治基礎相當大程度的動搖。於是童話中開始出現諷刺王權貴族荒謬愚昧行徑的寫實內容，諸如〈皇帝的新裝〉（安徒生，1999）和〈快樂王子〉（王爾德，2000）等，《王子與乞丐》（吐溫，1996a）則是諷刺住在王宮裡的國王、王子根本不明白百姓的生活疾苦，讓王子與乞丐戲劇性的互換服裝和身分，體驗一下乞丐的生活，終而使王子當上國王後，廢止不合理的法律，受到百姓的擁戴和歡呼；也出現將時空置於非理性、無邏輯的超現實幻想中的轉諷，如《綠野仙蹤》（包姆，1998）假藉夢幻國裡足以支配整個國家的、權威令人懼怕的奧茲，實則只是會使用一些魔術把戲的馬戲團員的方式，暗示主政者的虛

偽不實；甚至還出現用寓言直指暴政必亡的無情抨擊，如《烏龜大王亞特爾》（蘇斯，2005）還為推翻政權後的人民描繪出歡欣自由的氣息呢！這種無畏主政者的「反向式的反動思維」有漸趨明顯強烈的態勢，不過這也必須端視當時社會局勢與氣氛而有所不同，不能完全一視而論。

三、學校教育中反動思維的興起及其演變

在過去教會提供了教育兒童的服務，修道院成為傳授知識的主要場所，而教士便是教授兒童閱讀的導師，他們急切的想用宗教書籍引導兒童走出原罪的墮落，所以主張教導兒童學習閱讀，好讓他們以自己的眼睛觀看上帝話語中的誡命，所以教會把教育兒童基督信仰當成自己的責任，教授男孩們傳道書、教義問答、聖詩歌或簡單的文法和算術，使其接受基本的宗教生活，也幫助這些男孩們為未來擔任神職人員或地方行政官員作準備。

阿里葉認為中古時代沒有教育的觀念，沒有基礎的學校制度來教導兒童基本的識字能力和生活中必須的知識；相反的，兒童是透過在別的家庭當僕人來獲取這些基礎及經驗知識。（黑伍德，2004：228）下層社會的年輕人除非攀上通向教會的教育之路，才有機會接觸知識，否則從小就得做苦工、到別人家裡當學徒，從學徒的經驗中學得一些行業的技巧，或是在地主家庭中學到土地的實際經營，也順便習得宗教及道德上的事務。如金斯利（Charles Kingsley）（2006）《水孩兒》裡的主角湯姆就是個掃煙囪小男孩，被刻薄的師傅葛萊姆僱用，受盡虐待，整天在煙囪裡爬上爬下，清掃煙塵。而年輕男性貴族倘若想學到軍事技能，父母會送他去宮廷待個幾

年，或是送到另一個貴族家庭裡，學習基本的宗教與道德指導、宮廷禮儀、騎馬、打獵、射箭與劍術。當然在中古與文藝復興時代，歐洲富有的家庭也會聘請私人家庭教師到家裡，更深入的、更專精的教家中的男孩知識學問與商業技巧，讓自己的兒子舉止更高貴優雅、品味更獨特出眾。長久以來，只有社會上極少數的上層階級可以接受教育，而且只有男性有識字的機會，這絕大部分的男性來自於貴族，絕少是來自於低下的平民階層，讓教育成為貴族階層獨享的特權，這些既有權勢又有財富的人，因為具備有高階的讀寫能力，反而幫他們站穩領導的地位，也產出更多的財富，貴族階層順理成章成為具備管理眾人的不二人選，致使社會秩序能呈現傳統穩定的一面，知識權力的把持讓社會階層的流動難以成形，形成固守傳統反對變動的「正向式的反動思維」。此時期的童話作家（通常是博學多聞的社會菁英階級）常藉著故事內容與形式的修剪整併，在鋪陳技巧中潛藏著「正向式的反動思維」的意識型態，以符合當時具有閱讀能力的讀者（貴族、教士與中產階級）的文化品味，如院士出身的貝洛編寫了飽含法國古代宮廷禮儀的《鵝媽媽故事集》；學者出身的格林兄弟造就了影響德國中產階級價值觀甚鉅的《兒童與家庭故事集》。

　　過去透過師徒制及家庭教師的教育運作方式，從十六世紀開始逐漸萎縮，因為每個教授者如果都只傳遞他自己本身在職業上與生活上所知的經驗給學習者，這無疑是只適合穩定傳統的農業社會，對於發展日新月異、與時鉅變的工商業社會及都市社會型態來說，就顯得捉襟見肘有所不足了，於是開始有學校制度的興起。成長中的兒童的生活領域逐漸從工作坊轉移到學校，學生成為兒童的主要職業，學習將來進入成人世界的知識和技能。由於過去只有貴族階

層及中產階層的男性可以受教育，農工階層的孩子不是為了負擔家計而必須出外工作，就是農工家庭的收入無法負擔高額的教育費用。十八世紀開始歐陸各國的教育改革者從國家教育系統的角度來思考一套教育下層階級的想法，透過具有特定目的的學校、受過訓練的老師來進行教育革新，並且宣告這樣的教育投資可以灌輸正確的道德價值觀給下層的民眾，減低社會犯罪率與脫序的狀況，讓工人更具有生產力。

　　即便如此，當時大部分的教育思想家仍都認為學校應該鞏固既有的社會階級界線，反對在兒童最適合受僱來學習使用刨子或銼刀時教導他們讀寫識字，讓窮人得到不符身分地位的觀念，他們把窮人的識字能力增強視為一大威脅，提議基礎教育的目的只需教導民眾認識宗教，認命的承受社會秩序和上帝加在他身上的旨意就好，讓他們學習階層的責任以及適合他們階層的勞動與技藝即可。反對這種說法的基進人文主義學者則以發展人類自然天賦才能為理想，要求政府設立國家教育系統，實現所有公民真正的平等，並且熱切的想進行徹底的教育改革。最後政府以平等教育會對既有政治與社會秩序產生威脅為由，主張回歸為傳統反動取向的教育，認為學校應該推廣秩序與階級，而非「人工的平等」，群眾必須接受規訓、開化與訓練的教育，以教導他們成為符合所屬社會階層的角色。（黑伍德，2004：238-240）而後學校教育的發展又避開了階級的意識型態之爭，強調學校是塑造人民道德、穩定社會秩序與促進經濟發展的必要工具，當教育逐漸走向免費、義務及平等取向之後，社會上多數的兒童幾乎都已經能接受到平等的教育機會。由幾世紀以來的發展看來，學校教育歷經一段相當漫長的演變，剛開始的學校教育僅侷限於少數上層社會子弟的正規教育，幾經「正向式

的反動思維」和「反向式的反動思維」的詰辯爭論，最後才由國家教育系統的介入慢慢發展出人民普遍識字的學校教育。

四、規訓教化中反動思維的興起及其演變

社會規訓的目的就是要把社會人都規訓為符合統治者期望——既溫順又聽命的「良民」個體。維多利亞時代極注重道德，可以想見的，童話故事能被接受的原因在於它提供了兒童道德訓示的教材來源，如狄更斯（Charles Dickens）就認為童話故事可以滋養兒童心靈的以下特質：節制、禮貌、顧慮窮人和老者、善待動物、喜愛自然、厭惡暴政和暴力。（引自湯森，2003：78）而且在舊王朝時代，觸犯法律等於觸犯君王的意志與權力，公開執行刑罰是修補君王權力的儀式性活動，無論是訴諸於身體的傷害或凌虐致死，都得在公開的場合下進行，以殘酷的手法對待罪犯，使其所受的痛苦來修補他對君王權力所作的侵犯，讓所有民眾觀看他的哀嚎與懺悔，以便重新宣揚與強化君王的權力，並藉著重覆施行權力的方式，以阻止罪行的再度出現。在這樣的社會環境下，即使到了十八世紀末與十九世紀初，童話的世界仍充滿了濃濃的「正向式的反動思維」，君權思想與說教意味經常貫穿整個故事，對於惡人極端殘酷的公開行刑的場面更是屢見不鮮。像《格林童話故事全集》（格林兄弟，2001）裡頭便有為數不少「善有善報，惡有惡報」的獎善罰惡情節，藉由被熱油燙死、被火燒死、被刀刺死、被鳥啄瞎、穿著燒紅的鐵鞋跳舞致死等殘酷的刑罰，來赫阻違逆君權、違背社會風俗的非理性思維，以達成維護社會秩序、導正善良風俗的教化目的。

傅柯（Michel Foucault）（1992）曾在《規訓與懲罰》中從 1757 年傳統社會中對罪犯「殘忍的」公開拷打與處決，到 1840 年代「人道的」監獄制度形成，討論十八世紀以來西方社會對於罪犯的權力施行在觀念上的轉變。他指出與傳統公開針對犯人身體的懲治相較，現代社會以較為人道且具有行為矯正功能的監獄制度來代替傳統的懲罰。1789 年掌璽大臣對酷刑和處決的請願書：「刑罰應有章法可循，依罪量刑，死刑只應用於殺人犯，違反人道的酷刑應予廢除。」（引自傅柯，1992：71）表達了十八世紀末期社會大眾對公開處決的抗議，人們漸漸無法忍受專橫、暴虐、野蠻、報復性的權力操作，社會期待一種不同形式的懲罰。這項轉變來自於法國大革命之後政府的權力來自於社會契約，因此觸犯法律等於觸犯了社會全體的意志與權力，罪犯因此成為社會公敵。對於公敵的懲罰，並不像舊王朝時代那樣訴諸於身體的疼痛與生命的奪取，而是以大革命之後所樹立的人權觀念為基準，在這個時期，人的自由被普遍地看重，因此奪取人的自由便成為懲罰的最佳方式，所以過去童話中血淋淋的暴力懲罰漸漸不復存在，即便是〈皇帝的新裝〉（安徒生，1999）中冒充織工的騙子在犯下欺君的滔天大罪後，也沒有遭受到殘酷的刑罰。

這段罪犯懲戒史所以看來日趨人道，是基於一個設定，認為社會契約論所構建的政府，遠較基於君權神授而形成的政府更能保障社會利益與天賦人權，所以對於懲罰的作法也較為溫和。然而，傅柯認為從權力技術運作的角度來看，這段歷史其實是權力技術愈趨完善的顯現，法國大革命以後的政府是新形式的權力運作，也許在運作手法上不像舊王朝般明目張膽，但卻是更為全面而徹底，現代政府所發展的支配體制隱退到學校、工廠、醫院、軍營及其他社會

機構之後，表現在教育過程、宗教活動、生活的常規習慣、工作場所安排、軍事訓練，甚至是居家建築以及科學知識組織等不同領域中，被規訓的人們同時受到來自四面八方不同的規訓力量，難以反應也無從反應，現代的權力機制無聲無息地施力於生活中，它不一定需要使用暴力，或帶來肉體的懲戒，但它卻能夠形塑出一種主流的社會文化，讓非主流文化的人面對「道德的壓力」，使他們最後不得不屈服於主流文化，於是社會開始被全面的規訓化，社會規訓成為社會大眾所能接受的普遍價值。

理所當然的，學校與教室被視為規訓兒童的場所，然而大部分的學校立法都不是「由下而上」產生的，政府官員和教育改革者主導了整個教育的方向，形成一種教育的獨裁，透過師資和教材的掌控，教授他們所認定正確的道德觀、生活態度和知識範疇，操縱兒童的思想和價值觀，建立一套普遍的、主流的、規訓的社會知識。學校環境與現實社會有某一定程度地割離，它把「惡」儘可能地摒除於校園之外，讓被認定的「善」保存於學校中而大肆宣揚，然後學生到學校去學習規訓的社會生活。規訓在其中所扮演的角色，是促進學生從善如流的手段，懲罰則是規訓不成時，學校對於學生所施予的矯正。而執行這套規訓的教育人員為了維持必要的權威，時有體罰的情況發生；然而，哪裡有權力運作，哪裡就有抗拒產生，所以學校與學生兩相對立的情事也會零星出現，即使是對成人來說屬於相對弱勢的兒童也會產生不主動接受各式支配的「反向式的反動思維」。如：《瑪蒂達》（達爾，2008）全書經由黑白分明的視角來觀察瑪蒂達成長的種種莫名困境，僵化的教育制度與大人對小孩的偏見和誤解，詮釋出在成人權力關係底下兒童的相對弱勢。瑪蒂達的校長性情暴躁專制，視小孩如敵人，常把小孩像擲鉛球般的丟

出去，直到校長用不人道的手法修理學生：希格斯被罰單腳站立、魯伯頭髮被揪起、艾瑞克雙耳被擰緊，才激起了瑪蒂達的超能力以抵抗校長的壓制，最後她以令人捧腹大笑的方式讓心虛的校長落荒而逃，書中為弱者平反的意向十分濃厚，充滿「反向式的反動思維」，大快人心卻不失幽默風趣，讓人在莞爾間油然生起省思意念。

五、人道平權中反動思維的興起及其演變

由於大部分的人都認為兒童出生便帶有原罪，兒童的內在是墮落的，這種不理性的頑固本性會威脅到傳統的、有秩序的社會基礎，所以在缺乏國家公權力有效操控的情境下，家庭就成為社會最基本的督導單位，並且賦予父親至高無上的權力，人世間的父親被視為天父的代表，設定一套父權制度的規則，讓一家之主能像法官一樣懲罰子女，像醫生一樣診療子女，像牧師或主教一樣向子女傳道，灌輸尊敬與順從的價值給子女，好抑制住兒童不理性的因子，形成父親主宰家中妻子、子女與僕人的父權家庭，家庭中的成員都聽命於父親，也都屬於父親的個人財產。在過去，兒童在七歲左右時，性別差異便不再隱藏於嬰兒的表象下而逐漸明顯化，父親負責教養男孩，農民階層則要孩子在農地或工作坊幫助父親學習賺錢，貴族階層會讓兒子進入軍隊中，藉此鼓勵他們追求各種身體上的磨練，也讓他們進入學校學習基本算數、占星術等，培養男孩陽剛勇敢、足智多謀的男性形象；母親則繼續指導女孩，為女孩未來為人妻與為人母作準備，貴族女孩學習品德、禮儀，學習鑑賞佳餚、名畫，及主持家務，讓她們適應未來貴婦人及好主婦的生活，如果是平民女孩就教導她們針線、紡紗、清掃、持家，以及一般社會所期

望女性該有的卑下與順從，培養女孩陰柔順從、嫻熟家務的女性形象。在這樣傳統的父權社會下，形成了固著的性別刻板印象：男性專注於權力、行動、獨立與名譽；女性則強調親密、關懷、關係與情感。這樣「正向式的反動思維」在諸多童話故事中不斷重複出現，即使後來到了十九世紀，童話探險故事中所呈現的世界也大多屬於男性的世界，描繪的都是男性的工作、娛樂、夢想、戰爭、探險或致富的遊歷經驗，形成男孩的探險故事，如：《吹牛男爵歷險記》（畢格爾，1993）、《金銀島》〔史蒂文生（Robert Louis Stevenson），2001〕、《湯姆歷險記》（吐溫，2001）、《小哈克奇遇記》（吐溫，1996b），這些童話的主角從剛開始上層階級的男爵身分，到流落街頭的世襲貴族家男孩，發展到一般普通人身上，甚至連身分低下的哈克和出身為黑奴的吉姆都可以展開一段精采絕倫的探險。

過去只有中上階層的男性可以受教育，而女性幾乎沒有什麼受教育的機會，女性被排除在教育體系之外，大多數男性都心安理得地認為女性只要扮演好未來賢內助的角色就好；即便是後來中上階層的女性也開始接受教育，但是男性與女性所學習的內容卻不甚相同，以盧梭的《愛彌兒》（盧梭，1989）為例，書中主張讓男孩英雄接受教育，卻只讓女孩學一些針線活、簡單的繪畫和家務。在社會約定俗成的僵化性別角色與性別表現的期待下，學校成為社會養成與規訓女孩氣質與身體的重要場所。雖然教育會隨著性別與階級而有所區別，但畢竟教育是逐漸普及了，兒童文學開始建立起男性與女性分眾的市場，分出主要給男孩看的冒險故事，以及主要給女孩看的家庭故事，在那個時代，知識和創作都屬於像上帝般的男性所掌控，有別於男性的公開空間，家庭是女性的試煉場所，也是成長的地方，長大後應該進入家庭的女孩，在成長過程中，需要學會

的不是知識和工作能力，而是學會成為一個妻子和母親，需要的是處理家庭事務的能力和準備。後來由於民主政治的發達，與權利均等意識的增長，為兒童和女性解放運動作出了相當大的貢獻，加上維多利亞女王個人的強權形象，引起了社會對於女性概念的重新檢視〔薩克（Deborah Cogan Thacker）、韋布（Jean Webb），2005：71〕，多愁善感的女性化特質改以積極正向的母性精神來呈現。如：《公主與妖魔》〔麥克唐納（George MacDonald），2005〕裡擁有魔法的祖母女王，賦予愛琳公主魔力解救礦工之子科弟、《水孩兒》（金斯利，2006）裡福善仙人、罰惡仙人，以及愛爾蘭婦女這些引領淨化靈魂的角色都是女性、《愛麗絲夢遊奇境》（卡洛爾，2002）裡積弱無用的男性國王角色，反而不如充滿鬥志的女性皇后、《綠野仙蹤》（包姆，1998）裡桃樂絲的遊歷更是突破舊有女性概念成為女性英雄式的追尋，她是男性的領袖，稻草人、錫人和獅子都追隨著她，她有能力殺掉法力高強的女巫，最後還解放了奧滋，為虛假的世界帶來平凡的美德，這些功德都是由女性促成的。

在科技逐漸發達，教育逐漸普及後，受教權已由貴族發展到平民，由男性延伸到女性，加上工業革命之後，需要大量的女性投入工作職場，職業婦女的崛起讓她們擁有全新的自信，婦女的經濟能力以及自主能力對傳統的父權社會造成了不小的威脅，於是人們終於發現女性不再屈居於第二性，從過去的傳統農業社會進展到現代工業社會之後，以往附屬於父權家庭的父權力量逐漸式微，對於傳統固化的女性角色定位也逐漸有了反思，致使兩性權力架構丕變，兩性平權的觀念逐漸產生，並且在父權社會下形成一股「反向式的反動思維」。到了十八、十九世紀，新財富形成的發展方式、地理流動性的增加更加弱化了父親的權威，傳統的父權家庭早已是過往

雲煙，工業化和都市化讓婦女與兒童能夠勝任原本需要成年男性力量與技術才能做的工作，媽媽可以在工廠工作，女兒可以在當地商店做事，兒子不用再繼承父業，出生於農村家庭的年輕人可以遷出家庭享受獨立的好處；父親不再是家庭裡唯一的權威，「男主內女主外」的觀念也不再牢不可破，於是後來出現了為數不少顛覆性別刻板印象的「反向式的反動思維」的童話，試圖建構出不同於以往的、多元社會下的女性形象，重建兩性和諧平等的社會。反映在童話作品中，無論是對於女性角色的定位或是兩性之間的關係，隨著時代的轉變也有了不同的詮釋。

在過去的農業社會中，平時忙於農務無暇顧及孩子的父母，為了讓自己忙碌時，小孩能夠遠離危險源與不當的誘惑，便出現了以超自然的神魔故事來恐嚇孩子，或是以可怕的生物來嚇唬孩子，如：井邊有仙子或妖怪躲藏著、擁有法術的巫婆會毒害善良、半夜野外有狼人四處走動等等，《小紅帽》因此成了一則警告的故事，藉由森林裡藏著一隻會吃人的狼，告誡兒童不要隨便相信陌生人。但在現今教育普及和經濟無虞的生活環境下，人類便有充足的時間和心力將理性正義的思維投注在其他層面上，將人道主義的觸角發揮在弱勢族群上，便出現了種族平等的觀念，進而廢除種族的奴隸制度；將人道主義發揮在自然環境上，便開始注意自然環境的反撲，進而有關懷自然、愛護生物的行動；將人道主義發揮在形象固著的角色上，便是去挖掘既成角色的其他面向，為刻板印象作一個平反。以《夏綠蒂的網》（懷特，2003）為例，小女孩芬兒把小豬和自己作為孩子的立場相提並論，以人道精神向父母求情留下小豬的活口，而另一個主角蜘蛛夏綠蒂雖在一般人的印象中是殘酷無情的獵者與殺手，但作者懷特卻讓她的個性充滿母性、愛心和慷慨，

最後還讓她以語言天賦實現她的智識才能，展現出懷特對於這種不知變通的刻板印象的強烈抗拒。至於那些在舊有童話中發揮恐嚇兒童作用的狼和巫婆的負面角色，也漸漸獲得平等的角色對待，終有機會被賦予另一較正面的形象。

六、故事結構體中反動思維的興起及其演變

因應著時代演進所帶來的各種新思潮，使得一些由中古世紀起便開始流傳於歐洲各地的童話故事，部分內容可能已不再適用於現代社會，故事情節與角色形象的轉變確實需要列入故事傳承的考量當中。古典童話有著一套僵硬固定的敘述結構，例如：善惡相鬥、追逐尋找、返家和大圓滿的結局，雖然現代仍有不少的童話故事還有這些成分存在，但作家為了展現個人獨特的敘事風格，往往會將這些成分隨意調遣、取捨，按照自己的主觀進行適度改造，呈現出對於故事結構體的一種反動。童話作家開始拋開遠離人性的極貧極富、大善大奸的二元對立，取而代之的是貼近真實生活的多元探尋，從說教的範疇掙脫出來，回歸於文學，回歸於生活。如在《夏綠蒂的網》（懷特，2003）中的角色沒有誰善誰惡的明顯區別，每個角色都有一套隨局勢而改變的善惡表現，如穀倉中的老鼠田普頓既自私又善妒，但在被勸說之後，卻幫忙夏綠蒂找到雜誌的剪貼，並且幫她選字織到網上以拯救韋伯。而當初拯救韋伯的芬兒也不是自始自終站在韋伯這一邊的女英豪，此時她更有興趣的是與一個小伙子初萌的浪漫情事，在封閉的文本中，讀者會期待芬兒支持著韋伯直到最後，會期待夏綠蒂順利產子與韋伯共度穀倉歲月，但在書中的結局卻是芬兒寧可與男友共乘摩天輪，也不與豬作陪，此外夏

綠蒂在產下幼子之後，孤單的死去，這些敘事寫法都符合現代主義中的強調自我與寫實主義風格。

　　「後現代」起源於二次大戰後，因資訊科技與全球化影響下，改變了生產、消費與工作型態，更在時間與空間的壓縮下，形成一種轉化、複製知識的全新模式。這種思考模式改變了社會的整個結構，突破了許多思考的瓶頸及障礙，也形塑出二十世紀新奇性、多樣性、暫時性的社會特性，誠如林文寶於〈閱讀的魅力與格調──談臺灣兒童的閱讀興趣〉一文中所言：「今日社會中唯一不變的事實就是：世界上沒有不變的事實。」（林文寶，2000：7）我們不再信奉唯一的真理，典範不在，價值重新建構，意義可以有無限的可能，形式可以是自由開放的，後現代試圖在反傳統中開拓新的生機，影響所及在兒童文學寫作上成為一種探尋遊戲的過程，摒棄過去既定敘述結構為唯一公式的寫作模式。概括的說，後現代是一個反主體性的時代，反對中心性、整體性、系統性、重過程輕目的、重活動本身而輕架構體系，是一種「反向式的反動思維」。後現代是各種思想、主義的叢結，洪淑苓在〈臺灣童話作家的顛覆藝術〉一文指出「後現代」在文學中所呈現的五種特質：

　　（一）質疑文學反映現實、文學再現人生的傳統理論；（二）稱文學作品為文本（text），具開放、流動的形式，可以不斷的再創作，閱讀與詮釋；（三）以「離心」（centrifugal）與「解構」（deconstruction）的觀點，打破單一價值觀的壟斷，消解是非、善惡、男女等二元對立的思想體系；（四）視語言為不透明的，沒有根本、正確的意旨，而是意符與意符之間的遊戲；（五）為容納多元的敘述，故施予拼湊藝術，在

敘事過程中，可以隨興即隨緣地納入各種議論或對外物的描述。（洪淑苓，1998：5）

在傳統的文本中，讀者都是在習以為常的故事模式中閱讀，然而當代童話的變動性、不確定性、缺乏結局與語言的使用都在在成為童話寫作的創新力量。某些童話作家不但打破傳統故事模式的期待，也承認兒童是天生的解構者，他們運用後現代策略中的趣味性，讓兒童成為擁有主權的讀者。如席斯卡（Jon Seienzka）、史密斯（Lane Smith）（2003）的《臭起司小子爆笑故事大集合》就是後現代圖畫書的經典，它打破傳統書籍編排方式，它將故事的陳規凸顯出來，並以玩笑、滑稽的方式加以質疑。封底上的小紅母雞會抱怨「ISBN 是誰呀？」，小雞林基的故事說到一半，「目錄」還會掉下來把主角通通壓扁……除此之外，它還將一般兒童耳熟能詳的童話故事徹頭徹尾的大改編，原來的小紅帽變成小紅運動衣，薑餅小孩成了臭起司小子；讀者所期待的圓滿大結局也沒發生，醜小鴨長大了，還是一隻「醜大鴨」；公主親吻了青蛙，但是青蛙還是青蛙，帥氣的王子並沒有出現，書中的戲擬、嘲諷，及夾帶著黑色幽默的稀奇古怪的笑話，瘋狂而有趣。作者讓我們看到跳脫形式的威力，不只可以跳脫成人的形式，也不應該被兒童的形式所限定，讓讀者明瞭故事是可以依照他們自己的方式被「重述」，甚至「重組」。而《十一個小紅帽》（林世仁，1998）的寫作形式則完全是後設寫法，不僅顛覆、瓦解了傳統小紅帽和大野狼的故事內容，也對童話的內容進行了讀者參與共組故事的實驗，書名雖為十一個小紅帽，但書中只寫了十個故事，第十一個是開放的、未完成的，是有待讀者去完成的開放性結尾，讓讀者自己去動腦筋，就童話所提出的問

題去尋找答案，需要讀者更主動的介入文本與作者互動，等於是對童話的創作方式提出了新的挑戰，解構了舊有文本的結構，同時也進行著本身文本結構的再解構，展現出現代童話充滿各種可能性的開放結構。這樣的童話創作方式，試圖呈現出後現代文學的多元樣貌，也是對於古典童話作品的批判和反動。當代的童話多具有這樣「反向式的反動思維」，作者在論述時會去除威權宰制中心的觀念，把意義留給讀者，讓讀者自己去分辨善惡，運用狂歡熱鬧的方式解放童話故事中禁錮的道德勸說，使讀者在閱讀的過程中，擺脫對童話文類所預期的正常聯想，能按照自己的想法積極地作為一個有意義的製造者。邁入二十一世紀的社會，時代的背景富含著多元化、本土化、國際化的社會議題，質疑、解構、顛覆與後設等後現代文學特徵，出現於童話創作中，形成另一種創作基調，讓童話創作產生了不同於以往且令人驚奇的閱讀效果，更使得讀者藉由這種機緣，對童話作品一貫的故事結構體進行反思，興起了「反向式的反動思維」。

　　文學的發展往往追隨時代的脈動，文學是時代的反映，不同時代的文學各有其關心的當代焦點。童話作為整體文學的一環，當然也不能自外於時代，除了面對兒童觀念的改變，也應當吸納各種當代的議題，形成童話創作多元發展的動力。所以在析論童話發展脈絡的同時，可以清晰發現童話中的反動思維反映出時代的變遷與世界的情勢，當故事中展現出新思想、新風格時，在在都標記著每一個時期的文化特質，透過這些特質的展現，我們便可有所依循的探討出童話中反動思維與當代社會主流間的相對關係，一窺童話中的反動思維的興起及其演變。

第五章

反動思維中狼形象的塑造及轉化

第一節　狼的原型

　　軍隊在衝鋒達陣的時候，會齊聲狂呼以壯聲威；狗群在追捕狩獵的時候，也會狂吠亂吼以嚇敵膽；狼群在攻擊獵物的時候，悄然無聲，沒有一聲吶喊，更沒有一聲狼嗥，但卻讓人與動物的眼裡和心裡充滿了最原始、最殘忍、最負盛名的恐懼——狼來了！這樣發自心底的恐懼不因其聲而來，也非是由遺傳得來的觀念，而是來自於人類潛意識中對於狼的原型的心象概念。

　　人類常從動物的研究來解析大自然的奧妙，也從動物的身上去尋找生命的意義，不管是在宗教、藝術或是文學的範疇上，人類總是從動物身上得到非常多的啟示。不過倘若只是以人類歷史社會的角度來看動物的話，難免有所偏頗，畢竟動物並不是為人類生活在這個世界上的，與人類的互動只是牠們生活方式的一部分，除了動物和人類在利益衝突上形成的恩怨圈外，動物還有一個屬於牠們自己弱肉強食的生活圈，一個完全符合叢林生存法則的現實環境，所以當我們要來探討狼形象時，就必須先回歸到狼的原型形象，從根源來作分析。

一、原型的意涵

何謂「原型」？分析心理學家榮格（Carl Gustav Jung）的「原型理論」對此有相當多的著墨，相關討論如下：「原型是集體潛意識最重要的組成部分，又稱原始模型，具體指集體潛意識中無數確定形式的普遍存在。」（常若松，2000：133）「『原型』指想像、思想或行為與生俱來的潛在模式，可以在所有時代和地方的人類身上找到。」〔史坦（Murray Stein），2001：284〕「原型是我們以特殊的方式去建構經驗的一種傾向，原型本身無法被直接觀察到，可以從它影響所及的腦中有形內容辨識出來，也就是原型形象，或者說擬人化的、形象化的情節來辨識。」〔霍爾（James A. Hall），2006：16〕「榮格也把原型稱為『原始意象』，即『最古老、最普遍的人類思維形式，它們既是情感又是思想』。但是應該強調：這些原型並非是由遺傳得來的觀念，它們僅僅是人類心靈中的一些傾向，一旦被觸發，就能夠以特殊的形式和意義表現出來。」〔莫阿卡寧（Radmila Mocanin），2001：48〕「原型是一種傾向所形構出一個母題下的各種表象，這些表象在細節上可以千變萬化，但基本上的組合模式不變。例如：兄弟鬩殘的母題擁有眾多表象，但母題本身維持同一。」（榮格，1999：65）而依張春興在《張氏心理學辭典》所寫「原型就是指事物最原始的型態。根據榮格的理論，原型係每個人與生俱來的原始心象與觀念，含攝於種族潛意識或集體潛意識之內，這些原始的象徵可以不同的形式存在於寓言、神話、宗教及藝術中。」（張春興，1989：52）「原型多可導引出相似的心理反應而發揮相似的文化功能來，它不斷反覆呈現在歷史、文學、宗教或

民族習慣裡，以致能獲取很顯著的象徵力的一種普遍的隱喻意象、題旨或主題模式。一言以蔽之，『原型』便是『普遍的象徵』。」（陳啟佑，1987：自序）

　　綜上所述，原型就是人類世代累積的普遍性的觀念或意象，它可以是抽象的心象，也可以具象的存在文藝作品中。原型是經由人類經驗逐漸累積而建構出來的，形成概括性的概念集合體，可以代表同一類型的角色、物件或觀念，由於它具有普遍性和代表性，所以原型往往會被後人一再的重複模仿與重塑。把這樣的概念用進文學裡，原型就是指在文學作品中較典型的，反復使用或出現的意象及意象組合結構，可以是遠古神話模式的再現或流變，也可以是作家經常使用而約定俗成具有特殊象徵意義的、普遍的概念或形象。如：莎士比亞劇作中的羅密歐與茱麗葉是遭遇家人反對，為愛殉情男女的原型；哈姆雷特是為報殺父之仇而經歷痛苦掙扎的悲劇英雄原型；白雪公主是因青春貌美遭受繼母毒害的繼女原型；灰姑娘是成功擺脫貧賤飛上枝頭變鳳凰的女性原型。

二、狼的原型形象

　　由於原型本身無法被直接觀察到，但是透過意識裡的原型形象就可以看出它的作用。原型形象是原型對人類群體逐漸累積經驗而形成的深層基礎形象，對人類有意義的原型形象會深埋在集體意識的文化裡，很多集體性角色都帶有原型形象，當這種原型形象，經由文學領域擴張於我們的生活中，並深深紮根在人類文化的土壤，便變成家喻戶曉、無須解釋的專有名詞了。本節中所要探討的狼形象便是具有狼群體的原型形象，其背後的意涵也是經由世代的累積

匯聚而成,究竟狼的原型是從何而來的?我們必須根源的從生物學上的狼性來作探討。以下擇要列出不同動物百科對於狼的描述:

《自然科學彩色辭典 2》:狼屬食肉目犬科。牠和狼犬長得很像,鼻子長,口裂深,耳朵豎立,眼有兇光。狼的嗅覺、聽覺、視覺都很靈敏。狼大多都過群居生活,狼群中有一領袖,其他成員有階級之分。(黃台香等,1987:235)《中華兒童百科全書 5》:在食肉獸裡,狼並不比獅子、老虎龐大威猛,但比較狡猾、兇悍。每個狼群裡都有一隻最強壯的狼擔任領袖,牠們有固定的勢力範圍,在岩石縫裡或樹叢裡撒尿作為界線。狼非常聰明狡猾,不容易上當。老練的狼知道怎樣避開陷阱,也知道利用各種方法來誘捕動物。(臺灣省政府教育廳,1986:1753-1755)《動物百科圖鑑:透視六大類動物生態全記錄》:由於體型修長有力,又有長而結實的腿,使牠們有很強的耐力,常以突襲猛撲或長途追逐來捕捉獵物。凸出的口鼻有很大的嗅覺器官,能利用氣味長途追蹤獵物。大而豎起的耳朵讓牠們有敏銳的聽覺。〔布魯斯(Jenni Rruce)等,2006:124〕《動物大百科》:牠們以耐力(而非瞬間爆發的速度)、隨機覓食方式及具高度適應性等特質而著稱。牠們全身的毛髮為濃密長毛,通常為單色或雜斑,毛色以黃褐色到紅棕色為主,混雜有灰色和黑色毛髮,通常腹部色澤較淡,而肩膀、背部與尾巴色澤較深,多有長而濃密的黑色尾巴。牠們有修長的顎部和銳利的犬齒(用來刺殺獵物),以及高度發展的裂齒(用來砍切獵物)。狼群中階級地位明確,以一對成年個體及其子代所組成,以群隊方式狩獵大型獵物,狩獵時間多在黎明、黃昏及夜間,通常會追蹤一群獵物,然後透過合作無間的隊形操控,隔離其中一隻,直到其不支倒地為止。捕捉小型獵物時,牠會緩慢潛行,全神貫注的盯梢和傾聽,當牠發現良機時,

會以近乎垂直的角度躍起，用前腳將獵物壓在地面，然後一口咬死獵物。其食物種類多變，包括囓齒動物、鳥、鹿、羊、牛、腐肉、垃圾、果實和漿果等，甚至是體重超過狼隻十倍重的獵物。狼群會透過狼嚎宣告自己的所在，並藉此界定與防禦領域，警告鄰近狼群保持距離，以避免發生衝突。〔史密森尼博物館（Smithsonian Institute）、DK 出版社，2006：80-87〕「狼大致在夜晚捕獵，靠潛行和追逐方式加以捕捉，狼群在有食物時猛吃，通常把屍體啃得只剩毛髮和幾根骨頭。多於夜間活動，常發陣陣短促吠叫和嚎哭聲，叫聲比鬣狗的聲音更令人恐怖，藉以鞏固狼群的社會結構，並對相鄰狼群表示自己的存在。狼群中總是有一隻優勢的雄狼，牠是該狼群的中心及守備生活領域的主要力量，優勢雌狼對所有的雌性及大多數雄性是有權威的，牠是一典型的獨裁者，一旦捕到獵物，牠必須先吃，然後再按社群等級依次排列食用。」（卡卡西，2005）

　　從以上的解說，無論是狼的外型，還是習性的特徵，我們可以歸納出狼在人類群體中的深層基礎形象為：聰明、活潑、機警、敏捷、勇敢、頑強、狡猾、邪惡、貪婪、合群、兇悍、暴力、殘忍、危險、恐怖、陰險、神秘、有謀略、夜行性、掠食者、攻擊性、破壞性、威脅性、嗜血性、肉食性、毛茸茸的、毛髮粗黑濃密、欺凌弱小、尖牙利齒、肌肉結實、身強體健、適應力強、驍勇善戰、暗中襲擊、權威領導、服從領袖、階級嚴謹、家族觀念強、高度的領域防衛……這些近身觀察描繪所得的狼形象，從原始狩獵的時代傳述至今，逐漸化約成人類普遍對於狼的原型概念。這樣的狼原型在不同的時代，不同的作家筆下，又有了不同的詮釋與想像空間。

第二節　狼的象徵義

　　概觀上節所羅列的狼的原型形象，其中有正面的原型，有負面的原型，也有中立的原型，就算我試著將其正反面原型並陳，但是在一般人的思維裡，狼負面的原型仍然讓人印象深刻，且深植我們一般人的潛意識裡，成為惡的象徵，即使是受社會文化影響較小的兒童，他們的想法仍擺脫不了人類社會的集體潛意識。我就曾以一個大字不識得幾個的幼稚園生為測試對象，首先拿《狼：森林裡的強盜》〔哈瓦荷（Christian Havard），2000〕一書中初生的狼寶寶照片給她觀看，蜷縮在狼媽媽身邊還閉著眼睛的狼寶寶讓她驚呼：「好可愛喔！」問她這是什麼動物，她不假思索的回答：「狗狗。」，隨著照片一頁一頁的翻動，小狼開始睜開了眼睛，慢慢學會走路，和小狼群遊戲互咬，她都深受照片所吸引而不覺有異，突然她撇見照片旁邊的文字，煞有其事的指著「小狼」讀作「小狗」，然後靈光一閃，驚覺自己似乎念錯了，立即更正為「小狼」，臉上頓時充滿了困惑，不是狗嗎？為什麼書上卻是寫狼？不過最終她還是堅信自己看到的是狗。繼續隨著書頁的翻動，小狼「長大成狼」，她又改口說這是一隻「狼狗」，態度變得似乎不太肯定了，這時書頁才一翻進狼專注追捕獵物的狩獵畫面，她突然驚恐的呼叫：「啊——狼！」連身體都忍不住倒退了好幾步，到底她這樣受驚害怕所為何來？照片上只見到廣闊的草原，一隻狼在草原上向前使勁的奔跑，目光專注，張嘴喘氣，露出一口的尖牙，和一隻奔跑的狗何異？照片上沒有出現任何的獵物，更沒有血腥殘暴的畫面，為何態度與對

待初生的狼有著天壤之別？理由無他，因為她逐漸意會到這不是狗而是狼，驚愕的對狼作出本能的反應而已。

這位幼童的反應是可以理解的，狼與狗不僅外型相似，牠們還有生物演化上的關係，根據生物學家分子演化的研究顯示不管是小型的吉娃娃，還是大型的聖伯納，全世界的家犬都是演化自一萬五千年前東亞的狼，家犬最早出現於東亞，是從野狼馴養而來的。（傑尼，2002）馴化的狗成為人類第一種夥伴動物，廣泛的用在狩獵、警戒、溫情和陪伴上，而野生的狼卻被指控為殘殺牲畜和散播狂犬病的來源，而受到無盡的迫害與撲殺，兩種動物與人類有著愛恨交織的關係與情感，何以源自於同一生物種的狼與狗卻有著截然不同的命運？其原因除了生物習性的野生與馴化之差異外，人類社會賦予兩種動物的象徵義更是直接而強烈的影響要素之一，所以本節的內容便要探討狼在人類社會中的象徵義。

一、象徵的意涵

世間萬物無處不見象徵，這是人類對於自然界的對象（如太陽、月亮、水、火、動物、植物）、人造的東西（如刀、劍、王冠、戒指、窗戶），甚至是抽象的形式（如數字、顏色、形狀）等複雜事物的自然表現，這些象徵傳達出特定的訊息媒介，用以表述人類內心的心理活動與精神世界。由於這些象徵非常接近一般人生活中的內在思維，所以能保持其持久旺盛的生命力，能隨著人類文明的發展慢慢積澱彙集，而能綿延不絕影響至今。

近代我們對於象徵的意象及其重要性的認識，主要得益於榮格的研究結果，榮格認為象徵意象有別於人們有意識地創造出來的符

號，他給象徵下的定義是：「象徵是一種術語、專有名稱或是日常生活中常見的圖像，它們除了常規的明確涵義外，還有一定的內涵，甚至包括一些我們尚不得知的內在隱喻。」〔引自方坦納（David Fontana）2003：2-3〕由於象徵意象的產生有時是源自於人們內心的潛意識，所以能在內心深處產生共鳴，形成放諸四海皆準的符號語言；這些隱喻的深刻象徵意涵，即使跨越了不同時代與不同文化差異的鴻溝，都能引起世界各地人們的強烈共鳴，如同人們對於食物、慾望與神靈的普遍感知一樣。

里克爾（Paul Ricoeur）（1996）在《惡的象徵》一書中曾對「象徵」的本質做過分析，概約整理摘要如下：（一）象徵是一個傳達意義的表達方式，可以使用言語作為工具表明特定的意義；（二）象徵具有雙重的意義，它同時包含最初的、字面的意義與具有類比關係的隱含意義，象徵的符號是不透明的，所以象徵的深度是不可窮盡的；（三）象徵在雙重意義之間的類比關係不是只有外部的相似，而是一種內在意義同化的誘發；（四）象徵不是寓言，它們之間有轉譯的關係，寓言是用來解釋某種觀念或想法，象徵則是一種先於解釋的經驗或情感的表達；（五）象徵邏輯的符號是形式主義的，本身沒有意義，只是一種邏輯關係，但象徵本身有具體的內容，有一定的意義；（六）象徵不是神話，象徵比神話更加根本，象徵是自發形成的，而且具有直接表明的類比意義，而神話是一種故事形式，將象徵融合在故事情節中，不是原始意義的象徵。透過以上六點的說明，我們可以確定象徵具有字面及隱含的雙重意義，二者之間有內在意義的類比關係，也就是透過有形的日常語言符號來傳達無形的內在感受與經驗。象徵是自發形成的，先於文學形式的寓言與神話。

　　比德曼（Hans Biedermann）在《世界文化象徵辭典》中說過：
「自古以來，象徵與文學猶如雞與蛋的關係，互相包容，互相孕育。」
（比德曼，2000：7）由此看來，在探討文學作品時，象徵是其中
必不可少的一種文學要素。文學中的象徵則是指「一種具有假託、
替代或暗示和超越性質的表現手法。它的特點是利用象徵物與被象
徵物之間的某一種對應，使被象徵物的某一內容得到含蓄而形象的
表現。」（蔣風主編，1992：24）「象徵通常是一個具體的意象或物
體，由於其本身特性或意義上的關聯，而代表或指涉另一個更大的
意義，或較抽象的觀念。」（張錯，2005：283）「象徵是一種通過
某一具體事物把某種抽象觀念、思想或情感形象可感地表現出來的
藝術手段。象徵手法所憑藉的是象徵物與被象徵物之間的某種類似
或聯繫。」（黃雲生，1999：79）象徵可說是人類內心世界的一面
鏡子，運用象徵的藝術技巧，文學作家可以透過某種具體事物的形
象，來傳達某種思想感情、某些實際經歷或某類現實狀態的特質，
可以將抽象的理念或感情融入具體可感的事物中，如此一來抽象的
意念便可以反映在具體形象上。綜合以上的說法，象徵就是用具體
意象代表或指涉某種較抽象的觀念，象徵物與被象徵物之間有特性
或意義上的關聯，用以傳達無形的內在感受與經驗。這樣象徵意象
的產生有時是源自於人們內心的潛意識，所以能引發人們產生相似
的共鳴。

二、圖騰崇拜的英雄象徵

　　象徵文化是人們認識客觀世界和主觀世界的一個進步，它說明
了人們對許多事物不僅看到了它們之間的異，而且看到了它們之間

的同，看到了一些普遍的規律。象徵被廣泛的應用在宗教、藝術、圖騰與神話傳說等不同文化傳統中，最早表現出這種獨特特徵的，莫過於舊石器時代的洞穴壁畫。舊石器時代的人類主要靠狩獵與採集維生，他們必要要從獵捕而來的獵物身上獲取食物和用以遮蔽身體的毛皮，所以舊石器時代的洞穴壁畫幾乎囊括了所有的動物形象，並對牠們的動作和姿勢觀察入微的描繪出來。〔賈菲（Aniea Jaffé），1999：293〕洞穴壁畫中還出現全身裝扮成動物形象的人類酋長，如薩滿教人就認為那些能懂得動物語言，並能與動物溝通的人，以及那些身穿動物毛皮的人，是回歸極樂世界的象徵。（方坦納，2003：111）後來隨著時間流逝，許多地方都以動物或魔鬼面具來代替全身裝扮成動物的儀式。從心理學的角度來說，面具使戴面具的人轉化成所認同動物的原型形象〔賈菲，1999：295〕，並藉此掩飾其身為人的特徵，因為他們認為動物比人更接近神秘的大自然，所以動物是智慧與力量的源頭，希望藉由動物的形象引領人類解析大自然的奧秘。據說古埃及墓室壁畫上的狼頭人身神像就是被稱為胡狼神的阿努比斯，祂不僅是墓室的守護神，而且是審判善惡的正義之神；此外祂還掌管防腐技術和香料，可以保證死者的身體不腐爛。這對重視死後復生的埃及人意義非凡，這位胡狼神之所以受到古埃及人的信奉和推崇，其中便隱藏了一些人類意識中難以言說的經驗。（楊紅嫻，2008）遠古的人們把狼的形像畫在石壁上時，心中充溢著驚奇，因為當時人們對自然的認識和掌控能力是有限的。對他們來說，狼是具有力量、權力的象徵，牠勇猛而兇殘，在嚴酷的叢林法則的支配下，狼身上的每一個細胞、血管裡的每一滴血液，都帶著攻擊弱小動物的烙印。狼生來就是用強者的姿

態去征服弱者的，因此狼逐漸在人們心目中成為一種不可征服的權力的象徵。

在遠古文化中，圖騰崇拜是人類歷史上最奇特的文化現象之一，它是原始宗教的最初形式，大約出現在舊石器時代晚期。所謂圖騰，就是原始時代的人們把某種動物、植物或無生物等當作自己的親屬、祖先或保護神。（何星亮，1993：1）原始部落社會相信捕食動物的猛獸（如熊、狼、蛇等）身上存在著令人崇拜的神奇力量，便把自己的部落看成是該種神奇動物種族的屬員，把牠們奉作自己的祖先加以敬仰，並以其圖案作為部落的圖騰標誌。再者，當時人們的生活條件極為惡劣，隨時面臨死亡的威脅與猛獸的襲擊，這些兇惡的動物，無論在體質上、力量上，還是生活能力上，都遠高於人類，所以原始人為了祈求平安，認為與某種動物締結親屬關係，能使該動物負有血緣親屬的義務，使牠們不僅不會傷害自己，而且還能保護自己，而且該動物還會把自己超人的力量、勇氣和各種特殊技能傳到人身上，人就會像該動物一樣勇猛或靈巧，能夠更好的獲取生活資源和躲避各種自然災害。（同上，13）許多氏族、家族等社會組織還會以圖騰命名，並以圖騰作為標誌，以狼為圖騰者，便以狼作為氏族名稱，自稱為「狼群」，例如：居住在北美西北海岸的印第安族特林基特人以及大湖東南的伊羅克人當中有「狼」姓氏族。（少年狼，2006）而後人們把圖騰奉為部落、氏族、家族或個人的保護神，世界各民族擁有動物形象圖騰神的例子很多，而以狼為圖騰神的有：古日耳曼人以狼為神、古埃及以胡狼為地域動物神、中國古代烏孫人因傳說狼救護過王子因此被奉為神，狼也是突厥、烏古斯和蒙古等族的保護神。（何星亮，1993：20-21）斯拉夫族更自許為狼的後裔，並且擁有尊敬狼的傳統信仰。（長山靖生，

2004：83）白令海一帶因紐特人的武器和用具上，甚至也在人的面部塗上各種圖騰──為數最多的是狼，然後才是隼和烏鴉。愛斯基摩人和印第安人很早就認識到狼的優秀特質，許多印地安部落還把狼選作他們的圖騰，他們尊重狼的勇氣、智慧和驚人的技能，他們珍視狼的存在，甚至認為在地球上，除了獵槍、毒藥和陷阱，狼幾乎可以和一切抗衡。烏茲別克人認狼為祖，相信狼會使他們遇難呈祥，為了減輕婦女分娩時的痛苦，他們把狼頜骨戴在產婦手上，或者把曬乾研碎的狼心給她灌進肚裡；嬰兒出生後，立即用狼皮裹起來，以保長命百歲；在小孩搖籃下面掛可以驅邪除災的狼牙、狼爪和狼的蹄腕骨；成年烏茲別克人的衣兜裡，總是揣著一些狼的大獠牙，隨身攜帶的口袋裡也少不了狼牙和狼爪一類的護身符，他們認為這些狼物品可保逢凶化吉，大難不死。（少年狼，2006）

　　狼圖騰之所以能成為西北和蒙古草原上無數游牧民族的圖騰，全在於狼那種讓人不得不崇拜的、不可抗拒的魅力和強悍智慧的精神征服力量。草原民族飄游不定、逐水草而居的游牧生活方式，使得部落之間常暴發爭奪水草的戰爭，這樣的生存環境使他們聯想到作為草原之魂的狼的兇猛與不可戰勝的力量，於是產生了對狼群的敬畏與崇拜，創造出狼圖騰的神話。（劉毓慶，2009）狼對於原始人來說是非常可怕的野獸，牠們往往集結成群，無論捕食或對付進犯之敵，都協同搏鬥，兇猛而富有智慧，於是人們由恐懼而產生敬奉，把牠們視作自己的親屬和同類，這就是狼圖騰崇拜的萌生，狼對他們來說是勇猛、強悍的象徵。至今在突厥語民族之一的哈薩克族文學中仍保留著《白狼》的傳說，講述人類的男子同一隻兇猛而漂亮的白牝狼相遇、結合，並幸福生活的故事。中國史籍《北史‧突厥傳》中也出現突厥祖先幼時為牝狼所飼養，長大後與狼交

合，狼生十男的故事，這些故事揭示了一個古老的神話主題——人與狼的結合，並且明確指出突厥語民族的狼祖最初是女性神，在牠們身上有著人性母愛的光輝。而到了後突厥人時圖騰神牡狼逐步變為蒼毛蒼鬃的大公狼（此一演變曲折地反映出社會制度由母系向父系的轉變），這在維吾爾族的史詩《烏古斯可汗傳》中得到充分體現。烏古斯可汗一生征戰都依附著蒼狼，牠護佑著他的軍隊所向披靡，節節勝利。在當時人們的思維裡，蒼狼代表著某種神秘的旨意，牠的降臨就意味著某種歷史合法性的賦予，使烏古斯可汗成為政治上無庸置疑的掌握者。（楊慧，2008）可見在古代維吾爾族人的世界裡，狼已不再是一隻靠四肢行走的兇殘、狡詐的動物，而是一種富有智慧、神力象徵意義的英雄人物。

蒙古人也崇拜狼，因為數千年來他們在與狼為敵或為友的競爭中，從狼那裡學到無比珍貴的軍事藝術，從而鍛煉了他們強悍堅韌的民族精神（徐國強，2006）；在與狼爭取生存空間的斗爭中，蒙古人形成了與環境適應的游牧生活方式、能騎善射的身體素質，以及令人生畏的軍事才能。（韓宇宏、席格，2007：226）狼的智慧、頑強和尊嚴對蒙古鐵騎的馴養有著深厚的意義，所以成吉思汗的蒙古鐵騎能以狼強悍的性格橫掃歐亞，建立人類歷史上領土幅員最廣闊的蒙古帝國。此外，版圖僅次於蒙古帝國的羅馬帝國，也是崇拜狼精神的帝國。在古羅馬神話傳說中，羅穆路斯（Romulus）和雷穆斯（Remus）這對遭遺棄的孿生兄弟被一頭母狼哺育，並最終創建了羅馬城，「羅馬」這個稱呼，就是從羅穆路斯的名字的頭幾個字母做了新城的名字。（湯奇雲，2005：70）千百年來，「母狼育嬰」成為羅馬最著名的城市標誌和象徵，為了感謝和紀念拯救羅馬城奠基人性命的母狼，人們在神廟裡立了一座母狼紀念碑，那座青銅雕

像至今依然屹立在那裡，我們從中可以領略到古羅馬人對狼的特殊崇拜之情和敬畏之感，母狼成了羅馬的城徽，也因此狼象徵了母親的關懷。後來羅穆路斯成為羅馬的第一個王，也開創了古羅馬歷史上的王政時代，後來隨著羅馬城市國家的日益強大，經過一系列戰爭和征服，羅馬的領地跨過歐、亞、非三洲，成了空前強盛的帝國，伴隨而來的是羅馬人對狼的特殊情感，而成為西方人永久的情結，因為「沒有狼，世界裡歷史就寫不成現在這個樣子」（姜戎，2005：90）。神話說斯拉夫民族的兩個大力士瓦利果拉和維爾維杜布是母狼和母熊養大的，母狼還養大了波斯帝國的創始人基拉、德國民間英雄季特里赫等。古人相信，被野獸（特別是狼）餵養大的小孩尤其健壯、勇敢堅韌、力大無比，在神話和傳說裡，他們有的是民族始祖、民族英雄，或者是壯士，絕不是無能之輩（少年狼，2006），都是富有冒險精神的英雄人生寫照。這些傳說寓意著狼性與人性在早期是相通的，人既有人性崇高的理想，同時也有著狼性原始的慾望，而狼因為具備驍勇善戰與征服弱者的英雄象徵而成為人們崇拜的對象。

從以上的神話和傳說中可以看出，在史前人類和狼有著難以劃清的關係。無論是東方還是西方，都存在著狼圖騰的崇拜文化，不同的民族以各自的方式展示了與狼的聯繫，狼見證著人類發展的歷史歷程。為什麼要以狼作為圖騰的符號？這種文化現象應該與流傳久遠的英雄神話有著異曲同工之妙，它們都可以實踐人類「英雄夢」的心理訴求。凡此種種的圖騰神話所以對人類具有難以言喻的魅力，是因為這種英雄模式是社會整體心靈的象徵呈現，它們呈現了更大、更完整的認同，這種認同可為個人提供自我所缺乏的力量和勇氣，是個體自我意識的開展。〔韓得生（Joseph L.Henderson），

1999：120〕因此在某種意義上來說，在原始文明中，狼以其超人的勇氣與智慧成為中西方文化中的英雄象徵。

三、人類中心觀點的貶義象徵

　　人類的祖先跟動物，原本是生活的伙伴，同享造化的關連，並共享這個地球，在最早期，人類和狼可能因為共同利益的關係，而形成一種寬鬆自在的同盟關係：人類從狼身上學到覓食和打獵的技巧，狼則從人類中獲得食物和保護。人類學者認為，對狼的馴養，是人類和其他動物的關係產生變化的開始。〔梅爾森（Gail F. Melson），2002：38〕也有歷史學家認為，《聖經》所謂的「墮落」始於人類馴養、支配並剝削動物，以及把牠們視為物品或純商品。〔麥洛伊（Susan McElory），1998：福克斯前言 18-19〕也就是說，在人類茹毛飲血的時期，與野獸同行共存的時代，狼與人類曾生活在一起，相互依賴，共同分享大自然的恩惠，克服惡劣的生存環境。但是隨著歲月的流逝，經過馴化的動物開始失去牠的神聖象徵，人類開始意識到人和獸之間的根本差別，不再相信獸能生人或人起源於獸。加上人類社會的生活也由狩獵的原始文明轉變為安定的農耕文明後，身陷叢林而受到猛獸襲擊的機會降低，使得遠古時代純粹的圖騰崇拜漸形消逝，對圖騰物情感的消融與變化，可說是文化變遷的觀察標誌。自從人類成功地馴養家禽，狼群對家禽本能的攻擊被人類當作冒犯和挑釁，狼群的挑釁行為是人類所不能忍受的。狼的棲息範圍很廣，包括草原、森林、荒漠、農田、高原等，甚至是沙漠的邊緣和天寒地凍的極地，都曾留下狼群的足跡。而此時的人類已學會使用火和簡單的工具，感覺自己的生存能力已經能與其他

猛獸相抗衡，開始擺脫蠻荒的叢林，逐漸在平原和草場等水草豐饒的地方定居下來。人與獸千萬年來共處的關係在十六世紀突然發生了較大的轉變，都市文明開始向鄉村發展，而農民又開始侵占森林〔布德（J. Boudet）， 2002：161〕，造成原先屬於狼的地盤成為人類爭奪的目標，從人類的角度來說，狼成為農耕時代人們心中永恆的畏懼，也是人類征服自然的一大障礙。而狼喜歡在人類干預少，食物豐富，有一定隱蔽條件的地方棲息，但人口迅速增長，人類活動範圍增大的結果，使得狼的活動範圍日益狹小，以致人類和狼之間為了生存空間衍生出新的競爭關係，早期社會狼與人的相通性已蕩然無存。

　　狼可以說是歷史上對人威脅最大、最多、最頻繁的猛獸，尤其是上古時代，畜牧是人們賴以維生的方法之一，到了草原上的狼，就是人、馬、牛、羊生存上最大的天敵。以《聖經》寫作背景的以色列為例，希伯來人的始祖是生活在幼發拉底河畔的原始游牧民族，牧羊一直是該民族最重要的生產方式，當地居民的生活就是過著逐水草而居的游牧生活，無怪乎《聖經》中充滿著與牧羊人生活息息相關的語彙和風俗記錄（葉舒憲，2004：129-130）；《聖經》裡許多知名的人物，如：帶領以色列民眾出埃及的英雄梅瑟、達味王、亞毛斯先知都曾經當過牧羊人，甚至連基督都自稱自己是「好牧人」。牧羊人白天尋找草場、水源或水井放牧羊群，晚上負責把羊趕回圈裡。當羊群在野外時，便要時時刻刻保護羊群，提防盜賊、猛獸等的侵襲，因為羊群不會自我照顧，很容易迷途及喪亡。而軀幹雄偉，且性情兇猛狡猾的狼，因常於夜間出來覓食捕食羊隻，是牧羊人所畏懼的一大天敵，狼群的侵擾和傷害威脅了牧羊人的生活保障，想當然耳地狼因此在《聖經》中頗多描述，例：「若是雇工，

不是牧人，羊也不是他自己的，他看見狼來，就撇下羊逃走，狼抓住羊，趕散了羊群。」（約翰福音 10：12）「我知道我去之後，必有兇暴的豺狼進入你們中間，不愛惜羊群。」（使徒行傳 20：29）「其中的首領彷彿豺狼抓撕掠物、殺人流血、傷害人命、要得不義之財。」（以西結書 22：27）「你們要防備假先知，他們到你們這裡來，外面披著羊皮，裡面卻是殘暴的狼。」（馬太福音 7：15）由此看來，在當時以游牧維生的生存環境下，《聖經》中所浮現的狼形象，便是時常誘騙、補食脫離牧羊人保護的羔羊的惡敵，甚至還以牧羊人最容易明瞭的狼形象來暗指傷天害理的壞首領與偽裝善者的假先知，所以《聖經》中的狼具有殘暴、兇惡、嗜血、貪婪、偽善、不懷好意、居心不良的象徵；相反的，羊以其柔弱溫順的性情，贏得了人們的同情，而成為順從、無助、愚昧、盲目的象徵。狼與羊原本只是自然界中處於食物鏈上下環節的兩類動物，本無所謂的善惡之分，但由於人類道德意識的介入，二者的關係便有了相對性的善惡分別。其實，人類保護羊，並非全然為了「扶弱抑強」的道德感，究其內在動機，應該還包含了羊作為人類私有財產的經濟利益，羊除了提供鮮美的羊肉、乳製品及毛皮上的生活所需外，販售所得也足以提高生活品質，而且絕對不會像狼一樣為人類帶來無盡的恐慌和損失，二者相較之下，「護羊打狼」便成了人類共同的生存準則之一，人類的利己主義與對狼的妖魔化評價，在人類的潛意識中根深蒂固，成為人類文化的一部分。

　　自從人類開始大肆侵佔野生動物賴以生存的家園，野生動物的數量急劇減少，生存欲望和本能較強的狼群便將發紅的雙眼轉向人類的家畜，由人類庇護的、喪失反抗能力的羊群就成為狼的首要攻擊目標。狼在農業發達的、人口密集的地區因為無法形成大規模的

狼群，所以一般都是單獨行動，居於不利地位的狼，基於生存慾望的驅動，只好採取襲擊的方法，冒險溜進村子裏偷襲人類的家畜，叼走一兩隻牲口，或是把孩子給吃了（從歷史資料看來，在歐洲就有大量有關狼侵害牲畜、攻擊人類的記錄，但在狼群匯集的北美大陸，卻幾乎沒有狼攻擊人的記錄）。當時的人們還以為狼牙有毒，所以能吃蟾蜍；狼走過的地方，就會寸草不生；而且狼喜歡在颶風時行動，讓風吹走牠的氣味，順利擺脫跟蹤的獵犬，甚至獨行的狼會將爪子放在嘴前，發出群狼匯聚般的嚎叫，以嚇退威脅者，是一種狡猾的野獸（布德，2002：98），牠讓人感到恐懼與厭惡，覺得狼不僅狡猾，而且殘忍，讓人無法設防的突襲與掠奪人類的私有財產，使人類深惡痛絕，從此人與狼的衝突成了拆解不開的死結。搖尾乞憐的狗還給人帶來無盡的心理滿足，然而狼的桀驁不馴，卻大大挫傷了人類的自尊心，人們不能容忍這樣不知好歹的生物，從此狼就背上了不識時務，大逆不道的罵名。所以民間所編寫的故事裏，也就沒有給狼有過什麼好臉色，有關狼的民間傳說與文學作品往往透過突出狼的殘忍、狡詐、欺凌弱小等方式將牠們妖魔化，以發洩對於人類財富劫掠者的憤怒和恐懼，即便是老虎等猛獸都可以成為正義的化身，但狼一定是兇狠狡詐的惡象徵，狼進而成為一種嚴酷懲戒的符號象徵。

狼一直被世人視為噬血成性，讓人毛骨悚然的邪惡生物，而且這種歧視中外無分。以中國字「狼」來說，拆解其字得出「良」和「犬」二字，所以合體為字後，「狼」字理應絕無「惡獸」之意，但是自古以來，狼被人類誤解頗深，凡是人類的惡行敗德，都由狼身來頂替，漢語中以「狼」構造的詞語多是貶義的，從一般生活中的成語、諺語和歇後語中便可以窺出其梗概，例如：用「如狼似虎」、

「豺狼成性」、「狼心狗肺」、「狼肚子裡沒有好心肝」比喻兇暴殘忍的人；用「狼行千里，改不了吃人」、「狼窩裡少不了骨頭」、「狼披羊皮還是狼」、「狼的牙齒會掉，本性卻改不了」、「虎死不變形，狼死不變性」比喻惡習難改的人；用「狼頭上長角」、「狼給羔羊領路最危險」比喻裝模作樣、不懷好意的人；用「鷹視狼步」形容陰險狡詐的人；用「狼貪鼠竊」形容貪狠卑鄙的人；用「狼貪虎視」比喻野心很大的人；用「使羊將狼」比喻仁厚的人難以駕馭強橫而有野心的人；用「狼狽為奸」比喻互相勾結做壞事；用「豺狼當道」比喻壞人當權；用「引狼入室」比喻把壞人或敵人引入內部；用「狼煙四起」指邊疆不平靜，敵軍四起；用「狼吞虎嚥」形容吃東西又猛又急的樣子；用「杯盤狼藉」形容吃喝以後桌面雜亂的樣子……人們用各式各樣帶有濃厚道德貶義色彩的語言符號控訴狼的暴行，用以宣洩自己內心的憤怒和恐懼，狼在人類的字典裡幾乎成了惡的代名詞。劉之傑也曾對文獻典籍中的狼意象作過這樣的陳述：

> 狼作為一種文化象徵和精神意寓，反覆出現在中國古代文學中，經過人類長期情態體驗，由主體觀感攝入並深入人心，由物象抽象為意象。在隋唐以前的文獻典籍中，狼意象具有象徵意義，在更多的情況下作為「惡」的象徵。狼在唐宋詩人的筆下是野蠻的象徵，如「所守匪親，化為狼與豺。」（李白〈蜀道難〉）、「豺狼塞路人斷絕，烽火黑夜屍縱橫。」（杜甫〈釋悶〉）等；在明清小說中，狼是貪婪的、奸詐的、凶險的象徵。如蒲松齡在《聊齋誌異‧夢狼》中把大大小小貪婪、欺詐、無恥的官吏比作虎狼，馬中錫的《中山狼傳》中，

中山狼成為忘恩負義的代名詞；在民間童話故事中，「狼外婆」是狡詐邪惡的化身。（劉之傑，2008：81）

人與狼爭地的結果逼狼為禍，使得進入人類生活圈的狼，為人類安定的農牧生活帶來許多無可計量的私有財產損失，以及內心無以名狀的恐懼與厭惡，狼群的進攻也使得農牧業始終停留在簡單的生產水準，只能維持現狀和原始，人們為了防備無時無刻出沒的狼群，便騰不出多餘的人力和財力去發展貿易、商業、農業及工業。當人類致力建設農業性的文明生活時，原始的衝突在新的社會秩序中就益發顯得可恥，任何野生的形式都不會被視為美德，狼群變成野性、原始及失控的戲劇性象徵及可怕的提醒者。（麥洛伊，1998：262）亙古以來，人們在「人類中心」的文化影響下，為了保護自己的家畜，把狼當作生存的對手，對狼進行大肆屠殺，恨之入骨，竭力想消滅掉牠，好在獵狼的過程中證實人存在的價值，人的勇敢無懼。但是千百萬年來，狼即使受到人類嚴峻的考驗，仍然生存了下來，人類眼睜著在現實上無法把狼消滅殆盡，所以便指責狼是一種狡詐殘忍的動物，是惡的化身，企圖從語言中、心靈深處將狼置於死地！持這樣人類中心觀點的人對狼的基本認知與文化評斷，自然便沒有正離開過討厭狼、貶斥狼的基調，一直停留在「正向式的反動思維」中，狼在文明人的眼中成為野蠻、殘忍、貪婪與慾望的象徵。人對狼的英雄圖騰崇拜已轉變為人對狼的仇視，並且將這種仇視的經驗和意象透過「集體無意識」代代相傳，所以即使一輩子也沒見過狼的人，一旦在他面前提起狼，便浮現兇殘、狡詐的狼形象。就這樣，人類在文化隱喻的意義上把狼定位成令人唾棄的惡魔，心頭永遠的夢魘。

四、政教聯手下的惡魔象徵

　　儘管時代劇變，社會制度更迭，文化發展日趨紛雜，《聖經》傳統的理想與精神卻始終是西方文化認同的指標。要了解西方人的人生觀、道德觀、世界觀，或要研究西方的文化、藝術、人文發展的種種，《聖經》是最主要的參考資源。（姜台芬，2008：1）在西方文化的世界中，基督教的信仰歷來均被視為引領人類走出蒙昧黑暗時代的文明之光，一如《聖經・創世紀》中所述的，上帝創造宇宙萬物之前，世界是一片空虛混沌的黑暗狀態，神照著自己的形象造人，也創造了光，不僅為人類帶來晝夜時空，也為人類帶來了智慧與理性，使得人類生存的空間由混沌的愚昧世界走向了有序的文明世界。神讓亞當視察所有的動物，並一一予以命名，並且要人們治理地球這塊土地，管理海裡的魚、空中的鳥，和地上所有的活物。以此基督教信仰為出發點的文化發展，便形成了人性接近神性，人類受上帝的託付管理地球上的所有生物，是地球上的主人，人類比一切生物高階，動物被認定為次於人類，是為人類所利用而創造，被視為等待征服與剝削的物件，牠們沒有靈魂，所以生命由有靈魂的人類所操縱，和人類是沒有基本的生命的平等，將對動物的圈養、狩獵、殺戮、馱重、勞動，甚至是以鬥獸供人類娛樂、以動物標本裝飾廳堂等，都被認可是人類對動物統治權的展現。在人類動物的狩獵關係裡，人類是狩獵者，動物則為獵物，他們分別代表了生命的兩個層面：一個是生命積極、宰殺、征服和創造的層面；另一個則是物質，或者稱之為臣屬的物質。〔坎伯（Joseph Campbell），1996：131〕十七世紀的哲學家笛卡兒（Descrates）從對人類有利

的角度提出動物沒有靈魂，只不過是活生生的機器，被送到地球上供人利用，所以人類不需要為了殺害動物而感到罪惡，因為這種殺戮並不會有道德上的罪孽感。（麥洛伊，1998：263）這樣人獸有別的觀點獲得基督教熱烈的響應，動物的野性應受到人類的馴化管訓，而那些相信動物具有靈魂，認為動物不臣屬於人類，對動物進行膜拜，或假借動物力量以行上帝意旨的行為或儀式都被視為異端，受到教會的大力抨擊與消滅。

最早把狼群與惡魔相連是始於基督教的思想。把神與人之間的關係類比為牧人與羊群，是基督教中常用的比喻，如：「主是我的牧人，我什麼都不缺乏。他使我安臥在青草地上，領我到幽靜的溪水旁。」（詩篇 23：1-2）「要知道主是神。他創造了我們，我們屬於他；我們屬於他的人，是他牧養的羊群。」（詩篇 100：3）倘若不是親身經歷的牧羊經驗，就不會出現如此設身處地的牧人與被牧者的巧妙比喻。當基督徒賦予基督及其他烈士純潔而溫馴的羔羊形象時，嗜羊的狼便成了惡魔的象徵——上帝羔羊的屠殺者。（麥洛伊，1998：263）牧人守衛羊群的安全是天經地義的事，擊敗侵擾羊群的狼群，對狼群採取防衛與獵殺，則可以說是出於自我防衛與扶弱抑強的正義行為，以此類比神與人之間的關係，則神的責任是拯救人類，保護人類不受惡魔的侵擾而迷失了方向、墜入罪惡的深淵中，而狼則是誘惑人類走向非理性、遠離上帝的惡魔象徵。然而在當時的異教徒社會中，狼是受尊敬的動物，因為牠們既聰明擁有智慧，又是高明的獵手，異教徒戰士崇拜狼神，喜歡披狼皮，佩戴狼牙，認為這樣能獲得狼的力量。但是由於基督教為一神信仰，除了上帝，不得敬拜其他的神祇，於是狼便成為上帝相對面的邪神或異教，也是和文明相對面的無知與野蠻，甚至後來衍變成帶有仇恨

的惡魔。千百年來，透過聖經、聖歌、宗教繪畫等宗教傳統信仰的傳遞，狼一直與撒旦緊緊相連，為西方社會留下了根深蒂固的影響。

　　在歷史上斯巴達的憲法被認為歸功於一位名叫萊庫格斯的立法者，他在公元前 885 年頒布了自定的法律，這位神話式人物最初本來是一個神，祂源出於阿加底亞，名字有「驅狼者」的意思。〔羅素（Bertrand Russell），2005：46〕萊庫格斯以掃除原始宗教作為施政要義，並推行諸多國家整體至上的憲法，由此得知狼在此處意謂著愚昧的、原始的宗教信仰，驅除舊有的習俗信仰被視為神蹟的展現。此外在《聖經・馬太福音》中，上帝就曾告誡過信徒：「你們要防備假先知，他們到你們這裡來，外面披著羊皮，裡面卻是殘暴的狼。」（馬太福音 7:15）由此確定了狼與神是兩相敵對的概念，狼會極盡能事地誘騙神所牧養的羊，所以狼在基督教的文化中具有異教的象徵，而以《聖經》對普遍社會無遠弗屆的影響力來說，更是開啟了人類對狼妖魔化的想像大門。隨著羅馬帝國立基督教為國教、羅馬教會成立並屹立一千多年，《聖經》的信仰傳統對西方世界的影響及於所有層面，從社會整體乃至個人生活。

　　《聖經》中羊與牧人的隱喻構成了豐富的意義系統，使得人世間的領袖君王也常借用《聖經》中的比喻自比為牧人來管牧人民，一方面強化其君權神授的正當性；一方面也教化人民摒棄勇猛野蠻的狼性精神，劃除人性中的狼性，在性格教化方面，馴化人民為溫順文明的羊性精神，成為接受既定社會制度的良民順民，累積文化傳統，形成穩定進步的社會。一般說來，人是生物存在和社會存在的動物，而依據佛洛伊德的觀點，人由於原始本能不斷受到壓抑，才由生物存在轉為社會存在，也正是這種生物存在的本能不斷受到壓抑，才使得人成為社會的人，成為文明的人。（吳光遠，2006：

71）因為獸性的狼性對人類文明的發展危害極大，如果一個國家裡的人民都像狼群一樣，這個國家的人民便會在互相廝殺中同歸於盡、徹底毀滅，如果無法抑制和駕馭人類的獸性和狼性，人類的文明就無法逐步發展起來。於是在此「正向式的反動思維」中，人們發展出一套羊群哲理，與狼之間徹底劃清界限，對狼群徹底排斥和不認同，其所拋棄的絕不僅僅是「狼」這個名號，而是對一種文化，對帶有野蠻性的原始生活方式與廝殺、掠奪的行為表現，以及對崇尚兇悍、剛烈精神的徹底拋棄。狼一步步的從人類的文明社會中被驅離，被視為野蠻、落後、性情強悍、桀驁難馴的象徵。狼所以被打壓、被消滅或被殺之而後快，其實說穿了，這不過是統治階級為了奴役屬民及壓抑統治而進行的狼妖魔化過程。

然而，在神和人關係的層面上，不管是君王或臣民，人永遠都是在上帝面前受保護、被牧養的羊，所以教會在西元 361 年舉行宗教會議，確立了神權至高無上的地位，教廷把君王和人民都視為羔羊，而把非基督教的君王與異教徒看作是狼，教會也因此擁有了「驅除狼」的權力。從此在歐洲出現了多次「驅狼運動」，不僅教會直接參與，而且許多君王也熱衷於此，號召與鼓勵民眾打狼或者消除「狼人」。（殷國明，2005：61-62）此外，由於當時醫療技術不足，人類一直無法完全控制其周圍的環境，所以對於造成人類大量死亡的傳染病（如黑死病、霍亂等）便產生普遍性莫名的恐懼，致使狂犬病也成為「驅狼運動」的一項重要因素。其實狂犬病是一種在狗、狐和狼之間流行的傳染病，狂犬症是透過受感染動物的唾液而傳染的，如果被受到感染的動物咬傷或抓傷，人與其他動物便會染上狂犬病。一些感染了狂犬病的動物會變得急躁並且具有攻擊性，他們可能會咬其他動物或物件。一但狂犬病病毒進入細胞並進行繁殖，

就會由周邊神經進入中樞神經系統（腦部與脊髓），然後擴散到身體其他部位，隨後併發精神錯亂及抽搐等現象，如果沒有及時採取醫療措施，患者便會因呼吸麻痺而導致死亡。〔丘德爾（Eric H. Chudler），2004〕由於這樣的病症具有高傳染性和高致死率，而且還有主動攻擊人類或動物的非人性行為，以訛傳訛誇大渲染的結果，便成為狼及狼人侵襲人類後無限恐慌的想像泉源。狼人這個字起源自古羅馬詩人奧維德（Ovid）筆下的古希臘神話，阿爾卡迪亞的國王力卡翁（Lycaon）敬拜宙斯（Zeus）十分怠慢，宙斯不悅而下凡拜訪他，他卻把自己的一個孩子烹煮成菜餚獻給宙斯，欲哄騙宙斯吃下人肉，以考驗宙斯的全知能力，宙斯發現後一怒之下，將力卡翁和眾王子變成狼，平日他們會保有自己的原貌，直到月圓時，才會變成完全是狼的形象，接著宙斯展開洪水之災，以洗淨人間的罪惡。根據《聖經》的記載，亞伯拉罕犧牲獨子以證明對上帝的順服；耶穌是為了恢復人神關係而犧牲性命；但是力卡翁犧牲兒子卻是了測試宙斯的神力。相對於「基督」基督為人類的罪而死，那麼他懷疑背叛的作為便是「敵基督者」的行徑，他的罪過象徵人類的自負至極及褻瀆之深，此罪大到全人類必須為此遭受殲滅。（奧蘭絲姐，2003：124-125）因罪而遭變身為狼人的懲罰，使狼人成為基督信仰的懷疑者和背叛者，成為社會和宗教秩序藉以區分良善或異端的界線。由於轉變為狼身的狼人不能控制自身的獸性，嗜食生肉和鮮血，所以會襲擊周邊的家畜或人類，對社會構成的危險性更大，在著名的童話〈小紅帽〉中，那頭會妝扮成奶奶，可以站立講話，會生吞人獸的大野狼，就正是狼人在人們心中所留下的陰影。於是狼及狼人便成為潛在恐懼的象徵，化約為惡魔而脫不了身。傳染病肆虐造成人心惶惶，即使是上帝的話語和油膏也挽救不

了生命垂危的患者，這樣的頹勢讓基督教的信仰傳統遭遇到空前的挑戰與質疑，為了力挽狂瀾，於是教會便挺身而出力指狼為吞噬牧羊的惡魔，亟力喊出消滅狼惡魔的口號，對狼進行施暴與屠殺，以消滅信奉者的恐懼與信心的動搖。在中世紀宗教審判的黑暗時代中，數以千計的人被指控是狼人，人們以雙眉相連、手指彎曲、指甲長如爪、耳朵和手掌都有毛髮、牙齒凸出、雙耳末端較尖等近似狼形的特徵，指控一些男女為像惡魔般的生物──狼人，以象徵其墜入與獸同等惡劣低下的本性中。人們相信狼人擁有動物般敏銳反射的神經、強大的再生能力，所以只有用銀製的武器或子彈才能夠消滅他們，而且他們的屍體必須要用沸水燙過，或是直接燒毀，才能避免他們變成吸血鬼。當時的社會甚至認為「當人們圍著一根著火的柱子，嘲弄並詛咒一個被指控為狼人的人，就代表他宣示效忠人類的天性，並能增進自身的幸福」（麥洛伊，1998：262），由此看來，「驅狼運動」是藉由人類對獸類的唾棄，來重振人性的價值，以重新回復穩定傳統的社會秩序。

　　無論這些論述如何怪誕不實，繪聲繪影的傳聞將魔鬼越描越黑，使人們心中的鬼影更加擴大。於是在這種政治上、宗教上、社會上一致「正向式的反動思維」的氣氛下，上至君王下至臣民，甚至是超然於俗世的教會，或是出於對狼的恐懼，或是出於對狼的厭惡，或是出於對狼的仇恨，或是出於對狼的污衊，都參與了自詡為正義的「驅狼運動」，藉虐殺狼群以發洩心中的不滿與怨懟，狼恍若成為人間的惡煞，所有邪惡勢力的象徵載體。當人類自以為這是一場偉大的勝利時，卻發現這樣的行為實際是人與狼共同的悲劇。人類在相當長一段時間內對狼肆意屠殺，使得狼群的數目急遽減少，狼群在長嘯與哀鳴中一天天退出地球的舞臺，打破了生態平

衡，破壞了食物鏈的自然規律的結果，其實對人類的生存也構成了極大的威脅。

第三節　狼的擬人化過程

存活於叢林裡的生物狼，究竟是如何走入人類的生活環境中，走進人類設定的語言環境裡，成為無惡不做、罪不可赦的大惡狼？牠們是如何摒除生物性，而成為兇惡貪婪人類的象徵？這其中必有一段耐人尋味的演變過程。在文學史上，長久以來動物早就以擬人化的姿態詮釋著人類群體的社會關係，以戴著獸性面具的動物角色，扮演著真實的人生角色；而在文學中的狼角色也不例外，狼被人們賦予了文學色彩，賦予了人的情感和認識，以擬人化的方式呈現出人類社會的縮影。

一、擬人化的意涵

「擬人（Personification）的希臘字源為 prosopopoeia，即『活現法』，是把一種抽象的觀念，如：永恆、春、天國，或者是虛幻的人物逝去或不在現場者，轉變為在場的說話者，後來廣義的延伸為：凡是把任何無生命物賦與人類生命徵象的模擬，均可稱為擬人格。」（張錯，2005：223）也就是說，擬人化指的是把非人類的具體或抽象物加以人格化，賦予它們或牠們人類的情感交流、思維習慣和言行舉止。「擬人化是用某種動物、植物擬人，其關鍵是把握

住人與物的某方面共同點，將這種特徵凸顯出來。如用狐狸代替某種狡猾的人，狡猾就是人與物的共同點，兩相重疊，狡猾這一特徵就鮮明地表現出來了。」（吳其南，1996：62）「擬人化的範圍相當廣泛，包括對動物、植物及其他無生物的擬人化；對各種具體事物和抽象事物的擬人化；對某種概念、觀念、品質的擬人化。」（祝士媛，1989：96）「擬人化有它特殊的價值，就是換一個立場，或換一個觀點來透視人間的問題。」（傅林統，1996：21）所以說擬人化的運用是使物體的形象具備了人特有的美德和惡習，也保留了它作為物的某些特性及它與其他動植物的自然關係，這種人性和物性的和諧統一，不僅可以吸引讀者的閱讀興趣並對人性進行反思，也可以讓讀者從中體會文學作品似幻猶真、亦真亦幻的藝術內涵。

　　韋葦在《世界童話史》一書述及：「格林兄弟保留了民間童話所有的擬人手法。德國民間童話的獨特之點就在於不只動物、草木，就連毫無靈性的物件都會說、會行動。」（韋葦，1995：87）為什麼童話中常運用擬人化的藝術手法？這應該和人類的心理特徵有密切的關係，在《宗教的自然史》中，休謨（Hume）對非生物具有生命的理由作過這樣的闡述：「人類有一種普遍傾向，往往認為所有的存在物都和他們一樣，並將他們熟知的且在內心中深深意識到的性質，轉移到每一個物體上。」（引自佛洛伊德，2000：123）同樣的，在兒童生活的環境中，他們最先接觸的是人，最先認識的是人，最熟悉的也還是人，特別是幼兒，由於受到認知經驗淺薄的侷限，他們經常會把一些非人的物體理解成自己所熟悉的人的世界，常常自認為它們能聽懂自己所說的話，和自己有著相同的心情。而童話故事中以擬人化手法書寫的故事特別多，我們幾乎可以說幻想是童話的最基本特徵，而其最主要的表現形式就是擬人

化,那是因為它符合兒童未分化的、一元化的心理特質。有人說兒童的心理接近原始的人類,都是屬於「萬物精靈論」的型態,所以對擬人化故事很容易接受。(傅林統,1996:34-35)洪汛濤曾對童話慣用擬人化技巧作過分析:

> 為什麼童話要通過借替的擬人化這一手法?這是符合兒童的思維要求的,因為在兒童的心目中,一切鳥獸蟲魚,山川草木,日月星辰,無一不是有生命的,這是兒童的幻想,是兒童對於世界的求知,因為符合兒童的思維特徵,兒童讀來最有興味。(洪汛濤,1989:192)

也因為這樣的緣故,童話作家喜歡用擬人化的手法編寫一些生動活潑的童話故事,讓兒童在接觸趣味化、人性化的故事的同時,能自然而然的去認識某些新事物和了解一些新事理,這些故事對兒童的社會化起著重要作用,因為在還沒有文字的漫長年代裡,兒童就是透過聽故事的方式接觸文學作品,從那些鮮活的擬人化形象身上學到生活的經驗教訓,學到社會的道德準則,受到真善美的啟迪和薰陶。

二、童話與動物擬人化

擬人化動物形象,反映出較早時期人類與動物十分密切的關係。最早期人類過著狩獵的生活,為數眾多的野生動物,有些是人的獵物,能給人類帶來食物、獸皮等好處,有些則因兇猛危險,是危及人類生命安全的恐懼來源。而後人類開始馴養動物作為家畜、家禽,動物成為人類的私有財產,關係更形密切。加上早期人類「萬

物有靈」的自然觀，所以特別容易將人性擬附於動物之上，塑造出
許多擬人化的動物形象，這在寓言和民間故事（神話、傳說、童話）
中十分典型。（楊建美，2007）文學書寫是人類獨有的行為，所以
人們常在文學創作中便把人放在中心地位，不僅要表現出人圖求生
存的生物本能，更重要的是還要表現人精神世界的內在生活，因而
人們總是樂此不疲的追尋文學作品中人的思想情感的蘊涵，即便是
以動物世界作為寫作題材的文學，作者仍舊是從人類的角度出發，
去選擇題材，選擇表現形式和表現角度，並把自己的思想情感融注
進去（馬亮靜，2007：61），所以在以動物為文學素材的動物故事
裡，動物的身上也會含有人類的思想情感。在這裡擬人化的動物形
象就是把動物當作人來寫，使動物具有人性。所謂人性，就是善良、
忠誠、純潔、膽小、貪婪、兇猛、狡猾、陰險等人類所具有的品性；
所謂物性，就是動物原本的外貌、生活習性。於是人類根據動物與
人類的親疏遠近、利害關係，再根據動物的外貌、生活習性和性情，
將物性與人性聯繫起來，就創造出了擬人化的動物形象。為了化「動
物世界」為「人類世界」、化「動物故事」為「人類故事」，便將動
物加以擬人化，使牠有愛憎喜怒，能言說思考，以符應人類的思維
和行為準則。

　　童話裡的動物角色只是將動物角色冠上動物之名，但卻不受生
物屬性的限制，可以說人類的語言、有人類的思想感情，也可以表
現出和人類一樣的家庭生活和社會制度，穿人類的衣服、吃人類的
食物、住人類的房子、過著和人類一樣的生活模式，完全隨著作家
天馬行空的想像力演繹著人生的故事，由於作家寫作目的和主觀感
受不同，導致寫作側重的意識型態不同，作品中的動物往往被作家
賦予一定的立場和情感態度，所以走進文學作品中的動物變成不純

然是動物，牠們被賦予了更多人類主觀的情感因素，往往具有一些人的特徵。也就是說，童話作家是藉由非理性的動物樣態、舉止、性格來刻畫人性，將人世中普遍的真理及教訓呈現出來，用虛構的「動物故事」，暗（明）示實存的「人類生活」，不僅趣味生動而且寓義深遠，讓人在輕鬆閱讀、享受趣味之際，領略不同的思考境界，啟發全新的人生視野。比起其他角色（如人物、植物、無生命的物體等）來說，動物形象更具有特色，更單純化，而且動物角色的外型特徵更明顯，習性差異也較大，所以用動物作為故事角色能順利地轉喻人類社會上的某些典型人物。這些塑造出來的角色，成功的將人們心目中已經存在的形象與故事中的角色相結合，讓讀者在閱讀時，能夠輕易聯想角色的個性，幫助了解故事的寓意。經過長期的擬人化後，多數的動物角色在故事中，漸漸形成了一些固定的動物形象類型，例如：用狗象徵忠誠可靠的人，用綿羊象徵溫順無知的人，用狐狸象徵狡猾諂媚的人，用狼象徵兇殘貪婪的人等。雖然這種擬人是一種文學表現手法，但是這種固著化的動物刻板印象在讀者心目中，尤其是兒童讀者，或多或少都會形成對某些動物的偏見。

三、童話中的擬人化狼

　　童話是兒童文學最早的體裁之一，也是兒童文學中作品數量最大，也最受小讀者歡迎的傳統形式。童話故事中的飛禽走獸常具有人類社會的思想感情和行為模式，並且按照人類社會的邏輯對話，保留其動物特性而發展故事情節。其中狼一直是童話作家喜歡當作創作題材的動物之一，從二千五百多年前的《伊索寓言》，十二世紀的《列那狐故事》，十七世紀的《鵝媽媽故事集》，十八世紀的《英

國童話》，到十九世紀的《格林童話》和《安徒生童話》，都賦予了
狼鮮明的性格，並且透過閱讀經驗的累積，形塑出集體意識文化裡
狼的象徵意義。

　　寓言的最高要求和最大目的，就是表現人的精神，改善人的行
為。（韋葦，1995：37）在篇幅短小的故事中，作者讓人類披上禽
鳥畜獸的外衣在故事中演出，並使讀者在渾然不覺中領略不著痕跡
的勸告和教誨。很多的寓言創作都是以動物為主角，因為動物的特
質很容易類型化，陳蒲清在《寓言文學理論、歷史與應用》裡提到：

> 寓言在塑造類型形象時，並不著重於全面刻畫，而著重於刻
> 畫主要特徵，即重神似而不重形式。國外著名寓言學者萊辛
> 認為：寓言大量採用動物角色有兩個原因：一是為了使形象
> 的性格特徵凸出而又避免累贅的性格描寫，動物具有眾所周
> 知的亙古不變的性格。二是避免引起激情，寓言優先使用動
> 物，還與寓言傳統有關。（陳蒲清，1992：30）

　　西方人以動物為題材描述人生百態的作品，自古有之，如古希
臘時代的《伊索寓言》就是大家耳熟能詳的名著。根據統計《伊索
寓言》的動物角色多於其它角色，這是由於當時是古希臘時代，身
為奴隸的伊索不能暢所欲言，所以只以擬人化的動物，來譬喻平日
高高在上的主人、貴族等，目的在藉動物投射他們的暴行。《伊索
寓言全集》（伊索，1992）中有關狼的故事多達29篇，其中〈牧羊
人和幼狼〉、〈牧羊人和與狗一起長大的狼〉、〈野狼和牧羊人〉、〈把
狼趕進圈檻的牧羊人和狗〉、〈牧羊人的惡作劇〉、〈受傷的野狼和綿
羊〉、〈吃飽的野狼和綿羊〉、〈狼和小綿羊〉、〈惡狼的理由〉、〈野狼
和逃進神殿的小綿羊〉、〈野狼和綿羊群〉、〈狼與母山羊〉、〈小羊和

吹笛子的野狼〉等故事中的狼都與羊脫離不了關係，指出狼吃羊是狼的天性，即使狼受傷得嚴重，或是農夫如何細心養育小狼，永遠也無法改變狼愛吃羊的本性。希臘人早期是過著游牧的生活，羊是游牧民族馴養的動物，《伊索寓言》裡的狼專吃綿羊，可能是人類害怕狼吃掉所養的羊群，這個壞印象也被用來影射本性難改的壞人，不論如何感化與教育，都無法改變其做壞事的本性。〈野狼和鷺鷥〉、〈惡狼的理由〉、〈野狼和逃進神殿的小綿羊〉、〈狼與羊群〉、〈狼與母山羊〉、〈野狼與馬〉、〈野狼、雄綿羊和綿羊群〉、〈野狼和狗〉描述狼為了吃下眼前的獵物，別有用心的想出許多詭計，或是找出任何理由來刁難，顯現出狼貪婪、狡猾、嗜血的性格。〈狼和老婆婆〉、〈小羊和吹笛子的野狼〉、〈野狼和驢〉、〈狼醫生〉、〈睡著的狗與狼〉則是描述狼為了能吃到獵物而聽信他們的話，結果卻是聰明反被聰明誤，表現出狼愚蠢、貪小便宜的特質。〈以自己影子為傲的野狼和獅子〉、〈獅子、狼與狐狸〉說明常常算計別人、狂妄自大的人終會自食其惡果，呈現出狼邪惡、構陷他人、狂妄自大的一面。總體看來，《伊索寓言》塑造出來的狼負面形象根深蒂固，在《伊索寓言》裡，野狼不是被描述成專門欺凌小動物，就是身形畏縮的投機份子。（林惠文編，2001：162）凡事以自我為核心，只要對自己有利的事，沒有不能做的，是個利己主義者。（同上，209）影響所及，後來歐洲童話故事中的大壞蛋幾乎都由大野狼概括承受。由於《伊索寓言》來自民間，所以較能反映社會低層人民的生活和思想感情，透過描寫動物之間的關係來表現當時社會壓迫者和被壓迫者之間的不平等關係。從寓義的角度來談，《伊索寓言》具有濃濃的說教意味，如對富人貪婪自私的揭露；對惡人殘忍本性的鞭撻，甚至譴責當時社會的強權階層，號召受欺凌的人團結起來與

惡人進行鬥爭。在這種政治性反動的「反向式的反動思維」下，生存於動物界的狼被擬人化為令人憎惡的「謊言」、「狡猾」、「貪婪」、「自私」、「掠奪」、「歹念」的人性缺陷，《伊索寓言》中的狼成為擬人化狼的經典代表，甚至其被當成教育兒童的文學讀物而傳誦千古。《伊索寓言》在文學史上，可說是寓言體文學的開山鼻祖，對西方倫理道德、政治思想影響也很大，所以世界各國的文學作品或政治著作中，常常引用故事的寓意作為說理論證時的比喻，或作為抨擊時政與諷刺社會的武器。

　　受《伊索寓言》的影響，動物故事很早就在歐洲民間流傳，中古時期日耳曼地區就有以動物為主人翁的民間故事《列那狐》故事。西元十二世紀末和十三世紀初，在法國流傳著一組組以狐狸為中心的拉丁文故事詩，這部作品後來經過不斷的修改和增補，形成了長達十餘萬行，由二十七組寓言故事綴成的諷刺童話詩。（韋葦，1995：44）《列那狐》故事經過多次修改增補為散文後，成了一部生動優美的童話，流行於全世界。故事表面上是描寫動物世界，實則用擬人化的動物，影射諷刺中古歐洲社會的百態，同時暗喻世間有權勢的王侯貴族的無能與腐化，充分反映當時的社會現實──新興市民階級與封建統治階級的鬥爭。根據《列那狐》（管家琪，1995）一書〈列那的誕生〉的說法，上帝把人類祖先亞當和夏娃逐出伊甸園時，基於憐憫而給予亞當一根「神棍」，只要拿它去打擊海面，就可以得到需要的動物，於是亞當得到一些有益的動物（如母羊和小羊）。上帝曾告誡亞當不能將神棍交給夏娃，因為她會帶來災禍。可是夏娃不服，便偷偷使用神棍想試試它的威力，結果卻變出了許多毒蛇猛獸，其中她變出來第一種動物便是相貌兇惡，一嘴尖牙，還不斷流口水的狼，狼一落地，立刻身手矯健的叼走了母羊跑進樹

林裡，還好亞當趕緊變出狗救回了母羊。後來就在兩人拉扯搶奪神棍時，神棍應聲斷裂而變出列那狐。由這則開端的宗教性神話故事看來，狼自誕生之初便帶有來自於夏娃的邪惡原罪，一出世便與羊為敵，流露出矯健、殘暴、貪饞的獸性特質，即使走入其後的童話故事中，這樣的本質也一直都沒改變過。作者把中世紀封建社會描繪成一個弱肉強食的野獸世界和欺善怕惡的強盜王國，整個故事以列那狐和代表貴族的葉格倫狼的鬥爭為線索，揭露了重重的社會矛盾。故事的角色性格十分鮮明，代表新興市民階級的貴族男爵列那狐在與狼、熊、獅子和修士等的鬥爭中是一個反封建的人物，他捉弄國王，殺害大臣，嘲笑教會，幾乎無法無天；另一方面，列那狐又肆意欺凌和虐殺代表下層勞動人民的弱小動物，許多雞、兔、鳥類幾乎成了他的腹中之物。他一方面欺壓平民百姓，一方面與強權豪門勾心鬥角，但總是能以聰明機警左右逢源。故事中所展現的是中世紀法國各種社會力量矛盾和鬥爭的錯綜複雜的局面，也大大的嘲諷了專制的國王、貪婪的貴族、愚蠢的修士等。如在〈想做「修道人」的狼〉的狐狼鬥爭中，藉由狐狸的捉弄顯現狼的貪饞和愚蠢；在〈獅王諾勃勒的裁判〉中，狐狸乘機反咬狼一口，顯現狼的誣陷和自食惡果；在〈列那又在宮中救了一次國王〉中，狐狸藉獅王的權威報復狼，讓狼落得被剝狼皮的下場。《列那狐》故事是一部傑出的童話故事，是中世紀市民文學中最重要的反封建諷刺作品，故事透過列那狐的經歷，反映出封建社會是一個黑暗的、充滿欺詐和掠奪的野蠻世界，為中世紀法國慘受剝削和壓迫的廣大勞動人民發出憤怒的抗議，具有十分典型的「正向式的反動思維」意識型態。《伊索寓言》中的狼雖然已能具有人類的思想和做出人類的行為，但在外表和行為上，牠還不失作為狼的動物性；而《列那狐》故事

185

中所形塑出來的狼形象則是再進化，達到完全的擬人化，除了僅以生物界上分屬於狼，來標示其本性外，這隻狼便可說是不折不扣的人類化身，他不僅有名字，有身分地位，還能與人類一般勾心鬥角爭奪權勢。此外，故事還打破了狼原有的動物性，狼和狐狸之間可以是舅舅與外甥的關係，狼竟會想要接受修士齋戒的戒律，狼還會坐在冰窟窿上妄想用尾巴釣鰻魚來吃……叢林中的生物狼放棄了獵狩動物的血性本能，故事中的狼在擬人化的寫作手法下，成為動物特質類型化鮮明的封建貴族代表，更是一個可以滿足市民文學反封建領主霸道、愚蠢、貪婪箭靶的諷刺角色。

這些草原和森林裡的古老傳說在傳統的口頭傳誦中，經由說故事人的加油添醋和文學創作家的增添潤飾後逐漸變形，為民間童話裡的狼擬人化角色增添不少色彩。其中較早出現狼擬人化角色的代表性作品是《英國童話》（華鏞編著，1993）的〈三隻小豬〉，故事的內容是敘述三隻小豬離開媽媽獨立謀生，他們各自搭起了房子，老大造的是草屋，老二造的是木屋，老三造的是磚屋。有一天來了一隻大野狼，他一口氣吹倒了草屋，把老大給吃掉，然後他又一口氣吹倒了木屋，也把老二給吃掉，但是老三的房子是磚造的，怎麼也吹不倒，於是他邀請老三去採蕪菁、採蘋果、逛市集，好藉機吃掉小豬，但卻都失敗了。大野狼只好從煙囪爬入屋裡捉小豬，掉進小豬燒好的滾水鍋裡，小豬立即蓋上鍋蓋把狼煮熟吃了。大野狼本想用陰險的計謀吃掉三隻小豬，結果反而被聰明機智的小豬擊敗。雖然童話作家對故事裡的狼只有一些簡單的動作描寫，如：急急的敲小豬家的門、對屋內的小豬大聲喊叫、用嘴把房子吹倒、想盡詭計誘出小豬、爬進煙囪裡、掉進熱水鍋裡等，但是故事透過對狼吹倒小豬屋舍的動作及接二連三詭計的反覆述說，讓情節高潮迭起，

緊張氣氛節節高升，反覆的情節與對話一次又一次加深讀者的記憶，使大野狼不擇手段吃豬的畫面不停衝擊著讀者，將狼貪婪、奸詐、愚昧、蠻橫、豪奪的形象深深地刻畫進讀者的心坎裡；他張牙舞爪非致獵物於死地的惡煞模樣，給人一種不安、緊迫、邪惡的負面聯想。故事中並沒說明故事發生的時間和地點，是屬於模糊背景，其一是為了反映普遍的人性及生活的共通性；其二是預留想像空間，增添故事的趣味性和神秘性。（林虹汶，2006：10）故事中的動物擬人化，讓動物與人的界線模糊化，人會做的事情動物也會做，使人類貪嗔痴的慾念類化到動物身上，因此故事中發生的情節並不單純只是發生在三隻小豬和大野狼的身上，也同樣會發生在人類的現實生活中。如果以森林來和城鎮作對比，城鎮代表的是現代的文明世界，而三隻小豬居住的森林則是一個未開發的原始世界；而無庸置疑的，故事中的大野狼當然是原始危險環境中，讓人有生命威脅的野蠻兼凶險的代表性角色。

　　另外，在《格林童話故事全集》（格林兄弟，2001）中也有不少與擬人化狼有關的故事，如〈狼和七隻小山羊〉就是大家耳熟能詳的一例。故事內容描述羊媽媽有七隻可愛的小羊為伴，有一天，羊媽媽要到森林裡找食物，臨走前，她一再叮嚀小羊們要乖乖待在家裡，注意壞人，千萬不能幫狼開門。但是貪婪的狼用盡計謀滋潤自己的粗嗓門和掩蓋自己的黑爪子，騙得小羊開門，將小羊一隻接著一隻的吞進肚子裡。最後羊媽媽剪開狼肚，以機智讓小羊逃過一劫。故事中對狼的描寫就較〈三隻小豬〉更為具體，文中有提及到狼的聲音粗糙、黑爪子的外貌形象，文中先由狼把獵物吃得連皮帶毛一點也不剩的貪饞獸性作為遠離危險的警示開端，再以狼的奸巧善於偽裝為故事埋下伏筆。狼為了滿足口腹之欲，一次又一次的偽

裝掩飾自己的狼跡，甚至不惜以威脅吃人來達成生吞活羊的願望，雖然後來短暫的滿足了口欲，最後也還是空歡喜一場，落得滿腹石頭墜井而亡的下場，而且故事的字裡行間更直言不諱的稱狼為「壞蛋」、「壞傢伙」、「兇惡傢伙」、「惡狼」，狼在故事中形同是壞的集合代名詞。有趣的是，故事中的羊媽媽在見到飽餐一頓後正在酣睡的狼時，竟口中呼喊上帝的名：「啊，上帝！難道被他當晚餐吃下去的那些可憐的孩子們還活著嗎？」（格林兄弟，2001【四之一】：42）擬人化的羊竟如同人類一般成為虔敬的基督徒，在上帝的相助下，奇蹟般毫髮無傷的救出狼肚裡的六隻小羊，不正是神蹟的最佳展現嗎？而羊媽媽出門前的告誡不也和《聖經》中的經文「你們要防備假先知，他們到你們這裡來，外面披著羊皮，裡面卻是殘暴的狼。」（馬太福音 7:15）具有高度的相似性嗎？擬人化的狼現身於童話故事中，無異就是異教徒與邪惡掛勾的巧妙連結。也正是基於這樣的源由，在基督教盛行的歐洲地區，惡狼因為泯滅天良生吞上帝所牧養的羊，公然與上帝為敵，所以都落得不得好死的悽慘下場，表面上童話故事宣揚了善良戰勝邪惡的人性價值，同時卻也隱含了基督信仰優於異教崇拜的宗教信念在故事裡頭，在「正向式的反動思維」的積極運作下，人類世界的擬人化狼便身陷罪惡的淵藪而難有翻身的機會。

狼在童話故事中是個貪饞的肉食性動物，不僅吃豬、吃羊，甚至還是個吃人的猛獸，〈小紅帽〉就是其中的一篇。在〈小紅帽〉裡狼的騙術高明多了，故事是描述小紅帽要前去探望生病的外婆，途中遇到了野狼，居心險惡的狼先是騙得外婆的住家所在，提早到外婆家吃了虛弱的外婆，然後扮作慈祥的外婆，模仿外婆說話的聲調來誘騙小紅帽，和小紅帽經過一連串狡猾的辯解之後，也把小紅

帽吞進肚子裡了。儘管不同版本裡的〈小紅帽〉故事結局有些許不同，如《貝洛民間故事集》（貝洛，2002）裡的〈小紅帽〉是全身赤裸充滿性誘惑的小紅帽慘遭狼吻，祭了狼的五臟廟；而《格林童話故事全集》（格林兄弟，2001）裡的〈小紅帽〉最後卻是由路過的獵人剪開狼的肚皮，救出小紅帽和外婆，再將石頭填進狼的肚子裡，使狼醒後摔倒在地而喪命。但在這些內容不盡相同的版本中，小紅帽和野狼在床上的經典對話卻是如出一轍的成為故事中令人注目的焦點。從小紅帽一一詢問野狼的身體部位，我們可以對狼的外貌形象有更具體的了解，狼有粗胳膊、粗腿脛、長耳朵、大眼睛、尖牙齒等特徵，而狼所回答的每一個答案也正透露出其步步近身接觸小紅帽的強烈企圖，終至狼性大發的撲向可愛純真的女孩身上。這個故事雖是說給兒童聽的家庭故事，但是其中的比喻相當明顯，這隻大野狼在道德方面代表著男人不應該有的性飢渴，被詮釋為覬覦女色、侵犯女身的男子，隨著狼爪和狼牙的現身，使小紅帽失身於野狼。其中貝洛版本還在故事結尾附上警告女性的教訓：「同樣是野狼，也分成許多不同的種類。有的會藏起利牙，收起銳爪，在耳邊說著甜言蜜語，討人歡心。跟在年輕姑娘後面，悄悄溜進家裡，溜進臥室，再張牙舞爪的撲過來。」（貝洛，2002：56-58）他的忠言警告女性保持貞潔的重要，不只給社會上年輕的女孩，還給當時上流社會有受過良好教養進出沙龍的女人，因為參加沙龍聚會的男性多是時髦、迷人的上流社會人士，擅長勾引年輕女性，會奪去她們的貞操，亦即剝奪她們在買賣婚姻中的籌碼，會對家庭傳統造成相當大的威脅。（奧蘭絲姐，2003：61-62）這樣性別意識上「正向式的反動思維」的驅使，使這則民間故事成為性道德喻示意味濃厚的寓言，在故事中伸出狼爪的擬

人化狼被解讀為世間狡滑騙色的男性，影響所及至今「狼」仍普遍用來意指為「色狼」，就是玩弄女性的男性，並用「遇見狼」來形容女孩失去貞操。所以我們不難發現一般的字辭典中對於「狼」的解釋，除了野獸名外，還包含了其他擬人化的衍生義，如《新編國語日報辭典》出現「比喻貪心狠毒的人。比喻騙女色的人」（國語日報出版中心，2004：1123）的解釋，及《三民英漢辭典》出現「（如狼一般地）殘忍、貪婪的人。口語上為想勾引女性的男人、玩弄女性的人」（何萬順，2003：1819）。

四、擬人化狼與男性

究竟狼和人是不是有其相通之處？生物學上人類屬於哺乳綱靈長目，與黑猩猩、大猩猩、猩猩、長臂猿、合趾猿同屬人科的靈長目動物。由於人和猿血緣相近，生物學家莫里斯（Desmond Morris）就曾在《裸猿》（莫里斯，1971）一書中把人類當作「裸猿」來看待，意為沒有毛皮的猿。根據人類的演化來看，人類的祖先——類人猿是全身長毛的，而現在的人類實際上也並不是完全赤裸無毛，只不過，人類身上的毛髮不是極其細緻，就是頗為稀疏，只在頭部、腋下和陰部（在男性身上則另外還有胸部和臉部）等少數幾個地方才保留著毛髮，和其他毛髮濃密的猿類動物比較起來，人類確實有如赤裸無毛一般。動物毛髮在人類身上的殘跡正可以說明人類脫身於動物，這也就不難說明人類身上之所以具有一半的人性，以及一半的獸性的原因，而毛髮就象徵了人類內心不潔的獸性成分，多毛的模樣更是獸性的象徵，代表自然力量失去控制的結果。〔席姆斯（Michael Sims），2007：35-36〕由於人類的行為與動

物的行為有高度的相似性，獸性（所有非人性的行為舉止）也成為人類天性的一部分，使得人類既有著崇高的理性，同時又有著原始的自然欲望。然而自恃甚高的人類並不認為自己的層級等同於獸類，人類有靈魂，而獸類沒有靈魂，因此人類不能與獸類同日而語，為了使人類與獸類有所區隔，便把人類失去理智控制的行為類歸為野獸禽獸，如用「衣冠禽獸」責罵空有外表而行同禽獸、惡行惡狀的小人；用「人面獸心」形容表面上看起來像是人，內心卻如野獸一般兇狠殘暴的人，藉由非理性的獸性控訴其暴行，貶喻其野蠻無禮、德行敗壞。而由於人類長期以來對狼的仇視，將狼的攻擊、攫取、吞噬的動物本能行為視為邪惡力量的象徵，終致狼成為殘忍、貪婪的人化身，也源於男性身上的毛髮多於女性，以及長期社會教化男強女弱的「正向式的反動思維」觀點的影響下，男性相較於女性在身體特徵上更為勇猛強壯、力大彪悍，在心理特徵上更具有攻擊性和支配性，而較接近狼性，所以將原本性別模糊的狼象徵轉化為人類男性的指稱代名詞，使得擬人化的狼讓人聯想到野蠻的男子氣概。加以在家父長制的社會結構下，普遍存有女性為男性私有財產，受男性所擁有、所護衛的「正向式的反動思維」，所以狼偷襲吞噬家畜與人的行為便是搶奪侵佔男性的私有財產（而意圖指染他人妻女者，當然就視同為偷襲他家產的狼），狼這種惡意的挑釁勢必挑起男性的激憤，將其提升為男性尊嚴的保衛戰，視為男性間的決鬥，理所當然的狼便被聯想成充滿戰鬥力的男性。也或許是狼生性貪得無厭，胃口常是瘋狂而激烈的，會一次吞噬全部獵物，有時會巴著屍首數小時也不捨離去，公狼還會以體型優勢逼迫母狼在性方面乖乖就範，甚至是來個「霸王硬上弓」，而狼一身自然原始的獸性與十七世紀的魔鬼象徵（濃密的黑色毛髮、牙爪尖利、耳朵凸

出、兩眼發光、黑夜出沒、嘴巴能吞人、性慾強烈）緊緊相連，容易讓人產生下流、猥褻和噁心的聯想，導致人類將狼體內未馴服的慾望聯想成是男性不應有的性飢渴，或者是偏離正軌、沒有結果的性愛，使得狼成為男性原始本質和自然本能的象徵，而敗壞德行誘騙女色的男性則被冠上了「色狼」、「狼爪」的道德罪名。

在許多神話故事、藝術作品與宗教傳統中，動物代表的象徵語彙最豐富多彩，因為人類的行為舉止與心理情緒，多多少少都帶有動物本能的力量或受其影響。中世紀基督教《福音書》的四位作者馬太、馬可、路加和約翰，分別以人、獅子、牛和鷹的動物形象作為其化身。（方坦納，2003：52）《聖經》中基督在十字架上作了神的羔羊，象徵著基督願意獻上自己，用寶血替人類受死，羔羊成為天父象徵的喻示深深的影響著人類的思維。事實上人變形為動物的故事也其來有自，一些古文獻中早已出現人獸兩界的相互滲透，如奧維德的《變形記》及阿普列烏斯（Lucius Apuleius）的《金驢記》均對此有所敘述。〔穆尚布萊（Robert Muchembled），2006：35〕，關於這方面也有不少的民間說法，如希臘歷史學家希羅多德寫道，西元前五世紀紐倫恩（Neurian）民族每年都有幾天改扮為狼形的習俗；中古世紀法國瑪麗皇后的抒情詩認為狼人乃是受咒語詛咒的貴族，根據傳說，狼人不忠的妻子將他的衣服藏起，以致他保持著狼形而變不回人身，直到他良好的風度受到鄰國國王褒揚，且被視為朋友時，他才能解脫咒語的束縛變回貴族。（奧蘭絲妲，2003：123-124）童話中以動物為男性化身的故事也不少，如〈青蛙王子〉中的青蛙、〈白雪與紅玫瑰〉中的大熊、〈野天鵝〉中的天鵝、〈美女與野獸〉中的野獸。這種呈現方式的故事原型可以追溯到希臘、羅馬神話，故事中眾

神和其隨從的生活，構成了一長串的變形神話，宙斯與鷹、丘比特與蛇、阿克泰翁與牡鹿、波塞冬與海豚的故事，都有男性神變形為動物的情節。而將狼與人連結在一起則是力卡翁為了測試宙斯的神力，反被宙斯變成狼以示懲戒的神話，由此證明狼是由男性變身而來的動物。對當時的游牧社會來說，為了追捕獵物，男性強健的體魄是生命安全的保障，因此他們主要的神祇都是男性，是權力和力量的化身，而能變身為動物，則代表其具有該種動物的特質及力量。雖然這些不是童話而是神話，但是它們確實對後來的童話產生了影響，使得童話中的動物多指為男性，而非女性。從心理分析學派來看，動物可以是憤怒的自我，或者是自己所害怕、所愛的父母，也可以是性渴望和憤怒的對象。（梅爾森，2002：228）許多兒童（特別是男孩）會出現較大動物的恐怖症，他們內心的恐懼多與父親有關，經過分析，男孩在成長過程中，剛剛萌生的性慾望會朦朧預兆地指向母親，而把父親當作與他爭奪媽媽好感的競爭對手，使男孩心中升騰起對父親的敬慕與仇恨，而產生「伊底帕斯情結（oedipus　complex）」。不過這種情結不能毫無節制的佔據他的整個心靈，於是便將這種敵視感和恐懼感轉移到父親的替代物上面，好讓自己從矛盾的情感衝突中擺脫出來。（佛洛伊德，2000：180-182）據此心理學者推論兒童是將自己的某些情感從父親那兒轉移到動物身上，對於大型動物的恐懼，其實是來自於他們對父親的害怕，對於令人恐懼的動物的屠殺，其實是發洩自己內心對父親不可言說的仇恨。父親成為原型的敵人，因此人生所有的敵人都是（無意識）父親的象徵，凡是被殺掉的動物都成為父親。（坎伯，1997：166）這股不可遏止的爭戰驅力演變成男性暴力攻擊及面對生存威脅的情緒出口，於是

野蠻襲擊人類的狼是男性的象徵，慘遭人類獵殺的狼也是男性的象徵，以消除人類心理對於原型敵人的敵視和恐懼。所以以狼形象為主角的童話故事，正好與兒童埋藏在內心深處的渴望本質的基質產生共鳴，呈現出一種動物焦慮的現象，貪婪的大野狼正是狼人的攻擊性衝動、對超我和害怕被父親閹割的恐懼。（梅爾森，2002：228-229）人與動物具有整體心靈的象徵意義，而動物所擁有的力量則是雄性的具體表徵，狡猾野蠻又令人心生恐懼的狼，經過擬人化後，與人類男性的生理結構和特徵有部分共通性，又合於童話中動物原型的神話象徵，也符合人類深層心理的父親替代物，所以能化作男性生命力的具體象徵，狼成為連結童話與男性的關鍵，使得童話中出現的擬人化狼成為男性的化身，演繹著一個個原屬於人類世界的男性角色。

　　從上列所舉的幾個童話例子看來，狼總是假扮成善良的角色，或偽裝成弱小動物的朋友，或用甜言蜜語使對方警戒鬆懈，為的是實現牠吃動物、吃人的目的，但最終還是被對方識破，而慘遭開膛破肚及烹煮成湯的懲戒下場。這樣的狼給人一種可怕的印象，他雖然能說話和行動，但他一切的行為都只是出於動物的本能，在故事中他沒有具體深入的外貌描寫和心理刻畫，可以說只是純粹的動物──兇狠殘暴、弱肉強食的野性狼。狼擬人化的目的主要是以動物世界體現兇殘、狡詐、貪婪的人性，在鬥智的過程中失敗被殺的下場，則是宣示著「惡有惡報」、「正義戰勝邪惡」的人類社會價值，像狼一樣無惡不作的壞傢伙最終必定會得到懲治。更直截地說，狼在擬人化的世界裡符應了人類所認同的社會建構，是一個象徵兇殘性格的負面符號。

第四節　狼在當今的變異情況

　　童話故事中的動物常常是人類美德、惡習及弱點的化身，而有關動物到底有無靈魂的問題，經歷了大半個世紀之長，人們還是對此爭論不休；不過隨著理性主義的消退，浪漫主義思潮的興起，社會上出現了一股嚮往回歸自然的風氣。浪漫主義是對十八、十九世紀間社會劇變在思維態度及藝術形式上所作的反動，它重視自然，注重以強烈情感和自然題材作為美學經驗的來源。如被稱為「浪漫主義之父」的盧梭，就首先提出「回歸自然」的口號，在當時的歐洲成為一種潮流，而後出現了一大批浪漫主義詩人、作家、藝術家，他們寫下了大批反映和描寫自然的文藝作品，敘說著人類在日漸異化的環境中，追尋與自然為伍的情懷。影響所及，人們開始不再把動物當作沒有感情的機器，慢慢相信動物不僅能像人類一般思考，而且還能與人類產生至情至性的友伴關係。到了十九世紀，社會第一次出現反對過度迫害動物的抗議聲浪，使人類重新思考研究人類與動物之間的角色關係，整個十九世紀，作家們都不遺餘力的鼓吹友善對待動物的思想。（布德，2002：265）如：卡洛爾用一隻穿衣服、戴手錶的兔子引領愛麗絲進入幻想奇趣的童話世界；巴利筆下彼得潘最忠實的伙伴是肯星頓花園的鳥兒；葛拉罕姆透過動物們一連串的冒險故事，將農村田園的自然之美和工業文明的功利物化作了對比；懷特以小豬為主角，描述小豬在蜘蛛的幫助下智勝人類的感人故事；麥羅斯基由一群鴨子穿越城裡交通繁忙的十字路口，表現出人與動物間的濃厚人情味；拉格洛芙藉跟隨大雁到各地旅行的尼爾斯，表達出對大自然和動物的關懷之情。人類與動物共同經歷

了數千年的滄海桑田之後，人類開始以一種建立友好、保護和理解的態度來對待動物，人類與動物間終於展露出和平共處的新契機。

長久以來，狼給人一種可怕的印象，是我們對自然保持恐懼的一個象徵之物，其中有一部分是來自於狼強悍兇殘的原始原型，而絕大的部分卻是來自於源遠流長的人類文明發展史，使其從圖騰文化的英雄象徵，江河日下地淪為人類利己主義及政教合擊下貪婪、邪惡、蒙昧、惡魔的象徵。即使是在擬人化的童話世界裡，絕大多數的狼，仍然是貪婪、自私、醜陋、淫邪的形象，他為達目的不擇手段摧毀、侵略、吞噬動物及人的印象，至今還是深刻得令人難以拋諸腦後。在古典童話中惡名昭彰的狼形象，在動物意識逐漸抬頭的現代，會出現不同的轉機嗎？在時代的演進下，童話在進入作家創作階段後經歷了漫長的發展，吸納進現代多元並陳的社會思潮和與時俱變的社會議題後，不管在題材選擇上、敘寫風格上、角色形象上，都較以往的古典童話更活潑趣味、更多變創新，所以現代童話的狼形象在作家筆下也日趨豐滿，出現了不同於以往的多樣化的性格。接下來，本節就將現代童話中狼形象的呈現風貌略作分類如下：

一、承載傳統形象的現代童話狼

由於狼在幾百年來的口傳故事中，被口傳者有意無意的添油加醋，深化其兇殘的形象極為固著，使狼在故事中得以發揮恐嚇閱聽者的功用；狼在廣為流傳的古典童話中，深受「正向式的反動思維」的影響，背負著社會教化的作用，承擔社會上、政治上、信仰上所有非人性的惡象徵，並在故事中以驚悚的結局消滅人性惡的一面，彰揚出人性善的一面。長久以來，這些童話故事透過社集體無意

識，力量匪淺的影響著我們的思維模式，也成為日後童話作家創作的原型典範。

　　將狼的原型和象徵作為故事發展元素的童話有《鱷魚先生之灰灰狼不哭了》（李維明，2007），故事中鱷魚警察到搶銀行的大灰狼家埋伏，過程中大灰狼還狡猾的用手電筒探射，打電話進來試探，最後鱷魚終於立下大功逮捕了歹徒。大灰狼因作惡多端，被法院判了無期徒刑，大快人心的關進監獄裡。即使進入了現代社會，狼依舊是無惡不作的壞傢伙，只是惡逞壞蛋的手段從開膛破肚、烹煮成湯換成了法院判決、牢房監禁，以更超然的立場、更人性化的態度處理人性中惡的一面。在宮西達也（Tatsuya Miyanishi）（2004）《一隻小豬與 100 匹狼》裡一隻豬在森林裡遇到一百匹垂涎豬肉的狼，小豬楚楚可憐地被狼群包圍在樹下無法動彈，這時狼群卻打消了吃豬的念頭，他們提出要豬去找一百隻豬來送死就放過他的條件作交換，最後狼群自以為聰明的決定，讓小豬得以光明正大的逃離險境。故事中的大野狼不但奸巧而且貪婪，貪得無厭的性格迫使牠們做出了可笑卻還沾沾自喜的決定，嘲弄狼的意味十分濃厚。勒榭米耶（Philippe Lechermeier）（2004）《我是野狼！》則是一本以人類文明觀點所寫的狼「從良」的自白書。書中以第一人稱敘述一隻被文明馴服的野狼，在牠還是狼時，用動物的本能（夜行、嚎叫、爬跳、翻滾）為所欲為的生活，直到人們忍無可忍，決定將牠驅逐出人類世界。於是大野狼的行蹤受到人類嚴密的監視與無情的襲擊，走投無路的牠為了符合人類社會的規範，收起不修邊幅、張狂豪放的野性，外貌漸漸變和善，聲音漸漸變溫柔，一舉一動變得溫和有禮，甚至要開始乖乖上學，牠變成了小男孩，過著一般人的生活。故事中充斥著狼習性與人類文明的對立衝突，狼的野蠻、蒙昧相對

於人類的禮儀、智慧，而狼的棄暗投明更是人類文明崇高與優越的最佳證明。在蓋曼（Neil Gaiman）（2004）《牆壁裡的狼》裡，露西聽見家中的牆壁裡傳出各式各樣的聲音，認為牆壁裡有野狼，但是沒有一個家人相信，他們都說：「如果野狼從牆壁裡出來的話，那就完了。」某個晚上，野狼真的從牆壁裡跑出來，齜牙咧嘴、揮舞狼爪的兇狠模樣嚇壞了大家，全家人逃進花園裡，而野狼則在房間裡暴飲暴食、狂歡作樂。最後家人接受露西的提議，無可奈何的回到房屋的牆壁裡睡覺，半夜他們被野狼的喧鬧聲吵醒，看到野狼搗毀媽媽剛做好的果醬、肆無忌憚的吹著爸爸心愛的低音號，還打破弟弟的電玩紀錄，才忍無可忍的拿起椅子腳從牆壁裡衝出來，野狼大喊：「當人從牆壁裡出來的話，那就完了。」然後嚇得落荒而逃，逃到人煙罕至的地方，也許是北極，或許是沙漠，更或許是外太空。故事中道盡了人類對於狼打從心底的恐懼，與對狼獸性的蔑視，而其內容則恍若是一部人類文明的發展史，人類舒適的文明生活受到狼群坐大的威脅，甚至豪奪人類生活的地盤，想作人類世界的主宰者，最後人類不甘示弱的加以反擊，消滅狼群以重返安定生活，終將狼勢力逐出人類生活場域。究竟是人怕狼？還是狼怕人？這成了一個足堪玩味的問題。

　　也由於人類在心靈深處對於狼群恐懼的深化，潛藏的「正向式的反動思維」使狼在童話中成為兒童惡夢的最佳代言人，洛比（Ted Lobby）（1998）《潔西卡和大野狼──給會做惡夢的孩子》便將狼寫進兒童夢境中，小女孩潔西卡持續夢見大野狼，父母除了安慰她外，也提出對付惡夢的建議，在父母的協助、朋友泰迪熊的支持下，她逐漸發現自己的勇氣和力量，而得以個人的「魔法」讓大野狼永遠消失在她的夢裡。居特曼（Anne Gutman）（2005）《麗莎做噩夢》

裡小狗麗莎因為看了恐怖片，晚上就開始做噩夢，而且連續好幾個晚上大黑狼都會出現在她的夢中，一次比一次更恐怖……直到有一天，爸爸帶她去動物園，發現真正的狼只不過是比自己大了一點，腳長了一點，才如釋重負的回家睡覺，不再害怕夢裡的狼。戈巴契夫（Valeri Gorbachev）（2002）《100 隻壞野狼》裡小兔子尼克晚上以為窗外有一百隻大野狼要抓他，而害怕得睡不著覺，兔媽媽解釋是做夢罷了，但是他的恐懼還是沒有因此而稍減，還影響了同床的四隻兔寶寶，於是媽媽靈機一動，拿著掃把衝到屋外敲打垃圾桶，乒乒乓乓的把大野狼嚇跑，然後再回來和孩子們一起安心的入眠。故事夢境中的狼完全擬人化，一會兒騎乘野狼機車，一會兒搭坐海盜帆船，一會兒乘坐升空熱氣球，或使用刀槍，或使用望遠鏡，或戴飛行員帽，或戴海盜帽，或戴獨眼眼罩，雖然說是可怕的惡夢，卻滿足了兒童變裝遊戲的趣味性。

二、顛覆傳統形象的現代童話狼

　　童話故事中的角色常是扁平性格，在口傳故事的年代，這些角色的性格必須簡單鮮明，非善即惡，沒有灰色地帶，一方面容易背誦傳講，一方面也較具戲劇張力，所以童話中的角色大都如同戲偶一樣，任由說故事人操弄，在單一的敘事軸線中完成說書人所要傳達「善者恆善，惡者恆惡」的意念。但在現實生活中並不是如此，再惡的人也有善的一面，再邪惡的生物也有良善的個體，醜陋的外貌下也會有美麗的內在，兇惡的目光下也會有純真的想法。於是長久以來被人類視為惡魔化身的狼，在童話作家「反向式的反動思維」的顛覆性創作下，終於有機會在童話故事中得到平反，以其純真善良的一面示人。

　　童話故事裡的野狼一向都是兇惡的化身，數百年來這個刻板印象如同甩脫不掉的咒語，自動附著在野狼們的身上。操作狼的刻板印象，企圖牽引讀者思維動線的故事有吉約佩（Antoine Guilloppe）（2005）《狼來了》，故事描述一個男孩在下雪天獨自經過森林，而一隻兇猛銳利、齜牙咧嘴的狼正無聲無息的跟蹤在他的身後，雖然小男孩似乎有所警覺的回頭察看，但是最後狼還是縱身撲向男孩，在此最緊張的一刻，故事突然大逆轉，原來牠不是一隻猙獰恐怖的大黑狼，而是一隻要救他躲過大樹倒下的大白狗。以「狼來了」作為書名，讓讀者心中存有個既定的印象，認為書中出現的角色就是可怕的狼，因此閱讀的過程中便充滿了蕭殺、神秘和緊張的氣氛，但是最後作者給了一個不同於傳統故事的結局，使讀者獲得揣度之外的驚奇，也就是說作者是利用黑與白、狼與狗給人的既定印象，讓讀者重新思考善與惡、安全與危險的分野。沃夫斯古柏（Linda Wolfsgruber）（2008）《是狼還是羊》中狼群和羊群涇渭分明，狼是專肆破壞的殘暴動物，羊是合作分享的溫馴動物，雖然他們對於彼此的行為都非常不認同，卻又忍不住偷偷在一旁觀察對方的一舉一動。一天將盡，當狼與羊回到他們的家，脫下穿戴一天的「外衣」後，想不到破壞力十足的狼原來是羊，而溫順體貼的羊原來是一隻狼呢！作者利用一般人對羊與狼的刻板印象，作了鮮明而強烈的對比；然而不可諱言的，在許多時候狼性與羊性是難以完全二分的，狼群中也會出現羊性格的個體，羊群中也會出現狼性格的個體，善惡是難以依其是狼或是羊來作區分的。當狼遇見羊，除了上演獵殺與逃命、吃與被吃的血腥追逐之外，還能發展出什麼樣的新戲碼？木村裕一（2004）《狼與羊》系列六冊給了我們一個顛覆生存法則，挑戰社會禁忌的思考空間。野狼卡滋與羊咩因緣際會相遇，並且打

破掉食者與獵物間的天敵關係，進而成為好朋友。從狼和羊的身上，看到的是一種本性的、潛伏的內在衝突——狼是羊的天敵，卡滋必須壓抑自己體內嗜血的本性，克制住想吃掉羊隻的慾望，故事成功反轉狼與羊間的刻板印象，並顛覆讀者的思維方式。與羊結交的狼，還有與狼結交的羊，成為同族的叛徒，最後狼和羊選擇逃離這個對立的群體，尋找一個不再有對立存在的伊甸園。狼與羊這個尋訪伊甸園的故事，挑起了群體與個人、強權與弱勢、理智與慾望、規範與禁忌的意識型態對立，也挑戰著社會對觸犯禁忌與違反常理的包容程度，更揭示了人類對沒有對立的烏托邦的追求。

　　《醜狼杜美力》（陳佩萱，2006）裡的杜美力是一隻外表很醜，看起來很壞的狼，張嘴時口水直流的模樣，活像要把眼前的人吞進肚裡的刻板印象，讓大家見到他就會驚聲尖叫，逃之夭夭，他嘗試很多方法想得到大家的歡心，但都徒勞無功。直到獅子導演找他去演〈三隻小豬〉和〈七隻小羊〉裡的大壞狼，電影賣座廣受好評，陸續又接演了公益廣告和〈肥狼歪傳〉，肥滋滋的可愛模樣讓大家開始不再害怕杜美力，反而幫他成立「影友會」，最後善良的他還獲頒「美麗心心獎」。布魯姆（Becky Bloom）（2005）《一隻有教養的狼》裡原先未受教的大野狼採用大吼大叫的野蠻方式闖進農場嚇唬動物，接著因為不斷地學習和閱讀，讓他逐漸學會敲門、拉門鈴等優雅的訪客動作，讓野蠻的狼慢慢變成謙虛的紳士，故事末了大野狼輕聲說著故事，身邊則圍滿了動物，成為有教養且受歡迎的狼。《大野狼診所》（謝明芳，2009）敘述森林裡新開了一間「大野狼診所」，綿羊喉嚨痛、小豬流鼻水、穿紅斗篷的女孩拉肚子，他們都好想去看病，可是一想到醫生是個惡名昭彰的大野狼，心裡都十分擔憂。他們想了許多對抗大野狼的辦法才鼓起勇氣去看診，最

後才恍然發現，可怕的並不是看來兇惡的外表，而是以貌取人、先入為主的觀念，其實大野狼醫生是既親切又專業的醫師呢！作家在童話故事中穿針引線，讓讀者深入體驗狼追求認同接納的心情，透視其善良軟弱的一面，轉而將狼一步步塑造成為人崇敬的紳士、醫師與影視明星。

現代童話中的狼還出現兒童化的狼形象，雖然他們在童話中仍以狼為形，但卻已經不是自然界中本來面目的真狼，童話作家隱蓋狼的動物習性，帶上了兒童天真、善良、稚拙的天性（沈麗民，2007），使得狼擺脫逞惡揚善的訓誡形象，得以天真無邪的孩子形象出現在故事裡，也使得故事不再恐怖邪惡，反而呈現出詼諧趣味的氛圍。宮西達也（Tatsuya Miyanishi）（2006a）《三隻餓狼想吃雞》敘述三隻狼餓得軟趴趴的躺在草地上，忽然瞥見一隻肥嫩的雞從前方走來，三隻狼一邊使喚對方去抓雞，一邊幻想各種美味可口的雞肉大餐及雞蛋料理，想到最後那隻雞卻早已消失不見了。故事中的狼充其量真的只能說是「餓狼」而非「惡狼」，只有在幻想起美食而捲動舌頭時，才流露出一副貪饞的狼性。狼抵擋不住吃的誘惑，就如同貪吃是孩子的天性一般，一隻控制不住貪吃的慾望卻又懶惰成性的狼，和一個貪吃懶惰的孩童模樣何異？《今天運氣怎麼這麼好》（宮西達也，2006b）以一隻可愛又健忘的大野狼烏魯為主角，他發現森林裡有好多小豬正在睡午覺，想趕快把好消息和好朋友分享，卻因為和好朋友共享美味可口的咖哩蘑菇、蘋果派、炸諸丸，而忘了說出森林有小豬熟睡的事。故事中的狼雖還有吃豬的本性，卻一反身為豬天敵的宿命，捨棄足供飽餐一頓的豬肉大餐，而棧戀在與朋友共享小點心的情境中，使得這個故事少了殺戮血腥的氣習，反而充滿了祥和與溫馨的氣氛。《灰狼有用商店》（中島和子，

2009）的灰狼一心想當了不起的狼，他開可樂餅專賣店、開花店、開書店，都因只顧自己的感受搞得灰頭土臉，直到他幫吵架的狐狸和貍貓化解彆扭，才發現原來替別人解決問題可以讓自己開心，於是他決定開一家「有用商店」幫助別人。《笨狼的故事》（湯素蘭，1994）裡的笨狼是一隻可愛善良、樂於助人，但常弄巧成拙的小狼。他為了替鳥遮雨，甘願整夜坐在樹上為鳥撐傘；他幫鴨媽媽照顧小鴨，教小鴨子唱「狼的歌」，讓鴨媽媽嚇一跳。《笨狼畫畫》（湯素蘭，1995）裡迷糊又可愛的笨狼以為蚱蜢是從他的畫裡掉出來的，於是硬把蚱蜢綁在畫紙上；當老鼠霸佔了他的房子，他又以為自己把家弄丟了。故事中兒童化的狼常做傻事、鬧出種種笑話，卻顯得可愛又天真，滑稽得討人喜歡，在這裏的狼呈現出童真可愛的形象，打破過去人們對狼刻板印象的思維定式。

　　現代童話中的狼也不再如古典童話般作為連結男性的角色，出現性別模糊化的情況。石田真理（Mari Ishida）的《鋼琴師的旅行》（石田真理，2007）把大野狼塑造成一個孤單的鋼琴家，書中雖未交代大野狼的性別，但從造型上看，濃密的睫毛、飄逸的瀏海、修長的指甲、宛如女性胴體的背影，怎麼看都像是個溫文儒雅的氣質女性，徹底顛覆了狼在刻板印象中剛強勇猛的男性形象。故事中狼拖著鋼琴到處去旅行，彈鋼琴給動物聽，得到了大家的迴響，雖然最後羊群給她的回應還是負面的，但是狼至故事終了都還是穿著綿羊送給她的毛衣，顯示即便羊群因為害怕而與她畫下鴻溝，但大野狼還是相當珍視這段友誼。柴爾德（Lauren Child）（2003）《小心大野狼》裡的皓皓很喜歡〈小紅帽〉的故事，但同時他又很怕故事書裡的大野狼，因此他都會拜託媽媽說完故事要把書帶走。有一天媽媽忘記把書帶走，故事書裡的大野狼和封底的小野狼通通跑出來

了。皓皓從其他故事書裡請出〈灰姑娘〉的仙女相助,仙女讓小野狼換上禮服進入童話裡趕赴王子的舞會,又把大野狼被變成一隻小小的毛毛蟲進入〈小紅帽〉的故事裡繼續嚇唬小紅帽,皓皓才好不容易化險為夷的安心入睡。作者把傳統中兇猛威武的男性狼變成身著花洋裝,腳蹬高跟鞋與王子翩翩起舞的女性狼,又把張牙舞爪、身形魁梧的大野狼變成軟軟蠕動的蕞爾小蟲,構築出一齣令人捧腹的荒謬喜劇。

三、解構古典童話的現代童話狼

傳說了一、兩百年的古典童話,情節再經典也難免讓人有道德教訓意味濃重、價值觀刻板單一的嫌疑,於是進入童話作家創作文學的階段,這些大家耳熟能詳的古典童話故事,翻轉幻化為顛覆童話創作的基點。顛覆童話所以有趣,就是它把原先大家所熟稔的故事加以刻意的翻轉;或是對童話故事刻板印象作挑戰;或是對幸福快樂的結局提出質疑;或是加入現代的場景、觀點或語彙,以與原始版本產生出對照差異的趣味。幫助童話故事中長久以來被污名化的角色申冤,是「反向式的反動思維」顛覆童話的一種處理方式,其中尤以大野狼的角色特別受到關注,童話作家或是拿故事的角色開玩笑,將其忠奸善惡的刻板形象互換,或為故事加上意料之外的發展,又或是採用另類角度觀點重新編寫,這些解構古典童話的現代童話為大、小朋友帶來無限驚喜。

為古典童話的角色進行變裝顛覆的童話有偉根納斯(Bettina Wegenast)(2007)的《狼來了!》,它是個架接在古典童話「野狼、羊、獵人」結構上的故事。故事一開始,當大野狼死掉後,「大野

狼」這份職業便透過「人力仲介公司」尋找新的替代人選，沒想到不認同綿羊且一心崇拜野狼的卡拉竟然想去應徵。眼睜睜看著好朋友變成野狼，綿羊捲毛鼓起勇氣，跑去應徵獵人職務，成為野狼剋星。故事從「披羊皮的狼」顛覆成「披狼皮的羊」，轉換人生跑道擔任狼和獵人職務的綿羊，開始帶著讀者探入每一個角色的性格和行為中。故事中人力仲介員所說的：「能不能擔任野狼跟外表無關，重點是『內在價值』。」（偉根納斯，2007：8）一句簡單的話，卻強而有力的控訴千百年來狼所承載的負面刻板形象，能否成就一隻大壞狼不是倚靠天生的本能，而是視其內在的思維想法，綿羊也可以完美詮釋超級大壞狼的角色。《披著狼皮的羊》（劉思源，2009a）則是〈披著羊皮的狼〉的顛覆故事。阿 Q 是一隻不受母羊歡迎的公羊，瞧見披著羊皮的阿灰因冷酷的狼性而大受母羊歡迎，便仿效他披上狼皮去嚇唬羊群，讓他初嚐了「強者」的滋味，但卻也因此被逐出了羊群。他開始努力學習做狼混入狼群裡，以其溫柔的羊性受到母狼的歡迎，最後他還以拖回披著羊皮的老虎的膽識而受狼崇敬。《三隻小狼和大壞豬》（崔維查，2002）將三隻小豬和大野狼的故事，換成了三隻小狼和一隻大壞豬。作者打破小豬可愛憨厚的形象，及大野狼兇惡殘暴的形象，將好人與壞人的角色作了對調，而且故事是從延續古典童話的結局開始，連狼也吹不垮的磚房（在原故事裡，狼吹不垮豬小弟蓋的磚房），豬當然也吹不垮。結果大壞豬用鐵槌打壞了小狼的磚頭屋，用電鑽震破水泥牆，用炸藥炸燬銅牆鐵壁，手段比原始故事中的狼還兇狠，最後小狼只好搭起花房過日子。沒想到，陣陣花香竟喚回了大壞豬的善良本性，從此小狼和大壞豬過著幸福快樂的日子，結局也一改〈三隻小豬〉中大野狼被煮熟吃掉的悲慘下場。

　　採用另類角度觀點重新編寫〈三隻小豬〉的故事為《三隻小豬的真實故事》（薛斯卡，2001），書中從大野狼的角度來講三隻小豬的故事，娓娓道出他被冤枉成「壞蛋大野狼」的經過。原來孝順的小狼想烤蛋糕送給祖母，不過卻由一杯糖和噴嚏引起不必要的誤會，其實他無意殺害豬兄弟，他們的死一方面要怪感冒病毒，另一方面也是他們自找的！故事中作者一步一步將狼和豬改頭換面，鋪陳出合情合理的「真相」，他保留了故事原本的結構和角色位置，運用不同的角色觀點，呈現出與原故事完全不同的是非認知，讓讀者在似曾相識中，有意料之外的驚奇。《放狼的孩子》（劉燕瑂，1996）是一篇接續〈狼來了〉故事的創作童話，故事裡放羊的孩子阿普自「狼來了」事件後，就被村人認為是說謊大王，只有狼群接納他，請他與人類談和——願以黃金向村人們交換獵槍。村民們表面上偽裝與狼群盡棄前嫌，以槍易金做貿易，甚至贈送紅帽作回禮。狼群有了槍後，戒心不再，鎮日吃喝玩樂，哪曉得人類詭計多端，贈紅帽以為標記，售假槍以安狼心，等到查清金礦所在，便要大舉滅狼奪金。阿普試著警告狼王，野狼們卻都不肯相信他的真話。阿普這回大喊：「人來了！」前後三次，無狼相信，最後狼群遭人類完全殺害。只剩下阿普一人，躲在樹洞中，逃過一劫，哭泣不已。作者顯然有意識地挑動讀者去另類思考大家已耳熟能詳的「狼來了」故事，在這場狼與人類勾心鬥角的風波中，究竟詭計多端，興起腥風血雨的到底是狼？還是人？

　　史都（Catherine Storr）（2007）《聰明的波麗和大野狼》則是加入現代場景的〈小紅帽〉顛覆故事，與野狼交手的小女孩名叫波麗，她聰明又擅長烹飪。故事中的大野狼執意要模仿〈小紅帽〉裡的情節吃掉波麗，可是牠食古不化，只會按圖索驥，老是被波

麗耍得團團轉。大野狼為了得到好吃的食物，竟然成為動物園獸欄裡的囚犯，而波麗成了大野狼的拯救者。她把鑰匙藏進派裡，把挫刀藏進糖棍的包裝紙中，卻都被粗心的大野狼搞砸了。最後，大野狼喝了原本是要給管理員喝的安眠藥，因此昏迷了好幾天，管理員以為狼死了，才讓牠誤打誤撞的逃了出來。有一天，老是抓不到波麗的大野狼，終於逮到了波麗，還把她關在家裡，結果波麗機智的逃過了一劫，使得大野狼只好鎩羽而歸。故事顛覆了傳統的「大野狼吃掉小女孩」的安排，改成「小波麗帽智鬥大野狼」，少了血腥味，多了幾分趣味性，，讀者的思維也從「大野狼想吃小紅帽→小紅帽等待男性拯救」，轉變成「大野狼想吃波麗→波麗用機智填飽大野狼的肚子→波麗拯救了自己」，使讀者對故事多了無限想像。

　　現代的顛覆童話不只是改變其中的角色設定，或是小小更動一下觀點與內容，更多的是混合了不同元素在一本圖畫書作品中。《豬頭三兄弟》（威斯納，2002）裡大野狼不僅一口氣把豬大哥的稻草屋吹倒，還把豬大哥吹出了故事之外。三隻小豬為了躲避大野狼的追殺，於是從書頁間跑了出來，把有大野狼的那一頁，折成一架紙飛機，三隻小豬就這樣飛到別人的故事裡。最後書是復原了，又回到〈三隻小豬〉的故事裡，大野狼繼續展開獵豬行動，不料小豬們請來了噴火龍，嚇壞了大野狼。這個顛覆故事呈現超現實主義風格，也提供我們一個另類的想像：被框架在故事書中的人物，可以游走於不同故事間，增添天外飛來一筆的閱讀趣味。

四、再造叛逆形象的現代童話狼

在現代化的工業文明社會下，狼並沒有在文明進化中消失，狼旺盛的生命意志、狂放不羈的野性，以及由此派生出來的機智、勇敢的精神，成為人類進步所不可缺少的動力。儘管狼受到基督教長期的扼制，但是人類的文化血脈中仍舊流淌著羅馬式的狼性精神，始終湧動著不滿、痛苦與叛逆的情緒，這種潛伏在內在的「反向式的反動思維」是一股強勁的生命力，一遇到適當的時機就會迸發而出，表現出不斷求新與創造的原始動能。處於新舊文化交替、時代變遷下焦慮徬徨的人們，渴望衝破傳統束縛，嚮往新文明、新秩序的到來，而狼堅韌隱忍，精力旺盛，犧牲合作意識的性格，正迎合了現代人在嚴酷的生存環境中的心靈追求。於是狼的形象內涵呈現出一種新的態勢，牠成為捍衛權利和信念的強勁生命力象徵。

在現代童話裡的狼也承擔起自由、獨立、叛逆與英雄的精神意義，以其自由基進的「反向式的反動思維」進入童話中，使得狼性與人性之間的類比關係得到一定程度的體現。《我是狼角色：大野狼罷工週記》（劉思源，2009b）不僅將〈三隻小豬〉和〈小紅帽〉中的角色關係作了大變身，還為困於勞工勞資不對等合約的勞工團體伸張正義。故事中的大野狼是「童話世界」劇團中專門扮演狼的演員，由於覺得自己受到不公平待遇，不想當「童話世界」的廉價勞工，於是決定罷工抗議。「童話世界」的豬董事長不僅沒有善意的回應，見到狼也沒有渾身發抖、哀叫討饒，反而高姿態的要他賠償因罷工造成的六千萬元損失。大野狼認為一定有人和我一樣受不合理合約的毒害，決定不向豬低頭的展開反擊，前去「童話世界」

抗議，將劇團如何壓榨其勞力的行徑訴諸媒體；其他的演員也加入抗議的行列，認為狼為大家揭開黑幕，爭取權力，是個勇敢的英雄。豬眼見情勢越演越烈，便抹黑狼趁演戲時偷吃小動物，沒想到這項控訴受刻板印象所累，讓他跳進黃河也洗不清，失望的想永遠離開「童話世界」。最後大野狼受到「童話世界」大股東小紅帽和外婆的出面挽留，三人一起去找豬談判，小朋友也抗議童話裡不能沒有大野狼，正在舉行「還我大野狼」遊行，在小紅帽和小朋友的壓力下，豬終於讓步願意修改演員合約，大野狼也重回了「童話世界」的舞臺。故事中的狼即使在重重羈絆的困頓時刻，也絕對不肯俯首屈服，隨時準備為自由而殊死搏鬥，所以狼成為文學家筆下人性叛逆精神的一種載體。

　　隨著社會的發展，科學的進步，人與自然的關係，以及人們對動物的態度都正發生著與時漸進的變化。在西方文化的歷史中，狼一直扮演著重要角色，從以狼為友、以狼為神到以狼為魔，不管是狼圖騰的產生，還是狼禁忌的產生，都是人類社會積累的漫長文化過程。自從人類邁入農牧的文明生活後，狼成為人類中心主義下的生存敵手，是背負非人性行為的罪魁禍首，是不見容於社會價值的邪惡象徵，這股「正向式的反動思維」的強大力量透過政教思想的傳統制約，也透過社會集體無意識的傳遞，在口傳故事的強力放送下，古典童話裡塑造出的狼形像符合了當時社會對狼的普遍恐懼與仇恨。而反映社會低層人民生活和感情的寓言故事，雖是以「反向式的反動思維」藉狼來諷刺當時社會的強權階層，但仍是用狼貪婪殘忍的徵符作為惡行譴責的工具。隨著工業文明的到來，社會風氣的日漸開放，多元文化思潮交相激盪，受到社會文化的影響，現代童話中注入了不少現代因素，使得童話的表現主題出現多元化現

象，狼形象也從扁平單一的兇殘邪惡、貪婪狡詐類型化走向渾圓豐富的多元化，或是在「正向式的反動思維」的意識主張下承載傳統狼形象，或是在「反向式的反動思維」的意識主張下顛覆傳統狼形象，重塑現代狼形象，於是現代童話的狼形象呈現繁花盛開、眾聲喧嘩的新氣象，有面目猙獰的狼、天真稚拙的狼、食古不化的狼、溫馴善良的狼、氣質優雅的狼、貪戀美食的狼、與羊相知的狼、追尋夢想的狼、爭取權益的狼……現代童話作家們從不同層面為狼進行辯護和翻案，回復狼原應有的各種形貌，全新的形象克服了大眾的刻板印象，童話中的狼從此跳脫了古典童話裡十惡不赦的宿命，漸漸地走出了另一條嶄新風格的路線。

第六章

反動思維中女巫形象的塑造及轉化

　　任何一個讀過或聽過童話的讀者，都會對童話中的女巫留下深刻的印象，無論是〈芭芭雅加〉中不惜啃食森林以追殺女孩的巫婆，或是〈漢賽爾與格雷特爾〉中企圖吃掉兩兄妹的女巫，或是〈海的女兒〉中索取小人魚美妙歌喉的女巫，或是〈白雪公主〉中一心想殺害白雪公主的繼母，每一個故事都讓人膽戰心驚、懼恨交加，童話中的女巫可說是最能震撼兒童心靈的藝術形象之一。何以真實的女巫走入童話中都被塑造成可怕猙獰的女巫形象？歷經數百年的蛻變，現代童話中的女巫是否能得到平反？

第一節　女巫的原型

一、女巫的定義

　　一般我們在童話故事裡聽聞到的女巫，通常都是指擁有魔法的女性，這個名詞源自於英語的 witch，witch 是沒有性別之分的，雖然在華文世界裡，witch 普遍被翻譯成「女巫」，但正確的來說，

witch 應該只能翻譯成「巫」或「巫師」，其中包含了女巫和男巫，不過他們多半都是女性。（凱特琳、艾米，2006：54-55）有一說 witch 源自於盎格魯撒克遜語 wit，意思是「得知」，因此巫術是在追求知識和智慧。〔羅伯特（Robert Ingpen），2002：42〕還有一說 witch 源自於 wicca，而 wicca 在英文中是智者之意，因此女巫就是有智慧的女性。另外在歐洲大陸的說法是 witch 是從字根 wic 和 weik 而來，這兩個字的意思為「融合」和「扭轉」。（汪春沂，2004：21-22）以法文來說，巫師（mago）的原意是指能夠經由祭祀或象徵的儀式去改變他人命運的人，巫師是男巫、女巫的通稱；倘若是男性則稱為男巫、巫師（brujo）或術士，倘若為女性則稱為巫婆或女巫（bruja）。〔米雪兒（Jean-Michel Sallmann），1998：102〕所以綜合起來的說，女巫就是一種能夠融合各種能量或法術，以祭祀或儀式扭轉現況的智者。

女巫從事的活動是對社群有益的。她們用符咒或藥劑為人治療、接生、墮胎、預卜未來、給失戀的人提供建議、詛咒、消除詛咒，為鄰居排解糾紛，工作內容涵蓋了魔法及醫藥的範圍。（巴斯托：2002，161）女巫具有通靈能力，可以與神明溝通、取得神諭，知曉天地之間的秘密，會利用藥草、儀式或咒語替人驅邪治病，是擁有萬般面貌的女性。（凱特琳、艾米，2006：59-64）女巫是會操弄巫術的女人，她們因為被鄰里需要，因此多具有相當的社會地位，善於以秘方替人治病，有技巧為女性墮胎或接生，被認為是懂得控制神秘力量的女性。（羅婷以，2001：9）

大多數的學者認為女巫擁有一種神奇的正面力量，可以靈活運用此力量達成自我及他人的慾求，然而也有一些人對女巫採取較負面的解釋。在中古世紀的巫術禁令中，就曾完整清晰的定義女巫：

「巫可以是任何人——通常為女性——只要是曾經自願背棄之前所受的基督教洗禮，將自己奉獻給撒旦並為撒旦服務的人，都可以被稱為女巫。」（薩維奇，2005：39）研究幻想文學的彭懿也採納古老歐洲的說法，對女巫（書中稱為魔女）的看法為：「是一類以魔力為人們帶來厄運的女性，她們用咒語及魔藥使人罹難、患病甚至死亡。是與惡魔訂下契約的女性。」（彭懿，1998：214）在《牛津英文大辭典》中，對女巫有這樣的釋義：「指用魔法、巫術給人們帶來厄運的女性，她們常常和魔鬼、壞妖精達成某種協議，使用超自然的能力實現自己可怕的目的。」（Simpson and Weinwr，1989：437）顯現出女巫具有邪惡一面的形象，是與惡魔為伍，使用魔法或巫術給人們帶來厄運的女性。

當然也有人是採取持平的說法，巫師有好壞之分，他可以利用主觀的仇恨去傷害別人，也可以利用咒語來對抗邪惡的人，以保護自己和其它人。（何之青，2002：20）更進一步的說，善女巫施行法術幫助人們，例如調配草藥治療病人，她們不會意圖影響自然的力量而做出傷人的事情；惡女巫為了賺錢維生而出售符咒，或以功名等利益誘惑人們交易靈魂，再把靈魂轉交給撒旦。（羅伯特，2002：42）

從上述各種女巫形象看來，人們看待女巫的觀點存在著強烈對立的意識型態，而每一個立場都透過一種女巫的形象呈現出來。從早期社會的角度看來，女巫的存在對社會有很大的穩定力量，但是後來卻演變成社會上邪惡厄運的象徵，差別如此大的原因值得我們深入探究。

二、女巫是智慧的象徵

　　人類學家墨瑞（Margaret Murray）認為，女巫起源於兩萬五千到三萬年前的舊石器時代（凱特琳、艾米，2006：12），在舊石器時代歐洲的岩壁上，就出現過女巫行使秘咒及有半人半獸的巫師作法的畫像。（何之青，2002：13）當時人類祖先畏懼大自然深不可測的力量，並且崇拜來自大自然的神祇，例如：風神、太陽神、樹神等。其中塞爾特人（Celtic）崇拜自然界的男神和女神，男神負責狩獵、禦敵的事，而所有耕作、收穫、孕育之事都由女神掌管。（汪春沂，2004：22）從遠古人類的生活經驗來看，土地是延續人類生命的滋養來源，所以當時人類對於母神與大地相當敬畏。而女性的生育就好像大地孕育萬物一樣，因此賦予並滋養生命形體的能量一旦被人格化時，便會以女性的形象出現，如在美索布達米亞平原、埃及尼羅河三角洲，和早期的農業文化中，神話的的主要形象都是女神。（坎伯，1996：287）女性的生育功能是保證氏族部落繁衍生息的重要指標，這也使得女性在當時的社會中具有很高的地位，所以理所當然的形成了母系的社會，膜拜與祭祀生命之源的大地之母。隨著人類人口的增加，以及人類的生存型態由狩獵轉為農耕生活，掌管生育和農業的女神更是取代了男神的地位，形成了對女性的崇拜，女性是主宰社會發展的一切力量，也是一切智慧的化身，「大母神」的女性神祇意識於焉成形。

　　大母神一詞，是在人類歷史中相對晚期才發現的一種抽象概念，即使它在發現之前已在神話、儀式宗教和傳說中表現出來，並

且受到人類數千年的崇拜和描繪。根據諾伊曼（Erich Neumann）
（1998）在《大母神：原型分析》中對「大母神」的說法：

> 在「大母神」這個術語中，「母親」和「偉大」兩詞的結合
> 並不是結合兩個概念，而是結合兩個富含感情色彩的象徵。
> 在這個聯結關係中，「母親」一詞指涉的不只是子女對母親
> 的關係，而且也是自我的一種複雜的心靈狀況；同樣的道
> 理，「偉大」一詞表達的是這個原型形象相較於人類種種以
> 及一般的造物自然所具備優越的象徵性格⋯⋯大母神是原
> 型中的原型，此一「原始」原型在尚未出現人形大母神形象
> 之前，即以自然界各領域的自然物象徵現身，無論是石頭、
> 樹、池塘、動物，大母神都活在其中並與它們同一。它們作
> 為各種屬性，逐漸與大母神形象聯繫在一起，形成圍繞這一
> 原型形象的圈狀象徵群，而且在儀式與神話中表現出來。此
> 圈狀象徵群的大母神形象，包含女神和仙女，女妖和女巫，
> 友善和不友善的，其中包含正面與負面的屬性以及各種屬性
> 的組合聯合在一起。（諾伊曼，1998：11-12）

　　每一種原型形象都具有正面與負面的特質，因此大母神就是包
括善良、恐怖，以及既善且惡的母神，是女神和仙女、女妖和女巫。
善良母神與恐怖母神是相互對立的：善良母神象徵結實、生存與永
生，在精神層面屬於智慧、幻覺與靈感；而恐怖母神則象徵疾病、
死亡與肢解，在精神層面屬於沉迷、瘋狂與昏迷。（諾伊曼，1998：
75-76）倘若以二元論述觀點來看，大母神原型象徵是善惡兼具
的，它以多種面目出現在原始的神話傳說當中。大地之母可以孕
育生命，卻也可以奪取性命；女性是慷慨的給予者，卻也是無情

的毀滅者；女性是慈愛母親，卻也是恐怖女神。也就是說，「大母神」就是指西方神話中兼具創造與毀滅／善良與邪惡雙重特質的女神形象。

追溯歷史，我們發現在人類社會尚未出現宗教和律法之前，當時的人們就已經普遍相信天地之間存有一種超自然──神靈的力量，人們對於無法解釋的奇異現象，往往存有惶恐畏懼的心態，認為唯有擁有特殊能力的能人異士才能觸及並且操控此力量，代替他們與神靈溝通。為了控制這股人們能力範圍之外存在的力量，而產生的活動或儀式，就是所謂的「巫術」。而透過咒語、儀式等與神靈進行溝通、替人們向天祈福消災的人，就被稱為「巫師」。

在原始氏族的母系社會中，女巫就是社會的領導者，被認為是人與神交通的工具，在某種意義上可以說女巫是天神的代言人或化身。在古代的歐洲，女巫曾被描繪成「女智者（the wise woman）」的形象，當時的人們認為女巫無所不能。她們懂得用油和水替人治療頭痛，也懂得讓長滿痘痘的皮膚變得光滑細膩，她們甚至還知道如何讓失戀的人找到新戀情。她們擁有豐富的民間生活智慧，掌握豐富生理知識，研究人類身體結構，善於用符咒或藥劑為人治病療痛。她們對女人更是瞭若指掌，她們懂得接生之道，以及幫人墮胎；懂得製造偏方，不但能使女人順利懷胎，還能挽救難產的婦女，也懂得幫助女人健身補體。有些女智者也懂得占卜，她們擅長觀察星象，用以預測未來，進而研究人性與心理，解析一般人的心理狀態，給予人們心理建設與面對未來的信心，提高其自信度。（羅婷以，2002：11-12）這些能力使得女智者在當時的歐洲社會佔有舉足輕重的地位。也許對於現代人來說會覺得應用科學就能將這些疑難雜症迎刃而解，但是對於民智未開、科學尚未發達的早期社會來說，

這些能力卻是很不可思議的。因此，她們被認為擁有非凡的智慧；有些社會學家甚至認為巫術是科學的前身，而「女智者」的稱呼則表現出人們對這類女性智慧的認可。

三、女巫是魔鬼的象徵

在古老的社會中，由於人們不了解人類自身的身體結構、心理狀態，對於變幻莫測的星象變化、大地運行等自然現象體系還沒有充分認識，或者還是蒙昧無知，人們清楚的認識到自然的廣漠無垠和自己在自然世界的渺小與軟弱，所以他們認為能控制自然這部龐大機器的巫術，必定是具有龐大的神力，並對巫術產生了好奇、崇敬與畏懼等種種複雜的心理。也因為人們對於巫術的不理解，而產生了不同程度的猜臆與幻想，害怕她們運用傷天害理的巫術來控制人們的思想和行為。像是義大利文和西班牙文對巫術一詞的解釋分別是 fattura 和 hechiceria，都意味著「包藏禍心」（米雪兒，1998：22），因此從巫術的字義來看，人們認為巫術對人類只有禍害而沒有助益，所以人們應該試著遠離巫術的迫害。

由於一般人對於許多的天災人禍常常難以理解，卻又對生老病死的無常掛心，所以為了找出其緣由以安人心，便借題發揮將所有的原因歸咎為──女巫是一切不祥的禍端，以作為人們宣洩情緒與恐懼的對象。如早期的女巫懂得使用藥草來治病、製藥、保健等，也知道如何種植植物、飼養動物，知曉一些婦女生育的問題及簡單的天文地理知識。在太平盛世時，這些女巫是備受尊敬的；然而一旦村裡發生瘟疫時，或是突然有人或動物生病、死亡，抑或是女人無法生育、初生嬰兒夭折，以及任何天災人禍，她們便會成為眾矢

之的，怪罪是女巫作法所導致的。由此看來，巫術可以是人們在絕望處境中的一種精神寄託，也可以是人們在身心極度壓力下，恐懼與憎恨的發洩管道。

也由於女巫會利用星象、占卜、魔法牌、水晶球等方式來傳達神的旨意，或施予不可抗拒的詛咒或魔藥，以致巫術這種朦朧狀態的神秘感與一般常人言行舉止有極大的差異，認為女巫會施行巫術是源自於魔鬼附身所致，所以女巫經常會被人穿鑿附會將其與邪惡劃上等號，會變換形體、會召喚惡魔、會調製魔藥、會吃人肉、在掃帚上塗抹小孩分泌的油脂便可在空中飛行、會下咒語令人畜生病、在夜間舉行巫魔大會與撒旦發生性行為等，這些荒腔走板、怪誕不經的傳說都是人們對於女巫產生極端恐懼而想像出來的。根據瑚佛（Claudette Hoover）的說法，在歐洲中古與文藝復興時期，人們普遍認為女性的身體是提供惡魔進入世界的通道，並相信女性與惡魔具有精神上的聯繫〔引自季摩爾（David D.Gilmore），2005：58〕。這樣的想像讓女巫成為擁有超自然能力，可以為所欲為作亂的形象，而其神秘曖昧的起乩過程，也致使她在常人眼中猶如惡魔的妓女般地受到排擠與孤立，這種源出於對女巫懼怕的心態，讓人們產生了妖魔化女巫與消滅女巫的念頭。

「原型論」是榮格心理學的中心議題。在他所識別和描述過的眾多原型中，有出生原型，再生原型、力量原型、英雄原型、騙子原型、上帝原型、魔鬼原型、巨人原型以及許多自然物如樹林原型、太陽原型，還有許多人造物原型如圓卷原型、武器原型等等。（海明，2008）在《榮格：分析心理學巨擘》一書中曾有一段關於魔鬼原型的闡述：

魔鬼屬於人格一個極度本能的、原型的部分。這一部分作為一股或善或惡（但往往二者兼具）的力量。透過強烈聲明的意圖伸張自己。這種意圖以破壞或創造的方式破壞了心理的調適。魔鬼的風格（從憤怒到愛），界定了人的性格問題最嚴重的部分。這個部分構成了心理的內在道德限制，因為這個部分是人的潛意識意志裡面詭譎的黑暗神靈，人的靈魂（阿尼馬與阿尼姆斯）必須與之鬥爭。和這個魔鬼遭遇會出現「邪惡問題」，因為人的性格裡面最難的部分，事實上也就是潛在最具治療能力的部分。事實上，魔鬼是一種自主的神靈複合體，把人和本身就是光明與黑暗能量對立綜合的神性銜接起來。〔凱斯蒙（Ann Casement），2004：255-256〕

　　魔鬼原型可以說是人類心靈裡的黑暗神靈，通常體現為一種破壞性的衝動，毀滅的衝動，一種惡的快感，它一旦奪走人類的靈魂，便會讓人陷入道德無法伸張的迷惑裡。這個原型擁有極大的力量，可以和上帝原型的力量相對抗，是人們內心裡的黑暗面。

　　弗雷澤（J.G. Frazer）在《金枝》一書中，對於人類社會從原始社會過度到巫術盛行，再從巫術盛行到後來的巫術妖魔化的進程，有以下相關的描述：未開化的民族對自身的認識不深，認識不清自己駕馭自然能力的侷限，所以人與神之間的區別相當模糊，幾乎是沒什麼區別。但隨著人類知識的增長，才漸漸認識到自己在自然面前的渺小與軟弱，然而這樣的認識並沒有導致他們認為超自然力量也是相應的軟弱；相反的，卻更加深他們認為神具有能力的信念。於是人們放棄自己曾經聲稱與神共有的超自然力量，將其視為神所獨有，並且憑藉能傳達神的旨意的祭司來指導控制自然進程。

再隨著知識的進步，祈禱與祭祀便在宗教中佔據了首要地位，而曾經一度享有與它們合法地同等地位的巫術逐漸退居到後面，淪為妖術的地位。當後來宗教與迷信的區別出現以後，祭祀與祈禱成為社會中代表宗教熱誠與文明啟迪的來源，而巫術則成為迷信與無知者的慰藉。（弗雷澤，1991：139-140）可以見得在古老社會中以智者身分出現的女巫從無限尊崇的人神地位，卻在人們的猜忌和恐慌中扭曲為藉著魔鬼和邪靈的幫助來施行魔法，以致落得迷信無知與妖術禍眾的惡名，被視為是惡魔的幫兇，導致女巫的形象出現與初始時迥異的差別，可憎的形象與行為推翻了她們原先崇高的社會地位，一夕之間從智者反轉成為惡魔。

四、符應女巫原型的神話故事

神話是人類最早出現的文學樣式之一，後世的文學都可以從遠古的神話中找到淵源。根據榮格的說法，集體無意識的各種原型表現於「神話母題」之中，這些神話母題以相同或類似的方式出現於一切時代的所有民族，而且彷彿是自發地在現代人的無意識中出現。（諾伊曼，1998：13）而童話與神話之間，由於其幻想性的相通與承繼，使得它們之間出現了許多相通相近的形象。

不同地域的女巫各自有不同的信仰神祇，一般來說，女巫所祭拜的神祇有亞緹米絲（Artemis）、赫卡忒（Hecate）、雅典娜（Athena）。亞緹米絲是宙斯和樂朵（Leto）的女兒，與太陽神阿波羅（Apollo）是孿生姐弟，黛安娜(Diana)則是她羅馬版本的名字，是掌管狩獵、豐收、貞操和分娩的女神。傳說樂朵臨盆生下亞緹米絲之後差點死去，結果靠亞緹米絲的幫助，才讓樂朵母子均安的生

下阿波羅，因此亞緹米絲有女人的守護神之稱呼，是掌管生殖力及分娩的神祇。她還很喜歡狩獵，射箭技藝高超，是神界的主要獵手，她像是好獵人般小心保存幼獸，是野生動物的女主人。不過，她也有兇猛且報復心切的一面，如果女人忽然毫無痛苦地死去，人們會認為這是被她的銀箭射死的。亞緹米絲是月亮女神，常被描繪成前額有新月形狀的神祇形象，傳說她可以控制月亮，而月亮就是女巫的魔法泉源，月圓之日更是魔法力量最強大的時刻，因此女巫們尊崇亞緹米絲。傳說亞緹米絲有三面形象：在天上的形象是席琳（Selene），代表滿月的光明與神聖；在地上的形象是亞緹米絲，代表月的圓缺，有著亦正亦邪的面貌；在陰間的形象是赫卡忒，代表月陰的黑暗邪神，象徵邪惡與死亡。所以赫卡忒是黑月之夜的「月陰女神」，是月亮女神亞緹米絲的黑暗分身。她創造了地獄，是掌管地獄的女神，總會在子夜時分出現在通往陰間必經的三岔路口，高舉著火把指引鬼魂前往陰間。此外，她是掌管巫術的女神，掌管人間、天上與地下的一切黑暗事物，擁有相當強大的巫術力量，即使是宙斯也要畏懼她三分。據說她只在沒有月亮的晚上出現，只有鮮血可以召喚她，是極為恐怖的女神，甚至希臘神話中女巫瑟西（Circe）和美狄亞（Medea）的高強法術都是來自她的傳授。雅典娜是由宙斯本人所生的女兒，是一出生就身穿甲冑、挺舉金矛的女戰神。雅典娜是女天神，烏雲和雷電的主宰者。她教會人們馴養牛馬、製造車船、賜予人們犁和耙、紡錘和織布機，被認為是婦女勞動的庇護者，也是文明生活、手工藝、以及農業的保護者。她賜予人間法律，維護社會秩序，是智慧、公理和貞潔的化身。她對感情態度相當龜毛和矜持，在感情上有著很強的獨身能量，因為她是標榜獨立自主的女性。

　　關於女巫的傳說，很早以前就出現在古老的神話裡，這些出現在神話中的女神形象可說是後來女巫形象的雛形。神話中著名的女巫有猶太神話中的莉莉絲（Lilith）及希臘羅馬神話中的瑟西、美狄亞。在猶太神話中，莉莉絲是亞當的第一任妻子，和亞當同是上帝最初創造出來的人類，在伊甸園中過著無憂無慮的生活，然而她卻忌妒亞當的地位比她高，便要求上帝賜予她與亞當相當的地位，上帝沒答應她的請求，她便憤而離開伊甸園，獨自奔向紅海。上帝派出三位天使將莉莉絲帶回伊甸園，但是他們卻無功而返，莉莉絲轉投向惡魔庇護，變成邪惡的女巫。於是上帝用亞當的肋骨造出夏娃與亞當共同生活，莉莉絲知道後妒火中燒，她變成一條蛇潛進伊甸園中，引誘亞當和夏娃吃下智慧之果，使得他們被上帝趕出伊甸園。據說，三位天使被派遣去紅海帶回莉莉絲時，莉莉絲堅持不肯跟隨。於是天使懲罰莉莉絲一天生下一百個孩子，卻也讓她於一天之內失去一百個孩子，以作為她背叛上帝與亞當的懲罰。因此，她只得偷取他人的孩童來安慰自己的痛苦，嗜殺他人的孩子，供養嗜血的紅海，將這些孩子的鮮血當作給紅海的獻祭品。（凱特琳、艾米，2006：143-144）莉莉絲變成了人見人怕的女惡魔，後來逐步發展成吸血鬼，有人說她是世界上的第一個女巫，後代女巫的能力都來自於她。（搜奇研究中心，2008：148）瑟西可說是希臘神話中最常出現的女巫了，她有著美麗的外表，但內心卻是惡毒無比。每每瑟西登場時，場景往往就變得恐怖與邪惡起來，大地會因而震搖、樹木甚至會突然變得花白；她可以藉由魔藥、咒語施展法術，將人變成動物或是建立虛假的幻影；甚至將太陽與月亮隱藏起來，讓白晝一下子變成黑夜。瑟西雖然擁有強大法力與美麗容貌，但是內心深處卻非常

渴望愛情；然而瑟西深深愛上的男人卻多半都沒有好下場，像瑟西的愛沒有得到皮克斯（Picus）的回應，讓她一怒之下，揮舞著魔杖將皮克斯變成了啄木鳥。不過，她在面對至愛奧德賽（Odyssey）時，雖然眼見愛情留不住，卻還是幫助奧德賽回到妻子身邊，最後她與奧德賽的這段情史無法得到完美的結局，卻留在荷馬（Homer）史詩中永遠為世人們傳誦著。美狄亞是一個法術超群的美麗女巫，聰明伶俐卻手段殘忍，為了愛情不顧一切。她因為愛上伊阿宋（Jason）而背叛父親，用魔法幫他馴服惡龍，盜走金羊毛，還用魔藥幫他復仇。於是他們被驅逐出境，在逃亡途中她又親手殺害自己的弟弟，砍成碎塊，拋到海裡。但最後伊阿宋卻移情別戀，想另娶當地國王的女兒為妻，美狄亞相當悲憤，走投無路之下，展開恐怖報復：先是獻毒衣焚殺丈夫的新歡，繼而手刃兩個小孩，再乘太陽神的華車遠颺，留下一無所有的負心丈夫。

　　由上述的神話故事可知，女巫所祭拜的神祇通常都具有光明正義、黑暗邪惡與亦正亦邪的三面形象，而且通常都也都擁有超群的智慧和強大的魔法力量，是狩獵、農業及女性的守護者，卻也是黑暗與死亡的導引者，與大母神的形象高度相關；神話中的女巫形象通常都是法術超群的蛇蠍美人，即使容貌美麗，內心卻是殘忍邪惡，常因忌妒和自我而做出背叛、嗜殺、嗜血等兇殘的行為，還會運用魔法或魔藥來報復仇敵、將人變形為動物，讓人聯想到黑暗、邪惡與死亡。正如大母神論述所說的，女巫原是歸屬於女神的負面象徵，象徵著神話中人類心靈的禁錮與毀滅的負面能量，但是女巫在大母神的精神變形象徵中，仍舊保留了大母神所代表的正面與負面的心靈特質。她們在神話中不僅僅是以舉行恐怖儀式、施行巫術

或咒語等來摧毀敵人，她們也會利用巫術來保護他人，使其免於受到天災人禍的傷害，體現了大母神涵蓋善良、恐怖，以及既善且惡的大母神精神。

　　至於神話中為何多是保留下女巫的負面形象？深入研究神話的坎伯則提出了這樣的解釋：西洋文明（如埃及文明、西亞文明、印度文明）誕生於崇奉女神的世界，然後隨著外族的入侵，以母性女神為信仰系統的世界開始有了改變。入侵的閃族和印歐民族都是以狩獵為生，是殺生與爭戰的野蠻文化，這些入侵的行為便帶來了戰神、雷神，例如宙斯與耶和華便是，以男性為中心的神話開始主控一切，他們會消滅當地原來信奉的神，然後推舉自己的神成為整個宇宙的主宰者、造物者。（坎伯，1996：290-292）爾後印歐民族由北向南入侵到波斯、印度、希臘與義大利，一個以男性為中心的神話系統也隨著入侵，在印度形成吠陀傳統，在希臘則是荷馬式的傳統（同上，306-307），於是以男性為中心的父權觀念影響整個印歐文明。隨著社會文明的發展，人們的生活重心逐漸轉移為定居的農業文明，村落與都市的生活型態也讓人類漸漸遠離自然，父權意識透過政治、宗教、社會集體潛意識的教化，母性神祇以及母性意識便開始受到考驗，甚至是逐漸式微。過去男神對社會的重要性不大，造物女神獨樹一幟，女巫擁有崇高的社會地位，但是隨著男性中心的神話系統入侵之後，男神取代了女神的地位，使得女巫的形象不再具有善惡雙重特質，只剩下人類道德心理上應該加以排除的負面特質，成為惡魔的象徵。

第二節　女巫的搬演現象

　　來自不同國家的童話故事，對於女巫形象的描述卻有著千篇一律的雷同：有著恐怖長相、擅長拐騙兒童，而且還會吃掉小孩，無形中會傳遞給人一種極具威脅的邪惡感，這種種的形象著實使兒童讀者對女巫產生深刻的恐懼，使得女巫成為童話中必定存在的邪惡勢力。甚至我們可以說，童話故事中的女巫無所不在，不論是黑心皇后、邪惡魔法師，還是心懷恨意的繼母，凡是對主角造成致命威脅的就是女巫。

　　何謂「搬演」？搬演原是一種介於現場紀錄和虛構之間的電影方法。（百度百科，2009）後來將搬演的語詞借用進一般生活的語境中，意思是指把往事或別處的事重演出來。（中國百科，2009）搬演又稱「真實再現」，是指經由他人扮演一些時過境遷的重要情節，再現某種特定歷史性時刻的環境氛圍，作為對形象敘事的銜接和強調。（姚克波，2007）也就是說，搬演是從電影中借鑑過來的一種敘事技巧，將它運用進文學的領域中，其主要目的是為了增加文學作品的可信度及故事的可讀性。搬演的故事情節是真實事件的重現，是歷史上、生活中真正發生過的，不是虛構的，不是創作者主觀臆造出來的。搬演可以讓情節豐富，細節詳實，場面再現，在作品的可讀性和表現力上，無疑具有相當的優勢。接下來本節將以民間傳說及童話來搬演歐洲中世紀歷史上的一段悲劇——獵巫狂潮。

一、繪聲繪影的民間傳說

在古老的神話中，我們可以發現許多有關巫師或巫術的傳說，故事中的女巫形象千奇百怪，她們邪惡狠毒、刁潑瘋狂、黑暗血腥，有的會施展妖術，有的會製造毒藥，有的會手刃至親，有的會誘拐兒童，甚至還能召喚神靈、呼風喚雨、興風作浪、傷天害理，連宙斯都要對她們畏懼三分。神話中的女巫雖然籠罩著一層神秘詭譎的幻想面紗，卻也清晰的描繪出真實女巫的生活面貌，成為後來女巫形象的雛形。如在希臘神話裡，女巫瑟西企圖施法將皮克斯和奧德賽變成啄木鳥和豬時所揮舞的魔杖也讓人印象深刻。據說製作魔杖前必須先用血洗禮匕首，使它成為聖刀，然後在清晨或是日落時分製作而成，如此吸收日月精華的魔杖便可將女巫的魔力充分展現出來（凱特琳、艾米，2006：83），當女巫需要藉助神力，請求神的幫忙時，便會手持魔杖對天祈求，以施展呼風喚雨的法力。在女巫傳統中，大釜是塞爾特人投河獻給神明的聖物（同上，84），但是在希臘神話中女巫美狄亞卻是常在大釜中調製靈藥，還曾將老山羊切塊丟進大釜的靈藥中，不僅使老山羊復生，還使老山羊變得更年輕，誘使科其斯國王的女兒殺害自己的父親效尤，仇殺敵人之計得逞。傳聞女巫製造魔藥的各種原料包含有自然萬物，例如：毒草、人類的毛髮、死人的牙齒、野獸的指甲等，有些藥草還必須在特定的時間（黑夜或月圓時）採擷才能發揮效用（陳福智，2004：205），因為魔藥製造的原料、過程和功效令人感覺詭異神秘，因此讓人產生諸多聯想，所以民間常傳說女巫會使用大釜來調理食物及調製靈藥，製作害人的毒藥，並將毒藥放置在他人的食物中加以謀害。女

巫們懂得醫術，使用藥草原本只是為了醫治各種疾病，沒想到原本
單純採藥、煉藥的動作，也被傳說為邪術，當作使人產生幻覺或是
毒害別人的工具。

　　中世紀關於女巫的傳說眾多，其中之一就是女巫會於半夜騎乘
掃帚從家中的煙囪或窗戶飛出去。事實上，在希臘神話中，巫術女
神赫卡忒的象徵符號就是掃帚，而塞爾特人也有跨騎掃帚跳躍以祈
求農作物豐收的傳統，所以女巫騎乘掃帚的傳說其來有自，而且掃
帚被基督教認為是明顯的異教象徵。據說女巫能在天空飛行，是在
掃帚上塗了飛行油膏，而這種油膏是女巫趁黑夜竊取鄰人未滿月的
嬰孩，將其殺害製作而成（凱特琳、艾米，2006：79），還有一說
飛行油膏是將一位虔誠天主教的紅髮男殺害後，取其屍體的蒸餾
物，再混合男子的體脂、小孩的內臟、毒性動物屍體製作而成（何
之青，2002：51；陳福智，2004：189-190），不僅駭人聽聞，而且
殘忍至極。傳說如果在半夜看到女巫騎著掃帚飛行，就會被女巫詛
咒，甚至被抓走，由於這種說法相當興盛，所以十七世紀有許多民
眾不敢於夜間出門，害怕會撞見女巫而遭報復，甚至在十七世紀中
期，教皇還發出詔令，引用《聖經》的片段證明女巫的飛行能力確
實存在。（凱特琳、艾米，2006：80-81）教皇提出的有力佐證，更
是加深了人們對於女巫會騎乘掃帚飛行傳說的深信不疑。

　　當時還盛傳女巫會塗上油膏、騎著掃帚或動物飛到森林參加夜
間集會，這給予人們極大的想像空間。據說女巫的集會形式源自於
塞爾特人的德魯伊教傳統，巫師們會在會中交換巫術的知識與心
得，由於聚會地點要保持隱密，因此女巫多半會穿戴上黑斗篷以隱
匿行蹤，也由於當時照明設備不佳，所以會特別選擇月圓的夜晚以
增加聚會時的能見度。（凱特琳、艾米，2006：121），諸如此種種

神秘詭異的行徑，再混和進巫術的變幻莫測，很難不讓人激發出奇異的聯想，揣想女巫必定是聚在一起做一些見不得人的邪惡勾當；於是各種荒謬的傳言一一被編造出來，或說女巫與魔鬼私通淫亂，或說她們密謀不利於村民的計畫，或說她們利用咒語使得全村罹患重病，或說她們對難產的婦女施法使嬰孩成為撒旦的祭品，或說她們咒死丈夫以獨得大筆遺產。相傳夜間集會上，撒旦會現身，他最常以山羊、貓、狗、猴、有羽毛的蟾蜍或男人形象出現，參加者會向撒旦朝拜並發誓臣服，並親吻撒旦的腳指或屁股，強烈抨擊基督教，咒罵天父耶和華、聖母瑪麗亞，燃燒十字架或在十字架上方吐口水和踐踏，然後狂歡暢飲、盡情跳舞、吃掉餐桌上的小孩屍體，與會的眾人們隨意交媾，女巫可以在撒旦身上得到常人無法給予的性滿足。（何之青，2002：25；汪春泝，2004：28-31；陳福智，2004：183）當時的人們還相信女巫會活生生的撕裂嬰孩，甚至連自己的孩子都不放過，她們飲用這些嬰孩的血以返老還童，或者加以烘烤，作為巫魔會裡享用的餐點。（何之青，2002：25）巫魔會中女巫把聖體麵包餵給蟾蜍吃，然後再把牠砸死磨成粉末，作成蠱藥，再利用這種藥粉使田地荒蕪，人獸死亡，發風暴並傳播瘟疫。（搜奇研究中心，2008：17）也許就是這樣荒謬無稽的聯想，讓人深信撒旦是利用人類的懦弱與貪婪來迷惑人們，舉辦一場肉慾縱橫的巫魔會，讓信徒對撒旦表示忠誠，換取世間的利益，撒旦也藉以誘惑信徒，擴張其邪惡勢力，兩方各有所取。他們把女巫的集會描述成邪惡的巫術儀式，或是荒淫的惡魔崇拜，使原本單純的女巫的集會被污名化為「巫魔會」。

　　事實上，有關人類為了私慾不惜出賣靈魂的傳說在中世紀時可說是甚囂塵上，傳說女巫與惡魔之間簽訂契約，俗稱惡魔契約。在

中世紀惡魔學的典籍中，出現過女巫與惡魔定下契約的相關記載：簽訂惡魔契約的女巫會於清晨趁大家尚未起床前，來到教堂外，向著聖父、聖子與聖靈的教堂宣揚撒旦的偉大，並飲下聖子之血，表明自己對於撒旦的渴望與對上帝的憎恨，強調自己轉向邪惡的一方，並希望用靈魂來換得超自然的力量，或是權勢地位，或是財富，或是美貌，或是不朽的青春（凱特琳、艾米，2006：186-188），或是身體上的性愉悅。女巫們簽下惡魔契約後便服膺於撒旦魔下，崇拜撒旦的肉體，並且服從撒旦的指令，於是她們成為撒旦的僕人和情人，從中她們能獲得惡魔傳授的力量，得以施行魔法來傷害世人，如：呼風喚雨淹沒農作物、召喚雷電摧毀房屋樹木等，成為撒旦的黨羽，為自己的主人效力。對於基督徒來說，他們深信巫術存在最有力的支撐點就在於撒旦的力量，因此女巫在人們的眼中是抽象的撒旦在世間具象的職務代理人，是惡魔的化身。所以女巫一旦被認為與惡魔簽訂契約，就會被當時的基督教社會認為是另一個國度——撒旦的黑暗國度的人，而遭到巫術法庭指控為叛教或叛國，其下場不是遭到驅逐，就是予以凌虐致死或判處死刑示眾。其實，巫魔會的祭儀只是出於人們的想像，最後卻演變成女巫信仰魔鬼的罪證，顯現出人們的無知，以及對於撒旦惡勢力的畏懼。

　　傳說女巫為了不被人識破，以便神秘的穿梭在各個地方，她們往往會變身為各種動物，以矇騙眾人的眼睛，偷偷行事。其實這樣的傳說由來已久，從有人類文字記載以來，便可以讀到各式各樣的動物變身傳說，像是某些原始部落的人就相信女巫會藉由披上獸皮，或者吃某種藥草，將自己變身為動物。這樣的變身觀念延伸到女巫身上，擁有強大法力的女巫自然可以隨心所欲的偽裝成各種她所想變身成的動物。在獵殺女巫的中世紀時期，便有許多證人指證

女巫擁有變身法術：有的人說曾看見女巫變身為貓，跟他們家的貓在屋頂大聲吵鬧；有的人說曾看見女巫在夜裡變成烏鴉，飛往森林參加巫魔會；有的人說曾在受害者家中看到女巫的身影，她可能化身為貓、蛇或蜘蛛。（陳福智，2004：199）一般來說，只要是具有陰暗邪惡象徵的夜行性動物，都會和女巫的黑暗特質相結合；只要是具有毒性或神秘特質的動物，都會和女巫毒害人民及飄忽不定的形象相吻合，如：相傳貓是女巫在變形中最常選擇的動物形體，因為一般來說貓給人神秘的感覺，而且走起路來輕悄無聲，忽隱忽現的身影令人難以捉摸，再加上貓多半代表女性，牠的鬼魅特性很容易讓人與女巫產生聯想。（何之青，2002：40）貓是與白晝對立的夜間動物，擁有超自然連結的力量，牠與月陰、死亡、邪惡相關，甚至代表著殘忍與淫蕩。塞爾特人認為貓代表邪惡，所以他們常把貓當作祭祀的牲禮。（方坦納，2003：124）在中世紀時，歐洲人普遍相信女巫會化身為黑貓，而撒旦也會化身為黑貓與女巫會面，從此黑貓與惡魔、女巫的關聯深植入中世紀的人民心中。（凱特琳、艾米，2006：110-111）蝙蝠也是夜行動物，在許多傳統文化中，蝙蝠均是黑暗勢力與動亂不安的象徵。（方坦納，2003：138）貓頭鷹更是典型的夜行動物，在古羅馬時代，貓頭鷹則被稱為「斯多力克斯」，也就是巫婆的意思（何之青，2002：90），也是女巫崇拜神祇之一雅典娜的象徵動物。由於牠晝伏夜出，在夜間活動時，總是獨來獨往的飛行，黑暗中閃爍的雙眼，讓人不寒而慄；而且牠的叫聲絕望痛苦，被視為是預告死亡的叫聲，所以容易與不祥、死亡相聯結，讓人避之唯恐不及。蜘蛛織網的行為近似女性紡織的動作，所以常將牠歸類為女性，而牠釋放毒液捕獲獵物的行徑，則被視為殘忍邪惡的行為，所以讓人聯想起女巫。在基督教的文化傳統中，

視蜘蛛的網為撒旦的陷阱。（方坦納，2003：139）又因為牠的身形較小，傳言牠常躲藏在女巫的衣袖裡，能不時給予女巫建議和幫助。（陳福智，2004：181）而蛇在許多古老的文明中都象徵陰間和死人的世界，可能是因為蛇大部分的時間都藏匿在地底下的緣故（羅婷以，2001：40）；再者，撒旦在伊甸園中化身為蛇引誘人類的祖先，所以蛇是撒旦的代表。烏鴉是食腐性動物，聞到動物死亡的味道，便會被吸引過去，所以常出現在墓地、沼澤等較陰森的地方，因此傳說烏鴉是來自地獄的使者，負責引導亡靈前去陰間的道路，容易讓人聯想成不祥和死亡的徵兆。（凱特琳、艾米，2006：112-114）在希臘神話中，烏鴉原是阿波羅的聖獸，後因傳遞錯誤的訊息給阿波羅，致使他誤殺了妻子，從此牠被除去通曉人語的能力，成為傳遞噩耗的使者。而蟾蜍成為女巫的密友，多少和牠的長相有關，牠粗糙又濕黏的表皮，以及背上覆蓋著疣，讓人覺得噁心，牠的毒液更使人感到厭惡，所以常讓人與黑暗聯想在一起。古代的人認為蟾蜍具有洞察一切的智慧之眼，所以具有一定的魔力（方坦納，2003：139）；中古世紀，歐洲人甚至認為惡魔是以蟾蜍的形象現身在女巫面前，他們也相信蟾蜍被女巫製成毒藥加害他人，或藉由蟾蜍調配的靈藥使自己隱形，而女巫身上蟾蜍角的胎記，也常被視為惡魔的印記（陳福智，2004：179），所以蟾蜍也被視為女巫的化身。傳說這些常在女巫身邊出現的小動物，是撒旦派給女巫驅使的邪惡使者，這些動物被稱為「巫使」，是女巫趕赴聚會的坐騎之一，也是隨侍在側、聽憑女巫使喚的爪牙，甚至是幫助女巫傳遞咒語，以及作為女巫與撒旦之間的聯繫管道之用。傳說這些小動物需要女巫的血液作為供養，所以這些巫使會吸吮女巫的手指、痣或隆

起的疣中血液，藉以維持生命（羅漁，1997：20），所以牠們跟女巫屬於生命共同體，形影不離，相伴相生。

這些流傳在民間的女巫傳說，將這些手指漫天比畫，口中唸唸有詞，行蹤神秘詭譎，擁有自然力量的女巫，聯想成操控性命、製造災禍、出賣靈魂、委身惡魔的黑暗勢力，再透過人們的口耳相傳，把繪聲繪影、以訛傳訛的傳說滲入社會的各個角落，最後為「正向式的反動思維」的有心人士所利用，以維護社會秩序、端正善良風俗為由，煽動人們仇視女巫、獵殺女巫；關於女巫的想像和傳說也在這股詭異肅殺的氣氛下不斷擴張，並且不斷在歐洲社會的各個村落裡搬演著，連累許多無辜女性受害。

二、集體恐懼的獵巫行動

女巫所以被人所推崇，是由於人們對人類的身心、天象變化等毫無所知，所以深信超自然力量，而依賴巫術；但是女巫的特殊身分與能力，也讓人們因為不了解而心生不安與恐懼。加上過去歐洲世界流傳著許多繪聲繪影的傳說，他們將巫婆們描繪成出賣靈魂、與惡魔交相，以換取巫術來危害基督教信仰的人，使得人們心中留下無端的恐懼。正此之際，中世紀末期社會動盪不安，由於人們普遍相信女巫能招致乾旱、洪水、狂風、冰雹等天災，能引發瘟疫、讓牲畜得病，能夠使人中邪、早產、不孕、死亡，還會半夜騎乘掃帚飛到森林參加巫魔會，與惡魔之間簽訂契約，甚至認為女巫們暗地裡操縱人們，做出傷天害理的事情。人們對於自己無法理解或掌控的事情或現象，往往會感到恐懼和憤怒，加上一般人對天災人禍無從理解，所以借題發揮，認定社會亂象與女巫施行邪術有關，歸

咎女巫是一切不祥的禍端，進而產生想要消滅女巫的想法。演變到最後，舉凡行徑引起爭議的女性，都被視為女巫，把她們當作大家宣洩情緒的對象，進行集體殺害，以平息眾怒與恐懼。

　　上至國王，下至民眾，人們總是對惡巫師的魔法和妖術感到懼怕，在過度渲染的恐怖氣氛下，與基督教不同信仰的巫師全都被視為異端，被認定是製造社會混亂的魔鬼同路人。尤其是教宗英諾森八世（Innocent VIII）在 1484 年頒布女巫敕令，該敕令中記述著：「巫術越來越猖狂，而我們不能眼見四周的人就這樣沈淪下去，巫術得被禁止。」（引自凱特琳、艾米，2006：25）使得人們對於巫術愈加反感，無論是政府或是教會都不允許人們崇拜撒旦及與魔鬼有聯繫的巫師或女巫，於是他們成立宗教裁判所（又稱為異端裁判所），展開一連串巫師的追捕和審判行動，所有與巫術、咒語、巫師、惡魔等相關者，都被視為異端而加以逮捕，並遭到酷刑拷問。宗教裁判官對當地的異端分子擁有搜查、審訊和判決的大權。通常只要有一個控告者及一個證人，宗教裁判所就可以將人抓來訊問，由於每個人都有可能成為控告者或證人，都有權搜捕嫌疑犯及供出同伙，使得整體社會人人自危。1486 年克拉馬（Heinrich Kraemer）和斯普蘭格（Jacques Sprenger）合作寫了《女巫之錘》，是世界上第一本教導大家如何指認、審問、刑求，甚至是燒死女巫的簡明手冊，而且在很長一段時間裡，它是除了《聖經》之外賣得最好的一本書。（薩維奇，2005：56）而隨著新型印刷術的推廣和應用，使得巫術觀念的傳播範圍達到以前手抄本時代難以企及的廣泛程度（穆尚布萊，2006：55），造成此書在歐洲廣為流傳，更加劇了當時歐洲社會對女巫的偏見與迫害，原先對於女巫的存在還持懷疑態度的人，也因此信以為真。緊接著，告密信和起訴狀更迭沓來，獵

巫運動也在同時成為一股熱潮，頓時整個歐洲烈焰熊熊，殺聲四起，人們陷入集體恐懼，掀起了蔓延歐洲三百多年的腥風血雨。

《女巫之錘》的內容大致上分為三部分：第一部分是闡述巫術與邪術的絕對存在，並說女巫與魔鬼淫亂是源於女性無窮的肉慾，所以女性容易受魔鬼引誘，是萬惡之源；第二部分是描繪女巫的行為特徵，形成迄今人們對於女巫在外貌裝束及行為癖好上的普遍形象；第三部分則是具體審訊女巫的程序，內容不僅詳細記載讓人瞠目結舌的女巫辨認方法，還明確寫出嚴刑拷打與逼供成招的方式。（搜奇研究中心，2008：141-142）此書一時之間成為迫害女巫的施暴綱領和法律文書，據說當時在法庭上，法官將此書視為是對付女巫的唯一聖典，幾乎是人手一本，因此它無疑是造成仇恨女巫持續幾世紀的最大推手之一。根據《女巫之錘》書中的說法，由於女巫被魔鬼施了魔法，對疼痛不再敏感，所以可對她們隨心所欲地施行各類酷刑。（劉家昌，2008）在巫術的恐慌下，許多獵巫行動不斷展開，獵殺的案例也不斷增加，各地方法庭開始對女巫進行有組織的迫害、拷打與處決；有些地區甚至濫刑與折磨女巫的事件頻傳，如以鞭刑、烙刑、剃頭髮、拔指甲、夾手指、夾四肢、用針戳刺全身、在滿布尖石和銳物的地面跑步、身上綁上大石頭後扔進河裡、剝除衣物檢查私處等方法凌虐，直到她們承受不住痛苦，坦承自己與惡魔共謀，然後法庭會透過這些屈打成招的證據，依此將她們審判為女巫，處以絞刑、水刑、火刑、吊刑等的極刑，其中火刑被認為是最能徹底消滅女巫的行刑方式。火刑宣判儀式一般選擇在城市的中心廣場進行，先舉行遊行和祈禱。爾後將打成活結的繩子套在受刑者的脖子上，縛住的雙手被塗上綠蠟燭油，再帶到恥辱席上，觀看遊行的人可以大聲辱罵受刑者。接著舉行送葬彌撒，然後

宗教裁判員布道，宣讀判決書。被判死刑的囚犯被帶到斷頭臺，斷頭臺的柱子四周堆滿了木柴和樹枝。在最後時刻，押送的修士還會規勸囚犯放棄異端，如果囚犯願意悔改，則終止火刑；如果囚犯不願悔改，則執行火刑。（信力建，2009）當時有數以萬計的女人被送上火刑臺，以最悲慘的方式處死。在獵巫的恐怖氣氛下，人們彼此心存猜忌，相互指控的事件層出不窮，指控的內容則是五花八門。由於獵巫者無不使用極其殘酷的刑罰，因此一旦女人被懷疑是女巫，很少能獲釋開脫，因為審訊時受害人的每個回答都可以被安排成有罪的證明（米雪兒，1998：66），她們很多都是不明不白的被冠上女巫的罪名，含冤而死。如果有人膽敢提出質疑或是同情聲援女巫，也會受牽連而被指控莫須有的罪名，因為《女巫之錘》中曾寫道：「相信女巫這種東西的存在，是一個基督徒最基本的信念，如存有疑慮，則就是異端。」（引自凱特琳、艾米，2006：36）因此基督教內原本認為女巫施行邪術之說僅僅是謠傳的聲音消失，大家害怕因存疑而被認定為異端，所以選擇對迫害女巫之事噤聲，以免招惹上殺身之禍。於是人們不分男女，毫無能力抵抗教廷殘忍的施暴，並與之合作迫害無辜，被以巫術起訴的人只能孤單的面對恐懼。

在這場浩劫中，女性被控為巫者的數量是男性的四倍〔沙勒門（Jean-Michel Sallmann），1993：102〕，約有百分之八十的受難者為女性，而且絕大部分是老而無伴的女人。（薩維奇，2005：28）這些被指控為女巫的女性，多半具有以下特質：年老、貧窮、守寡、不識字、無知迷信、性情孤僻、與鄰居不睦、愛與人爭吵，或以接生者、治療師、占卜者、諮詢者為業，或從事性犯罪——姦淫、墮胎、避孕、殺嬰。（巴斯托，1999：楊翠序 4）這些人不過是無辜的老村婦，或是聰明的女智者，或是僭越傳統禮教的女性，她們不

是社會制度下的邊緣人，就是不為男性所支管的獨身者及新女性，或是受父權思想箝制的有識之士，但她們全都成為社會唾棄的眾矢之的，在「正向式的反動思維」的積極運作下，被類歸為罪惡與瘋狂象徵的女巫，一舉在獵巫狂潮中殲滅殆盡，以維繫傳統價值中宗教倫理與道德規範的綱常不墜。女巫恐慌始於十五世紀中葉，在1580 到 1630 年間達到巔峰（薩維奇，2005：30），在教會的主導下，歐洲的獵捕女巫行動如火如荼的展開，一直到十七世紀才稍稍歇息。歷時三百餘年的獵巫行動中，無數良家婦女因莫須有的罪刑被誣為女巫，或被斬首示眾，或慘遭火刑。由於當年審判的官方記錄沒有得到適當的保存，各地方法庭的統計數字也來源不一，以致對於葬身獵巫狂潮之中的女巫數量一直無法有個準確的答案，各類統計數字從幾十萬人到幾百萬人不等。（劉家昌，2008）這可謂是一場非由戰爭引起的大規模屠殺，而且其中大部分還是以女性為狙擊對象的屠殺行動。

三、古典童話的女巫境遇

獵巫運動的風行，讓許多獵巫者信心滿滿，繪聲繪影的傳說成為言之鑿鑿的指控證據，女巫形象就在他們豐富的想像力渲染之下，越加浮誇與氾濫。使得民間傳說中的女巫形象：年邁醜陋的容顏、呼風喚雨的法力、噁心詭異的行徑、邪惡淫慾的靈魂等，隨著一場獵巫浩劫的歷史演繹，成為人們集體潛意識中對女巫的原型表達。即使獵殺女巫的歷史事件已告一段落，但是人們仍然對於女巫有著深深的誤解。這種對於女巫的刻板印象後來被汲取到兒童文學的童話領域中，成為往後許多兒童文學的創作題材，邪惡的女巫又

重回表演的舞臺，在童話故事的境遇中演現女巫的宿命，更影響後世對於女巫的認知。

《格林童話》是把女巫角色擺入童話故事的第一人（凱特琳、艾米，2006：67），故事中女巫的形象不是惡毒的繼母，就是森林裡可怕的老婆婆，格林兄弟這樣描寫女巫是受當時的歷史環境所影響。十九世紀時德國歷經獵巫狂潮的洗禮，社會上所流傳的女巫故事多是從獵巫行動中所得來的負面訊息。由於人們對於女巫的極端厭惡和恐懼，致使故事衍生出來的女巫形象也都是負面的。格林兄弟相信所謂的民間傳說是建基在古老的史實上，這些故事不僅是歷史的紀念品，也是人類最初發展的智慧片段（薩維奇，2005：114），因此他們畢生致力於收集流傳鄉間的民間傳說，所著《格林童話》完整收錄了傳說中的女巫形象與特徵，以及獵巫者對於女巫所採取的消滅行動。故事中女巫殘忍、貪婪、邪惡、醜陋、迫害兒童與少女的惡魔形象震懾了童話世界的讀者，對抗邪惡勢力的聖戰喊得震天價響，女巫在想像虛構的童話中再度披上戰袍，也再度被慘烈殲滅。

女巫的形象在一般人的印象中，總是有著長長的下巴、尖尖的鼻子，滿臉皺紋，配上一雙邪惡的眼睛，骨瘦如柴的刻薄外型。在視覺藝術裡，道德上的罪孽通常被人格化，由相貌醜陋的人來代表，這些人往往與美德作戰。（比德曼，2000：381）所以在古典童話中的女巫都是醜陋的，如：格林童話〈約琳德和約林格爾〉中的女巫是「一個佝僂的老太婆，面黃肌瘦，高個頭，紅眼睛，鷹鉤鼻，鼻子一直伸到下巴邊。」（格林兄弟，2001【四之二】：186）安徒生童話〈打火匣〉裡女巫的下嘴唇更是垂到乳房上。（安徒生，1999【四之一】：3）此外，女巫的身邊還常帶著詭異或恐怖的動物隨行，如：〈野天鵝〉（同上）裡女巫王后差使三隻蟾蜍在艾麗莎走進浴池

時，在她的頭上和心口躺著，好讓她變得醜陋、愚笨又邪惡。〈海的女兒〉（同上）的海女巫用嘴餵養蟾蜍，還讓醜陋肥胖的水蛇在她肥大鬆軟的胸口爬來爬去。從這些形象的描繪中，我們可以發現女巫的外貌都是被極度醜化的，因為相貌醜陋的人，通常也被認為有蛇蠍般的心腸，而其身邊物以類聚的恐怖巫使，則是對其邪惡本質的再次強化。

　　早期嬰孩難產、夭折或是生出畸形兒，常會被人認為是女巫施魔法作祟所致，甚至將此聯想成女巫喜歡迫害兒童，吞食幼兒，偷偷把嬰孩的靈魂賣給了撒旦、惡魔，所以童話故事常出現女巫吃人、害人等罪惡的行徑。最具代表性的便是〈漢賽爾與格雷特爾〉（格林兄弟，2001）中女巫將兩兄妹誘騙進自己的小屋，將哥哥關起來，打算把他養胖之後再煮來吃，還計畫要把妹妹關進烤爐裡烤來吃。〈白雪公主〉（同上）的繼母要獵人殺害白雪公主，帶回她的肺和肝加鹽烹煮來吃，這種吃人的惡劣行徑將其惡本質暴露無遺。然而，女巫也深知人性的弱點，會利用魔法對陷阱進行巧妙的偽裝，引誘人們受害上當。〈漢賽爾與格雷特爾〉（同上）中的女巫為了引誘飢腸轆轆的兄妹，專門造了一個麵包房子，房頂蓋的是蛋糕，窗戶則是一層透明的糖，成功誘騙兄妹上門。在〈白雪公主〉（同上）中繼母王后用漂亮的帶子、美麗的梳子和香甜的蘋果來誘惑白雪公主，讓白雪公主抵擋不住誘惑上了她的當。〈野萵苣〉（同上）中女巫有一園子令人垂涎的野萵苣，讓懷孕的婦人萌生不吃野萵苣便活不下去的慾念，使女巫成功獲得帶走嬰孩的交換條件。

　　女巫施行魔法、發下詛咒、煉製魔藥等，常為人們帶來焦慮和傷害，所以也成為兒童文學中屢見不鮮的故事題材。《格林童話》中就有許多女巫用咒語或魔法將人變形的例子，如：她們會將國王

變成石頭（〈兩兄弟〉）；她們會把王子變成鴿子或者天鵝（〈森林中的老婦〉、〈六隻天鵝〉）；她們會把純潔的少女變成一隻鳥（〈約琳德和約林格爾〉）；她們也會把前妻遺留下的小孩變成魚、羊、和鹿（〈小羊和小魚〉、〈小弟弟和小姐姐〉）。有時候，女巫也會將自己變身，如〈白雪公主〉中處心積慮要迫害白雪公主的繼母皇后，她能變幻成各種樣貌誘騙公主，還能製造毒蘋果謀害於人；〈小弟弟和小姐姐〉中女巫巧扮成宮中女僕溜進王后寢宮，在浴室升起旺火悶死王后，又用魔法把自己的女兒變成王后；〈約琳德和約林格爾〉中的女巫白天變成貓或夜遊神，而到了晚上她又完全是個人，女巫形象變幻萬千，變身術是她們擅長的法術之一。至於傳說中女巫調製魔藥的部分，則以〈海的女兒〉裡海女巫幫助人魚擁有人類雙腿的魔藥最為人所熟知，故事中海女巫把自己的胸口抓破，讓黑血滴進罐裡，再每隔一段時間加進一點新東西，當藥煮到滾燙的時候，還會發出像鱷魚般的哭聲。（安徒生，1999【四之四】：20）恐怖又詭異的製造過程更是增添了女巫的神秘感。

　　然而，在中世紀盛傳女巫在夜晚騎乘動物或掃帚在天空飛行，趕赴出賣靈魂的巫魔會的情景，卻在古典童話中所見不多，僅在〈藍光燈〉（格林兄弟，2001）中出現過女巫騎著野公貓如風一般駛過的簡單敘述；在〈戀人羅蘭〉（格林兄弟，2001）裡的女巫則是蹬上每跨一步相當於人類走一個小時路程的千里靴；〈旅伴〉（安徒生，1999）才終於出現深夜飛行的描述，旅伴趁夜深人靜時在肩上綁上天鵝的大翅膀，飛進王宮，再隱身尾隨公主；而女巫公主則是在午夜時分穿上白色長外衣，展開黑翅膀飛往大山，前去參加惡魔的舞會。在故事中曾出現對惡魔舞會的詳細描述：通道的山壁上有一千多隻發亮的蜘蛛正上上下下的爬行著；大廳牆上的耀眼光芒是

毒蛇噴出的蛇信火焰；天花板上全是閃爍的螢火蟲和拍動翅膀的蝙蝠；大廳中央的王座是由四匹死馬的骨骸托著；王座的坐墊是由鋪著一堆小黑鼠；華蓋是一面珠蛛網，上面鑲著寶石般的小綠蒼蠅；王座上坐著一位醜惡的老巫師，他在公主額上吻了一下，令她坐下後，音樂會就開始了！黑蚱蜢彈起獨絃琴，貓頭鷹用翅膀敲打肚皮，朝臣們都是穿上繡花衣服的掃帚，許多小黑妖精戴著鑲有鬼火的帽子，在大廳裡跳舞。（安徒生，1999【四之三】：278）或許是童話故事的主要閱聽對象為兒童，也或許是童話作家的藝術化寫作，在故事中並沒有出現一般民間傳說中巫魔會裡大啖嬰屍、肉慾橫流等駭人聽聞的描述，僅以象徵邪惡黑暗的小動物來妝點巫魔會的詭異氣氛，但是這樣毛骨悚然的場景仍然透露出女巫與惡魔交際歡愉以獲取殘害生靈力量的邪惡特質。

在中世紀的獵巫浩劫中，有數以萬計的女人被送上火刑臺處死，這樣烈焰沖天焚燒女巫的場景也在童話故事中如實的搬演。童話中女巫的結局幾乎都難逃死劫，而且處死女巫的方法不是受到殘酷至極的刑罰，就是在熊熊烈火中化成灰燼。如：〈白雪公主〉（格林兄弟，2001）中惡毒的王后被迫穿上燒紅的鐵鞋跳舞至死；〈戀人羅蘭〉（同上）中邪惡的女巫隨著琴聲不得停歇的跳著魔舞，荊棘刺得她遍體鱗傷，直到她倒地死去；〈黑白新娘〉（同上）裡的黑女巫最後落得脫光衣服，放進有釘釘子的木桶裡，由馬拉著拖遍整個世界；〈打火匣〉（安徒生，1999）裡的士兵一舉抽出劍把女巫的頭砍掉；〈漢賽爾與格雷特爾〉（格林兄弟，2001）中的女巫被格雷特爾推進烤爐裡活活燒死；〈藍光〉（同上）裡的士兵差使藍燈的小鬼將女巫送進法庭，最後把她吊上了絞刑架；〈小弟弟和小姐姐〉（同上）裡的女巫最後被送上法庭，被扔進火裡活活燒死；〈六隻

天鵝〉（同上）中的王后被控是吃人的女巫，又堅持不肯說話為自己辯護，國王只好把她送交法庭，被判火刑處死。而〈野天鵝〉（安徒生，1999）則是對女巫深夜與惡魔夜會的民間傳說及審判女巫的行刑過程有詳盡的描述，故事中艾麗莎夜間偷偷到教堂的墓園採集編織披甲的蕁麻，路途中還會見到一群可怕的吸血鬼挖出新墳的屍體，圍坐在墓石上大快朵頤。由此可以看出中世紀時惡魔的傳說如鬼魅般深深困擾著人心，對他們來說，夜裡到墓園去是和撒旦打交道的女巫行為，而夜間行動的女巫則被類歸為與吸血鬼同樣令人髮指的惡魔象徵，所以國王和大主教在目睹了她這樣奇異的行徑後，決定將她判為女巫燒死。故事中對於這個審判是這樣寫的：

> 所有的市民像潮水般從城門口向外奔去，要看看這個巫婆被火燒死。一匹又老又瘦的馬拖著囚車，她就坐在裡面……眾人都笑罵著她：「瞧這個巫婆吧！看她又在喃喃念著什麼東西！她手中並沒有《聖詩集》；不，她還在忙著弄她那可憎的妖物——把它從她手中奪過來，撕成一千塊碎片吧！」（安徒生，1999【四之一】：311-312）

這個故事可說是中世紀獵巫狂潮的真實報導，將女人如何被構陷為女巫，巫術恐懼下的集體監視，女巫接受審判的遊行場景，及當時獵巫者的想法忠實的呈現出來，搬演一段真實女巫的受刑戲碼，所幸最後艾麗莎以無罪開釋，逃離火刑的折磨，並且獲得幸福的歸宿。然而，歷史上真實的女巫卻少有如此好運，她們沒有辯解的機會，也沒有魔法的護駕，全都成了柴火下的亡魂。女巫的神奇魔法讓童話世界更加豐富，但女巫的邪惡形象卻在童話世界中被定型，她們的命運也如同歷史上眾多的真實女巫一樣，在眾人集體恐

懼的潛意識中，背上象徵邪惡與黑暗的黑鍋，成為狙擊殲滅世間罪惡的代罪羊，即使她擁有再強大的魔法，也無法改變這樣的宿命。

追根究柢，童話中的女巫形象是有其歷史性的，女巫形象的建立與十四到十六世紀歐洲整體社會中濃厚的「正向式的反動思維」有密不可分的關係，獵巫行動遺留下的女巫負面形象被吸納至兒童文學中，以醜陋的外貌和狡詐兇殘的行動，成為孩子們夢魘的來源，人們發洩慾望與怨恨的對象，而童話中天馬行空的想像更是讓女巫的邪惡形象有增無減，諸此種種使得女巫成為古典童話中惡名昭彰的邪惡勢力，在童話中發揮懲惡揚善的重責大任。也或許我們可以說，倘若是沒有巫婆這個邪惡角色的加入，故事的情節就無法發展，童話的魅力也就大大的銳減了。

第三節　女巫被妖魔化的因緣

一、天災人禍的代罪羔羊

吉拉爾（Rene Girard）（2004）曾在《替罪羊》一書中建構了「替罪羊」的理論，他認為「替罪羊」是人類遏止暴力的一種方法，也是一些宗教犧牲儀式的根源。在人類社會中，由於個體或群體之間的界線被侵犯，因此造成彼此關係的緊張和衝突。但是以暴制暴會造成社會衝突無法遏止，所以唯一能解決的方式，就是找出一個「替罪羊」，大家集體施暴於「替罪羊」之後，社會群體就可恢復

表面的和諧與團結，也就是以一人之死換眾人的生存，而縱容了迫害和集體犯罪行為的存在。以這樣的觀點來回顧獵殺女巫的歷史，許多現今看來荒謬無稽的論調似乎就變得有所依循了。

在原始社會中，人們對自然界無法掌控，對各種事物也都感到神秘，倘若想要了解鬼神之事，便要求助於女巫施行巫術與神祇或鬼魂進行溝通，以替人們祈福消災。在國家穩定處於太平盛世時，女巫或許備受人們的尊崇及敬仰。然而，一旦發生天災人禍時，她們往往變成眾矢之的，成為人們發洩情緒的對象。在大時代的變動中，黑死病與瘟疫接二連三奪去許多性命，英法百年戰爭在歐洲的持續進行造成丁男死傷無數，而寡婦數量暴增，民間也因為連年戰爭與氣候異常鬧起嚴重的饑荒，盜匪與士兵四處橫行劫掠，弄得民不聊生。人心惶惶不安之際，許多惡意的謠言在中世紀的歐洲社會不斷流傳，在人們心中隱隱留下了無端的恐懼。根據 1080 年教皇格列高利七世（Gregorius VII）的說法，丹麥國王哈洛德（Harald）曾將天災和傳染病歸咎於年長的婦人和傳教士，並加以凌遲致死。教皇還認為這種天災乃是神的旨意，而讓無辜者代罪，只會增加祂的憤怒〔貝林格（Wolfgang Behringer），2005：38-39〕，只有交出褻瀆神明與導致天災的禍首，才能平息神的憤怒，恢復安定的生活，於是教會開始搜捕有嫌疑的女巫，嚴刑拷打並加以處死。

天災中最容易讓人聯想起女巫的，莫過於歐洲當時的氣候惡化了。根據氣象史家的研究，中古時期的北半球在持續緩慢的升溫下，到了 1560 年開始出現降溫的「小冰期」，1561 到 1562 年間是一段氣候嚴重反常的時期，冬季加長，冰河增長，農作生長期縮短，因此穀物歉收，冷冬過後，春季延遲，夏季又降雨過多，導致洪水氾濫，瘟疫蔓延在人畜之間。（貝林格，2005：56）1626 年又發生

歐洲農業史上獨一無二的災難事件,夏季單日冰雹足下了一公尺高,刺骨的寒風及嚴重的霜降,使得湖水凍結,所有農作物焦黑枯掉;爾後 1628 年更成為夏天消失的一年,人們嚴重懷疑氣候異常和作物歉收與巫術有直接的相關。(同上,63-64)由於當時人們對於天文氣象的不理解,加上物資短缺造成的人心惶惶,而死亡的恐懼則更深化了人們無邊的想像,平日呼風喚雨無所不能的女巫便成了氣候異常的罪魁禍首。

氣候的劇變影響了穀物的收成,特別是影響人民生計猶大的物資(如做麵包的麥類和製酒的葡萄)大量短缺,更是帶動了物價的飆漲,使得社會基層的人民生存更不易,以致營養不足和飢荒的普遍助長了流行病的傳染。此外,西方對於身體疾病的認識其實很晚,因此當他們如果發現一個健康的人突然染病,像是羊癲瘋、小兒麻痺、中風、瘋癲病等,便會心生恐懼,編派理由說是女巫施行巫術作祟的結果。以致在中世紀晚期,巫師被看作是瘋癲病的散播者,因為人們認為這是由於巫師在水井中下毒的結果。(貝林格,2005:42-43)而黑貓在中世紀被視為惡魔撒旦的化身,早在 962 年時就出現過活埋數百萬隻貓的事件,基督教會也大斥黑貓為異教的象徵,灌輸民眾摧毀這些地獄來的使者的想法,所以在十二世紀前後,貓被大量的殺害(凱特琳、艾米,2006:67),他們將鼠疫、黑死病等疾病全都加罪於女巫的寵物——貓,卻沒想過是因為教會屠殺了太多的貓,以致鼠患猖獗,終至鼠疫蔓延禍及人類。

在這樣集體恐懼的氣氛下,女巫成了所有壞事的代罪羔羊,諸如村裡有人家中發生變故,或是有人突然生病死亡,或是所飼養的牲畜暴斃,或是女性無法生育,或是男性無法行房,或是嬰兒難產,或是莊稼被冰雹毀壞,或是穀物欠收,或是奶油無法發泡等大大小

小的事件，便會怪罪在女巫身上，說是她們故意施展巫術力量來危害人類。因此，女巫成了所有邪惡的集合體，不但應被摒除在社會正統之外，更不可讓她們有生存的空間與機會，死亡是她們唯一的歸宿。

在《獵殺女巫》一書中曾記錄一段中世紀德國審判女巫的例子：

> 狄林根的沃普佳‧豪斯曼寧是個老寡婦，靠替人助產為生。長久以來人們一直懷疑她是魔法師（十二年前她殺死了一個初生的女嬰；十年前她用藥膏殺死了安娜‧克隆姆特的第二個孩子），最後她終於在 1587 年受審，被控殺死四十多個嬰兒、兩名產婦、八頭牛、一匹馬，以及許多隻鵝和豬。她的鄰居也宣稱她害三名成人憔悴得幾乎死去，並且帶來一場冰雹災害。（巴斯托，1999：37）

在整個事件中豪斯曼寧扮演著「替罪羊」的角色，因為她符合社會對於貧窮老寡婦的弱勢標準。在一個群眾崇拜外在美貌，認為它等同於內在美德的時代，醜陋的老婦是被視為邪惡的，也因此被視為女巫。所以當地如果發生重大災難或者有不性的死亡案件時，都很容易將其罪名扣在這個弱勢的老女人身上，即使她根本沒有犯下那些罪行，但是加害者為了達成自我的心理平衡，還會試圖證明這些犧牲者其實是罪有應得的。其次，豪斯曼寧是個產婆，將生產過程中產婦和嬰兒的死亡全都歸罪於她，是個無妄之災；而牲畜的死亡和人的生病憔悴，甚至是帶來冰雹災害，都可用欲加之罪何患無詞來加以形容，因為人畜的患病與氣象的異常並非女巫一人可以控制的，明顯的她只是這場災難的替罪羊罷了。

人與動物罹患流行病、農作物歉收、自然災害，使得人們的生活朝不保夕，由於人們普遍缺乏安全感、彼此互不相信，更認定社會亂象與巫師有關。這些痛苦都需要得到解釋及抒發的管道，因此一遇到有任何災變或意外，就用莫須有的罪名指控施行神秘巫術的女巫。由於當時女巫們缺乏現代法律的保護，社會上又普遍存有犧牲某些人以維持大多數人生存的心理，因此女巫成為社會天災人禍的替罪羊，引發了獵殺女巫的悲劇。替罪羊是一種社會集體性的暴力迫害行為，即使它披上某種神聖性的宗教意義，褐櫫著撥亂反正的反動思維，仍然難掩其集體迫害的歷史罪名。

二、劇除異己的宗教改革

巫術信仰原是每一個古老民族所共有的現象，女巫在早期是擁有超自然能力的女神與女智者，在異教信仰的古代歐洲有相當的權威地位，因為她們既擁有救人的知識，也擁有致人於死的本事。但是自從羅馬皇帝狄奧多西一世將基督教立為國教，並禁止其他的宗教活動後，巫術信仰便成了教會眼中的異教。雖然基督教與巫術在基本觀念上是水火不容的，而基督信仰的擴張對於原先早於基督教存在的巫術信仰來說也是相當大的衝擊，但是早期的教會對於巫術算是相當寬容的。而後基督教歷經三次大傳教後，使得基督教義傳遍了整個歐洲世界，歐洲進入神權時代，基督教儼然成為西方精神文明的主流。龐大的基督教勢力在站穩腳步之後，逐漸廢除了先前對於異教的容忍政策，開始一系列的排外行動。

早在羅馬法《查士丁尼法典》中，異端學說就是一種反國家的罪行，被定為死罪，於是歐洲各地有無數的人被世俗統治者處死，

沒有公平的審判，也沒有對指控進行適當的評估。聖奧古斯丁在基督教教條當中建立了反巫術的理論學說：施行巫術在物理世界中是不可能的，此必然是透過惡魔的助力才得以完成。使用護符、抽籤、占卜的巫術，所應用的符號和工具都與惡魔的助力有關。(貝林格，2005：29-30) 這種基督教對於巫術的定義，認為所有的巫術都是藉助魔鬼的力量，懂得巫術的人等同於惡魔的幫兇，這樣的觀點深深影響了後來基督教化的社會，也奠定了往後基督教對於巫術的態度。

　　1184 年教皇路西伍三世 (Pope Lucius III) 始創宗教裁判所 (又稱為異端裁判所或宗教法庭)，它的創設是基於讓被指控的異端分子提供公平審判的需要。〔梅登 (Thomas F.Madden)，2004〕後來教皇格列高利九世 (Gregorius IX) 認為地方主教鎮壓異端不力，在 1231 年發布通諭，建立直屬教宗管轄的宗教裁判所，旨在鎮壓一切反教會、反封建的異端，以及有異端思想或同情異端的人。1252 年，教皇英諾森四世 (Innocentius IV) 進一步批准宗教裁判所可以在審訊時用刑，可用刑罰包括沒收全部財產、鞭笞、監禁、終身監禁及火刑，由於裁判所有權搜捕嫌疑犯及同夥，使得人人自危。被指控為異端的人會先交由宗教裁判所審查是否有異端或叛教罪行，然後勸其悔改，如果她願棄邪歸正，則給予一些處罰後釋放；如果她堅決不悔過、不認罪，則刑訊逼供，從嚴定罪，將其開除出教，交由世俗法庭判處死刑、執行火刑。(信力建，2009) 1484 年克拉馬和斯普蘭格兩位日耳曼宗教裁判官拜見教皇英諾森八世 (Innocent VIII)，向教皇陳述當地女巫猖獗，導致疾病流行、莊稼欠收，必須嚴厲鎮壓，於是教皇頒布女巫敕令 (搜奇研究中心，2008：135)，在該敕令中提到：「目前信仰日增，到處傳播，同時邪惡的異端應由教友團體中消除⋯⋯女巫離開了天主正道而甘願

與魔鬼為伍……她們不怕受人類的仇敵——魔鬼的唆使，從事更大、更驚人的罪孽，及喪失靈魂的危險，干犯上主的尊嚴，為大家立了極壞的榜樣。」（引自羅漁，1997：19）這樣的宣告激起人們對於女巫的強烈反感，在當時引起了軒然大波，一時之間出現許多鼓吹巫術仇恨與巫術恐慌的書籍和言論，於是裁判所開始展開巫師的逮捕與審判行動，所有與巫術等相關的職業都深受其害。緊接著教皇敕令的是《女巫之錘》的出版，書中言明如果不相信巫術，不相信女巫會害人的人，就不是一位基督徒。使得沒有人敢承認自己同情異教，再加上教宗也大力的表揚這本書，於是基督教的態度由寬容轉趨強硬，開始了所謂的獵巫行動。

在中古世紀，教會的權利相當強大，而人民在學習《聖經》時，常常會對教會的解釋感到疑惑，彼此討論久了就會形成另一個新的派系，這對於教會的統治是相當不利的。在十五、十六世紀時，歐洲宗教之爭愈演愈烈，有關魔鬼的傳說和各類巫術大行其道，到中世紀後期，由於巫術也試圖以自己的方式對當時的宗教憂患提出解答，這些異端邪說自然被教會視為與魔鬼有關係的證據。〔房龍（Hendrik Willem Van Loon），2009：176）〕又加上當時基督教是唯一的合法宗教，只要是不同於基督教的信仰，教會就會將他們宣布為異端，而異教的相信者則都會被逐出教會，遭到教會殘酷的鎮壓與捕殺。在十六、十七世紀的異端分子，往往被看成是比傷寒更可怕的威脅，因為傷寒只是傷害人類的肉體，而異端邪說卻是毀掉人類本應不朽的靈魂。（同上，176-177）當時人們非常迷信，終其一生活在世界末日和最後審判的恐懼之中，他們認為任何災難都是撒旦及邪靈所引起的，任何異教徒或違反社會規範的分子都應該視同為撒旦的使者而遭到清除。教會利用人民愚昧無知的心理，男性就

宣布他被魔鬼附身，女性則指她為女巫，再配合栽贓的手段，使人民相信這些所謂的「魔鬼、女巫」無論是被凌遲致死或是被活活燒死，都終將會為教會所消滅。於是教會在全歐洲發動宗教改革運動，運用集體權威式的道德力量，以建立新秩序為藉口，對民眾展開大規模的精神監督運動，以肅清異教徒的迷信行為，嚴厲鎮壓異教信仰的魔鬼信徒，於是懂得巫術的巫師或女巫慘遭迫害的命運。

三、中央集權的政治操控

在許多傳統或原始的民族中，女巫與巫術的存在已有長久的歷史，遠從古希臘思想家賀拉斯（Horaz）或盧奇安（Lukian von Samosata）等就相信巫術的存在，並主張濫用巫術要有刑罰的抵制。這一點從西元前 450 年羅馬的十二銅表法到古代晚期皇帝的立法都可以看出端倪。（貝林格，2005：28-29）羅馬皇帝戴克里先（Diocletian）在位時，巫術就非常盛行，常有危害他人的勾當，因此立法對施巫術害人者施以火刑，而對施巫術助人者則不罰；君士坦丁大帝二世（Constantius I）頒布米蘭敕令，承認基督教為合法且自由的宗教；君士坦丁二世（Constantius II）則視所有巫師為全民公敵，不分善意或惡意都加以處決；狄奧多西一世將基督教立為國教，並同時宣布其他的異教崇拜是非法的；查士丁尼一世（Justinian I）將反巫術立法，對巫術嚴加取締。（羅漁，1997：16；貝林格，2005：29）由這段演進的過程看來，政治統治者的宗教信仰是同步對巫術進行打壓的。

此外，統治者還開始利用宗教思想統治與掌控社會。倘若以社會學中社會控制的觀點來看，社會控制是主流社會期待並要求某些

團體順從的過程，也就是有權勢者控制他人行為的一種方式。中世紀的歐洲是一個基督教教會主宰社會的時期，所以政治統治者就以「君權神授」的觀點將自己視為「基督的代理人」，建立自身統治權至高無上的地位，內化尊崇王權就是敬拜上帝的行為，人不能對神的統治世界的方式懷疑，同樣的也就要順從神在世間的直接代表的絕對統治。如果民眾相信異教或反對俗世政府的壓迫和剝削，便是對神不敬的行為，統治者得以代理上帝予以懲戒或處死。而「基督教的婚姻觀念和性觀念影響了當時歐洲與性有關的一切活動」（方偉，2005：96），由於基督教否定性慾、否定對今世幸福和快樂的追求，只重視死後能否進入天堂，得到永生的福祉，統治階級便利用宗教禁慾主義的信條，建立嚴明的禮教規範，使男性為家庭的掌權者，而女性附屬於男性，除了聖潔的婚姻之所必須，人們要竭盡所能的避免性愛歡愉，使兩性在社會中各安其所。在「原罪說」的基礎上，基督教認為「性快樂是一切犯罪的開端」（同上，92），如果有人僭越這些禮教規範，這麼社會長久以來的平衡便會失控傾倒，並且逐步走向混亂的滅亡之路。因此，人民要彼此互相嚴密地監視，控制人民生活中最私密的部分，避免因淫慾而起動亂之心，這種道德規範有助於穩定社會秩序，也使得統治階級的地位更形鞏固。

進入中世紀後，歐洲各國政府的國家權力日益高漲，愈來愈中央集權，也愈來愈有能力控制人民生活的各種層面。在歐洲一些從來沒被外力干預過的地方，現在卻出現皇家使者要求人民納稅、服役，更要求他們服膺國家主義的意識型態；十一、十二世紀時，歐洲政府還公開指明異端邪說分子、猶太人、痲瘋病患、同性戀者是國家的敵人，讓統治者有理由不容異己的毀掉這些團體；中央集權的政府還願意起訴性犯罪及宗教有關的事務，以強大的國家機器力

量，對付那些原本就不是很有權力的下層階級，這些被指控為女巫的老村婦不是沒受過教育，或是不知如何運用法律，或是根本負擔不起法律的支出，對於俗事法庭的審判當然也就無力招架（巴斯托，1999：68-69），個個被嚴刑拷打而承認女巫的罪名，成為火刑柱下弱勢的冤魂。中世紀的歐洲一直籠罩在基督教會的陰影之下，政教合一的社會結構嚴密的控制著人們的日常生活和思想。政治與宗教的兩相結合，不僅賦予了基督教唯一的合法地位，也鞏固了王權至高無上的地位，他們用最能代表恐怖的力量來將女巫妖魔化，賦予巫術負面的象徵意義，以強化自己正義神聖的正面意義；再者，它透過大規模的搜捕與獵殺女巫的基進行動，壯大國家機器的威信，樹立社會控制與意識監督的工具，藉由宗教順從的儀式達到馴化人民的目的，貫徹中央集權的統治意志。

四、父權社會下的第二性

在中世紀的獵巫行動中，被舉證出來的以女巫居多，而男性只是少數的例子。女巫是當時眾所恐懼甚至討厭的對象，女巫被認為是引來天災人禍的罪魁禍首，是背叛天主的異端分子，是傳遞惡魔訊息的邪惡使者，在這樣繪聲繪影的傳聞下，無可避免的大眾帶著害怕與仇恨的眼光看待女巫，並且認為女巫是因為受到社會的排斥，所以想在巫術中尋求報復的滿足。加上中世紀女性地位低落，女性在社會、經濟上均居於弱勢，使得女巫更容易淪為罪惡的代罪羊，而長久以來男女不平等的性別歧視觀念，更是讓男性對負面的女性特質特別抗拒，益發助長消滅女巫的聲勢，於是女性受到逮捕、嚴刑逼供及非人道待遇，數以萬計的女性被施以各種酷刑，這

股獵巫熱潮大大傷害了當時許多無辜的女性，是對女性意識相當程度的打壓與傷害。

在西方文化中，我們不難看到父權社會將社會中的不幸與災難歸咎女性的痕跡，如希臘羅馬神話裡，天神普羅米修士（Prometheus）從天上盜火種送給人類，讓宙斯十分惱火，決定要讓災難也降臨人間。潘朵拉（Pandora）是宙斯創造的第一個人類女性，並安排這位無以倫比的漂亮女子來到人間誘惑普羅米修士的弟弟，她在好奇心的驅使下打開盒子，結果盒內的戰爭、瘟疫、憂傷、災禍、謊言、嫉妒、姦淫、偷竊、貪婪等各種禍害全都飛出滿布人間。從此男性為人類帶來火所象徵的光明文化，而女性為人類帶來災難象徵的危險禁忌，這樣的性別意識隨著神話故事的流傳深入人心。在創世紀神話中，上帝照著自己的形象，用泥土創造了亞當，再用亞當的肋骨創造了夏娃，並將他們放置在伊甸園裡無憂無慮的生活。後來蛇引誘夏娃偷嚐禁果，並誘使亞當也吃禁果，使得人類從此被逐出伊甸園，在人世間受苦受難：夏娃得為生兒育女而飽受苦楚，還得戀慕丈夫，事事聽從丈夫的使喚；亞當須一生為了生存而勞累不休，這些苦難都是由無法拒絕誘惑的女性所賜予，是一代傳一代難以擺脫的人類原罪。至此，衍生出男性的天性較接近神，而女性則是無知容易接受誘惑的，是不幸災難的邪惡淵藪，倘若不是女性的蠱動，男性也不會墜入罪惡的深淵，致使女性自古就背負著各種人類墮落及災禍的原罪。而且在基督徒奉為經典的《聖經》當中也明白宣告著不論在經濟上或身體上，女性都必須服從男性的誡命，隨著基督教如日中天之勢，無所不在的影響著歐洲社會世間男女的意識底層，所以難怪女權主義思想家西蒙波娃（Simone de Beauvoir）認為聖經神話是把女性當成「第二性」的偏見之本。（葉舒憲，2004：46）

　　中世紀教會延續父權傳統對夏娃的偏差詮釋，造成女性在基督教文化中扭曲的形象與地位。而《女巫之錘》一書也是援引這種女性原罪的觀點，稱女性為「天生的惡魔」、「必然的邪惡」，以及「大災難」（季摩爾，2005：109），並且認為女性所以變成女巫，是因為女性具有先天上的缺陷，女性是用亞當身上肋骨變來的，因為肋骨彎曲不直，女性的不正是相對於男性的正直而存在，她們是在智慧、心靈以及情感上具有絕對缺陷的性別，她們不僅愚蠢、衝動，而且容易動搖，具有報復心重的憤怒傾向（薩維奇，2005：122）；由於夏娃是從男性的肋骨脫胎而來，所以有些基督徒認為女性的降生不是獨立的，而是從屬的，上帝注定她是為免於男性的孤獨而生，以彌補男性的缺憾（葉舒憲，2004：47）。也由於夏娃是用亞當的肉體所造的，所以離開亞當的肉體後，夏娃就沒有了靈魂，所以有些基督徒甚至信奉女性沒有靈魂的信念（方偉，2005：92），將女性視為等同於沒有靈魂的獸類的次等生物。而且這群夏娃的女兒卻拒絕被她們天生的主宰──男性所統治，反而是用她與生俱來的性感魅力引誘男性掉入罪惡的淵藪。兩位主張禁慾修行的宗教裁判官甚至在書中基進的認為女性的肉慾永遠無法滿足，她們為了得到肉慾的滿足，甚至會向惡魔獻身，自願成為女巫來服事撒旦，因此所有的巫術都是來自女性的肉慾不滿足。（薩維奇，2005：122）影響所及，女巫被認定為物慾的、肉體的，並且具有放蕩、邪惡的本質，所以不為主張禁慾戒律的基督教會所接受，也不為捍衛禮教規範的父權傳統社會所包容，一時之間女巫成為千夫所指、眾所圍剿的對象。即使是支持宗教改革的路德，也曾經聲明自己不應該同情女巫，而且應該將這些女巫全都燒死。他還曾說：「男人擁有寬大的肩膀與狹窄的臀部，這就是男人生而要來推動世界發展的明確

象徵。但是女人擁有豐腴的屁股，這意味女人是被造來坐在家中，照顧丈夫和子女的。」（引自薩維奇，2005：69）所以女性應該回歸家庭，以溫柔順從的美德與自我犧牲的精神去成就推動世界發展的男性，任何膽敢背離這些父權思維的人，無疑是甘冒法庭與社會嚴厲審判的叛逆分子，自然應當嚴刑峻罰以絕社會後患。

翻開人類社會的歷史，從初始母系氏族社會的母神信仰，到陽具崇拜、一神崇拜的父系氏族社會確立，女性不再具有萬物生與死的終極統治權力，僅剩下黑暗破壞的負面意義被保留下來，女性的地位下降，男性取代女性成為社會的主宰已為大勢所趨。女性淪為男性父權的所有物，喪失掌控社會政治的優勢地位和基本的權力，「歷史向我們表明，男人一向握有全部的具體權力。早在父權社會開始，他們就意識到，最好是讓女人處於依附的地位。」（波娃，2000：158）而許多社會意識型態，也間接或直接灌輸女性是社會次要者、第二性的觀念，在社會觀念長期的限制下，女性也只能認同這樣的社會歧視，成為男性的附屬品，沒有自成主體的能力，女性在社會上倘若失去男性的掌控，就會成為眾人數落的對象。而像女巫這樣擁有魔力的女性，擁有男人無法抵抗或掌握的理智和判斷力，不需要男性幫助，也不受男性所控制，所以容易引起男性的恐慌與反感，深怕女性的力量會越過男性，所以想盡辦法污衊她們，以莫須有的罪名指控她們為邪惡淫亂的女巫。更嚴重的是到了最後，舉凡行徑不受人歡迎的女性，未被男性征服的處女，以及擺脫男性控制的老婦與寡婦，也被指控為女巫的化身，因為當時的社會認為女性的命運就該受到男性的奴役，女性倘若是逃避了男人的支配，就是準備接受魔鬼的支配。（同上，171）將這樣的女性賦以女巫的罪名折磨致死，就是給其他女性的警惕，讓女性知道自己必須

成為男性的附庸，生活才會有所保障。對女巫進行迫害，讓女性不敢表現自己，而更加的依附男性，這也是對女性變相的控制。

巴斯托（1999）在《獵殺女巫》中以女性主義的觀點重現歐洲女巫史，她認為中古歐洲獵殺女巫之風盛行的原因不在於女人犯了不檢的褻瀆罪行，而在於男性意圖壓抑女性地位，並利用宗教與魔鬼的名義，掠奪女性、殘殺女性，將她們視為個人玩樂殺伐的工具，審判時更不容女性有抵抗的意志，將「厭女主義」心理發揮得淋漓盡致，在其道岸貌然的控訴背後隱含著父權社會的意識型態，含有強烈對女性歧視的意味。從異教信仰到基督教信仰的社會，從母神信仰到父神一神獨大，在基督教會刻意的渲染下，在男權掌控的社會體制下，女巫的形象被極度妖魔化，性別歧視與性別暴力是這場歷史悲劇最大的始作俑者。然而，無論搜捕女巫的行動是憑藉著何種神聖性的名目，它所呈現出來的，是父權社會對女性能力的畏懼，是一片性別迫害與男性暴力的歷史景觀。

五、消解人類內心的罪惡

歷經十六、十七世紀大規模的獵殺女巫行動後，女巫的負面形象就一直深植在人們心中，後來作家將女巫的刻板形象吸納至兒童文學中，成為故事中的邪惡角色，孩子的夢魘，使得女巫成為童話中惡名昭彰的人物。童話中沒有破除不了的魔法，善良的主人公最後必得救贖，但是女巫的下場必定死得殘酷，「為何女巫非死不可？而且都要死得這麼慘？問題的答案不在故事裡，而在讀者的心中。童話故事是奇異的冒險，但也同時處理亙古不變的主題——自我正邪之間的掙扎。」（凱許登，2001：52）童話的內涵在生動揭發讀

者內心的渴望與不滿，積極的意義是幫助讀者發出內心深處的聲音，藉由女巫的死得到情緒的發洩。童話中邪惡的女巫死了，表示讀者可以徹底革除內心的罪惡感；女巫如果不死，讀者就無法克服內心的衝突。

　　童話是一個雙面鏡，連結著真實與幻象的兩個世界，它利用幻想的手法，巧妙的透過女巫性格的塑造，來象徵人類內心世界的恐懼與弱點，活躍在幻想世界的女巫的出現與消逝，就象徵著我們內心慾望的興起與毀滅。讀者在閱讀或聆聽童話時，會不自覺的將自己的內心特質投射到故事中不同的角色身上。也就是說，童話提供讀者一個演練內心衝突的舞臺。童話中的女巫們多少都隱喻著人心的黑暗面，不同童話中的女巫會出現不同的象徵意義，故事裡出現的女巫們反射著這些情境：可能是兒童容易犯的錯：虛榮、貪吃、嫉妒、色慾、欺騙、貪婪和懶惰的童年七大罪（凱許登，2001：35），也可能是兒童常有的身心衝突：孤獨、離家和疾病等，這些特徵普遍存在於每個兒童心中，甚至成人也有著這些困擾。當故事中的主角與邪惡的女巫對抗時，讀者會將自己內心不好的傾向投射到女巫身上，迫使讀者重新認識自我，直接面對這些黑暗面，唯有消滅女巫，困擾讀者內心的衝突才得以化解，讀者也需要藉由女巫的死這樣極端的淨化儀式，消除對此種象徵的恐懼，滌清自我內心的罪惡與可恥慾望，才能造就讀者健康樂觀的心理，繼續在人生道路上邁步向前。

　　童話中的惡女巫是作為人們心中善的對立面而存在的，肩負著彰顯人生諸多光明面的重大使命。作家透過大家對女巫既有的邪惡印象，將她們渲染得更加恐怖聳動。惡女巫原型的意義就在於，透過打敗惡女巫，並將其處以嚴厲的懲罰，來彰顯人們心中「邪不勝

正善」這一永恆不變的道德法則。所以童話中為了強調正邪不兩
立，必定要有女巫出現，她們是引發善惡戰爭的重要角色，而且她
們非死不可，用以昭顯光明必然獲得勝利、正義必定得到伸張。在
故事的善惡戰爭中，讀者都會有一種彷彿親臨其境的感覺，與邪惡
對抗而終至戰勝邪惡的心理快感，也會讓人感受到自己身上美和善
的力量，會帶給人們莫大的鼓舞，從而增強了戰勝邪惡的信心。女
巫的死亡象徵美德戰勝邪惡，象徵正面力量終究會獲得最後的勝
利，這種對善的頌揚，對惡的譴責，告誡著所有的讀者「多行不義
必自斃」的道理。人們內心的慾望是永無止境的，邪惡的慾望在真
實生活中永遠都不會消失，所以童話便是透過妖魔化女巫，讓女巫
成為必定得死的替罪羊，來消解人類內心的罪惡，作為懲惡揚善的
道德教化內涵。

第四節　女巫地位的代際升沈情況

一、扭曲的歷史身影

　　人類學家魏兒深（Monica Wilson）曾表示不同的女巫形象可
以體現不同的社會特徵和結構。（貝林格，2005：114）回顧歷史，
女巫的巫術信仰早在基督教以前就已存在了，巫術可以說是一種特
異技能，從醫人治病，到預測未來，操控大自然，幾乎無所不能，
被視為大地母神的女神信仰。在早期科學不發達的時代裡，由於人

們對於醫學及天文知識的不足，及人們對於大自然的敬畏，當時的民眾自然會將女巫奉為鄉野間的女智者，擁有崇高的社會地位。後來人類社會由母系氏族社會轉向父系氏族社會，女性的地位下降。加上一般人對天災人禍無從理解，女巫的特殊身分與能力，容易讓人們借題發揮，歸咎女巫是一切不祥的禍端，他們深怕受到巫術力量的詛咒，所以將女巫穿鑿附會上邪惡的傳說，將女巫視為一切罪惡的源頭。這樣的女巫恐慌始於十五世紀中葉，在十六世紀到十七世紀間達到巔峰，在教會與政治結盟的情況下，父權主義的獨大造成歷時三百餘年的獵捕女巫浩劫，女巫被認定為惡魔崇拜的妖魔鬼怪，是社會災禍的製造者，教會有必要對這些叛亂分子趕盡殺絕。但到十七世紀，由於社會的變遷，社會大眾對於女巫的反感不再那麼激烈，獵巫狂潮才逐漸消退。唐奈神父（Fr. Taner）可說是十七世紀第一位為女巫伸張正義的人，他在《大眾神學》中分析中世紀與文藝復興時代的女巫問題，認為女巫能遨翔天空，在某處聚會，做出害人的勾當等，全是人類幻想的作祟，而所謂同夥同伴則多是在酷刑下才招供的，是中世紀人們懼怕魔鬼而延伸出來的產物。（羅漁，1997：22）在邁入十八世紀啟蒙時代之際，由於啟蒙學人的努力，人們開始對自然現象有更深的認識，醫藥也有了更大的進步，雖然神職人員仍然不斷倡導巫術存在的觀念，但是知識分子對於理性與科學的追求，早已使得獵巫行動的熱情蕩然無存。在理性主義的影響下，心靈現象完全被否定漠視，他們認為那些被殺害的女性不過是迷信的愚婦，整個事件應歸咎於鄉下老百姓挑撥是非所造成，這些指控都是毫無基礎的幻覺，並不值得一顧。如啟蒙思想家哈威（Willian Harvey）在檢視女巫的合理性時，都把巫術這個議題視為文化垃圾。（薩維奇，2005：122）施略策（August Ludwig

Schlozer）則認為巫術並不存在，殺害巫師是防衛過當的司法謀殺。（貝林格，2005：10-11）也因為科學的進步，破解了許多從前無知的迷信和謠言，人們不再畏懼未知的事物，以往絕口不提的事物也敢公開討論，勇於嘗試新事物，並努力推翻舊有思想。這些觀念獲得中產階級的群起支持，影響整個基督信仰的變遷，社會宗教法制因而放寬，也間接的促進了許多十八、十九世紀的巫術復興，女巫的蹤跡開始出現，在中世紀被視為聲名狼籍的黑暗魔法，如神秘的鍊金術，或是水晶球、塔羅牌等占卜術，都在這個開始時代大行其道。（凱特琳、艾米，2006：44-46）

　　十八世紀末期隨著理性主義的消退，浪漫主義思潮的興起，社會上出現了一股嚮往回歸自然的風氣。浪漫主義者被那些曾被祖先否認的事物所吸引，期盼重新擁有對未知真理的感受，萬物有靈說更使得作家對自然精靈懷有莫大的興趣，夢境、幻想與荒謬的世界大大顛覆了理性的世界，於是仙女、精靈和女巫成為童話故事的主角。於是在歷史上曾經遭受迫害的女巫，又有機會重回童話的舞臺，擔綱演出重要的反派角色，如《格林童話》就是在浪漫主義思潮影響下，隨著民族意識覺醒和新興市民階層出現而形成的，受到民間傳說故事流傳的影響，故事中女巫的形象與特徵在想像力的渲染下被極度的醜化，更在基督教教會父權思想長期打擊與壓制的影響下，使得女巫不是具有恐怖魔法的惡魔形象，就是專門迫害兒童與少女的老太婆，成為人類內心深處邪惡的寫照，最終的結局必定得死。到了《安徒生童話》時期，安徒生融入自己的審美理解，創造出廣闊的藝術空間，改變傳統邪惡女巫的刻板印象，對於女巫極端邪惡的負面描述逐漸淡化，不再使用專制的迫害手段威脅他人或傷害人們，在結局也未交代女巫是否受到殘酷的處罰，留給讀者是

非善惡判斷的空間，女巫漸次走出邪惡的刻板印象，顯示出當時社會對於仇視女巫的情結有慢慢淡去的跡象。

二、現代女巫的多元演現

對浪漫主義者來說，夢想和想像力是人類文明的精華，而神秘的精髓就在於女人──特別是女巫的形象，他們認為女巫是不死的女性，是能用咒語控制男性的女巫。（薩維奇，2005：122）他們對於想像的神性光輝情有獨鍾，並以此態度回顧百年之前的獵巫歷史，認為這些被殺害的女性必定是吸納古老智慧的承載體，是永恆智慧的傳承者，是對抗基督教的叛徒。（同上，31）浪漫主義為女巫創造了新的意義，凡是觸及女性的、想像的、創造力的感性，大大的顛覆了男性理性秩序的支配，於是在十九、二十世紀的女權運動中，女巫化身為女性主義殉難的時代先驅，揭開女性反抗軍的大旗。

女權運動的肇因始可推至十八世紀後期的法國大革命與美國獨立戰爭，這些戰爭大大地動搖了男權中心的根基，「人人生而自由平等」的基本人權漸漸成為女性爭取自身權利的理論基礎。十九世紀則是西方女性解放運動興起的時代，這些女權主義者不僅促使女性意識抬頭，重新反思性別角色，開發女性情慾，也嘗試在父權體制中尋回自己身體的主導權。1921 年穆蕾（Margaret Murray）一部披露女巫與巫術的著作《西歐的巫術》出版時，將女巫轉變成實現女性理想的旗手，曾造起社會相當大的轟動。她認為中古世紀與文藝復興時期存在的巫術，並非基督教的異端，而是遠古的宗教，稱為異教。她們是有著高度的組織與禮儀的集團，穆蕾稱此宗教為「戴安娜祭祀」。〔鏡龍司（Kagami Ryuji），2005：40-41〕她

們驕傲的反抗基督教教會，所以在中世紀時女巫多死於調查官和其他的迫害者之手，穆蕾認為獵巫熱的誤謬是那些擁有權勢的男性的扭曲與充滿恨意所造成的結果。她還為女巫重建清新的形象，認為她們是叛逆者、療癒者、女祭司、預視者，具有能與宇宙中靈魂接觸的神通能力（薩維奇，2005：125-133），將女巫邪惡黑暗的負面形象轉化成美麗光明的正面形象。影響所及，1954年巫術禁令式微，人們可以公開自己的超自然能力，於是眾家流派崛起〔羅內道格（Serena Roney-Dougal），2000：375〕，神智學、心靈論、金色曙光儀式的巫術復興運動等的靈魂主張盛行（鏡龍司，2005：39），呈現百家爭鳴的氣象，巫術再次重生，女神意識出現捲土重來的跡象。

　　1960年代新一代的女性主義者開始走上街頭，抗議繼續危害女性的曲解及充滿恨意的思維，在女權運動之後女性地位緩緩抬升，紐約市一個婦女團體就曾在1968年萬聖節發起一場盛大的集會遊行，婦運人士署名簽下「WITCH」，此全名為「地獄來的國際婦女恐怖陰謀」（Women's International Terrorist Conspiracy from Hell），婦運人士所以選擇女巫作為女性革命的象徵，正是因為歷史上的女巫是對抗男性壓迫的游擊隊跟反抗軍，她們被視為婦女運動的始祖。（薩維奇，2005：133）現代女巫終於打破千年沉默，開始自我定義，宣稱自己有高貴的身世，要繼承光榮的女巫抗爭傳統，團結起來反抗一切威權與壓迫。（同上，鄭至慧導讀13）過去女巫負面性格的刻板印象，直到二十世紀才慢慢被扭轉，女巫繼續以千姿百態的形象出現，被重塑為受假道學迫害的異能者、神能者，以及耀眼迷人的傾城妖姬。（同上，31）

　　時至今日，生活在現代的我們很難再相信女巫會騎乘掃帚參加巫魔會，或是舉行個女巫魔法儀式，就會將所有的災厄病痛全數驅

離，但是巫師及巫術至今依然存在，因為女巫在占卜未來、預言大自然異象、敏銳察覺他人想法、靈異的第六感、靈魂層次的修練等的神秘靈驗特質上，還是以現代科學無法解釋驗證的前提下，受到人們難以反悖的崇信。加上現代人的生活壓力與日俱增，物質豐盈的生存條件，卻帶來更大的心靈空虛，於是人們紛紛尋求各式的心靈解脫方法，女巫謎樣的魔法再度成為人們的精神寄託之一。目前在西方，女巫或巫師的團體被通稱為 Wicca，是一個被認可的合法宗教團體，他們注重物質和精神層次的潛能，熟知超自然的力量，尊崇大自然法則，追求更高層次的智慧，不會在傷及他人的情況下施行魔法，視魔法為保護、治療自己和他人的良方。（汪春沂，2004：32-35）現代巫術的發展隨著資訊的發達和交流，逐漸走向另一個開闊的世界，現代女巫及潛心鑽研精神和靈魂層次修行的團體，保存了女巫舊有的精神和方法，但卻不再拘泥於咒語、魔法和儀式，他們採用了更科學且更有效的方法，同時融合東、西方的智慧，氣輪、冥想、觀想、靜坐和瑜珈等也都成為現代女巫必修的功夫，修練魔法以獲取自身利益或用以對付他人，已不是現代女巫關心的事情，她們的目標是幫助自己或他人進入更高的靈魂層次，開發深藏的潛能。（同上，13-15）他們所追求的不外乎是「意識的變化」、「身體的修練」、「環保意識」、「女性原理」四大方面相關的事物。（鏡龍司，2005：77）他們解放了從過去到近代備受壓抑和迫害的女性、自然及身體，給予內在的女性原理（深層的潛意識）正面的評價，給予工業文明的壓制一個極大的反擊，試圖帶領人們回復一些我們原本就擁有的東西，像是身體、健康、性、自然環境、原始的傳統、無意識的精神、人與大地的自然歸屬、人與人的連結關係等（同上，100-101），現代女巫成了帶領人們回復生命意義的

超異能使者。也許這正如盧梭曾說的：「文明社會腐朽墮落，工商業和技術只會助長貪欲，污染環境，製造垃圾，對於宗教時代的恐懼、敬畏的體驗倒成了某種愉快的回憶。」（引自搜奇研究中心，2008：189）進入二十世紀後，變幻莫測的女巫形象再次綻放神秘奇幻的魅力，在魔幻色彩濃厚的小說中、在虛擬世界的線上遊戲中、在充斥聲光特效的影視媒體中，巫師、戰鬥、魔幻、科技等元素的結合，帶領人們任意穿梭於意識世界與奇幻世界中，藉以消弭現實生活中的壓力與煩憂，也許巫師在消費時代下的大眾娛樂中大行其道的現象，正反映出人們對於女巫神秘世界的嚮往，以及對於女巫形象蛻變與再造的期待。

　　定神細視，女巫的形象隨著歷史時序的推演，從中世紀集體恐慌下的人民公敵變成啟蒙時期的愚昧蠢婦，到了社會遽變的二十世紀變成女性革命的象徵，到了科技文明異化的時代變成開發心靈潛能的智慧導師，到了消費掛帥的娛樂時代又轉變成調劑空虛心靈的虛擬力量，而且未來還有可能持續不斷地再塑與轉型，女巫在她們自身漫長浩瀚的歷史旅程中，在人們不斷地形塑與改造下，她們早已走出女智者或黑暗勢力的既定形象，成為形象萬千、價值多元的特色人物。也就是說，在新時代的我們必須以全新的思維來看待女巫形象的轉變，不再視女巫為怪力亂神，或存有早期神話故事及童話故事中的負面刻板印象。如果我們可以重新檢視科學知識造成的視野侷限，重新檢視科技文明帶來的心靈空虛，也許我們就能以更開闊的胸襟來看待長期受歷史扭曲的女巫形象，找回人類在物質文明異化下所退化的原始自然本能，重回大自然的懷抱，充實精神上的空虛，開發深層的自我和潛能，重新給予女巫一個正面積極的清新形象。

三、現代童話的女巫形象

因為兒童先天具備天馬行空的想像力與驚異荒誕的念頭，所以比成人更容易相信女巫與魔法的存在，所以直至現代，女巫和魔法在兒童文學中一直是受到歡迎的題材。然而，隨著時代的轉變，女巫角色已在兒童文學中呈現出複雜多變的面貌，她們不再侷限於單一的負面形象。現代童話中的女巫形象各具姿采，稜角分明，擺脫過去的邪惡符指，身分更加多元，也許是醜陋的老太婆，也或許是平凡女性，更或許是豔光四射的魔女，不論是背負傳統的歷史包袱，抑或是結合當時的時代背景，女巫都以嶄新的詮釋方式來面對讀者，構成豐富喧鬧的女性世界。

二十世紀初，《綠野仙蹤》（包姆，1998）首度出現了好女巫的角色，在此書中一共出現了四位善良及邪惡的女巫，徹底打破以往單一存在的女巫角色：故事中的女巫除了童話中常登場的邪惡女巫，用以阻撓主角任務的完成；還出現了年輕漂亮的善良女巫，幫助主角達成願望。故事中桃樂絲用智慧和勇氣擊敗邪惡女巫，善良女巫則揭開桃樂絲腳上神奇銀靴的奧秘，幫助她順利返回堪薩斯。作者包姆有意顛覆傳統女巫的邪惡、一心與兒童作對的大魔頭形象，澄清女巫並非全都是無惡不作的壞人，賦予女巫善良溫暖的正面形象。至此，童話中的女巫不再背負反派角色的重責大任，女巫形象開始出現善與惡並呈的多元面貌。

雖然到了近代，女巫的形象得到了不少的扭轉，但是深受流傳已久的神話故事及古典童話的影響與薰陶，在「正向式的反動思維」的傳統父權體制下，女性的形象仍受到保守觀念的壓抑與醜化，女

巫邪惡醜陋的靈魂，以及迫害人類社會的想像，仍然成為女巫擺脫不掉的原型符指，繼續恐嚇著閱讀童話的小小讀者，繼續在童話中完成讀者心理除罪的魔法儀式。如：達爾（1995b）的《女巫》裡有一群邪惡的女巫，她們平時與一般老女人們沒有兩樣，存在我們的生活之中，讓主角覺得防不勝防。故事中女巫與兒童仍是水火不容的敵人，邪惡女巫想盡辦法要殺害兒童，甚至發明變鼠藥想使兒童變成人人喊打的老鼠，不幸的主角路克被邪惡的女巫逮個正著，她們用變鼠藥水使他變成了老鼠，最後他靠智慧戰勝人人懼怕的女巫，以小老鼠的身分立下大功，與姥姥實現消滅女巫的偉大夢想。故事中強烈地表達出兒童對於女巫施害的恐懼與控訴，給予女巫最高度的醜化及批判，而且達爾還認為：「女巫永遠是女的。食屍鬼都是男的。蘇格蘭的猛犬山妖也是男的。二者都同樣危險。不過這二者的危險程度及不上真實女巫的一半。」（達爾，1995b：14）可見在他的眼中女巫是天下第一邪惡的可怕人物。強森（Tony Johnston）（2002）的《聖塔菲的巫婆》裡的巫婆依舊是傳統的醜陋可怕的形象：「她的臉像核桃一樣皺巴巴的，眼睛像紅咚咚的發光珠子，牙齒像黑夜一樣黑，肩膀上有一隻巨大的尖角蜥蜴。」（強森，2002：10）故事中勇敢的小女孩瑪妞艾拉的羊走丟了，根據羊留下的腳印，她一路冒險來到傳說中的巫婆家，但是巫婆卻一心想把她丟進鍋裡煮來吃。最後憑著她的純真與機智從恐怖的巫婆手中逃脫，解救了她的羊，就連巫婆的寵物尖角蜥蜴也都願意跟著她離開巫婆。奧斯柏格（Chris van Allsburg）（2002）的《巫婆的掃把》則是不再把故事情節環繞在巫婆身上，而是盡情發揮在巫婆的魔法工具——掃帚上。這支被巫婆主人拋棄的掃帚被好心的農婦收留，它不但可以幫忙婦人餵雞、種田、打掃……還會彈琴娛樂主人，它

怪異的行徑和異於常態的超能力，讓鄰居們直嚷著這是巫術的表現，他們將掃帚視為撒旦的化身，並且煞有其事的強行將掃帚綁上火刑柱，將它燒成灰燼，可說是中世紀女巫在歐洲社會的真實寫照，作者成功的以一支掃帚搬演一段獵殺女巫的歷史。

　　進入二十世紀的女巫形象逐漸擺脫傳統刻板的印象，女巫不再是咧牙張爪，活吞兒童的醜陋老巫婆，解放長久以來童話中女巫角色所受到的限制，以因應新世紀性別多樣化的潮流，但是傳統女巫的刻板形象又一時難除，所以在一些童話故事中便出現了一個女巫身上同時具備有邪惡與善良的特質；或是故事的開端還是個邪惡女巫，但是在故事的結局卻將其轉變為善良女巫；或是善良女巫仍備受大家的質疑，直到最後才受到大家的肯定，使女巫與故事中的角色有了圓融的關係，在童話文本中呈現出「正反向兼具式的反動思維」，女巫不再扮演極端負面的角色，是邪惡抑或是善良的角色全交由讀者自行感受與裁奪，感化與包容女巫比除掉女巫更形重要。如：波拉蔻（2002）《芭芭雅嘎奶奶》裡的芭芭雅嘎巫婆是一個充滿愛心的好奶奶，並非傳說中充滿邪惡、神秘的「芭芭雅嘎」。芭芭雅嘎嚮往成為一個擁有孫子的慈祥奶奶，她刮掉皮膚上的長毛、修剪指甲、梳好頭髮、穿上人類的衣服，還綁上頭巾遮住她的一雙長耳朵，走進村子如願的成了維克的奶奶，但是恐怖嚇人的芭芭雅嘎傳說在人們心中早已根深蒂固，因此她傷心的離開維克。最後一場森林中的危機讓大家看到芭芭雅嘎對維克真摯的愛，村民為她舉辦盛大的慶祝會歡迎她歸來。一位老奶奶對芭芭雅嘎說：「那些光憑眼睛耳朵就評斷別人，卻不用心去體會的人，可真是愚蠢啊！」（波拉蔻，2002：28）這句話真是道盡了人們對於女巫污名化的強力控訴。史塔格（Willian Steig）（2002）《巫婆薇吉兒》裡的主角

是一個暴躁、髒亂、邪惡的巫婆，她聽了寵物鸚鵡的建議，變身為蒼蠅和手套前去騷擾迫害老狄威一家人，但是薇吉兒的詭計最終還是害人害己，最後老狄威奮不顧身的跳入河裡救她，薇吉兒從一個不折不扣的邪惡女巫，蛻變成一個平凡害羞的女人，兩人墜入愛河成就一樁美事。陳景聰（2006）《學不會魔法的小女巫》裡天真善良的琴琴被黑女巫們逼迫去學習邪惡的魔法，縱使在如此邪惡的環境染缸當中，又受盡他人的欺凌和虐待，但她從不放棄善良的天性，還一心想勸師父和師妹改掉害人的壞心眼，最後琴琴得到一面神奇鏡子，將不知悔改的黑女巫變成小動物，從此黑女巫在世界上消失了蹤影。傳統的童話中，巫婆都是壞心、邪惡的形象，而且大都是由後母來扮演這種負面的角色，但是柯爾（Babette Cole）（1998）《我的媽媽真麻煩》裡的媽媽卻是如假包換的女巫，有女巫典型的形象——尖鼻子、高帽子和黑鞋子，會煉藥，會巫術，會騎掃帚，一旁也有黑貓、禿鷹、恐龍、蜘蛛和蝙蝠等代表黑暗的動物。由於主角的家庭和別人不一樣，所以同學的父母不准自己的小孩來主角家玩。直到有一天學校失火了，當大家都驚慌失措時，女巫媽媽騎著掃帚帶著烏雲施展魔法來滅火，解救了全校師生，大家才敞開心胸接受了這個女巫媽媽。故事中的女巫媽媽因為救火立了大功，成為拯救局勢的大英雄；另一方面，女巫媽媽是家中的一家之主，爸爸因為酗酒而被關禁閉，直到他反省悔改後才能被釋放出來，成功將女性從消極被動、默默承受的命運中解放出來，成為呼風喚雨、主動改變命運的女中豪傑，是伸張女權主義的最佳代表。

有一些書卻是完全反轉傳統女巫的刻板形象，企圖突破、鬆動僵化的性別刻板形象，以「反向式的反動思維」將女巫平反成有趣的人物，企圖消彌孩子潛意識的恐懼，讓女巫的形象變得更有人

性、善良及具多元化，不但擁有正常人的面貌，也與正常兒童一樣
嚮往童年的甜美時光，她們會試著與故事中的兒童主角成為無話不
談的好朋友，女巫不再與兒童處在水火不容的對立局勢，這是以往
童話中女巫所沒有的特色。如：特拉弗斯（2004）《隨風而來的瑪
麗阿姨》中的瑪麗阿姨是個神通廣大、心地善良的保母，她撐著一
把傘從天而降，來到班克斯家。在她嚴肅的表情底下，隱藏著神奇
的魔力，帶給班克斯家的孩子無限的快樂與神奇世界。她可以從隨
身帶著的小手提袋中拿出各種洗漱用品、十一套睡衣、一雙高統鞋
以及許多東西，甚至還有一張折疊行軍床和鴨絨被。夜深人靜的時
候，她能夠帶著班克斯家的孩子到天上看馬戲，然後和太陽神跳
舞。瑪麗阿姨在這裡扮演的角色正是帶領孩子們穿越幻想空間的女
巫，雖然作者並沒有交代瑪麗阿姨是一個女巫，然而我們從她的身
上還是可以發現女巫的跡象，如：保持神秘、具有魔法、會以鸚鵡
頭傘柄的傘（掃帚的變形）飛翔。作者將神奇的角色和有趣的魔法
糅合進普通的生活當中，奇幻卻不脫離現實，令人愛不釋手。唐納
森（Julia Donaldson）（2008）的《巫婆的掃帚》裡有些迷糊卻易於
親近的巫婆，戴著一頂尖尖高高的巫婆帽，長長的金黃頭髮編成像
粗繩子般的辮子，上頭還綁著美麗的蝴蝶結，帶著她心愛的貓咪騎
著掃帚在天空中飛翔。忽然一陣大風吹落了巫婆的帽子，幸好小狗
幫巫婆撿回了帽子，於是巫婆讓牠一起坐上掃帚，加入飛行行列。
但是巫婆沿路不停的掉東西，而幫她撿拾東西的小動物越來越多，
讓掃帚都快坐不下了！故事的內容溫馨有趣，完全顛覆巫婆既有的
刻板印象，讓人看完也想坐上她的掃帚，一起遨遊飛翔。英格麗
（Ingrid）等（1993）《小巫婆的大腳丫》裡小瑪婆的掃帚壞了，無
意中來到蘿拉家，但是忘記咒語的她，每用錯一次咒語，腳就會變

大，她對自己非常沒有自信，最後她在蘿拉的幫助下，愛上了自己彩繪的的大腳丫，也成功的記起了咒語，召喚歐圖龍飛回家去了，呈現出女巫糊塗又童稚可愛的一面。廣野多珂子（2002）《小巫婆麗特拉》中的巫婆恢復其調藥治病的女智者形象，巫婆的家也沒有想像中的陰森恐怖，一如藥草研究者的實驗室般。她雖然會騎著掃帚飛行，卻也會在飛行中被野玫瑰的刺鉤住，她隨著小男孩進城，體驗到不同世界的趣味，最後這個調皮搗蛋卻也堅守信用的巫婆調藥治好小男孩媽媽的病。瓊斯（Ursula Jones）（2009）的《巫婆的孩子》人性化的巫婆小孩為了幫助故事小主人救一艘即將因颳大風而翻覆的玩具船，卻因為拙劣的魔法導致一連串不可收拾的事件，過程充滿歡笑，顛覆巫婆魔法可怕害人的刻板印象，讓人覺得親切可愛。普羅伊斯拉（1994）《飛天小魔女》敘述一個一百二十七歲的小女巫為了成為一位好女巫，接受了一年的苦練修行，她騎著掃帚到處飛翔，在她的同伴烏鴉阿布拉克薩斯陪伴下，一路上路見不平，就用她的魔法主持正義，做了一樁又一樁的好事。個性開朗善良，卻有點毛躁的小女巫，真是糗事一籮筐，讓故事充滿幽默詼諧的喜劇感。顯示人們已不期望藉由女巫的死帶來什麼解脫的感覺，反而是期望能如她們一般，呼風喚雨，搭上她們神奇的掃帚，去遨遊世界。

　　女巫在脫離黑暗邪惡形象的指控後，魔法也出現了多元的功能，對象不再是神秘莫測的神靈，而是當下存在的人類自身，魔法在現代社會中有如潤滑劑、催化劑，仍舊在現實社會中發揮功效，填補現代文明社會的心靈空虛。再者，社會把性的愉悅世俗化，導向美容塑身工業，藉此減少人的罪惡感，鼓吹合法的性滿足。〔馬庫色（Herbert Marcuse），2001：78〕如：劉思源（2009c）《幸福

魔法市集》裡專供巫婆各項功能及配備的魔法公司倒閉了,以致於除了掃帚,巫婆花花什麼都沒有了。一百歲的她不甘心這樣年輕就從魔法界退休,一心想賺錢的她進到魔法市集裡,拜訪一些成功的前輩,準備重新學習再出發。魔法市集裡,擁有魔鏡的白雪公主繼母投資研發各種鏡片,開設「好好看美容院」大賺美容、瘦身、捉姦的錢;糖果屋的糖糖巫婆不再吃小孩,轉型成甜點達人,開設「好好吃糖果專賣店」以包裝和行銷販售各式新奇的糖果;詛咒睡美人沈睡一百年的夢夢巫婆請睡美人當代言人,開設「睡美人連鎖家具店」,提供罹患失眠症的現代人各種幫助睡眠的法寶;讓美人魚擁有雙腿的海巫婆和美人魚幫策略聯盟,利用海底取之不盡的免費原料,研發出各種美容商品,開設「海洋美容保養藥妝店」,滿足現代人追求美貌的神話。返家後的巫婆花花用大釜調製出各式各樣滿足現代人需求的幸福魔法湯,開設「幸福魔法湯小吃攤」,而掃帚也啟動了自動導航器幫忙外送,童話裡的女巫個個搖身一變成消費時代的經營達人,繼續為文明科技的現代人提供各式諮詢的魔法服務,也或許我們可以大膽假設現今各項流行商品的經營達人說不定都是現代女巫的化身呢!拉荷舞拉(Enric Larreula)(2005)《巫婆卡蜜兒逛世界》裡幾百歲的卡蜜兒是一個穿著傳統服裝的現代巫婆,雖然看起來有點瘋瘋的、神經大條,但是卻相當善解人意。她有一隻紫色貓頭鷹的寵物,還有一支時好時壞的飛天掃把,她們一起到過巴黎參加巫婆幽靈時裝大賽獲得冠軍,到威尼斯旅遊反而成為旅遊焦點,到非洲領養長尾猴當新寵物最後歷險歸來,到倫敦驅逐城堡幽靈意外和老友相聚,到紐約參加巫術大會卻是巫術失靈……透過卡蜜兒瘋狂異想的世界探險,我們不覺驚呼原來巫術依舊存在現今的社會,而且環伺在我們生活四周,難說流行的時裝設

計師、城市地標的建築設計師、美術館裡的藝術創作家、叢林探險的冒險家、靈異現象的驅魔師、科技產品的發明家等不是現代巫師的再現。於此可見，現代人依舊依賴無形的超自然力量與潛藏於意識深處的靈感，巫師與巫術與現代社會依舊密不可分。

　　隨著時代的進步及科學的發達，人們逐漸得以解答大自然的各種神秘現象，人們也逐漸破除了巫術的迷信，不再把天災人禍歸咎於女巫身上，而宗教單一化力量的式微，傳統父權社會的轉型，女性社會地位的提升，人生而平等自由的籲求，以及尊重多元文化的思潮也逐漸為現代社會所接受，使得童話中的女巫角色逐漸走出「正向式的反動思維」的性別迷思，擺脫過去刻板印象的負面評價，傳統的女巫形象正面臨瓦解或革新的趨勢。現代童話作家們紛紛打破以往單一的邪惡女巫形象，擁有更大的想像空間來塑造自己心目中的女巫形象，這股「反向式的反動思維」對女巫形象產生了全新的詮釋，使文本中的現代女巫能與讀者、社會公共領域互相對話，不甘只是作為一個邪惡的象徵。女巫從邪惡形象逐漸蛻變為良善的形象，現代童話的女巫們擁有可愛善良的個性，樂於走入人群，使用神奇魔法幫助人們解決問題或完成願望，甚至適應現代生活轉型成各行各業的智慧達人。總而言之，當代童話作家刻意塑造多元女巫形象，企圖突破、鬆動僵化的性別刻板形象，解放長久以來在童話中受限制的女巫角色，以因應新世紀性別多樣化的潮流，讓女巫與童話中的角色有了更圓融及和平相處的共存關係。

第七章

相關研究成果的應用推廣

　　本書以「童話中的反動思維——以狼和女巫形象之遞嬗為討論核心」為題，採用理論建構的方式將「反動思維」的思維體系區分為「正向式的反動思維」、「反向式的反動思維」和「正反向兼具式的反動思維」三個模式，再以此架構析理古典童話和現代童話中反動思維的呈現。透過童話發展的歷史脈絡來看，不同時代童話中狼和女巫形象的塑造及轉化有著迥大的差異，從古典童話時期「正向式的反動思維」的妖魔化狼和女巫形象，到現代童話的「反動思維」三模式互有消長，呈現狼和女巫形象的多元轉化現象，我們可以探尋出童話中反動思維興起及演變的過程。無論是哪種反動思維模式都會對童話作家塑造角色形象的方式，以及讀者看待故事中角色形象的態度有所影響，所以本章將對本研究相關成果的應用與推廣一併進行討論。

第一節　作為跨文化交流的參鏡

　　童話故事裡的內容常會不經意的流露出當時社會的時空背景，及社會所內蘊的文化價值。從本書第五至六章的研究結果顯

示，不同時期下狼和女巫形象的塑造及轉化都反映出當代社會思維價值的流變，從遠古社會到中古世紀的歐洲，狼從圖騰英雄被塑造成貪婪邪惡的好色之徒，女巫從民間女智者被塑造成害人無數的黑暗邪靈，這樣的結果自然有其歷史共業，或是受基督教信仰的影響，或是受人類心理普遍恐慌的影響，或是受主政者政治操控的影響，或是受人類中心主義的影響，或是受父權社會厭女主義的影響……二者都被視為低於人類（專指男性）的生物，他們都被類歸為不具有人類崇高的理性，背叛人類傳統的規範，對人類社會秩序有害，所以男狼淪落為魔鬼的同黨，女巫則被貶謫為魔鬼的情人，致使他們成為十九世紀時古典童話中永遠的邪惡象徵，替「正向式的反動思維者」在童話中搬演一段段反叛者必遭慘死的歷史悲劇，一代又一代的嚇唬著也警惕著所有的童話閱讀者。到了二十世紀，在世界動盪劇變的形勢下，受到西方社會的歷史、文化、政治、科技、經濟、教育等觀念的大躍進，傳統價值觀念與思考模式逐漸受到考驗，使得現代童話呈現多元開放的發展軌跡與趨勢，過去古典童話中備受社會污衊與箝制的狼和女巫形象終於獲得了平反，在「正向式的反動思維者」的推波助瀾下，他們逐漸轉化為稚拙可愛的孩子、親切助人的各行各業、捍衛權利的社會運動者、流行產業的經營達人……逐漸擺脫過去刻板印象的負面評價，是邪惡抑或是善良全交由讀者自行感受與裁奪，傳統的狼和女巫形象正面臨瓦解或革新的趨勢。

綜觀這樣研究結果所依循的歷史脈絡，大抵是以西方的社會歷史作為主要的考察對象，其理由是童話起源於西方，所以必須從西方歷史來追溯根源（偶爾提到現代東方的童話作品，也只是取其受西方童話作品影響的一面來立論，彼此都在同一個脈絡裡），加上西方童話

的發展較迅速也較完備，童話作品為數眾多且廣為世界各國流傳，對世界各國的童話有著深遠的影響，因此西方童話的發展經驗與歷程值得我們學習與借鑒，也可以作為童話跨文化交流的參鏡。西方童話早在十七世紀末期就已經萌芽，啟蒙思想讓人們開始出現較先進的兒童觀和教育觀，及至十九世紀興起的浪漫主義更是為童話的發展起了積極的作用，大量民間童話收集、改寫與創作的問世，讓童話的發展具備了較為完善和較為成熟的基礎，而後隨著出版事業的推廣，迅速的譯介到世界各國，使得世界童話出現了繁榮昌盛的局面。這些西方童話文本的翻譯本給予各國童話作家不少的啟發與鼓舞，也影響各國童話作家的創作與發展至深；時至今日，在科技資訊發達的現代社會下，藉由交通航運、視聽媒體、網際網路與翻譯出版等管道，使得西方童話在傳播上不僅消弭了語言的隔閡，打破了國家界線的藩籬，形成了無遠弗屆的跨文化現象。也就是理論上來說，不同文化系統的童話文本的創作內容、風格、特色等理應大異其趣，但在全球化的時代環境裡，世界各個在地創作的童話作品都有可能受其他國家或地方的童話作品所影響。於是不同文化系統下的童話文本便無可避免要與異質文化系統的童話文本相接觸，在接觸的過程中，二者必有一番勢力的消長，異質童話間會出現相互並置，或是相互交融，抑或是一方獨大的情況？二者之間是否有其共相或殊相之處？這些都是跨文化交流中值得關切的問題。

一、三大文化系統的概念

由於「文化（culture）」一詞相對於漢語來說是個外來語，而且它的詞義古來說法紛紜，所以我們必須先將「文化」一詞作限定。

其中沈清松在《解除世界魔咒——科技對文化的衝擊與展望》中對於文化的定義頗能說明文化世界的內在機能和運作情況，他對於文化的定義如下：

> （一）文化是由一個歷史性的生活團體所產生；（二）文化是一個生活團體表現其創造力的歷程和結果；（三）一個生活團體中的創造力必須經由終極信仰、觀念系統、規範系統、表現系統和行動系統五部分來表現，並在這五部分中經歷所謂的潛能和實現、傳承和創新的歷程。(沈清松，1986：24)

在此文化被看作一個大系統，底下還分為五個次系統，分別為：終極信仰、觀念系統、規範系統、表現系統和行動系統。而後周慶華再將此五個次系統理出一個規制化的系統，它們彼此之間的關係圖式如下：

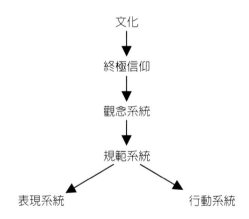

圖 7-1-1　文化的五個次系統關係圖（資料來源：周慶華，2007：184）

　　當中終極信仰是最優位的，它塑造了觀念系統，從觀念系統再衍化出規範系統；至於表現系統和行動系統則是分別上承規範系統／觀念系統／終極信仰等，而它們二者之間並無相互承接的關係，但是彼此可以互通，如：政治（行動系統）可以藝術化（表現系統），文學（表現系統）會受社會（行動系統）所影響。（周慶華2007：185）據此，周慶華（2005：225-226）更進一步提出「世界三大文化系統」的理論，將這五個文化次系統分派在「創造觀型文化」、「氣化觀型文化」和「緣起觀型文化」等三大文化系統底下（三大文化系統圖詳見第二章第一節）。

　　至於三大文化系統間的系統別異，簡要概述如下：（一）創造觀型文化：它的相關知識的建構根源於建構者相信宇宙萬物受造於某一主宰（神／上帝）；如一神教教義的構設、古希臘時代形上學的推演和近代西方科學研究等，都是同一個範疇。（二）氣化觀型文化：它的相關知識的建構根源於建構者相信宇宙萬物為自然氣化而成；如中國傳統儒道義理的構設和演化（分為儒道二系，儒家／儒教注重集體秩序的經營；道家／道教注重個體生命的安頓）。（三）緣起觀型文化：它的相關知識的建構根源於建構者相信宇宙萬物為因緣和合而成（洞悉因緣和合的道理而不為所縛就是佛）；如古印度佛教（甚至婆羅門教／印度教）教義的構設與增飾。（周慶華，2005：228）這三大文化系統長久以來各自形成專屬的傳統，一方面可以延續過去的事物；另一方面又可以世代相傳，構成了各自的社會創造和再創造的文化密碼，也為生存在當中的人帶來秩序及意義的功能。（周慶華，1996：213-214）這種在長時間文化發展中的集體無意識，對深處於該文化社會環境下的人來說影響至鉅，文化系統會以它龐大的無形力量悄然進入人們的意識，操控人們的思

維，形成社會普遍的主流價值，形塑個人特定的意識型態，終而衍化出不同光譜的反動思維傾向。

二、不同文化系統下的反動思維

由於「語文現象或以語文形式存在的事物無法脫離歷史文化背景而獨立自主」（周慶華，2004b：131），所以本研究是以西方的社會歷史作為主要的考察對象，來探討西方童話中反動思維的興起與演變，所擇取的童話文本多為西方童話，也參酌了部分的臺灣童話、日本童話及中國童話，這正可以說明當代社會童話文本的流通情形已進入跨文化的多元局面。倘若依據周慶華（2005）所提的「世界三大文化系統」來為這些童話文本作分類，則受基督教文化影響的西方童話文本應列屬於創造觀型文化系統；受儒道思想薰陶的臺灣童話、日本童話及中國童話則都應列屬於氣化觀型文化；而緣起觀型文化則不在本研究的研究範疇之內。因此，接下來本節就以創造觀型文化和氣化觀型文化作對照討論。

西方國家所屬的創造觀型文化，相信宇宙間有一個至高無上的主宰（神／上帝），此處以一神信仰的基督教為主要代表。從基督教的「原罪觀」來看，人受造於神而具有神性，卻因對神叛離而遭隱沒，才墮落到塵世，所以墮落的態勢和潛能是人類與生俱來的。因為每一個人都是神的子民，擁有不可侵犯的尊嚴，所以他們強調人生而平等，嚴分人己界線，重視自由意志，凡事只要對神負責就好，所以形成了個人本位的「縱向」結構社會。（周慶華，2005：241）但是又為了防止原罪墮落的滋生蔓延，所以設計出「相互牽制」或「相互監督」的法律制度，用以保障人權及防範犯罪。（周

慶華，2007：187）由此觀之，法律制度的構設是「正向式的反動思維」的行動表現。此外，基督徒一切以神的旨意為依歸，相信人如能服從神意，謹守基督教十誡的約守，必能獲得救贖重回天堂，從而將此人神互約的思想應用在政治上，便形成了政府契約論。在契約下，政府維護人民的天賦人權，人民接受賢能政府領導得以安穩生活；但如果政府的權利腐化，違反神意或民意，背叛信約時，由於原先的契約關係是出於自願，所以人民得自由解除契約下的主從關係，也得揭義討伐，推翻政府替神行道，以免除整體社會遭受神譴。由此觀之，民主政治的構設是「反向式的反動思維」的行動表現，但倘若政治的統治者將人神互約的思想，轉化成自己為君權神授的絕對權力來源，視君王為神在人間的最高代理人時，便容易形成專制集權的強權政府，而以君王為核心的封建王朝和貴族便成為高支配權威的階層；而當基督教成為統治者的宗教工具後，人民任何反動的思想都會被教會和政府視為異端，不惜以武力或法庭剷除「反向式的反動思維者」，自身反而成了「正向式的反動思維」的擁護者。由於萬能的造物主不會有失誤，倘若有失誤必是人類誤謬的觀念所致，所以西方人有探求精深、細微的求知本能，特別窮究本體真理和論理真理的辯證，藉由客觀觀察和理性推演來榮耀上帝（同上，238）；無論是談論形而上或形而下的萬事萬物時，他們最終都會以理性、邏輯和客觀為依歸，成就探求真理的哲學和科學研究。他們以在塵世創立學說定律和創造器物科技的方式，他們也追求多變的商業活動累積傲人的財富並勇於冒險犯難尋找新大陸，以現世擁有的財富和土地來榮耀上帝，一方面是寄望榮獲上帝的優先接納而得到救贖，一方面則是展現自己擁有媲美造物主的風采。（同上，187）相對的，他們將非理性、非科學的異教信仰、圖

騰崇拜或巫術崇拜者貶謫為愚昧無知，人們倘若對於至高無上的上帝不加以崇敬，就是背叛人類真理的魔鬼崇拜者，為讓社會免受神譴而墮落敗壞之虞，自比為人類社會秩序的維護者，以嚴刑峻法壓迫異教徒，使他們承認接受魔鬼誘惑的罪惡，再勸其懺悔信教以回歸正途；倘若有不從，便將他們火刑以平息神怒，警告其他離經叛道的「反向式的反動思維者」，這便是「正向式的反動思維」的最佳歷史明證。這種「集體暴力」的背後，除了是基督徒追求現世救贖的意念外，其實還隱藏著人自比為上帝的妄想，妄想以他們自己的信仰（基督教）、自己國家的人民（僅限於男性）為世間萬物存在的中心，而萌生對異教信仰者、圖騰崇拜者、女性、動物、自然生態等進行支配、懲治，甚至是無度的壓迫、剝削和殺戮的舉動，諸此種種都是「正向式的反動思維」的具體演現。而將這樣自恃甚高的獵殺行動走到極致之後，必也將走到行動反撲的路數，隨著時代的變遷及多元視野的介入，西方開始出現反向基進的觀念，為向來以追求創新來媲美造物主的西方人創造了一個尋隙突破的拚比空間，在這個虛擬幻想的空間中，他們模擬神創造了超現實的童話文體，以展現人類操造語言構設事件的超凡能耐。（周慶華，2004b：130）所以一時之間童話文本創作不斷大放異彩，不僅可以搬演歷史片面宣告狼和女巫處以極刑，也可以令狼和女巫拋下歷史包袱獲得重生；現代的童話作家更積極形塑一個個顛覆傳統、風格迥異、形象萬千的新時代狼和女巫形象，這股「反向式的反動思維」的風潮至今方興未艾。

漢民族所屬的氣化觀型文化，相信宇宙萬物為自然氣化而成（自然氣化就是一個天道流衍的過程）。（周慶華，2006：185）所謂的神或上帝是天地精氣的別名，人則是天地精氣的化身，為萬物

之靈，生於自然，必也隱含自然之道，所以特別強調「天人合一」的精神，著重人與自然的配應，鮮談天國的不朽生命，而是以實際人生的種種為核心價值，是重人倫的、社會的、感性的、心性的文化。（陳俊華，2005：127）他們沒有唯一主宰的神，只有泛神信仰，並且相信人經過精氣修煉也可以成仙成道，就是仙佛與人在心性本體上原無差別，人經過自修證道後便與仙佛平等。（唐君毅，1993：41-42）他們所謂中庸、無為、人道的理想，都不是理性分析所得的邏輯知識，都是以直覺式、經驗性的感性情懷所得，他們在大自然的感悟中，發現天命有常，四時流轉，萬物盛衰榮枯，只是自然的法則，非有至高無上的神所掌控，由於人無須依賴神，而社會又是氣化為人後的相互糾結，所以特別關注人際關係的家庭倫理和政治倫理的秩序化生活，形成了群體依賴的「橫向」結構社會。（周慶華，2005：241）此外，他們的社會是以氏族為骨幹的生活團體，重視家庭倫理，強調血緣的親疏尊卑（父尊子卑、兄尊弟卑、嫡長子為尊，庶出子為卑），長幼有序的倫常規範全由精氣化聚的先後而定，天命不得違逆，使得以父權為核心的倫理體系應運出宗法制度，成為「正向式的反動思維者」穩定社會秩序的工具。也由於人是陰陽二氣中的精氣偶然聚合而成，因為是偶然聚合，因此在個別生命之初、氣化成個體的過程中，精氣程度上略有不同，造成人有「賢愚」、「貴賤」、「貧富」的資質差異。（周慶華，2007：219）為了規避齊頭式的平等，就會以勞心／勞力或賢能／凡庸來分別治理或安排殊職（同上，187），唯有賢能之士才能德佩天地（甚至被認為擁有神性），所以才能受命於天而為治理萬民的政治領袖，甚至賦予他必要的權威，建立君敬臣忠的政治倫理，他們以維繫社會秩序的群體運作為大體，甘於壓抑個人的私利私慾，奴化自己接受上

位者的支配與剝削,「正向式的反動思維」的神權專制於焉形成。
這種尊君事天、君父為絕對權威的觀念,在人民的心目中是牢不可
破的,而且中國後來傳統政治的宗法封建制度,更使得天子政權與
血親倫理兩相結合,成為維繫整個社會的無形的、強大的力量,讓
生活在這個社會網絡的人無須法律的規範,卻難逃脫出社會群體及
氏族群體的制約與規範,是人治而非法治的社會,僅以「仁者愛
人」、「克己復禮」的道德形上學作為對抗倫常敗壞的良方,作為評
價人生價值的道德準則,寄望透過個體的道德修煉,實現仁愛和諧
的人際關係(何信芳,2004:171);認為人人倘若能仁行天下,則
世間罪惡能消解於無形,人世將盡現太平美好,所以在氣化觀型文
化下,是難以形成西方的民主政治和法律制度的。漢人的社會是屬
於農業經濟型的文化,農業社會的特質是保守、要求安穩的生活、
重視傳統與經驗的累積,強調以團體合作的力量來保障農耕生產的
利益,不像商業文化般以個人利益為考量;相反的,他們遵承傳統、
安土重遷,缺乏獨立思考的能力,排拒求新求變的興革,更遑論冒
險基進的精神,整個農業社會便為「正向式的反動思維」的文明
體質。由於農業環境使然,他們較注重實用的(對世道人心有益
的、有立竿見影效果的)學問,鮮有邏輯思辨的抽象思維探討,
即使是在戰國百家爭鳴思想大激盪的時代,那些名家不過是被視
為逞口舌之快的詭辯之徒(陳俊華,2005:136),隨著漢武帝的
「罷黜百家,獨尊儒術」埋沒在歷史歲月裡;及至隋代以降的科
舉制度,更使經學的研究只限於四書五經,不可有標新立異之說,
思想受到禁錮自不在話下,「正向式的反動思維」的觀念益形固著
至積重難返的情況。

　　有人認為漢民族的文化傾向實用，因此偏重厚生利用的學術文化，認為荒誕無稽的神話對政治和經濟毫無價值可言，受此禁錮的心靈便沒有餘力馳騁於神話的想像世界。（傅林統，1996：103-104）同理可以與之相呼應的便是中國童話的發展了，先秦兩漢時代以發展神話作為童話的醞釀期；及至六朝時慢慢成型，開始與外國傳入的童話互起影響；而唐代的文化開放政策，更是讓童話創作更加繁盛；但至宋代理學高揚封建倫理，壓抑幻想性作品，一路至元明時代的高壓專制，更是扼殺了童話創作的蓬勃生機；終至明清時代才又復興了文言童話，並開始出現白話文寫作的童話。（陳蒲清等，2008：10-12）這些流傳下來的故事還幾經主流學術思想的壓制和刪除，儒家以道德傳授為由，將怪力亂神或對德行無益的部分刪除，僅保留能教化人心、經世致用的部分，對童話的延續和保存有莫大的影響。（傅林統，1996：104-105）而且過去中國人常認為童話是不真實的故事，騙人的故事只會教壞小孩騙人，帶給社會不安（林愛華，1999：271），多讀無益反而有害。以早期中國的兒童讀物〈三字經〉、〈百家姓〉、〈千字文〉等來說，都偏重在識字或倫理道德教育，趣味性和文學性都不足，少有專為兒童創作的或適合兒童心理的及閱讀需求的故事性作品。由此觀來，中國在政治和教育方面並不重視童話（或只重視童話教化的功能），其理由應源自於氣化觀型文化傳統沒有創造觀型文化傳統追求創新以媲美上帝功能的精神。他們相信人是氣化的生命，人倫世界是生命的交纏，道家以自然無為治世，儒家以道德仁義淑世，受到倫理綱常的思想禁錮至深，所以漫天幻想、多元創新的童話故事，在氣化觀型文化下自是顛簸難行，而讓創造觀型文化的童話專美於前。

在中國的古代童話中也曾出現狼和女巫的角色，如：〈中山狼傳〉（陳蒲清等，2008）寫狼在性命交關時大談仁愛，順從聽命，謊言報恩；危機解除後便露出猙獰面目，強辭奪理，恩將仇報，故事中的狼不但是忘恩負義者的代表，還是「小人得志便猖狂」的具體表徵；而墨者東郭先生秉持仁義，不顧己身安危救狼，卻獲得狼忘恩負義的回報，是兼愛與自利的對比，因此故事末尾狼也落得「多行不義必自斃」的下場。但此為狼對人類性命有所侵犯且惡行惡狀的咎由自取，非其天生帶罪的邪惡象徵所致；而作者寫作的寓意則是批判社會的假仁道者，及「仁陷於愚」的不得不慎，也表現出氣化觀型文化對於人情世態的冀望與感慨。〈西門豹治鄴〉是寫戰國初年，魏文侯派西門豹做鄴縣令。當時漳水經常氾濫成災，為了平息水患，每年都將一名少女投入水中，稱為「河伯娶妻」，這種殘忍迷信的儀式是廟裡巫婆（祝巫）、教導人的長者（三老）與城內的官吏（廷掾）（張文亮，2002）為了搜刮民脂民膏所捏造出來的騙人把戲。西門豹到任後察訪民間疾苦，揭穿河伯娶妻的迷障為民除害後，還發動百姓在漳河周圍開掘十二渠道，使大片田地成為旱澇保收的良田。故事中女巫利用通靈的本事勾串官吏與鄉紳，以一般人民難以通曉的自然現象來榨取民財，清楚呈現氣化觀型文化傳統對於高位階者所作所為的莫可奈何，及為了群體社稷犧牲性的壓抑性，女巫之罪當該落得「以其人之道還治其人之身」的下場，但是她不是唯一的受刑者，與她同謀的黨羽也都受到了制裁，由此看來她並不是社會中的弱勢族群，也不是天災人禍的唯一招致者，倘若要說她是這場人禍的共犯，那麼那些當為人民謀福利卻魚肉人民的官吏不是更罪該萬死？也就是說，故事中的女巫並不是萬惡之源，她只是道德敗壞者所借用的靈媒工具而已，所以最後沒有慘烈致死

的必要。氣化觀型文化傳統相信神鬼的權威和力量不是無限的，人可以自主的控制鬼神，使他們滿足人的欲求，也就是人可以左右鬼神（林富士，2004：130），所以故事藉由西門豹的懲巫表達對巫術的鄙視（但還沒有強烈的敵意），還以掘渠治鄴作為人勝鬼神的鐵證，而西門豹「仁者愛人」、「推己及人」的治術更是受民愛戴，鬼神悅服呢！綜合上面二例來看，中國的童話雖也有狼和女巫的角色，他們也都是分屬故事中的反派角色，下場也都是「邪不勝正」的以死結束生命；所不同的是故事在敘述時並不會強化他們邪惡恐怖的形象，僅描寫其所作所為，將他們轉化成人的社會屬性的形象，因為不管人、狼或女巫都同為天地精氣的化身，應該一視同仁，非為支配壓迫的關係，以達到自然和諧，是眾生平等的仁愛觀。只是氣化觀型文化特重人倫，所以故事的主角多為人，而狼和女巫都是配角；又因為氣化觀型文化側重對人有益的實用經世之道，所以故事情節多非幻想性，而是站在倫理的、史實的立場來敘寫故事；故事的寓意多為藉狼和女巫背離天理的行為影射社會中的小人，寄託作者明道救世的人生理想，實都為氣化觀型文化綰結人情的文化體現。

三、童話的跨文化交流

　　童話雖是一地民間流傳的奇妙幻想故事，但是透過童話故事的探析，我們會發現它的內涵會直接或間接的反映出一個時代的精神、一個民族的文化。而不同文化系統之間由於終極信仰的不同，便會涵化出形態迥異的觀念系統、規範系統、表現系統和行動系統，而產生出不可共量的童話內質。三大文化系統在獨立沒有交流

的時代，它們都可以理直氣壯或毫無慚恧的保有自己文化的認知結構；但是一旦有了交流，就無法避免有強者從中竄起，經過一番凌越宰制或萎縮吞滅後，三者之間的權力關係就大為改觀了。（周慶華，2005：229-231）也就是說，在宗教信仰的萌芽階段，大家崇奉各自的終極信仰都唯恐不及了，哪有餘力旁騖去宰制他人；等到信仰成熟後，只要有一信仰自視為世界霸主，權傾各界又執意宰制壓榨另一信仰，而另一信仰無以反擊而甘受剝削時，便會造成此文化系統的僵滯和衰退（周慶華，2006：177）；本應三者和諧共治的世界，就會變成三者對峙的衝突與紛爭。這樣的論述在真實世界的演現便是：西方創造觀型文化以其宗教信仰帶動的科技躍進而橫掃全球，成為世界文化中的相對強者；而另外兩個文化系統卻因萎靡不振任人宰割，成為世界文化中的相對弱者，這無異是跨文化交流時大家最不樂見的情況。

　　創造觀型文化所以能雄霸權力場域，跟它的終極信仰的衍變有關，因為基督教賦予基督徒能以現世表現的救贖獲得回歸天堂與否的希望，這種塵世急迫感使他們不斷以累積財富、建構知識、研究科學、創造發明、積極冒險、傳播福音等方式來榮耀上帝，以成為上帝優先接納而重回天堂的預選先兆。而為了擴大現世成就的範圍，他們更進一步對基督教範圍之外的「化外之邦」掠奪資源，以武力、科技、經濟等進行剝奪、壓榨和宰制（周慶華，2005：234-235），形成西方人歐洲中心主義的自我優越感。而當全球性的變革被西方人帶動之後，西方人主宰全世界的布局和滲透力幾乎無孔不入，致使另外兩個文化系統的人憚於西方科技的威嚇脅迫，不得不隨之起舞，莫不想以西方社會為模本進行自我改造，踵武西方社會的現代化思潮和作為，導致自身文化除了受到外在壓迫外，還

自我縮限為亟待現代化拯救的文化。（周慶華，2007：190-194）從歷史上看來，在東西方文化交會的最初始時，確實是呈現西方優勢而東方弱勢的態勢，但是時至二十世紀後半期，現代化帶著西方文化的有益成分，紮根於異文化的民族和社會，融入了各地的本土文化中，使得現代化呈現前所未有的多樣化。後來隨著工業東亞的興起，促成了中國人對「全盤西化」論的反思，西方人也對歐洲中心主義進行反思，使得世界慢慢開展成跨文化交流的理性時代。（辛旗，2002：汪道涵序 ii）試想如果不同文化間「有意征服」和「盲目屈服」的現象持續存在，不僅會徒增世界的衝突與紛亂，還會使原本完整的文化系統傾倒於一方，造成世界文化的同質化和單一化。（周慶華，2005：253-255）相反的，如果不同的文化可以突破信仰的藩籬，以「各安所信」的方式跨界溝通（周慶華，2006：184-187），才能讓文化差異從優勝劣敗的宰制剝削中走出來，以平等對話／對諍的溝通模式進行跨文化交流，恢復其多元豐富的有機文化面貌。

　　從這樣的理路來回看中國童話，在氣化觀型文化傳統下，不僅少有專為兒童創作的故事性作品，而且受長期宗法封建社會的影響，中國的兒童觀發展是極為緩慢的。在「三綱五常」的封建倫理桎梏下，兒童的地位是不被重視的。父執輩所看重的僅是子嗣可傳繼自己的香火，延續自己的精氣化生，或是盼其科舉及第光宗耀祖，擴大自己的家族勢力。所以要在「正向式的反動思維」的家庭觀與社會觀下，打破封建文化固有的倫常秩序，建立尊重兒童人格與成長特徵的兒童觀是相當困難的。直到十九世紀末，中國古老的思想抵擋不過西方文化的傳入，在鴉片戰爭的慘敗下，人們開始質疑自己傳統的文化，展開社會變革的西學運動，西方「反向式的反

動思維」的學說大大衝擊著中國「正向式的反動思維」的傳統：西方的進化論讓人們看到兒童在人類進化過程中的意義，西方的天賦人權論更是直接提出兒童生而有不被父權剝奪的自由權。而後學者周作人在日本留學時接觸到從歐洲傳來的兒童文學，歸國後大力倡導兒童文學，譯介西方童話。但是當時的中國連人與女性都還沒發現，更遑論是發現兒童，所以他的論說不被當時的人所賞識。接著他更進一步提出「子孫崇拜」的論點以對抗傳統的「祖先崇拜」。他認為從自然律看來，祖先應是為子孫而生活的，並非子孫為祖先而生存，倘若一味崇拜祖先，便是倒行逆施。他還引了尼采所說「你們不要愛祖先的國，應該愛你們子孫的國」來說明不得不廢去祖先崇拜，而改為子孫崇拜。（蔣風、韓進，1998：53-57）這樣原封不動搬來西方觀點強套進中國社會的論點，便是對於自身文化不了解，卻對西方文化盲目崇拜的荒謬之談，要立即將縮結人情的氣化觀型文化改造成個人獨立的創造觀型文化無異是天方夜譚，也是跨文化交流時相對弱者為相對強者宰制而退卻與棄守的顯現。直到五四新文化運動讓中國人重新發現到「人的意識」，才慢慢確立了「以兒童為本位的」新道德觀，催生出中國兒童文學。1909 年《童話》期刊的發行是中國第一次使用「童話」一詞，也開創了兒童讀物的編輯事業。（同上，83-90）加上當時西洋兒童文學作品的譯介，本土童話與西洋文化相互交流、借重的結果形成了童話發展的熱潮，也豐富了童話世界的精神內涵和藝術版圖。

如果從以上中國漫長的童話發展看來，就論斷中國童話自跨文化交流以後便從此展開坦途，呈現一片欣欣向榮之象，則是太過於樂觀了。以臺灣地區的童話發展來看，雖然臺灣文化真正開展出來是最近一、兩百年來的事（過去臺灣一向被中國文化視為化外之

地），但是它仍舊是受制於中國的氣化觀型文化傳統，難能發展出個人創發、奔騰嬉鬧的特色童話。自從光復以來，為了穩定動盪的社會秩序，「正向式的反動思維」監控的恐怖氣氛瀰漫整個社會，臺灣的教育環境受到政治因素的強烈干擾，並不鼓勵獨立批判的思考，更遑論標新立異的言論，童話作家不是淪為教化民心的政治工具，就是噤若寒蟬的埋首於西方童話的譯介（且還必須是政府當局核可的作品才能出版發行），使得童話的發展僅朝著翻譯西方童話或改寫西方童話的路子前進。四十幾年來，臺灣童話作家浸淫在西方古典童話的世界中，大量吸收西方童話的養分，在模仿學習的歷程中不自覺的朝西方童話傾倒，致使臺灣童話在創作上充斥著許多西方古典童話的影子。試想一個沒有游牧經驗的臺灣童話女作家創作《披著狼皮的羊》（劉思源，2009a），可能就會有情境設定或動物本性上的誤謬；一個沒有經歷歐洲對女巫集體性恐慌的臺灣童話女作家創作《不會騎掃把的小巫婆》（郭桂玲，2000），可能就會忽略其中對於女性妖魔化的意涵，而形成童話創作上的單一化及呆板化的缺憾。同樣的，臺灣讀者倘若是對於不同的文化缺乏認知，就會造成情意上的理解不全，兒童可能無法理解《巫婆的掃把》（奧斯柏格，2002）的村民為什麼要把掃把綁起來燒掉、《女巫》（達爾，1995b）的男孩和姥姥為什麼如此憎恨素昧平生的女巫、《我的媽媽真麻煩》（柯爾，1998）的其他家長為什麼禁止孩子去主角家玩、《芭芭雅嘎奶奶》（波拉蔻，2002）的奶奶為什麼要隱藏自己是芭芭雅嘎的事實，更不用說是作者精心設計隱身在故事背後的意涵，或是將這個認知基模作為趣味引爆點的安排了。也就是說，童話創作不能遠離生活與環境背景，要能根植於土地、根植於文化，那麼童話所具備的特色才會更鮮明、更意味深長；而童話讀者能對不同國家

的歷史和文化有更豐富完整的認知，就能對異文化的文本有更深入的感知，也較能對作者的寫作意圖有更深層的理解。

二十世紀八〇年末期到九〇年起是臺灣社會體制重構的時代，舊制度解體，新價值體系建立，民主政治獲得更穩健的發展，環保意識、本土文化意識、原住民文化等「反向式的反動思維」意識抬頭，社會呈現多元價值奔騰競逐的局面，加上兒童教育獲得重視和經濟條件的普遍改善，也使得兒童文學創作環境更加崢嶸活躍，創作文本也更加開放多變。如劉思源在《我是狼角色：大野狼罷工週記》（劉思源，2009b）中顛覆狼、豬和小紅帽的關係，將狼轉化為社會運動者；在《幸福魔法市集》（劉思源，2009c）中將著名古典童話的女巫全都變身為流行達人，不管是狼和女巫的形象都根植於生活，又充滿互文性的趣味想像。從這裡我們可以看出，在後現代的社會裡，中心與邊緣的界線逐漸消融，在文化交流的權力結構中，不能自我放逐而一廂情願的倚靠「他者」，唯有「自體」自覺自發的奮起，讓跨文化的交流有受有施，施然後受，受然後施，讓童話創作文本同時是文化的載體，也是文化的反饋體，一個對話／對諍的童話跨文化交流才能指日可待。

第二節　提供文學創作與接受向度的採擇

童話的產出必有創作者的醞釀催生，而童話文本的傳播必有接受者的認同強化，所以創作者、文本和接受者構成了閱讀文本不可

或缺的要素，而且三者環環相扣，形成一個互動的交流。埃斯卡皮於《文學社會學》曾這樣說：

> 所有文學活動都是以作家、書籍及讀者三方面的參與為前提。總括來說，就是作者、作品及大眾藉著一套兼有藝術、商業、工技各項特質而又極其繁複的傳播操作，將一些身分明確（至少總是掛了筆名、擁有知名度）的個人，和一些通常無從得知身分的特定集群串連起來，構成一個交流圈。（埃斯卡皮，1990：3）

此外，作為創作者和接受者中介的文本常又成為這個交流圈裡意識型態形塑與發用的角力場。我們不得不承認任何型態下的文本都具有意識型態的存在，根據史蒂芬（John Stephens）的說法：文本推演出來的主題、道德、行為等絕不可能不帶有意識型態的向度或意涵，它常以不明顯的方式將故事內容作為生活事件的表徵（即使故事的全部或部分是不可能真的存在於現實中），而且它常以一般閱聽人可理解的形式來敘事及形塑角色，蘊含了人類存在形式的假設。（諾德曼，2002：115）也就是說，文本很難不反映出意識型態，它常以顯而未見的方式融入故事或生活中，制約我們看待事物的想法，並且認定這樣的想法是人類存在的唯一的真理。顯然的，如果我們堅信自己的意識型態為真，便會反對意識型態不同於自己的人，甚至想要役使他人同意自己的意識型態，於是不同意識型態之間便形成權力關係。一如上節所述，三大文化系統由於意識型態（終極信仰）不同，所以三者間難免會有對立與兼併的態勢產生。而把這種意識放進閱讀裡，便會呈現出：創作者以自己既有的意識型態創作文本，接受者又以自己既有的意識型態閱讀文本，使得在

閱讀過程中，創作者和接受者無法避免要為受制的意識型態進行認同或批判的權力抗爭。

　　倘若要以童話作為跨文化交流的媒介，並且以本書所索探討的「反動思維」意識型態作為觀察的切入點，它們和創作者、接受者間的權力關係可用下圖略作表示：

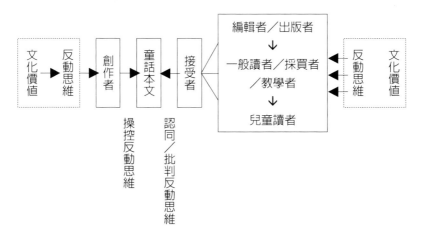

圖 7-2-1　童話創作與接受關係圖

　　在這裡，我們可以清楚的區分出童話文本的創作者和接受者兩端。創作者和接受者透過童話文本進行對話，創作者可以憑藉自己內在的反動思維創作，並有以文本操控接受者的影響權和支配權；接受者（在此是作較廣泛的認定，每一群體間也具有相對的權力關係）在閱讀童話文本時不是被動的接受者，可以憑藉自己原先具有的反動思維作後設閱讀，並且有對文本進行認同與批判創作者的權力。在此兩相交互作用的權力下，其背後都有一個隱而難見的「反

動思維」意識型態作支持，而再隱身在「反動思維」背後的則是由體系龐雜、影響深遠的文化價值所操控與制約。於此，我們可以看出創作者和接受者並非只是純然和文本的內容互動；透過文本，創作者和接受者其實是和他們各自的歷史文化背景作互動。這樣的關係圖，匯合了整個文本閱讀的相關社會網絡，且清楚的標誌出它們交互作用的狀況，不僅適用於說明單一文化系統下文學創作與接受的權力關係，對於異質文化系統下文學創作與接受的權力關係也能一體適用，而且得以適切呈現出跨文化交流中價值衝突與權力消長的處境。統合來說，具有統攝性的世界觀塑造了特定的文化認知，進而產生不同意識型態的反動思維，它們在閱讀文學的過程中交會，或許相同，或許相對立，或許被認同，或許被批判，但都無可迴避的要涉入權力的場域裡。

由此看來，童話創作如果要能有進一步的開展與傳播，就必須把創作者和接受者的接受向度作一全盤考量，唯有個個環節共同齊步推進，童話才能有多元創作與接受的空間。所以接下來我就分別以創作者和接受者來作一探究。

一、童話的創作者

由於人生活在社會當中，所以人們會無時無刻的受文化社會大環境的制約與形塑，即使是強調自主寫作的童話作家也不例外，因為「大多數的時候，我都只是別人意義下的慣犯。而為孩子寫作的作家是他們所參與的世界的傳達者，而非他們自身的傳達者。」〔賀林德（Peter Hollindale），1999：17〕所以創作者只是個文化社會的反映體，他在文本中建構的意義，不管是意識或無意識，都直接的

或間接的受到文化價值的影響。借劉紀蕙的說法：「語言革命的顛覆力絕不僅在於形式，而必然延展深入語言背面的意識型態以及社會體制。」（劉紀蕙，2000：180）

　　文字是思想呈現的窗口，創作者透過文本的創作，抒發自己的所思所想，藉以引發讀者的思索。其創作的內容可以是呈現社會現狀，給予讀者價值的判斷；可以是脫離社會現狀，滿足讀者遊戲性的想像；可以傳播新的知識，擴大讀者的視野；可以發表新的見解，重塑讀者的思維模式。也就是說，絕大多數的創作者在創作時，對讀者總有某些程度的憧憬，意圖與讀者作意識型態上的對話。對話方式有二：一為認同社會主流價值，創作內容符應普羅大眾的「反動思維」，可免除被社會放逐的命運；二為跳脫社會主流價值，創作內容挑戰社會舊有的「反動思維」，標新立異自成一家之言。也就是說，創作者在將自己的思想、情緒蘊入本中時，可能不知不覺的把社會認為理所當然的意識型態注入文本中，支持或加強某些特定時空普遍的、主流的社會價值；也可能在文本中發出與主流價值、意識型態不一致的聲音，對某些社會價值進行質疑、嘲諷。但無論創作者所持的是哪個向度的「反動思維」，都會在創作中滲入自己的觀點，藉由閱讀形式推銷給別人，進而操控、影響讀者，尋求認同與共鳴，以建立理想社會作為自我創作的使命感。

二、童話的接受者

　　在談論童話的接受者前，我們首先要思考的是接受者是誰？從狹義的觀點來看，既然名為童話，想當然耳接受者就應該是指兒童讀者；但如果從廣義的觀點來看，編輯者、出版者、一般讀者、採

買者、教學者與兒童讀者都應該列入考量,因為童話作家完成創作後,其著作就會與創作者脫離,而往現實社會去尋找接受者。首先,童話作品創作定稿後,一般得由報刊雜誌或出版社發表印行,才能成為文本問世,因此編輯者和出版者對於童話創作具有發現、選擇、鼓舞、否定的作用,甚至是扮演訂定童話創作發展方向的關鍵角色。他們會先設想一群可能的讀者,揣測他們所持有或能接受的「反動思維」,再以他們自己信守的「反動思維」觀點,從大量的童話創作中挑選出符應這群假設讀者需求(也有可能只是符應出版商自己的需求)的作品來出版發行。他們夾身在作者的主張與讀者的需求之間,意圖代表讀者的力量去影響作者,又想藉作者的力量來影響讀者,對社會大眾思維習慣的引導起著莫大的影響力。

　　等到童話作品發行問世之後,這些文本才得以與一般讀者接觸。讀者在進行閱讀時,是把自己的文化價值和先驗知識的積澱帶入閱讀的過程,跟文本(它本身就是創作者的文化價值和先驗知識積澱作用的產物)發生作用或碰撞。在這個過程中,讀者不是被動的,而是積極的參與;閱讀不是一個簡單接受創作者思想的行為,而是一個再創造的過程。(周慶華,2003:49)換句話說,閱讀不再是受創作者支配役使的過程;相反的,讀者在還沒拿起作品來讀之前,便已經有某些預存的興趣和動機傾向,正是這些預存的因素建構了他所見的作品,創造了他在閱讀過程中的感受。這也使得每次或每個人對文本的詮釋所得的意義就沒有絕對標準,因此文本的意義是多元性的,它沒有絕對的對和錯。是非價值的對和錯,以及反動思維的正和誤,成為了一個心理或是政治的問題,讀者可以選擇認同作者的「反動思維」,或是選擇批判作者的「反動思維」,或者可以選擇不認同也不批判,然後就在不同的意見之間浮動。這種

以讀者為中心的閱讀歷程，說明了文本的意義只能在閱讀過程中產生，它是文本和讀者相互作用的產物，而且在接受的過程中，文本的內容在不同的時間、地點、社會和個人條件下獲得新的、不同的詮釋。（龍協濤，1997：102）如此一來，使得創作者原本意欲操控與支配讀者認同自己「反動思維」的企圖變得難能實踐，不免要與讀者的「反動思維」進行遊說對諍一番了。

所以加列採買者、教學者為接受者，則是專為的主要閱讀對象為兒童所作的考量。根據1993年《出版人週刊》的調查報告顯示，書店賣出童書的購買者當中，約有四成是媽媽，而老師則佔了一成五。（諾德曼，2002：117）這顯示出兒童讀者因無經濟的自主權，所以多經由父母採買、圖書館採買及教師推介等管道而接觸到童話文本，以致這些大人具有為兒童讀者把關與挑選童話文本的決定權。由於兒童的智識尚淺，獨立思考能力不足，常會以師長的思想見識馬首是瞻，無形中便對兒童起典範制約的功效，而使兒童的思想見識類同於引領他們的師長。此外，師長們又往往會以基於保護與控制兒童的思想為由，便憑藉著自己固有的認知觀點和道德規準來為書籍進行檢查與篩選的工作，決定兒童該讀什麼書，又不該讀什麼書，他們有可能會把自己認同的「反動思維」創作推介給孩子，培養一個和他們有相同價值想法的兒童；相反的，他們也有可能會把自己不認同的「反動思維」創作全盤剔除，以杜絕兒童受不良思想的干擾與驅使，如童話中不宜出現政治、性等議題。於是從書刊發行到大人購書這一層層的權力操控下來，兒童讀者所能接觸到的童話文本只限於整體社會價值所批准的安全範圍內，在被框限的文本裡去認知他們陌生又亟欲了解的社會，這樣阻斷兒童認知權利的過當保護，不僅會讓兒童的思想逐漸刻板化，鼓勵他們去認同師長

的價值觀，同時也是給兒童製造一個不完整的社會觀，是關切兒童教育者不可忽視的課題之一。

三、創作與接受的互動反饋

由上述創作與接受的關係看來，創作者透過主觀意識建構文本來操控接受者，接受者也以主觀意識解讀文本，不管是認同或批判，都能提供文本創作反饋參酌的意見。近三十年來，臺灣本土創作的童話合集有四百多冊，倘若以每冊合集十篇作品計算，至少就有四千篇作品（賴西安，1998：176），其他散見各報刊雜誌的單篇作品也多不勝數，可謂寫作題材寬廣，作品種類繁多。然而仔細檢視，這些童話作品仍有不少可供改進的空間。

首先，汲取西方童話的藝術精華固然對童話的寫作能提供相當的助益，但是一昧的崇洋西化，忽略了讀者的時代性和地域性，則會脫離現實，也可能產生閱讀意義的誤判或建構不全。如：還以中古世紀宗教的「正向式的反動思維」在現代童話中虐殺女巫、還以虐待繼女的邪惡女巫形象指稱現代繼母、在沒有大草原的現代臺灣情境中描寫狼群的出沒。因而童話的創作應該和讀者的時空相結合，讓讀者能吸收此時此地的經驗，參與文本意義的建構。雖然這些角色的形象長久以來受到「正向式的反動思維」意識型態的制約，而在人類社會中形成負面的刻板印象，並且作為某些象徵意義的符指，讓創作者減省文字刻畫角色，但是一再以陳舊的老步數操弄角色象徵的結果，只是徒然使讀者失去新鮮感，讀了故事的開頭，就可無誤的預測故事的結局，閱讀歷程顯得索然無味，又如何能激起讀者的興趣與共鳴？所以創作者應該要隨時保有旺盛的創

作意識，敢於創新寫作技巧、敢於拓展新的主題方向、敢於顛覆刻板角色形象、敢於掙脫社會傳統價值，以積極創新的「反向式的反動思維」精神賦予童話創作新生命，才能引起新時代讀者的青睞。如：顛覆狼與羊的生存法則，挑戰社會禁忌的思考；重塑狼以女性形象，賦予她優雅的文化氣質；解放女巫的邪惡符碼，使她成為解救眾生的女中豪傑；魔法不再是害人的玩意，不僅可以引導社會流行，還可以開創人類的文化事業；重寫古典童話的結局，或綜合不同的故事元素，給故事一個出人意表的發展。

　　現代社會的文明不斷在進化，自由、民主的「反向式的反動思維」觀念不斷衝擊、挑戰著保守的「正向式的反動思維」舊文化社會，處在這個開放多元的新時代，現代童話的創作者就應該要跟緊時代的腳步，不斷吸納新時代的思潮，挖掘現代生活的題材，探討具有時代意義的主題，以呈現新時代的多元視野。如：《狼來了！》（偉根納斯，2007）裡出現「人力仲介公司」徵狼的社會現況、《幸福魔法市集》（劉思源 2009c）呈現出解救現代文明社會心靈空虛的魔法良方、《聰明的波麗和大野狼》（史都，2007）以智鬥大野狼呈現兒童急中生智的生存法則、《我的媽媽真麻煩》（柯爾，1998）的女巫媽媽成為女權主義的最佳代表、《我是狼角色：大野狼罷工週記》（劉思源，2009b）的大野狼則化身為替勞工團體伸張正義的使者。新時代需要勇於思考、勇於變遷的社會公民，為了使讀者具有思考探索的能力，以適應新的未來的變動，敢於挑戰創新的「反向式的反動思維」確實有存在的必要。眾所周知，文學具有反映現實，批判社會時政，提供建言，以及為現實人生刻畫理想的特色，童話也不例外。所以有志於引領讀者思考或建樹一方之言的童話創作者，就不能媚俗的與社會傳統價值隨波逐流，應為社會提供相對立面思考的源泉活水。

　　此外，編輯者和出版者扮演童話文本問世的啟動旋鈕，對於童話創作的發展有不可推卸的責任，所以編輯者和出版者平時要主動增進自己的眼力和見識，多了解全球趨勢的脈動，多接觸新時代的學說思想，才能對未來童話發展走向有清楚的遠見與預測。同時他們應該以更開放的心胸與視野積極發掘好的童話創作，鼓勵作家創作符合社會潮流脈動、多元社會價值、鄉土人文關懷的好作品，讓出版界的童話市場呈現多元創新、繁花盛開的榮景。而師長們在替兒童選擇可能接觸到的書時，也扮演著相當重要的角色，儘管這是基於保護兒童的出發點，還是必須警覺自身所持有的意識型態，是否會成為窄化兒童閱讀與思考的始作俑者。為了避免這樣的缺憾，師長們不能停留在過去社會的舊思維裡，僅僅只將閱讀視為教化兒童的工具來看待，要與社會潮流共成長，強化自己選書的判斷能力，拋棄以古薄今的習慣，以開放的態度接受反映社會多元面貌的文本。與其幫兒童挑選書籍，不如陪同兒童閱讀，與兒童分析討論文本是如何呈現它的意識型態，以反讀文本的方式建立兒童批判思考的能力。

　　文學創作本是一個具有高度獨立自主的行為，但是一旦進入創作與接受的關係網絡裡，創作者就會與接受者產生攸關利害的權力關係，當創作者意識到接受者所施加的壓力與回應，就不得不將接受者可能有的思維向度及接受者在閱讀過程中的反饋列入創作時的採擇參考。不過這並不意味著作家的創作要完全受制於接受者的喜好和需求，創作者仍然可以一意抒發不同於俗的創見，追求自己對於社會的使命感，為所有廣大的讀者群提供一些不同的想法。至於接受者認不認同，就隨世人去評斷吧！而在這裡還是將創作者與接受者的互動反饋提出來作討論，就是希望能給予童話創作推廣一

些意見，讓創作者在積極建構故事、形塑角色的同時，能更加考量讀者的知識理解、經驗背景、文化價值等，創作出富含時代意義的現代童話。

第三節　給予語文教育奠基的取則

　　童話往往是兒童最早接觸的一種故事文類，它能滿足兒童天生的好奇心，激發兒童豐富的想像力，並且發揮探索世界的能力，所以深受兒童所喜愛。許多有教學經驗的老師都會知道，故事對於兒童有著神奇的魔力，只要許學童一個說故事的承諾，他們就能馬上聚精會神安靜聆聽，一副陶然嚮往的神情，還不時發出咯咯的笑聲，有時還會為了故事的情節爭辯不休，足見故事的魅力無窮。兒童初期以聽故事為主，等到具備認識書寫、欣賞文句的能力後，自然就可以閱讀童話的語言文字，增加詞彙的認識與理解，了解文章的內容與形式，然後思考如何用字遣詞，透過通順的語句表達自己看法，最後再進一步將自己所思所想及創發的靈感記錄下來。將童話應用到語文教學上，就是希望透過聽、說、讀、寫的過程，讓學童學習完整的語文能力與概念，提升學生的語文能力。

　　首先，是有關童話選書的問題（在上節已加以討論），我們不得不承認閱讀經驗較少的學童需要師長的引領與啟發，這對兒童讀者的閱讀行為扮演著影響性的角色。師長為兒童挑選適宜閱讀的文本，有時確有其必要。然而，師長們是否真能確知兒童真正的喜好又是個令人存疑的問題，杭特（Peter Hunt）就曾提出令人反思的

警語：「令人心驚膽顫又無法控制的想法是：從大人觀點來看，絕對不好的書，也許就是好的童書。」（引自諾德曼，2002：118）因為師長大多講究實用主義，但是兒童卻不講究實用，只講究趣味。（林鍾隆，2005：111）以英國作家達爾為例，他常在作品中敘述把人斬成肉泥、絞成肉醬、搗爛他、砸碎他等種種殘忍的場面或手段，這些情節看在大人眼裡，肯定是血腥恐怖得不宜兒童閱讀，可是看在小孩子的眼裡，這些情節卻是那麼有趣、誇張，而教人捧腹大笑。《長襪子皮皮冒險故事》（林格倫，1993）發表後，曾遭到堅持傳統教育兒童方法的人的反對，他們認為皮皮的惡作劇會為兒童造成不良的示範效果，但是事實證明它受到廣大瑞典兒童的歡迎，也有成年人開始認為皮皮是對絕對權威和盲從教育的反動者。所以理想上，如果師長能不侷限於教化的觀點來看待閱讀活動，提供兒童各種不同「反動思維」向度的兒童文本，就可以協助他們從一些大人認同的共同文化假定中解放出來，以後在面對陌生或與自己觀點歧異的書時，也比較不會排斥，會一如自己所熟悉的文本般尋找閱讀的樂趣。（諾德曼，2002：49）如此兒童才能在多元向度的文本中，培養獨立思考的能力和解決問題的能力，並奠定終身學習的基礎。

　　人天生都有創造的潛能，但受限於社會環境的壓制，沒有適當的環境和機會可以釋放出來。而童話就是一個歡樂喧鬧荒誕無稽的幻想世界，所以最能將人在意識中的束縛，在無意識中解放出來，同時激發出潛藏的創造力。如果師長能帶著感情和感受性為兒童講童話故事，那麼當他在聽故事時，就會感到師長對他的理解，克服心理恐懼的障礙，所以以童話作為語文教學的暖身，也就最能帶動閱讀的討論，形塑出輕鬆溝通、包容接納的對話氣氛。兒童在聆聽

童話故事中，能領略童話世界的意蘊、想像、情趣與無所禁忌，開啟他們的創造力之後，便可以和兒童玩編說故事的遊戲，如用一人一句接龍說故事的方式，讓每個人都參與故事的創造，讓兒童在無所依循的故事情境中，脫離自己熟悉的故事窠臼，體驗以「反向式的反動思維」精神解構與組構故事的樂趣，同時也在無形中解放掉師長為單一說故事權威角色的典範制約。在語文活動中，師長也可以提出開放性的問題來供兒童思考，由於每個人的生活經驗不同，即使是閱讀同樣的文本也會產生不同的解讀，正因為解讀不同，反而更增加文本產生的意義，更能豐富文本的整體，所以因理解不同而產生的腦力激盪討論就顯得相當重要。在這裡每個人的意見都一樣重要，沒有誰的意見是權威的中心，大家可以在彼此的回應中學習與對話，讓不同向度的「反動思維」都在這個自由的討論場域交會，無論是分享、辨析、批判或是挖掘文本潛藏的意識型態，都能讓所有的參與者從中得到閱讀的樂趣。

　　童話故事的語言特色是把思想、情感交融在故事中，透過意象的語言把它具體描寫出來，我們可以藉著文本的文字形成心像，轉化後的圖像及聲音可以讓角色活現在我們的內心，觸發我們對主角的感同身受，所以將童話應用進語文教學，可以提升兒童形象思維的訓練，也可以達到欣賞性閱讀的教學目的。加以童話的語言具有淺顯、準確、意象和有味的特徵，運用在朗讀教學上，可依據童話故事的主旨與情感，以優美的節奏和音調，把故事語句的意態與語氣生動的表現出來，並可以刺激聽者的興趣，引起情緒上的共鳴。師長還可以選擇不同向度的「反動思維」文本，擷取其中對比的情節（如《綠野仙蹤》裡的邪惡女巫和善良女巫的對比）來讓兒童朗讀，引導兒童隨著聲音的變化，讓閱讀的情緒能更投入文學的意境

裡，更深刻的感受不同向度的「反動思維」文本對於角色形象形塑的差異。或者採用結合閱讀與戲劇演出的「讀者劇場」，讓演員朗讀者以表情、聲音、肢體動作，生動的詮釋他們對文本的意義。透過生動活潑的方式讓兒童在看似無意，但又經過細心安排的環境下，重新演繹不同向度的「反動思維」文本的故事情境，更能加強他們對文本內容的理解與思辯，也能增進他們對於形象思維的深切體察與剖析。使用含蓄、委婉的語言來敘事也是童話語言的特色之一，童話裡的人物透過一連串的對話和事件來推展故事情節，將人物的情緒、智慧以耐人尋味的語言呈現出來。在進行閱讀教學時，可以引導兒童層層分析，學習演繹和邏輯推理的思考，如運用〈中山狼傳〉來分析討論中山狼言談前後不一之處，並比較之間微妙的差異，探求出狼的內在思維與人狼關係的變化。

　　為了在這個社會生存，我們學習了許多社會規範，形成我們看待事物的特定意識型態，而在閱讀的同時，我們也常常帶著自己的意識型態來為文本尋找意義，受自己的觀念所制約或者是受文本的言論所制約，而失去了共創文本豐富涵義的意義。所以唯有當我們和文本保持適當的距離之後，才能清楚發現自己的觀點和文本的觀點之間的差異。因為作家常假定自己的意識型態是永恆的真理，使文本成為作家宣傳思想的工具，所以我們應該學習如何反讀文本，並察覺其中蘊含的「反動思維」向度，使自己不會陷入文本的掌控中，從而能定義及批判文本的「反動思維」，並更進一步釐清與了解自己的想法。如讀〈野天鵝〉（安徒生，1999）中艾麗莎邁向火刑場的段落時，不管讀者覺得她是罪有應得或是無辜受害，我們都從文本中看到自己的想法，也體察出自己的「反動思維」向度。而一般古典童話中泛神的、泛道德的、封建的「正向式的反動思維」，

經此反讀與辨析之後，也就都無所遁形了，以現代社會的角度來看，它們確實有許多可議之處，但如果能回歸到當時的社會情境來看，我們就能多幾分了解與體悟，而不受其「反動思維」的影響了。此外，我們還可以討論文本是如何透過不同向度的「反動思維」來形塑角色形象，在「正反向兼具式的反動思維」的故事中，兩股不同的「反動思維」如何來區辨，兩廂勢力在不同的故事中又是呈現如何的消長態勢……這些都成了很好的語文教育討論題材。

對於現代童話創新寫作方面，要突破傳統，講求創意，如：古典童話多為神怪迷信，現代童話則要加入科學新知；古典童話追求宗教救贖，現代童話則要追求人生理想；古典童話多為保守舊俗，現代童話則要加入現代思潮；古典童話多為父權思想，現代童話則要加入人權概念；古典童話多為地域觀，現代童話則要加入世界觀。也就是說，現代童話創新不能在舊題材、舊思維、舊技法裡打轉，要多多觀摩鍛鍊，建立自我風格，以提升童話的思想內涵。此外，由於古典童話歷經時間的淬鍊，因此讓兒童或有志於從事童話寫作的新進作家更改部分內容，而產生新故事，也不失是一個嘗試童話創作的墊腳石。周慶華（2004）也提出創造性童話的寫作方向：（一）現代式的創新：仿效古典童話，再予以顛覆創新；（二）後現代式的創新：支解分裂古典童話，再予以拼貼並置；（三）基進創新：以古典童話為骨架，加進基進創新的構想。這些創造性童話的寫作方向都指向了一個基本的方向，那就是將古典童話中的「正向式的反動思維」反轉成「反向式的反動思維」，以現代社會的舊思維顛覆與改造傳統社會的新思維，製造不同向度思維激盪交會的閱讀樂趣。

　　童話雖為幻想故事，卻飽含著社會的價值觀及文化傳統，同時它還是語言的藝術，多讀好的童話作品可以增進兒童對於語言的感受能力及表達能力。恩傑（Susan Engel）也認為聽故事和說故事都是文化的行為，兒童學習故事也是在學習文化，文化是經由故事來塑造兒童的思考模式。（恩傑，1998：29）也就是說，童話是透過語言形式的傳遞，使兒童得到人生的智慧、經驗、價值和文化，如果能大量閱讀童話，則不但可以增加知識，也可以擴展視野，分享不同的文化經驗。因為我們每個人都無可避免會受到自身文化中意識型態的約束，只有從外部、異質的文化的視角才能發現問題。而跨文化閱讀就是一個雙向的、對話式的闡釋過程，它能夠使我們看到許多單一文化內部難以發現的文本的潛在意義和價值，這就是跨文化閱讀的優勢。（宋耕，2005：6-7）如今是一個多元文化的社會，我們不能再將自己侷限在妄自尊大的空間裡，我們應該透過童話的跨文化交流，在借鑒、吸納不同的文化思潮之後，增長自己的見識，反思自己的優勢與劣勢，以期突破童話創作的僵局，開創童話世界的東方榮景。

第八章

結論

第一節　要點的回顧

近年來，在多元文化社會的刺激下，現代的童書突破了以往「文以載道」的侷限，打破了既有的道德觀與價值觀，興起了一股「反動思維」。追隨時代的脈動，童話故事的角色形象與寫作風格也會有所演變和轉換，而擁有脫胎換骨的嶄新風貌。在改寫與創作童話故事的作品中，我對故事中一直處於反派角色的狼和女巫特別感興趣，因為在以往的童話故事中，狼和女巫往往被視為負面的角色，是童話故事裡的大反派角色。這樣角色刻板印象的形塑是否有其緣由？在現代「反動思維」的風潮下，狼和女巫的既成形象能否有機會翻身、轉化，而被賦予另一個較正面或較多元形象的機會？這種形象的轉變又會帶來什麼樣的影響？

本書採用理論建構的方式探究「童話中的反動思維」，所指的「童話」涵蓋以兒童為主要閱讀對象的童話故事、幻想故事及圖畫書，並選列中國童話為參照對象。透過「古典童話」和「現代童話」的歷史脈絡縱向討論不同時代童話中狼和女巫形象的塑造及演變，試圖探尋出童話中反動思維的興起及演變；同時橫向探討不同文化系統下童話文本的共相與殊相，以作為跨文化交流的參鏡。

307

　　第二章的文獻探討主要是針對既有研究論述的回顧與檢討：一方面是要增進讀者對研究主題的了解；一方面是用以強調研究主題所要繼續拓展與建構的部分。本章分別以「反動思維」、「童話與反動思維」、「狼形象的塑造及轉化」和「女巫形象的塑造及轉化」共四個面向來進行。在蒐集文獻的過程中，我發現現有研究以「反動思維」為題的專門論述極少，學界對「反動」並沒有清楚的定義，以致「反動」的兩種面向常被混合著使用，少數關於「反動」的論述也多以政治為討論核心，較少以文學的面貌呈現，而且並沒有整體深入多面向的探討，這正是我的論述所要建構的部分。其中討論童話的文獻雖然很多，但是多為單本童話、單一作家、單一時期、單一主角、單一主題……的方式來作研究，提及狼和女巫的僅是討論中的一小環，更遑論是以「反動思維」為觀察面向的探討。聚焦於狼和女巫的研究文獻，又多以小說為研究素材，以童話中的狼為研究範圍的篇章更是少之又少，也沒有文獻是直接將同受歷史妖魔化的狼和女巫同時作跨時期、跨文化的研究，於此更可以凸顯出本研究的價值。

　　要以「反動思維」的視角切入童話發展進程，就必須要有一套向度明確的「反動思維」理論，這是第三章所處理的核心。因為過去「反動」的意涵和面向沒有被明確界定，以致出現「反動」一詞被混用的情況，因此我先將「反動」的意涵和面向作釐清，再進一步將「反動思維」的思維體系區分為「正向式的反動思維」和「反向式的反動思維」外，其他非具有極端性或帶有兼具性的就歸為「正反向兼具式的反動思維」，並分別就人性、政治、宗教、社會、傳統五個層面加以說明和區辨。簡單的說，「正向式的反動思維」是一種保守的想法和行動，反對或抗拒基進革命的看法與行動，並且

捍衛傳統的生活習慣、社會秩序和文化傳統。「反向式的反動思維」，是相對於「正向式的反動思維」所產生的自由基進的想法和行動，排斥既有的傳統和權力，追求自由平等，對社會現狀具有批判的精神，反對社會現有的制度與習俗，接受變遷革新或基進革命的看法與行動。兩種「反動思維」的鼓吹者都對社會和政治世界的現狀和理想提出自成一格的看法，並有意識的喚起民眾追隨其思想，讓兩相對立的思維產生了「黨同伐異」的效應。無論是哪種思維體系都控制了所有的社會參與者，影響我們認知和看待世界的方式，可謂意識型態的具體呈現。無論任何形式的文學文本，作者都可能將認同的意識型態蘊入文本中，使讀者在不知不覺中接受其中的價值觀，意圖支配讀者朝「正向式的反動思維」和「反向式的反動思維」的思維體系靠攏。

　　第四章承續前一章中所論述的「反動思維」蘊入文本的情況，進一步聚焦到童話文本上加以驗證與探討。首先提出「童話性」的四個向度（幻想性、遊戲性、意象性、圓滿性）為文類特性先行說明，以作為後文反動思維興起與演變的認知基礎。再依照反動思維的三大類型將童話作主題式的分析整理，驗證童話文本內蘊作家的思維，並呈現出某種傾向的意識型態。接著從社會、文化與兒童等觀點探討童話中反動思維的興起及其演變：在宗教信仰方面，早期人們相信兒童有罪，作家將童話當作救贖兒童的方法，極少是為娛樂兒童而寫；受盧梭思想的影響所及，童話才開始擺脫教化的束縛；而現代童話的奇幻性和遊戲性讓童話創作空間更寬廣。在社會政治方面，過去人民生活悲苦，無暇創作娛樂的幻想故事；隨著整個社會與經濟的變遷，新的中產階層產生，教育日漸普及，政治平權和自由民主的觀念因而產生。在學校教育方面，過去教育是貴族

的特權，當時童話的內容多符合貴族讀者的文化品味；學校制度興起後，才由國家介入發展出普及教育。在規訓教化方面，早期童話充滿說教意味，常見公開懲惡的情節；大革命之後人權受到重視，過去童話中的暴力懲罰漸漸不復存在。在人道平權方面，在傳統的父權社會下，形成固著的性別刻板印象；在女性取得受教權及工作權後，致使兩性平權觀念產生，於是出現不少顛覆性別的童話。在故事結構方面，因應時代的各種新思潮，童話打破傳統故事模式，去除威權宰制中心的觀念，讓兒童成為擁有主權的讀者。

接下來的兩章是以狼和女巫形象的塑造及轉化為主軸，採用歷史和童話交互印證的方式來論證童話中的反動思維。第五章的部分是探討「反動思維中狼形象的塑造及轉化」。在原始文明中，狼是中西方文化中的英雄象徵，有狼圖騰的崇拜文化。自從人類邁入農牧的文明生活後，狼在人類中心主義的厭惡與醜化下，成為殘暴邪惡的象徵，並且透過社會「集體無意識」代代相傳。最早把狼與惡魔相連是始於基督教的思想。在以游牧維生的時代，《聖經》中所浮現的狼便是牧羊人的惡敵，也由於基督教為一神信仰，於是狼成為上帝相對面的邪神或異教，甚至後來衍變成泯滅人性的魔鬼，教會也因此擁有了「驅除狼」的權力，於是在政教教聯手下歐洲出現多次「驅狼運動」。影響所及在基督教盛行的歐洲地區，現身於童話故事中的擬人化狼，也就都落得不得好死的下場，狼在古典童話裡符應了人類所認同的「正向式的反動思維」的社會建構，是一個象徵兇殘性格的負面符號。隨著理性主義消退，浪漫主義的興起，回歸自然的風氣改變了人與動物的關係。加上工業社會的風氣日漸開放，現代童話中注入了不少新思潮，使得童話中的狼形象從扁平單一的兇殘邪惡、貪婪狡詐類型化走向渾圓豐富的多元化，全新的

狼形象在「反向式的反動思維」的意識下跳脫了古典童話的刻板印象，漸漸地走出嶄新風格的路線。

緊接著，第六章則進入另一個討論核心「反動思維中女巫形象的塑造及轉化」。女巫在早期是擁有超自然能力的女神與女智者，在異教信仰的古代歐洲有崇高的社會地位。隨著人類社會逐漸轉為農業文明，並由母系氏族社會轉向父系氏族社會，致使女性地位下降，基督教的原罪觀更造成女性扭曲壓抑的形象。由於科學不發達，又適逢中世紀連年的天災人禍，人們陷入集體無意識的社會恐慌中，便將女巫穿鑿附會上惡魔崇拜的傳說，促使女巫被視為異端遭基督教社會大加撻伐。在政教結盟與父權主義獨大的氛圍下，原本社會地位就已經低落的女性，還被類歸為惡魔象徵的女巫，成為世間罪惡的代罪羔羊，一舉在獵巫狂潮中殲滅殆盡，完成掌權者剷除異己的意圖，卻連累許多無辜的女性。因此取材自基督教地區民間傳說的古典童話總是醜化女巫為恐怖邪靈，而且最終的結局都必定得死，正是如實演現獵巫時期人們對女巫的憎惡，推究其中女巫形象的建立應與十四到十六世紀歐洲整體社會中濃厚的「正向式的反動思維」有密不可分的關係。隨著時代的進步及科學的發達，宗教單一化力量的式微，傳統父權社會的轉型，女性社會地位的提升，使得現代童話作家們紛紛打破女巫以往單一的負面形象，塑造出複雜多變各具姿采的女巫形象，這股「反向式的反動思維」對女巫形象產生了全新的詮釋，構築出豐富喧鬧的女性世界。

最後，第七章所論是將本研究的成果作一統整，並將其加以應用和推廣。本研究所依循的歷史脈絡，大抵是以西方的社會歷史作為主要的考察對象，但現今西方童話的傳播已出現跨文化交流現象，所以必須將跨文化的推廣列入討論。三大文化系統長久以來各

自形成專屬的傳統，衍化出不同光譜的反動思維傾向。透過童話的跨文化交流，創作者能借鑒與吸納不同的文化思潮，探討具有時代意義的主題，呈現新時代的多元視野，才能引起新時代讀者的青睞。教學者將童話應用到語文教育上，引導兒童學習聽、說、讀、寫的策略，並以完整的語文概念來提升學生的語文能力。總的來說，本書以「童話中的反動思維」為題來剖析童話文本「反動思維」的呈現方式，是希望能提供童話創作者和接受者一個後設思考的空間，以之作為童話創作與閱讀的參酌。

第二節　未來的展望

以「童話中的反動思維」作為研究主題，首先，我必須面對的第一個問題便是名詞的定義了，由於學術上對於「反動」的界定和論述仍相當有限，未能成為專有學說，並且一般人通用的「反動」詞義還存在著兩個互為對立面的可能，也就是「反動」一詞概括兩種不同向度的概念，以致於我必須自己建立一個涵蓋不同向度的「反動思維」新概念，在立論面向的深度和廣度上，囿於自己能力的限制，難免力有未逮而有所闕漏，未盡其意之處就留待未來再行增補和修正。此外，文本中所內蘊意識型態非僅反動思維一項，也許還有其他的面向可供討論，未來有興趣的研究者也可以據此作為研究的方向。

接下來，在研究範圍的選材部分，雖有眾多學者對於「童話」作出定義，但在面對眾多文本時，那個典範般的定義卻在我心中游移不已，什麼是適合兒童閱讀的？長篇童話和奇幻小說的界定在哪

裡？充滿幻想的圖畫書算是童話嗎？為了解決這個疑惑，我將童話的定義作邊界上的擴大，將「童話」的操作型定義為：一種以幻想為表現特徵，為存有童心的兒童或大人所能理解感受的故事，以納進不同形式的幻想故事。然而，如此一來，中西童話文本便多得繁不勝數，個人實無法就所有文本一一探討，只挑選數本具有代表性的文本加以論述，倘若有未能論及的文本，就留待以後他人來增補強化了。未來有興趣的人也可以縮限研究的範圍，如僅就圖畫書類文本來作研究，並且可以加進圖畫書的插畫部分來作探討，以補文字敘述研究的不足。此外，童話多由西方傳入，語言、文化的隔閡在所難免，受限於我個人外文能力淺薄，僅能就國內童話及其相關理論的中譯本進行研究，未來有心研究童話的研究者，可以直接就原文作品來進行研究，以能更真切獲得作者原意。

在研究子題的部分，以狼和女巫形象之遞嬗作跨歷史、跨文化的研究也實有論述不足的部分。由於本書是以西方的社會文化為主要的考察對象，西方文明進程的歷史便顯得相形重要，除此也還需多接觸基督教文化，才能正確解讀中古歐洲的社會處境，恐須要有精通或熟稔此方面的研究者來補足論述不盡或意涵未解的部分，以期用更完整的基督教觀點來看待西方的社會文化。此外，研究結果發現狼和女巫形象的塑造及轉化情況有相似的模式可依循，但因時間有限未能仔細分析辨察，它們之間是否有共時共象的關係，也是一個值得進一步探討的問題。而在跨文化交流的部分，礙於篇幅限制，無法就中國童話的部分提出大量的童話文本和西方童話文本作對照，實為跨文化討論時最大的缺憾，如能將中國童話（應可再細分出臺灣童話和大陸童話）和西方童話一樣作歷時演變的探討，再作一比較分析，應該可以讓童話跨文化比較與交流的討論更臻完

善。研究中雖然已經建構出童話創作與接受的權力關係，但礙於研究主題與時間不足的關係，未能好好仔細說明以圈劃出它們之間的權力意志，加上未能針對每個類型的接受者作逐一的敘寫，並據此提供童話推廣的具體辦法及完善縝密的教學設計，這留下的一大塊缺口，可為未來發展童話推廣的研究方向。

如果將文本視為創作者與接受者的對話，那麼文學只是其中的一種呈現形式，因應現代流行文化的媒體文本（電影、電視、廣告、舞臺劇、卡通動畫，甚至是電玩的虛擬世界），如果也將其納為文本研究，再度活躍於現代聲光效果的狼和女巫，跟文學文本裡的狼和女巫又有什麼不同？上帝與魔鬼的二元對立，曾經糾纏了西方社會文化多年，然而在時代的更迭下，這樣的對立關係也起了變化。魔鬼逐漸從西方神學概念中出走，不僅出現在世俗生活中，也出現在藝術創作中，現代的人如何看待過去曾經被妖魔化的魔鬼？如何與之在生活文化中共存共榮？這其中的關係與轉變也提供了我們未來可以再思考、再闡釋的空間。

參考文獻

一、中文部分

卜京（1997），《大海螺它說》，臺北：民生報社。

丁黎（1982），〈從神魔關係論《西遊記》的主題思想〉，《學術月刊》，第 9 期，頁 52-60。

大英百科線上（2009a），" fairy tales"，2009 年 1 月 23 日，取自 http://wordpedia.eb.com/tbol/article?i=025592&db=big5&q=fairy+tale。

大英百科線上（2009b），「幻想」，2009 年 1 月 23 日，取自 http://wordpedia.britannica.com/concise/content.aspx?id=19174&hash=。

上野千鶴子著，劉靜貞、洪金珠譯（1997），《父權體制與資本主義——馬克思主義之女性主義》，臺北：時報。

巴利（James Matthew Barrie）著，周願同譯（1998），《小飛俠》，臺北：東方。

巴索（Susan A‧Basow）著，劉秀娟譯（1998），《兩性關係——性別刻板化與角色》，臺北：揚智。

巴斯托（Anne Llewellyn Barstow）著，嚴韻譯（1999），《獵殺女巫：以女性觀點重現的歐洲女巫史》，臺北：女書。

王林（2001），〈論童話文學的奇幻美〉，載於《兒童文學學刊》，第 6 期（下），頁 108-123，臺北：天衛。

王文玲（2004），《格林童話中的女性角色現象》，臺東大學兒童文學研究所碩士論文，臺東，未出版。

王家珍（1995），《山羊巫師的魔藥》，臺北：民生報社。

王爾德（Oscar Wilde）著，劉清彥譯（2000），《眾神寵愛的天才：王爾德童話全集》，臺北：格林。

王爾德（Oscar Wilde）著，楊志成譯（2001），《快樂王子》，新竹：和英。

王爾德（Oscar Wilde）著，劉清彥譯（2005），《自私的巨人》，臺北：道聲。

王儷錦（2006），《〈義大利童話〉中反派角色形象研究》，臺東大學兒童文學研究所碩士論文，臺東，未出版。

方偉編（2005），《聖經隱藏的歷史》，臺北：靈活。

方素珍（1994），《白雪公主在嗎？》，臺北：上誼。

方坦納（David Fontana）著，何盼盼譯（2003），《象徵的名詞》，臺北：知書房。

少年狼（2006），〈狼的知識與常識〉，2009 年 4 月 25 日，取自 http://wolf bbs.net/viewtopic.php?p=86180。

比德曼（Hans Biedermann）著，劉玉紅等譯（2000），《世界文化象徵辭典》，桂林：漓江。

戈巴契夫（Valeri Gorbachev）著，姚文雀譯（2002），《100 隻壞野狼》，臺北：臺灣麥克。

木村裕一著，彭士晃譯（2004），《狼與羊》系列六冊，臺北：遠流。

中島和子著，小路譯（2009），《灰狼有用商店》，臺北：東方。

中國百科（2009），「搬演」，2009 年 5 月 30 日，取自 http://www.chinabaike.com/dir/cd/B/181003.html。

史坦（Murray Stein）著，朱侃如譯（2001），《榮格心靈地圖》，臺北：立緒。

史都（Catherine Storr）著，吳宜潔譯（2007），《聰明的波麗和大野狼》，臺北：東方。

史美舍（Neil J. Smelser）著，陳光中等譯（1995），《社會學》，臺北：桂冠。

史塔格（Willian Steig）著，柯清心譯（2002），《巫婆薇吉兒》，臺北：遠流。

史庫頓（Roger Scruton）著，王皖強譯（2006），《保守主義》，臺北：立緒。

史蒂文生（Robert Louis Stevenson）著，林玫瑩譯（2001），《金銀島》，臺北：小知堂。

史密森尼博物館（Smithsonian Institute）、DK 出版社著，黃小萍等譯（2006），《動物大百科》，臺北：木馬。

包姆（Lyman Frank Baum）著，區昕譯（1998），《綠野仙蹤》，臺北：東方。

包斯（Burny Bos）著，劉守儀譯（1994），《阿倫王子歷險記》，臺北：格林。

布朗（Anthony Browne）著，漢聲雜誌社譯（1991），《朱家故事》，臺北：漢聲雜誌社。

布德（J. Boudet）著，李揚等譯（2002），《人與獸：一部視覺的歷史》，臺北：大地。

布魯姆（Becky Bloom）著，余治瑩譯（2005），《一隻有教養的狼》，臺北：三之三。

布魯斯（Jenni Rruce）等著，明天編譯小組譯（2006），《動物百科圖鑑：透視六大類動物生態全記錄》，臺北：明天。

吐溫（Mark Twain）著，張友松譯（1996a），《王子與乞丐》，臺北：林鬱。

吐溫（Mark Twain）著，周樂改寫（1996b），《小哈克奇遇記》，臺北：天衛。

吐溫（Mark Twain）著，王幼慈譯（2001），《湯姆歷險記》，臺北：小知堂。

伊索著，聯廣圖書公司編輯部譯（1992），《伊索寓言全集》，臺北：聯廣。

以群主編（1988），《文學的基本原理》，上海：上海文藝。

卡卡西(2005)，〈狼的生活習性〉，2009 年 4 月 25 日，取自 http://66.249.89.132/translate_c?hl=zh-TW&sl=zh-CN&u=http://zhidao.baidu.com/question/2159994.html。

卡尼爾（Peter J. O'Connell）著，彭懷真等譯（1991），《社會學辭典》，臺北：五南。

卡洛爾（Lewis Carroll）著，黃筱茵譯（2002），《愛麗絲夢遊奇境》，臺北：格林。

卡斯特（Verena Kast）著，林敏雅譯（2004），《童話治療》，臺北：麥田。

古佳艷（1995），〈法律與格林兄弟的《兒童與家庭故事集》〉，《中外文學》，第 24 卷第 3 期，頁 37-58。

古德曼（Norman Goodman）著，盧嵐蘭譯（1996），《社會學導論》，
　　臺北：桂冠。

石淑慧（2001），〈教育、階級複製與數位差距〉，《網路社會學通
　　訊期刊第 18 期》，2008 年 10 月 23 日，取自 http://mail.nhu.edu.
　　tw/~society/e-j/18/18-20.html。

弗雷澤（J.G. Frazer）著，汪培基譯（1991），《金枝（上）、（下）》，
　　臺北：桂冠。

丘德爾（Eric H. Chudler）（2004），〈狂犬症〉，2009 年 4 月 25 日，
　　取自 http://www.dls.ym.edu.tw/neuroscience/rabies_c.html。

石田真理（Mari Ishida）著，林真美譯（2007），《鋼琴師的旅行》，
　　臺北：小天下。

吉拉爾（Rene Girard）著，馮壽農譯（2004），《替罪羊》，臺北：
　　臉譜。

吉約佩（Antoine Guilloppe），無譯者（2005），《狼來了》，臺北：
　　三之三。

朱光潛（1991），《文藝心理學》，臺南：大夏。

安徒生（Hans Christian Andersen）著，葉君健譯（1999），《安徒生
　　故事全集》，臺北：遠流。

米雪兒（Jean-Michel Sallmann）著，馬振騁譯（1998），《女巫——
　　撒旦的情人》，臺北：時報。

百度百科（2009），「搬演」，2009 年 5 月 30 日，取自 http://baike.baidu.
　　com/view/405554.html?fromTaglist。

坎伯（Joseph Campbell）著，朱侃如譯（1996），《神話》，臺北：
　　立緒。

坎伯（Joseph Campbell）著，朱侃如譯（1997），《千面英雄》，臺
　　北：立緒。

沃克（Barbara G. Walker）著，薛興國譯（1996），《醜女與野獸：女
　　性主義顛覆書寫》，臺北：智庫。

沃夫斯古柏（Linda Wolfsgruber）著，林良譯（2008），《是狼還是羊》，
　　臺北：三之三。

貝洛（Charles Perrault）著，齊霞飛譯（2002），《貝洛民間故事集》，
　　臺北：志文。

貝林格（Wolfgang Behringer）著，李中文譯（2005），《巫師與巫術》，
　　臺中：晨星。

宋耕編（2005），《重讀傳統：跨文化閱讀新視野》，北京：外語教學。

辛旗（2002），《百年的沉思：回顧二十世紀主導人類發展的文化觀
　　念》，臺北：生智。

何之青（2002），《哈利波特魔法學院》，臺北：大都會。

何星亮（1993），《龍族的圖騰》，臺北：中華。

何信芳（2004），《文化的聖殿》，臺北：波希米亞。

何萬順（2003），《三民英漢辭典》，臺北：三民。

吳乃德（2001），〈反動論述和社會科學──臺灣威權主義時期的反
　　民主論〉，《臺灣史研究》，第 8 卷第 1 期，頁 125-161。

吳光遠（2006），《佛洛伊德──人最美的時候，也就是性慾最旺盛
　　的時候》，臺北：海鴿。

吳其南（1996），《德國兒童文學縱橫》，長沙：湖南少年兒童。

沈清松（1986），《解除世界魔咒──科技對文化的衝擊與展望》，
　　臺北：時報。

沈麗民（2007），〈現代童話中狼形象的剖析〉，2009 年 5 月 15 日，
　　取自 http://esatc.hutc.zj.cn/jpkc/etwx/ReadNews.asp?NewsID=255。

里克爾（Paul Ricoeur）著，翁紹軍譯（1996），《惡的象徵》，臺北：
　　桂冠。

杜佛辛（Roger Duvoisin）著，蔣家語譯（2002），《傻鵝皮杜妮》，
　　臺北：上誼。

李盈穎（2006），《公主徹夜未眠──論〈義大利童話〉中的公主》，
　　臺東大學兒童文學研究所碩士論文，臺東，未出版。

李淑真（1998），《烏龜大夢》，臺北：天衛。

李維明（2007），《鱷魚先生之灰灰狼不哭了》，臺北：小兵。

李秋零等（2000），《神光沐浴下的文化再生》，北京：華夏。

佛洛姆（Erich Fromm）著，葉頌壽譯（1999），《夢的精神分析》，
　　臺北：志文。

佛洛伊德（Sigmund Freud）著，邵迎生等譯（2000），《圖騰與禁忌》，
　　臺北：知書房。

汪春沂（2004），《超異能魔力》，臺北：甜水。

沙勒門（Jean-Michel Sallmann）著，涂永清譯（1993），〈女巫之研究〉，《西洋史集刊》，第 5 期，頁 101-116。

佐羅托（Charlotte Zolotow）著，陳質采譯（1998），《威廉的洋娃娃》，臺北：遠流。

林良（1989），《淺語的藝術》，臺北：國語日報社。

林良（2006），《小紙船看海》，臺北：民生報社。

林文寶（1996），《兒童文學》，臺北：五南。

林文寶（1998），〈可圈可點的胡說八道，入情入裡的荒誕無稽——釋童話〉，載於林文寶等，《認識童話》，頁 12-25，臺北：天衛。

林文寶（2000），〈閱讀的魅力與格調——談臺灣兒童的閱讀興趣〉，《全國新書資訊月刊》，第 22 期，頁 7-9。

林世仁（1998），《11 個小紅帽》，臺北：民生報社。

林守為（1988），《兒童文學》，臺北：五南。

林虹汶（2006），〈古典童話的重生——以英國民間故事《三隻小豬》的改寫本為例〉，《臺北教育大學語文集刊》，第 11 期，頁 1-36。

林明憲（2002），《幻想的遊戲——管家琪的童話研究》，屏東師範學院國民教育所碩士論文，屏東，未出版。

林格倫（Astrid Lindgren）著，任溶溶譯（1993），《長襪子皮皮冒險故事》，臺北：志文。

林富士（2004），《漢代的巫者》，臺北：稻鄉。

林惠文編（2001），《伊索寓言的人生啟示》，臺北：華文網。

林雅鈴（2003），《日本皇民化政策與臺灣文學的反動精神》，東華大學教育研究所碩士論文，花蓮，未出版。

林愛華（1999），〈童話世界裡看中、德文化〉，《東吳外語學報》，第 14 期，頁 263-283。

林鍾隆（2005），〈童話與寓言的創作〉，載於《故事讀寫教學學術研討會論文集》，頁 107-112，臺東：東師語教系。

林嘉誠等編（1990），《政治學辭典》，臺北：五南。

波娃（Simone de Beauvoir）著，陶鐵柱譯（2000），《第二性》，臺北：貓頭鷹。

波拉蔻（Patricia Polacco）著，幸蔓譯（2002），《芭芭雅嘎奶奶》，臺北：遠流。

波斯曼（Neil Postman）著，蕭昭君譯（1994），《童年的消逝》， 臺北：遠流。

房龍（Hendrik Willem Van Loon）著，劉海譯（2009），《人類的故事》，臺中：好讀。

周伯乃（1985），《現代詩的欣賞》，臺北：三民。

周芳姿（2005），《張嘉驊童話研究》，臺東大學兒童文學研究所碩士論文，臺東，未出版。

周姚萍（1993），《妙妙聯合國》，臺北：天衛。

周惠玲（2000），〈種在天空之海的夢穀子〉，載於周惠玲主編，《夢穀子，在天空之海——兒童文學童話選集 1988～1998》，頁 14-15，臺北：幼獅。

周慶華（1996），《文學圖繪》，臺北：東大。

周慶華（2002），《故事學》，臺北：五南。

周慶華（2003），《閱讀社會學》，臺北：揚智。

周慶華（2004a），《創造性寫作教學》，臺北：萬卷樓。

周慶華（2004b），《語文研究法》，臺北：洪葉。

周慶華（2005），《身體權力學》，臺北：弘智。

周慶華（2006），《語用符號學》，臺北：唐山。

居特曼（Anne Gutman）著，曹慧譯（2005），《麗莎做噩夢》，臺北：繆思。

金斯利（Charles Kingsley）著，謝雅文譯（2006），《水孩兒》，臺北：滿天星。

季雯華（2006），《《貝洛童話》中的禁令與象徵》，臺東大學兒童文學研究所碩士論文，臺東，未出版。

季摩爾（David D.Gilmore）著，何雯琪譯（2005），《厭女現象——跨文化的男性病態》，臺北：書林。

長山靖生著，黃碧君譯（2004），《從金銀島到哈利波特：解開世界少年名作之謎》，臺北：商周。

拉格洛芙（Selma Lagerlof）著，高子英譯（2006），《騎鵝歷險記》，臺北：遠流。

拉荷舞拉（Enric Larreula）著，李佩萱譯（2005），《巫婆卡蜜兒逛世界》，臺中：晨星。

洛比（Ted Lobby）著，黃嘉慈譯（1998），《潔西卡和大野狼——給會做惡夢的孩子》，臺北：遠流。

姜戎（2005），《狼圖騰》，臺北：風雲時代。

姜台芬（2008），〈「聖經研究」：聖經與西方文化〉，載於陳玲華主編，《越界的西洋文學：從聖經／牧歌到童話／電影》，頁 1-4，臺北：書林。

韋伯（Max Weber）著，康樂等譯（1993），《支配社會學 I》，臺北：遠流。

韋葦（1995），《世界童話史》，臺北：天衛。

柏克（Edmund Burke）著，何兆武等譯（1996），《法國大革命反思》，香港：牛津大學。

柯爾（Babette Cole）著，吳燕鳳譯（1999），《頑皮公主不出嫁》，臺北：格林。

柯爾（Babette Cole）著，郭恩惠譯（2003），《灰王子》，臺北：格林。

柯爾（Babette Cole）著，陳質采譯（1998），《我的媽媽真麻煩》，臺北：遠流。

柯理格（Murray Krieger）著，單德興譯（1995），《近代美國理論建制、壓抑、抗拒》，臺北：書林。

姚一葦（1996），《藝術批評》，臺北：三民。

姚克波（2007），〈論「搬演」與紀錄片的真實性〉，2009 年 5 月 30 日，取自 http://shelun.spaces.live.com/blog/cns!B35573AD3D7F31A9!129.entry。

信力建（2009），〈回望宗教裁判所〉，2009 年 6 月 14 日，取自 http://blog.163.com/xin_lijian/blog/static/46771570200901293153888/。

祝士媛（1989），《兒童文學》，臺北：新學識。

南方朔（1995），《「反」的政治社會學》，臺北：萬象。

哈瓦荷（Christian Havard）著，理科出版社譯（2000），《狼：森林裡的強盜》，臺北：理科。

洪文瓊（1989），《兒童文學童話選集》，臺北：幼獅。

洪文瓊（1994），《兒童文學見思集》，臺北：聯經。

洪汛濤（1989），《童話學》，臺北：富春。

洪志明（1999），《兒童文學評論集》，臺中：中市文化局。

洪炎秋（1979），《文學概論》，臺北：中國文化大學。

洪明瑩（2006），〈變好或變壞？——從童書中狼的形象探討兒童文學對新思想的接納與發展〉，載於蔡秀菊等，《第十屆兒童文學與兒童語言學術研討會論文集》，頁 189-211，臺北：富春。

洪淑苓（1998），〈臺灣童話作家的顛覆藝術〉，載於《臺灣地區（1945年以來）現代童話學學術研討會論文集》，頁 1-23，臺東：東師兒文所。

紀登斯（Anthony Giddens）著，李惠斌、楊雪冬譯（2000），《超越左派右派：基進政治的未來》，臺北：聯經。

科洛迪（Carlo Collodi）著，任溶溶譯（2002），《木偶奇遇記》，臺北：天衛。

威斯納（David Wiesner）著，黃筱茵譯（2002），《豬頭三兄弟》，臺北：格林。

威廉士（Raymond Williams）著，劉建基譯（2003），《關鍵詞：文化與社會的詞彙》，臺北：巨流。

英諾桑提（Roberto Innocenti）著，林海音譯（1994），《鐵絲網上的小花》，臺北：格林。

英格麗（Ingridt）等著，曾蕙蘭譯（1993），《小巫婆的大腳丫》，臺北：臺灣英文雜誌社。

馬亮靜（2007），〈照出人類的靈魂——沈石溪筆下狼形象的象徵意蘊探析〉，《漳州師範學院學報（哲學社會科學版）》，第 66 期，頁 61-64。

馬庫色（Herbert Marcuse）著，高志仁譯（2001），《反革命與反叛》，臺北：立緒。

祝德純（2003），〈美文之美，盡在意象〉，2009 年 1 月 20 日，取自 http://tw.babelfish.yahoo.com/translate_url?doit=done&tt=url&trurl=http%3A%2F%2Fwww.hwxz.com%2FShowContent.aspx%3FArticleID%3D884&lp=zh_zt&.intl=tw&fr=yfp。

海姆（Bruno Bettelheim）著，舒傳等譯（1991），《永恆的魅力：童心世界與童話世界》，重慶：西南師範。

淩健（2007），〈閱讀始於家庭〉，《網路社會學通訊期刊第 18 期》，2008 年 7 月 27 日，取自 http://www.newstaiwan.com.tw/index.php。

恩傑（Susan Engel）著，黃孟嬌譯（1998），《孩子說的故事：了解童年的敘事》，臺北：成長文教基金會。

班克斯（Kate Banks）著，林芳萍譯（2004），《媽媽就要回家嘍！》，臺北：東方。

唐君毅（1993），《中西文化精神之比較》，北京：群言。

唐納森（Julia Donaldson）著，劉清彥譯（2008），《巫婆的掃帚》，臺北：維京。

席姆斯（Michael Sims）著，陳信宏譯（2007），《亞當的肚臍：關於人類外貌的趣味隨想》，臺北：麥田。

席斯卡（Jon Seienzka）、史密斯（Lane Smith）著，管家琪譯（2003），《臭起司小子爆笑故事大集合》，臺北：格林。

殷國明（2005），〈神性‧狼性‧人性──西方文學史與作品閱讀札記〉，《暨南學報（人文科學與社會科學版）》，第 114 期，頁 61-68。

徐國強（2006），〈龍圖騰就是龍圖騰〉，2009 年 4 月 19 日，取自 http://www.hongkongwriters.hk/node/239。

徐錦成（2007），《鄭清文童話研究──臺灣文學史的思考》，臺北：秀威。

孫晴峰（1999），《甜雨》，臺北：民生報社。

孫晴峰（2001），《狐狸孵蛋》，臺北：格林。

孫晴峰（2008），《小紅》，臺北：民生報社。

孫藝泉（2009），〈《王爾德童話》中的死亡之美〉，2009 年 2 月 8 日，取自 http://dpts.nttu.edu.tw/breeze/contents/menu/menu_view.asp?menuID=317。

郝廣才（2000），《青蛙變變變》，臺北：格林。

柴爾德（Lauren Child）著，楊令怡譯（2003），《小心大野狼》，臺北：格林。

宮西達也（Tatsuya Miyanishi）著，游珮芸譯（2004），《一隻小豬與 100 匹狼》，臺北：三之三。

宮西達也（Tatsuya Miyanishi）著，米雅譯（2006a），《三隻餓狼想吃雞》，臺北：三之三。

宮西達也（Tatsuya Miyanishi）著，鄭明進譯（2006b），《今天運氣怎麼這麼好》，臺北：小魯。

特拉弗斯（P.L.Travers）著，任以奇譯（2004），《隨風而來的瑪麗阿姨》，臺北：志文。

格林兄弟（Jacob and Wilhelm Grimm）著，徐璐等譯（2001），《格林童話故事全集》四冊，臺北：遠流。

埃斯卡皮（Robert Escarpit）著，葉淑燕譯（1990），《文學社會學》，臺北：遠流。

倉橋由美子著，鄭清清譯（1999），《殘酷童話》，臺北：新雨。

雪登（Dyan Sheldon）著，張澄月譯（1995），《聽那鯨魚在唱歌》，臺北：格林。

梅登（Thomas F.Madden）著，成蹊譯（2004），〈宗教裁判所的真面目〉，2009 年 6 月 14 日，http://www.gmw.cn/content/2004-07/21/content_592194.htm。

張錯（2005），《西洋文學術語手冊：文學詮釋舉隅》，臺北：書林。

強森（Tony Johnston）著，張麗雪譯（2002），《聖塔菲的巫婆》，臺北：遠流。

張文亮（2002），〈水鬼娶妻是要人命的！〉，2009 年 7 月 9 日，取自 http://shop.campus.org.tw/recommend/article/a1021-2.htm

張天翼（2006），《張天翼兒童文學選集——大林和小林》，北京：中國少年兒童。

張兆煒（1993），〈童話故事中後母之角色調查研究〉，《傳習》，第 11 期，頁 223-232。

張春興（1989），《張氏心理學辭典》，臺北：東華。

張清榮（1991），《兒童文學創作論》，臺北：富春。

張國薇（2007），《女巫少女——瑪格麗特・梅罕四部小說中女巫心靈之探究》，臺東大學兒童文學研究所碩士論文，臺東，未出版。

張湘君（1992），〈「女人你的名字不是弱者」現代版古典西洋童話裡女性的新形象〉，載於林文寶主編，《認識童話》，頁 72-77，臺北：中華民國兒童文學學會。

張嘉驊（1996），《怪物童話》，臺北：民生報社。

張嘉驊（1997），《怪怪書怪怪讀（一）》，臺北：文經。

張嘉驊（1998），〈九〇年代臺灣童話的語言遊戲〉，載於《臺灣地區（1945 年以來）現代童話學學術研討會論文集》，頁 1-23，臺東：東師兒文所。

張嘉驊（2000），《怪怪書怪怪讀（三）》，臺北：文經。

張礫芬（2005），《漢聲版〈中國童話〉中動物的故事研究》，臺東
　　大學兒童文學研究所碩士論文，臺東，未出版。

張美妮主編（1989），《童話辭典》，哈爾濱：黑龍江少年兒童。

陳正治（1990），《童話寫作研究》，臺北：五南。

陳正治（1998），〈談童話人物的創造〉，載於林文寶等，《認識童
　　話》，頁 52-63，臺北：天衛。

陳正治（2002），《兒童詩寫作研究》，臺北：五南。

陳如芩（2005），《臺灣童話女作家之男／女形象及兩性關係研究》，
　　靜宜大學中國文學研究所碩士論文，臺中，未出版。

陳佩萱（2006），《醜狼杜美力》，臺北：小兵。

陳俊華（2005），《中西文化概論》，臺北：新文京。

陳思賢（2004），《西洋政治思想史中世紀篇》，臺北：五南。

陳啟佑（1987），《普遍的象徵》，臺北：業強。

陳景聰（2006），《學不會魔法的小女巫》，臺北：小兵。

陳福智（2004），《巫師事件未解之謎》，臺中：好讀。

陳蒲清（1992），《寓言文學理論、歷史與應用》，臺北：駱駝。

陳蒲清等編（2008），《中國經典童話：歷經千年・橫跨群書的 119
　　個述異傳奇》，臺北：三言社。

區志強（2008），〈宗教改革〉，2008 年 11 月 15 日，取自 http://www.
　　wahkay.org/chistory.htm。

麥洛伊（Susan McElory）著，劉蘊芳譯（1998），《打開我心靈的天
　　使：動物真情錄》，臺北：時報。

麥克唐納（George MacDonald）著，周立民等譯（2005），《公主與
　　妖魔》，臺北：國際少年村。

麥羅斯基（Robert McCloskey）著，畢璞譯（1995），《讓路給小鴨子》，
　　臺北：國語日報社。

莫里斯（Desmond Morris）著，李廉鳳譯（1971），《裸猿》，臺北：
　　純文學。

莫阿卡寧（Radmila Mocanin）著，江亦麗等譯（2001），《容格心理
　　學與西藏佛教——心理分析曼荼羅》，臺北：商務。

常若松（2000），《人類心靈的神話：榮格的分析心理學》，臺北：
　　貓頭鷹。

郭桂玲（2000），《不會騎掃把的小巫婆》，臺北：國語日報社。

曼海姆（Karl Mannheim）著，張明貴譯（2006），《意識型態與烏托邦》，臺北：桂冠。

畢格爾（Gottfried August Burger）著，李英茂改寫（1993），《吹牛男爵歷險記》，臺北：志文。

許義宗（1983），《兒童文學名著賞析》，臺北：黎明。

崔維查（Eugene Trivizas）著，曾陽晴譯（2002），《三隻小狼和大壞豬》，臺北：遠流。

梅爾森（Gail F. Melson）著，範昱峰等譯（2002），《孩子的動物朋友》，臺北：時報。

郭鍠莉（2000），《羅德・達爾童書中的巔覆與教訓意涵》，臺東大學兒童文學研究所碩士論文，臺東，未出版。

偉根納斯（Bettina Wegenast）著，唐薇譯（2007），《狼來了！》，臺北：時報。

勒榭米耶（Philippe Lechermeier）著，曹慧譯（2004），《我是野狼！》，臺北：繆思。

國語日報出版中心（2004），《新編國語日報辭典》，臺北：國語日報社。

傑尼（2002），〈生物：狗的起源與演化〉，2008 年 10 月 28 日，取自 http://www.sciscape.org/news_detail.php?news_id=884。

紫羽（2008），〈中世紀背景資料教會篇〉，2008 年 11 月 5 日，取自 http://www.millionbook.net/xh/626/2.html。

傅柯（Michel Foucault）著，劉北成譯（1992），《規訓與懲罰》，臺北：桂冠。

傅林統（1996），《美麗的水鏡——從多方位深究童話的創作和改寫》，桃園：桃園縣立文化中心。

傅林統（1999），《豐收的期待：少年小說、童話評論集》，臺北：富春。

傅繼俊（1982），〈我對《西遊記》的一些看法〉，《文史哲》，第 5 期，頁 65-70。

湯森（John Rowe Townsend）著，謝瑤玲譯（2003），《英語兒童文學史綱》，臺北：天衛。

湯奇雲（2005），〈狼與浪漫主義文學思潮〉，《暨南學報（人文科學與社會科學版）》，第 114 期，頁 69-74。

湯素蘭（1994），《笨狼的故事》，臺北：信誼。

湯素蘭（1995），《笨狼畫畫》，臺北：信誼。

彭懿（1998），《世界幻想兒童文學導論》，臺北：天衛。

彭懷恩（2005），《意識型態與政治思想》，臺北：風雲論壇。

賀蘭（Vyvan Holland）著，李芬芳譯（1999），《王爾德》，臺北：貓頭鷹。

賀林德（Peter Hollindale）著，劉鳳芯譯（1999），〈意識型態與兒童書〉，《中外文學》，第 27 卷第 11 期，頁 4-24。

華鏞編（1993），《英國童話》，臺南：大千。

黃永武（1976），《中國詩學：設計篇》，臺北：巨流。

黃秋芳（2004），《從遊戲性探討臺灣兒童文學的建構與演現》，臺東大學兒童文學研究所碩士論文，臺東，未出版。

黃雲生（1999），《兒童文學概論》，臺北：文津。

黃靖芬（2006），《走出想像界——幻想小說中的女巫形象研究》，臺東大學兒童文學研究所碩士論文，臺東，未出版。

黃瑋琳（1995），《國王郊遊去》，高雄：蓮春。

黃嬿瑜（2007），《從經典愛情童話中覺醒——以格林童話中灰姑娘、睡美人、白雪公主為例》，臺東大學兒童文學研究所碩士論文，臺東，未出版。

黃心川等（1979），《世界三大宗教》，北京：三聯。

黃台香等（1987），《自然科學彩色辭典 2》，臺北：華視。

黃迺毓等（1994），《童書非童書：給希望孩子看書的父母》，臺北：宇宙光。

黑伍德（Colin Heywood）著，黃煜文譯（2004），《孩子的歷史》，臺北：麥田。

凱許登（Sheldon Cashdan）著，李淑珺譯（2001），《巫婆一定得死——童話如何形塑我們的性格》，臺北：張老師。

凱斯蒙（Ann Casement）著，廖世德譯（2004），《榮格：分析心理學巨擘》，臺北：生命潛能。

凱特琳、艾米（2006），《有關女巫》，臺北：蓋亞。

普羅伊斯拉（Otfried Preussler）著，廖為智譯（1994），《飛天小魔女》，臺北：志文。

賈菲（Aniea Jaffé），〈視覺藝術中的象徵主義〉，載於榮格主編，龔卓軍譯（1999），《人及其象徵：榮格思想精華的總結》，頁 287-299，臺北：立緒。

達爾（Roald Dahl）著，齊霞飛譯（1900），《吹夢巨人》，臺北：志文。

達爾（Roald Dahl）著，鍾玉澄譯（1995a），《狐狸爸爸萬歲》，臺北：志文。

達爾（Roald Dahl）著，任以奇譯（1995b），《女巫》，臺北：志文。

達爾（Roald Dahl）著，陳惠華譯（1997），《壞心的夫妻消失了》，臺北：志文。

達爾（Roald Dahl）著，顏銘新譯（2003），《神奇魔指》，臺北：幼獅。

達爾（Roald Dahl）著，張子樟譯（2008），《瑪蒂達》，臺北：小天下。

楊慧（2008），〈藝術品中「狼」形象的文化流變〉，2009 年 4 月 26 日，取自 http://artsstudies.com/Cont_Yss.php?id=78。

楊之怡（2007），《〈伊索寓言〉研究》，臺東大學兒童文學研究所碩士論文，臺東，未出版。

楊大春（1996），《解構理論》，臺北：揚智。

楊月燕（2009），〈繪本作家首展──李歐・李奧尼〉，2009 年 2 月 9 日，取自 http://www.ylib.com/kids/inf02-LB.asp?DNO=15#P7。

楊紅嫻（2008），〈文學中的「狼性」文化〉，2009 年 5 月 1 日，取自 http://www.neworiental.org/publish/portal0/tab467/info228459.htm。

楊建美（2007），〈兒童文學中動物形象的類型及其演變〉，《中國教育》，6 期。2009 年 5 月 8 日，取自 http://www.chinaeduc.com/zhijiao/daodu1.asp?id=2679。

葉品君（2006），《灰姑娘的前世今生──論童話與文化的互動》，臺東大學兒童文學研究所碩士論文，臺東，未出版。

葉詠琍（1982），《西洋兒童文學史》，臺北：東大。

葉舒憲（2004），《解讀上帝的留言：77 則聖經比喻》，臺北：究竟。

葛登能（Martin Gardner）著，沈麗文譯（2006），《看看這個不科學的宇宙》，臺北：遠流。

葛拉罕姆（Kenneth Grahame）著，張劍鳴譯（2001），《柳林中的風聲》，臺北：國語日報社。

奧斯柏格（Chris van Allsburg）著，楊茂秀譯（2002），《巫婆的掃把》，臺北：遠流。

奧蘭絲妲（Catherine Orenstein）著，楊淑智譯（2003），《百變小紅帽──一則童話的性、道德和演變》，臺北：張老師。

搜奇研究中心編（2008），《掃帚・斗篷・魔法棒──巫師傳奇》，臺北：宇河。

榮格（Carl Gustav Jung），〈潛意識探微〉，載於榮格主編，龔卓軍譯（1999），《人及其象徵：榮格思想精華的總結》，頁 35-112 臺北：立緒。

蓋曼（Neil Gaiman）著，幸佳慧譯（2004），《牆壁裡的狼》，臺北：繆思。

趙友培（1977），《文藝書簡》，臺北：中國語文月刊社。

趙雅博（1990），《哲學問題研究》，臺北：國立編譯館。

廖炳惠（2003），《關鍵詞 200：文學與批評研究的通用詞彙編》，臺北：麥田。

廖雅蘋（2004），《少年小說中人和動物關係探究》，臺東大學兒童文學研究所碩士論文，臺東，未出版。

管家琪（1995），《列那狐：一本以法國動物史詩〈列那狐〉為藍本再創作的小說》，臺北：時報。

管家琪（2000a），《蓮霧國的小女巫》，臺北：企鵝。

管家琪（2000b），《當東方故事遇到西方童話》，臺北：幼獅。

管家琪（2007），《捉拿古奇颱風》，臺北：東方。

管家琪（2008），《超人爸媽》，臺北：信誼。

赫緒曼（Albert O. Hirschman）著，吳介民譯（2002），《反動的修辭》，臺北：新新聞。

臺灣省政府教育廳（1986），《中華兒童百科全書 5》，臺中：臺灣省政府教育廳。

蔡琰（1996），《電視歷史劇價值系統與社會意識分析》，臺北：文化總會電研會。

蔡明慧（2003），《女性神學對女性形象之重構》，中原大學宗教研究所碩士論文，桃園，未出版。

蔡尚志（1989），《兒童故事原理》，臺北：五南。

蔡尚志（1996），《童話創作的原理與技巧》，臺北：五南。

蔡勝德（1989），〈格林童話的動物類型及其意義〉，載於《兒童文學學術研討會論文集》，頁 217-234，臺東：東師語教系。

蔣風主編(1992)，《世界兒童文學事典》，太原：希望。

蔣風、韓進（1998），《中國兒童文學史》，合肥：安徽教育。

劉勰（1970），《文心雕龍》，臺北：明倫。

劉之傑（2008），〈影視文學中的「狼文化」與「狼精神」〉，《電影評介》，2008 年第 2 期，頁 81-82。

劉思源（2009a），《披著狼皮的羊》，臺北：遠流。

劉思源（2009b），《我是狼角色：大野狼罷工週記》，臺北：遠流。

劉思源（2009c），《幸福魔法市集》，臺北：遠流。

劉炳彪（2003），〈慾望和野心的分野──從《狼王夢》出發，談中西作家對狼的寫作角度與看法〉，《國教輔導》，第 42 卷第 5 期，頁 14-19。

劉紀蕙（2000），《孤兒・女神・負面書寫──文化符別的徵狀式閱讀》，臺北：立緒。

劉家昌（2008），〈史海揭秘：歐洲獵殺「女巫」持續三百年〉，2009 年 5 月 16 日，取自 http://www.shm.com.cn/NEWSCENTER/2008-02/25/content_2248306.htm。

劉燕珫（1996），《放狼的孩子》，臺北：國語日報社。

劉毓慶（2009），〈論中國古代北方民族狼祖神話與中國文學中之狼意象〉，2009 年 5 月 3 日，取自 http://lw.china-b.com/wxwh/20090325/1217471_1.html。

摩爾（Barrington Moore）著，拓夫譯（1991），《民主與獨裁的社會起源：現在世界誕生時的貴族與農民》，臺北：桂冠。

鄭雅文（2001），《沈石溪動物小說中狼的探究》，臺東大學兒童文學研究所碩士論文，臺東，未出版。

廣野多珂子著，林真美譯（2002），《小巫婆麗特拉》，臺北：青林。

霍爾（James A. Hall）著，廖婉如譯（2006），《榮格解夢書》，臺北：心靈工坊。

霍布斯（Thomas Hobbes）著，朱敏章譯（1651），《利維坦》，臺北：商務。

賴西安（1998），〈尋找童話的創作新意和閱讀趣味〉，載於《臺灣地區（1945 年以來）現代童話學術研討會論文集》，頁 169-180，臺東：東師兒文所。

賴松輝（2006），〈「文學進化論」、「反動進化論」與臺灣新舊文學的演進〉，《臺灣文學研究學報》，第 3 期，頁 217-248。

諾伊曼（Erich Neumann）著，李以洪譯（1998），《大母神：原型分析》，北京：東方。

諾德曼（Perry Nodelman）著，劉鳳芯譯（2002），《閱讀兒童文學的樂趣》，臺北：天衛。

龍協濤（1997），《讀者反應理論》，臺北：揚智。

穆尚布萊（Robert Muchembled）著，張庭芳譯（2006），《魔鬼的歷史》，臺北：五南。

盧梭（Jean Jacques Rousseau）著，李平漚譯（1989），《愛彌兒》，臺北：五南。

謝明芳（2009），《大野狼診所》，臺北：愛智。

韓得生（Joseph L.Henderson），〈古代神話與現代人〉，載於榮格主編，龔卓軍譯（1999），《人及其象徵：榮格思想精華的總結》，頁 113-183，臺北：立緒。

韓宇宏、席格（2007），〈《狼圖騰》及文化觀念轉型〉，《中州學刊》，第 162 期，頁 225-233。

薛斯卡（Jon Scieszka）著，方素珍譯（2001），《三隻小豬的真實故事》，臺北：三之三。

繆斯克（Robert Munsch）著，蔡欣坪譯（2001），《紙袋公主》，臺北：遠流。

賴曉珍（1992），《人魚小孩的初戀故事》，臺北：民生報社。

薩克（Deborah Cogan Thacker）、韋布（Jean Webb）著，楊雅捷等譯（2005），《兒童文學導論：從浪漫主義到後現代主義》，臺北：天衛。

薩維奇（Candace Savage）著，廖詩文譯（2005）《女巫：魔幻女靈的狂野之旅》，臺北：三言社。

羅素（Bertrand Russell）著，何兆武、李約瑟譯（2005），《西洋哲學史（上）》，臺北：左岸文化。

羅森（Arthur Rowshan）著，陳柏蒼譯（1999），《童話許願戒》，臺北：水瓶世紀。

羅漁（1997），〈女巫的遭遇〉，《歷史月刊》，117 期，頁 16-25。

羅伯特（Robert Ingpen）著，張琰等譯（2002），《奇靈精怪——精靈、巫師、英雄、魔怪大搜尋》，臺北：格林。

羅婷以（2001），《西洋圖畫書中的女巫形象研究》，臺東大學兒童文學研究所碩士論文，臺東，未出版。

羅婷以（2002），《巫婆的前世今生：童書裡的女巫現象》，臺北：遠流。

羅內道格（Serena Roney-Dougal）著，李亦非譯（2000），《科學與神祕的交叉點》，臺北：人本自然。

懷特（Elwyn Brooks White）著，黃可凡譯（2003），《夏綠蒂的網》，臺北：聯經。

譚達先（1988），《中國動物故事研究》，臺北：商務。

蘇斯（Dr. Seuss）著，阮一峰譯（2005），《烏龜大王亞特爾》，2009年 2 月 7 日，取自 http://www.ruanyifeng.com/mt-archives/2005_08 _27_205.html。

蘇其康（2006），〈反動與反撲：英國文藝復興時期文壇和講道壇的交戰〉，《中外文學》，第 34 卷第 12 期，頁 125-156。

瓊斯（Ursula Jones）著，方素珍譯（2009），《巫婆的孩子》，臺北：維京。

鐘秀敏（2004），《惡與善：《綠野仙蹤》、《女巫》及《和平女巫》中的女巫形象》，靜宜大學西班牙語文學系碩士論文，臺中，未出版。

鏡龍司（Kagami Ryuji）著，陳嶽夫譯（2005），《女巫入門》，臺北：商周。

二、西文部分

Carpenter, H., and Rrichard, M. (1985). *The Oxford Companion to Children's Literature*. New York: Oxford University Press.

Coveney, p. (1957). *The Image of Childhood*. London: Penguin.

Gardner, M., and Nye, R. (Eds.). (1994). The Wizard of Oz and Who He Was. East Lansing: Michigan State University Press.

Simpson, J.A., and Weinwr, E.S.C. (Eds.). (1989). *The Oxford English Dictionary (2nd ed.). Vol. XX*. New York: Oxford University Press.

Zipes, J. (2001). *The Great Fairy Tale Tradition: From Straparola and Basile to the Brothers Grimm.*New York : W.W. Norton.

國家圖書館出版品預行編目

童話中的反動思維：以狼和女巫形象之遞嬗為
討論核心 / 嚴秀萍著. -- 一版. -- 臺北市
：秀威資訊科技, 2010.03
　　面；　　公分. -- (語言文學類；AG0121)
(東大學術；24)
BOD 版
參考書目：面
ISBN 978-986-221-392-6(平裝)

1. 童話　2. 角色　3. 文學評論　4. 思維方法

815.92　　　　　　　　　　　　　99000565

語言文學類　AG0121

東大學術㉔

童話中的反動思維
——以狼和女巫形象之遞嬗為討論核心

作　　者 / 嚴秀萍
發 行 人 / 宋政坤
執行編輯 / 胡珮蘭
圖文排版 / 蘇書蓉
封面設計 / 陳佩蓉
數位轉譯 / 徐真玉　沈裕閔
圖書銷售 / 林怡君
法律顧問 / 毛國樑　律師
出版發行 / 秀威資訊科技股份有限公司
　　　　　台北市內湖區瑞光路 583 巷 25 號 1 樓
　　　　　電話：02-2657-9211　　　傳真：02-2657-9106
　　　　　E-mail：service@showwe.com.tw

2010 年 3 月 BOD 一版
定價：420 元

國家圖書館出版品預行編目

童話中的反動思維：以狼和女巫形象之遞嬗為
討論核心 / 嚴秀萍著. -- 一版. -- 臺北市
：秀威資訊科技, 2010.03
　　面；　　公分. -- (語言文學類；AG0121)
(東大學術；24)
BOD 版
參考書目：面
ISBN 978-986-221-392-6(平裝)

1. 童話 2. 角色 3. 文學評論 4. 思維方法

815.92　　　　　　　　　　　　99000565

語言文學類　AG0121

東大學術㉔

童話中的反動思維
——以狼和女巫形象之遞嬗為討論核心

作　　者 / 嚴秀萍
發 行 人 / 宋政坤
執行編輯 / 胡珮蘭
圖文排版 / 蘇書蓉
封面設計 / 陳佩蓉
數位轉譯 / 徐真玉　沈裕閔
圖書銷售 / 林怡君
法律顧問 / 毛國樑　律師
出版發行 / 秀威資訊科技股份有限公司
　　　　　台北市內湖區瑞光路 583 巷 25 號 1 樓
　　　　　電話：02-2657-9211　　　傳真：02-2657-9106
　　　　　E-mail：service@showwe.com.tw

2010 年 3 月 BOD 一版
定價：420 元

讀者回函卡

感謝您購買本書，為提升服務品質，請填妥以下資料，將讀者回函卡直接寄回或傳真本公司，收到您的寶貴意見後，我們會收藏記錄及檢討，謝謝！如您需要了解本公司最新出版書目、購書優惠或企劃活動，歡迎您上網查詢或下載相關資料：http:// www.showwe.com.tw

您購買的書名：_____

出生日期：_____年_____月_____日

學歷：□高中 (含) 以下　　□大專　　□研究所 (含) 以上

職業：□製造業　□金融業　□資訊業　□軍警　□傳播業　□自由業
　　　□服務業　□公務員　□教職　　□學生　□家管　　□其它_____

購書地點：□網路書店　□實體書店　□書展　□郵購　□贈閱　□其他

您從何得知本書的消息？

　　□網路書店　□實體書店　□網路搜尋　□電子報　□書訊　□雜誌

　　□傳播媒體　□親友推薦　□網站推薦　□部落格　□其他_____

您對本書的評價：（請填代號　1.非常滿意　2.滿意　3.尚可　4.再改進）

　　封面設計____　版面編排____　內容____　文／譯筆____　價格____

讀完書後您覺得：

　　□很有收穫　□有收穫　□收穫不多　□沒收穫

對我們的建議：_____

_____

_____

_____

11466
台北市內湖區瑞光路 76 巷 65 號 1 樓

秀威資訊科技股份有限公司　　　收

BOD 數位出版事業部

....

（請沿線對折寄回，謝謝！）

姓　　名：＿＿＿＿＿＿＿＿　　年齡：＿＿＿＿　　性別：□女　□男

郵遞區號：□□□□□

地　　址：＿＿＿＿＿＿＿＿＿＿＿＿＿＿＿＿＿＿＿＿

聯絡電話：(日)＿＿＿＿＿＿＿＿＿　(夜)＿＿＿＿＿＿＿＿＿

E-mail：＿＿＿＿＿＿＿＿＿＿＿＿＿＿＿＿＿＿＿＿